U0466762

西府关中

Xi Fu Guanzhong

冯积岐 著

时代出版传媒股份有限公司
安徽文艺出版社

冯积岐，1983年开始发表小说。1994年加入中国作家协会。在《人民文学》《当代》《北京文学》《上海文学》《天津文学》《小说界》等数十种报刊发表中短篇小说二百五十多部（篇），作品多次被《小说选刊》《小说月报》等杂志选载、多次入选各种优秀年选。出版长篇小说《沉默的季节》《逃离》《村子》《遍地温柔》等十二部，并出版八卷本长篇小说文集，作品曾多次获奖。曾任陕西省作家协会创作组组长、陕西省作家协会副主席。现居西安。

绝唱关中府

冯积岐 著

时代出版传媒股份有限公司
安徽文艺出版社

图书在版编目（CIP）数据

西府关中/冯积岐著.—合肥：安徽文艺出版社，2019.6
（当代名家精品珍藏）
ISBN 978-7-5396-6495-8

Ⅰ．①西… Ⅱ．①冯… Ⅲ．①长篇小说－中国－当代 Ⅳ．①I247.5

中国版本图书馆 CIP 数据核字(2018)第 236298 号

出 版 人：段晓静
责任编辑：姚 衍　　　　　　装帧设计：李沫璇
....
出版发行：时代出版传媒股份有限公司　www.press-mart.com
　　　　　安徽文艺出版社　　　www.awpub.com
地　　址：合肥市翡翠路 1118 号　邮政编码：230071
营 销 部：(0551)63533889
印　　制：安徽联众印刷有限公司　(0551)65661327
....
开本：700×1000　1/16　印张：18.25　字数：250 千字
版次：2019 年 6 月第 1 版　2019 年 6 月第 1 次印刷
定价：49.80 元
....

（如发现印装质量问题，影响阅读，请与出版社联系调换）
版权所有，侵权必究

目录

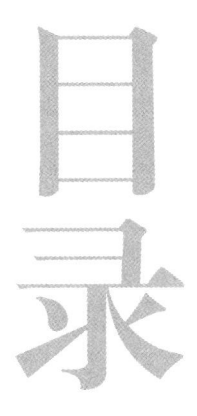

第一部

第一章 / 3

第二章 / 13

第三章 / 26

第四章 / 35

第五章 / 51

第六章 / 67

第二部

第七章 / 85

第八章 / 107

第九章 / 128

第十章 / 155

第三部

第十一章 / 167

第十二章 / 190

第十三章 / 212

第十四章 / 219

第十五章 / 228

第四部

第十六章 / 243

第十七章 / 255

第十八章 / 264

第十九章 / 271

第二十章 / 280

第一部

第一章

田河鼓在五岁那年就目睹了古城村和锣村在渭河中为争夺一块滩地而展开的闹闹嚷嚷、纷纷乱乱的打斗,打斗从中午持续到了傍晚,血腥而悲壮的场面牢牢地楔入了河鼓年幼的心中。

早在几天前,渭河南岸的古城村和渭河北岸的锣村就开始为抢滩而准备了,空气中混杂着板着面孔的紧张和按捺不住的热情。这是一场为土地而展开的你死我活的打斗。滩地是随着渭河的改道而形成的。每隔几年或者十几年,渭河就要改一次道,洪水过后,滩地时而靠近南,时而靠近北。那是一大片不需要缴税纳租的土地,谁夺到手就是谁的。渭河抢滩是关系到利益的神圣的战斗——在渭河南岸和渭河北岸的庄稼人看来,他们都是为土地为女人而活着的。土地养活了庄稼人,是庄稼人的命根子;女人是庄稼人离不了的土地,没有女人的土地是荒芜的土地。因此,这一场打斗就格外庄严、格外残酷。

每逢这个时候,最忙碌的就是族长了。古城村的族长田方伯是田河鼓的爹。这个四十三岁的庄稼汉有好几个晚上没有睡好觉了,他的双眼布上了血丝,说话依然铿锵有力,那双坚实有力的大脚从村街上走过去,古城人仿佛听到了鼓点,受到了召唤,十分振奋。他将古城村的男女老少召集在田家祠堂前做最后的动员。田家祠堂在古城村街道中间。祠堂内有两幢灰砖砌墙的大瓦房,屋檐雕梁画栋,檐柱漆为朱红色。一幢瓦房里供奉着田家祖先的牌位。上百个木制牌位一级一级排上去,好像祖先正襟危坐,灵魂拥挤在一幢房子里,使房间内弥漫着年代久远的、阴森森的肃穆。祠堂的院门前是三尺高的土台子,使祠堂显得高高在上。整个祠堂如一枚大印,按在了古城村。院门左右两边的两棵中国槐的枝丫紧依在天幕上,本来很有活力的树木一旦站立在祠堂前就有了几分威严。古老的祠堂前悄然无声,只有田方伯那浑厚的嗓音击打着庄稼人的心扉,他的话语就像一只巨掌把渭河的涛声死死地压住了。田方伯扫了扫庄稼人肃穆的面孔,尽量用温和的语气说:"谁不想去,现在站出来说还不迟。"近千双眼睛齐刷刷地看着田方伯,没有一个人说不去。"好!古城村人是好样的!"田方伯的眉毛展开了,同时展开的是他那粗犷、雄壮而坚定的情绪。他那粗壮黝黑的胳膊一挥,说道:"看来,大家和我一样铁了心。不过,我把话说在前头,如果谁临阵逃跑,就像处置河田一样处置他,到时候,谁也不准说情!"田方伯的话一落点,台下的庄稼人沉默不语了。四年前,田方伯处置他的大儿子田河田的场景仿佛乌云一样笼罩在人们的头上,田河田撕心裂肺的哭喊声犹在耳边:"爹爹!不要杀我!爹爹!我不想死!"站在妇女堆中的田方伯的女人齐云仙一只手托着河鼓,一只手撩起衣襟抹眼泪——田方伯的一句话勾起了齐云仙对往昔的记忆,勾起了她对儿子的思念——她因为失去了儿子而心痛了四年,心中的伤口至今没有愈合——儿子死的时候那种寒彻骨髓的痛叫犹在耳边,那张苍白、惊慌、留恋和无可奈何的脸庞,她至死从记忆中都抹不掉。一想到那时的情景,她就会被庞大的悲怜和切齿的愤恨所侵袭——悲怜儿子的无助,愤恨丈夫的残酷。丈夫一句话就可以置儿子于死地。因为丈夫是族长,是古城村人的"皇帝",田家人的命、古城村人的命都攥在他手中,他以家族家规的名义使儿子失去性命——这是她对丈夫至今不能宽容的事情。土地!土地!可恶的土地——土地贵重,还是人命贵重?又要去抢滩?又要为土地去拼命?不知是哪些人又要血洒滩地、命丧黄泉。作为族长的女人,她即使有怨言甚至愤懑也不能不去参加抢滩,她的这种不得已和不可选择是丈夫所逼,也是土地所逼。齐云仙张着嘴巴,低低地抽泣。她抬头朝田家祠堂一看,站不稳当了,心里感到一阵阵恶心。她手托着田河鼓,挤出了人群。她还没有来得及蹲下去,就喷射般地吐出了一口苦水。田河鼓问她:"娘,你咋了?"她吐了几口后,对河鼓说:"娘不咋的,一会儿就好了。"她在路上蹲了一会儿,抬头看了看,黄昏的天正在急剧地变化,明朗的光线一点一点地消逝,夜幕即将降临。四周的寂静使她惊怵,她托着田河鼓重新走向祠堂,走向激昂的人群。

　　这时候,有一个人走到前边的土台子上去了,这个人是田家的老大田广顺,年近六十的田广顺有点佝偻,两鬓染霜,但面部的线条依旧刚毅,双目依然充盈着不屈不挠、要和命运抗争到底的神气。田老大为人仗义豪爽,年轻时力大无比,可以把麦地里碾麦子的石碾子双手托起来扛在肩上快步行走。他不只是在古城村,就是在眉坞县也是数一数二的好汉。田老大走到族长田方伯跟前,说道:"老三,就把我算一个吧。"田方伯说:"你还是留在锣鼓队里吧,锣鼓队也需要人。"田方伯把古城村人分为两班,一班人在河堤上打鼓,呐喊助威;一班人去抢滩。打鼓、呐喊、助威的是年轻妇女、娃娃和老人。田老大自然被归入了老人之中——他毕竟快六十岁了。田老大说:"我还行,对付锣村人没麻达(问题)。"他挺了挺胸脯,极力展示自己的强壮。田方伯没有看田老大半眼,他说:"行是行,人老了,就要干老了的事。"田老大一笑:"老了?老了不吃不喝能行吗?老了就不靠地里的粮食养活了?我就是豁出老命,把地夺回来也值。"田老大一招手,田老大的两个儿子和田家家族里的两个年轻人把一口棺材抬上了土台子。田老大早已思量好了,他要叫儿子们抬上棺材去抢滩。他指着上了黑漆滚着红边的棺材说:"我死了,就把我埋在河堤上,我要看着古城人在河滩地里种庄稼,收庄稼。这一次,拿下了河滩地,该给我的儿子分多少,就是多少。"台下的庄稼人把目光投向了阴沉沉的棺材。静卧在土台子上的那口黑得很自豪的棺材使几个年轻人兴奋不已,如同吃了鸦片。有一个田家的后生上了土台子趴在了棺材盖上,两手在棺材上拍打。田方伯厉声将年轻人喝喊下去。田方伯知道老大是很固执的,他打算要做的事,谁也拦不住。田方伯又看了看田老大,说:"好,老三就依你这一次。"田老大走下了土台子,站到了青壮年的队伍中。刚才趴在棺材上的那个年轻人拉住田老大的一只手说:"大伯,这一次,只要你死了,我们给你唱大戏。"田老大说:"碎崽娃,想叫我死,得是?"年轻人说:"就是。你不想升天?天堂里多好呀!"田老大一听,仰天大笑:"瓜尿,这不是你想咋样就能咋样的事。谁的命都在阎王爷手里攥着哩。"

　　田方伯正准备呐喊一声,吩咐抢滩的人准备木棍、谷杈、长矛、大刀,段五魁的二儿子段志松忽然大声说:"田伯,我爹病了,明日个不去了,他叫我给你说一声。"这个段五魁,昨日个还在地里忙活,怎么说病就病了?他是害怕了,还是另有想法?田方伯稍一迟疑,没有多问段志松一句,只是说:"知道了。"田方伯朝台子下面扫视了一眼,说道:"谁明日个还去不成,现在说一声,我心中就有数了。"台下鸦雀无声,能听见庄稼人平稳而均匀的呼吸声。田方伯挥了挥手:"好!古城人都是好汉。大家回去准备吧。"不知谁带了个头,近千口人一齐呐喊:"噢号——噢号——"喊声从田家祠堂前漫过去,飘过渭河堤岸,停留在河滩地的上空,和渭河北岸的锣村人的摇旗呐喊声相碰撞相对峙。

　　渭河北岸的锣村人也在紧锣密鼓地准备着明日的抢滩。族长罗天龙三十七八岁,瘦瘦的高高的,并没有逼人的气势,可是,他具有号召锣村人的气魄和力量——他的存在本身就是一面耀眼而响亮的旗帜,只要他一声令下,不论锣村的罗姓、史姓还是马姓都一呼百应。正当罗天龙满腔热血地号召锣村人的时候,他的女人花莲儿开始阵痛了——女人可能在今夜或者明天就要生孩子了。罗天龙对花莲儿十分疼爱。村里至今有这么一种说法——罗天龙给地里送粪土的时候把女人抱起来放在木轱辘大车的车辕上,他坐在右边吆车,女人坐在左边拉着他的另一只手。拉着粪土的牛车缓慢地行走在乡村土路上。罗天龙目光沉稳,面庞上不见一丝劳动给他带来的疲惫,清脆的铃铛声随着牛腿的迈动将深深的车辙灌得满满的。在罗天龙看来,花莲儿不只是他的肥沃的土地,也是他填饱肚子的粮食。只要罗天龙不外出,晚上睡觉的时候,花莲儿就一丝不挂,像小猫一样依偎着罗天龙,她的一只手伸向罗天龙的胯间,牢牢地把握住罗天龙的那个东西,罗天龙自然就膨胀了,仅仅这甜蜜的睡态就使罗天龙十分陶醉。花莲儿给罗天龙说,她不爱金银,不爱绸缎,只爱罗天龙的那个东西。花莲儿的贪欢和她平静如水的面孔很难统一起来。只有罗天龙清楚,上了炕,花莲儿就像脱了缰的马一样狂奔。罗天龙舒服得口水漫流,咬住花莲儿的嘴唇,像树木的根须紧紧地抓住大地一样。花莲儿很夸张地惊叫一声,罗天龙很骚情地说:"你呀,真是个挨不够,啥时候就够了?"花莲儿说:"死了就够了。"罗天龙说:"你不会死的,你至少活一百岁。你死了,我咋办呀?"花莲儿说:"续娶一个。"罗天龙说:"再好的女人恐怕没你好。"花莲儿说:"我不好,我是瞎女人。"罗天龙说:"那就再瞎一回。"罗天龙翻身骑在花莲儿身上了。罗天龙认定,他的女人有帮夫的命,他们罗家之所以能在锣村有几百亩土地,成为锣村的富户,是花莲儿这个女人给带他们带来了好运。在罗天龙的心目中,女人是最肥沃的土地,这块地里产粮食产金银,这块地里长出的是一棵家族的参天大树——只要这棵树不倒,罗家就兴旺。罗天龙不可能不顾及自己的女人——罗天龙对花莲儿爱得那么顽固,他怎么能不管她呢?可是,他是锣村几千口人的族长,而不只是一个丈夫!他要自己的女人,但他更要锣村!女人不能失去,锣村的土地更不能丢失。女人生孩子事大，抢滩的事更大！哪一头轻，哪一头重，他心里明明白白。罗天龙清醒得很残酷。

像罗天龙一样，锣村人的情绪饱满却不张狂，他们把抢滩的劲儿憋在胸腔中，埋在心底里，似乎害怕把气势从嘴里吐出来而流走。罗天龙组织的"敢死队"都是文了身的，五十多个年轻人赤着上身和罗天龙站在一起，即使他们不挥舞长矛短棍，五十多条"龙"似乎也在张牙舞爪，腾空而起。夕阳下，精气神十分饱满的年轻人看起来好像披着一身斑斓的色彩。罗天龙一声不吭。把这五十多个小伙子挨个儿看了一遍，他说："回去喝汤（吃晚饭），喝毕汤，老早睡。"罗天龙将明朗、细腻的情感蕴含在不动声色中，年轻人当然明白罗天龙"关怀"中的分量。

罗天龙回到家中的时候，花莲儿的阵痛刚过去。他问站在脚地的接生婆："三姨，你看啥时候能生下？"被罗天龙叫作三姨的女人上身是绲着边的浅蓝色大襟褂子，下摆长及膝盖，下身是月白色裤子，裤口很宽，绣着褪了色的花边。女人五十多岁，瘦瘦的，挽在一起的双手十分小巧——这样一双小手即使伸进女人下身，做辅助动作，女人疼痛感也会小一些。接生婆说："今晚上生不下来，就在明日个晌午饭前后。"罗天龙说："那就拜托三姨了。"接生婆说："男人家是干大事的，你在跟前也于事无益。你放心，三姨接生的娃娃有几百个了，不会有啥闪失的。"罗天龙说："有三姨在跟前，我一百个放心。"接生婆一看，罗天龙眼睛瞅着睡在炕上的女人，她知趣地走出了房间。

接生婆刚走出去，刚才还侧身而睡的女人起来了，她下了炕。她的白色大襟褂子上的一只纽扣没有系上，露出了锁骨和脖颈处的一抹白。发髻松松地坠在脑后，一副慵懒的样子。罗天龙一看，女人脸庞上挂着两行泪水，他走过去，拉住了女人的一双手，示意女人坐在椅子上。女人坐下后，他伸出自己的手，给女人抹去了泪水。女人说她害怕。罗天龙一笑："看你，害怕啥？又不是头一回生，你就全当是拉一回屎，尻子一撅就下来了。"女人一听，吭地笑了:"有那么容易?我一年给你生一个,生前两个的时候,你都在我跟前,这一次,你去抢滩,叫我操心你不说,还要操心肚子里的娃娃,我能不害怕吗?"罗天龙说:"不要为我操心,古城的人,哪个是我的对手?有三姨在跟前,你就放心地生。三姨接了半辈子生,还怕把脐带剪错了?"女人说:"不是我不放心三姨。不知为啥,这一次,心里总是害怕,眼皮老是跳个不停。"罗天龙说:"给眼皮上粘一个麦草枝就不跳了。"女人说:"我试过,不行。"罗天龙说:"我有办法。"罗天龙站起来,走到女人跟前去,伸出舌头,用舌头在女人的左眼皮上舔了舔,又去舔右眼皮。女人舒坦得如同八月十五的月光一样,她摇了摇头,把脸颊贴在罗天龙的脸颊上,女人偎住罗天龙说:"明日抢滩时,尽量不要伤人,不要打古城人的要命处,就是万不得已,也不要把人往死里弄。地再值钱,没有人命值钱。再说了,积善积寿哩。"罗天龙说:"你真是菩萨心肠,满保活一百岁。"女人一听,说:"我也不指望活一百岁,只要你平平安安就好。"女人双手钩住罗天龙的脖颈,泪珠无声地顺着脸颊向下滚。

　　已是傍晚时分,处暑后的余热已经无法逞能了,村街上寂然、凉爽,上地的庄稼人扛着农具进了院门。罗天龙家的一头牛犊子站在院门外伸长脖子哞哞地叫着,叫声细软而绵长,仿佛遇难的人在六神无主地求情。罗天龙的长工李春绪从院门外的拴牛桩上解开牛缰绳,牵着母牛向偏院里的牛棚走。牛犊子一看,即刻跟在母牛的后边,进了院门。蹲在院门口的黄狗竖起耳朵,双目紧盯着即将四合的暮色。在另一个石桩旁,钉铁掌的师傅正在给罗天龙家的骡子打最后一个钉子。师傅将骡子的一只蹄子扳上来,支在自己的腿上,右手用锤子击打铁钉。铁掌是月牙形的,半寸宽,每个铁掌上要打六个铁钉。凡是马和骡子都要钉掌,向肉里打钉子,看似残忍,其实对牲口的双脚是一种保护。骡子静静地站着,似乎知道,不穿"铁鞋"就无法跑长路。等李春绪拴好牛,骡子的掌已钉好了,李春绪将骡子从师傅手中接过来牵在了手里。牲口和人行走在轻轻的薄雾之中,锣村无声地披上了纱一般的夜幕。

田方伯将他的"铡刀队"的人叫到一起,又鼓动了一番。"铡刀队"里的年轻人的头发都是用红土染了的。搅和成糨糊状的红土抹在头发上,头发就像刺猬毛一样竖立在头上了。小伙子们的扮相威严中透出了几分狰狞,稚气刚脱的脸上有了些凶相。他们每个人配备一把铡麦草的铡刀,小伙子们将铡刀扛在肩上,刀刃朝上,明晃晃的一片,看起来如同刀山一般。铡刀本来是用来给牲口铡麦草铡谷草铡青草的,庄稼人从铡墩上把它卸下来,作为杀人的武器了。用铡刀铡人,已是屡见不鲜,不仅舞台上的包拯用铡刀铡过陈世美,当今那些土匪、军阀也用铡刀铡人。1924年冬天,国民二军十二旅以周吉为团长的第三团在眉坞县小法仪威逼诱降了一支七十多个人的队伍,这支队伍其实是河南的游民,没有什么武器。周吉将他们骗到眉坞县槐芽镇西戏楼下的广场,用铡刀全部铡死了——两个士兵按住一个人,将人头塞进铡刀口,脖颈正好对准铡刀,按铡刀的士兵由于用力太大,一把压下去,人血喷溅上来,士兵满脸涂上了血,铡墩外的人头依旧在滚动,一直朝舞台跟前滚去了,而且双目怒睁,嘴巴一翕一动。七十多颗人头如同七十多朵花,愤怒地开在广场上,一片灿烂的血色映红了半边天。铡麦草的铡刀发出的响声如同放置了几十年的老棉花。铡刀周围的血凝成了一块一块,人的脚踩上去,脚下的声音好像老人在哭泣。按铡刀的士兵满脸满身被血染了,仿佛血人。

走到一个"铡刀队"的队员跟前,田方伯接过一把铡刀,用手指头试了试刀锋,他将铡刀在头顶上抡了一圈,铡刀刃划过空气,发出了一阵明晃晃的响声。田方伯说:"我们的滩地就挑在铡刀刃上,谁要来强取,就留下他的一双手!"有人高喊:"铡一条腿行不行?"田方伯说:"也行。可不要砍人家的头,头没了,嘴也就没了,没了嘴,人家拿啥吃饭呀?"小伙子们一听,哄然大笑。

离开了"铡刀队",田方伯径直走进了段五魁的家。暮色刚刚从渭河岸上漫过来,天还没有黑尽,段五魁的房间里点着了菜油灯。不安分的菜油灯一伸一缩,仿佛在抽筋。段五魁的脊背靠在炕墙上,半坐半躺,双眼半睁半闭,也许是在回想上次抢滩和锣村人格斗的情景。他扭头一看,田方伯进了房子,动也未动,只是说:"三哥来了。"田方伯坐在了一条柴木凳子上,他轻轻地扫了段五魁一眼,收敛了咄咄逼人的气势,平静地说:"咋这么早就点灯?得是油多得没处放了?"段五魁睁了睁双眼,目光里的轻蔑、狡黠和让人捉摸不定的心思随着菜油灯的闪烁而闪烁。他故意轻叹一声,说:"房子里一亮堂,心里也亮堂了。"田方伯说:"只要心里亮堂,不点灯也能看见。咋样?昨日个不还是好好的吗?"段五魁说:"拉肚子,一天拉了十几回,腿软得跟面条一样。"田方伯一看,段五魁的气色还不错,就知道他是在装病,就挑明了:"得是害怕了?耍狗熊?"段五魁的身子向上拉了拉:"三哥,你这就小看兄弟了,你看我是耍狗熊的人吗?抢滩是给自己抢地,我去,就有我的一份地,地多了,我还能嫌地咬手?你这么一说,我明日个爬也要爬到渭河滩,省得古城人说三道四。"田方伯说:"那就不必了,你好好调理,我来给你说,你把算盘子和笔墨准备好,把地抢到手,还要你给各家分到名下去。"十六七岁的时候,段五魁就跟着岳父金大山在鹦鸽街上做皮货生意,他练就了一手好毛笔字,对账目的确很精。据段五魁说,因为一场不明不白的大火,烧死了金大山两口,他才领着金大山的独生女金秀珠出了山。段五魁到古城来落户时,金秀珠已经给段五魁生下了大儿子段志贤。段五魁说:"只要能抢到地,分地的事包在我身上了。我去不了,就叫志贤和志松去历练历练,见见世面。"田方伯说:"你就不怕娃娃们受到伤亏?"段五魁说:"古城人连死都不怕,我还怕啥?这地不是先人置买的,是抢来的,不受点伤还能行?"田方伯说:"兄弟到底是走过州、过过县、见过世面的人,有你这句话,叫两个小侄儿去,我就放心了。"

　　田方伯刚一走,段五魁就下了炕。他站在脚地骂道:"该死的田老三,鬼心眼儿还多得很!我就是装病,我就是不去,你把我能咋的?不要以为你比我长几岁,你就能,我段某人过的桥比你走的路还多。"他的女人金秀珠以为段五魁和田方伯吵嘴了,急急地从隔壁房间里进来一看,只有段五魁一个人,说道:"你看你,一个人,乱骂谁呢?"段五魁说:"我骂田老三那该死的东西。上次抢滩,黄福胜装病没有去,他还给黄福胜分了一亩三分地。他没有和黄福胜的女人睡觉就成怪事了。我这次不去,看他给我分不分地。"女人说:"你再不要说那没根没底的话了,他三伯咋能和黄福胜的女人睡觉?叫古城人听见,就把你的舌头拔掉了。你既然不去,就窝在炕上,不要言传了,耍啥二杆子?"段五魁一看,金秀珠拉下了脸,没再吭声。在古城村,段五魁谁都不怕,就怕金秀珠。为了这个女人,他造了什么孽,他自己知道。金秀珠明白,段五魁再凶,一旦她发了脾气,段五魁就软下来了。

第二章

田河鼓是在睡梦中被娘喊醒的。睡眼惺忪的河鼓起来后穿好衣服,由娘拉着,匆匆忙忙地出了家院。

母子俩从街道上的房屋遮出来的让人透不过气的黑暗中走出来,走上了河堤。黎明正在远处鼓噪。农历八月的亮光中含有黏稠的潮湿,连天穹上的星辰仿佛都在渭河中眨眼。河堤上,向河神和土地爷上香祈祷的仪式开始了。这是一个在族长主持下的极其庄严的仪式,跪倒在堤岸上的古城村人神情专注而虔诚。

族长田方伯和三个皓首白须的老者直直地站立在一个铁铸的圆形香炉周围,香炉内挺着擀面杖那么粗的蜡烛,田方伯将火光闪闪的蜡烛拔出来,分别拿在两只手中。三个老者在蜡烛上点着了三把香,他们把香插入香炉之后,田方伯便和这三个老者一起跪倒在香炉前叩头。在他们身后跪倒的男女老幼跟着他们的节奏也开始叩头了。三叩头之后,由田方伯祈祷,他尽量地将身体拉直,让他的诚心诚意和对神灵相助的渴望从身体的每个部位溢散出来,不仅仅是表现在祈祷的言辞上。他的嗓音宽厚,铿锵有力,带着能够自恃的极其饱满的激情,他祈求河神和土地爷荫庇古城村的子民们,让他们夺得属于他们自己的土地。他的身体仿佛溢散出了比祈祷本身更具魅力的东西——似乎他本人随身携带着无比强大的神力,他感觉自己有能力带领古城村人将锣村人赶走而赢得土地——为土地而奋争,是庄稼人的荣耀。身后的近千双目光好像一支合唱队,向他吟唱着服从和尊敬。在古城村,虽然田姓是大户,但古城村依然有段姓、黄姓和其他姓氏的庄稼人,无论姓什么的庄稼人都尊他为族长,尊他为古城村人的官人,这使他感到责任重大。在古城村,他之所以享有很高的声誉,是因为他虽然强势,但不恃强欺弱;他刚直不阿,说一不二;他为人处世从不违背规矩,谁违反了规矩,他都不答应,村子里不论谁家有矛盾有纠葛他都能摆平。他用他的为人、品行在古城村树起了一面旗帜。他用人格赢得了权力。他用权力塑造了威严。

　　在抢滩的前两天,田方伯去太白山下的太白庙里抽了一签,抽到的是第三十二卦,大吉。卦辞告诉他,万事大吉。这就预示,抢滩必定成功。可是,其中有一句:"谨防小人起无端。"田方伯揣摸了半天,思量了半天,也想不出来这个小人是谁,他告诫自己:只要从善如流,何惧小人？我倒要看看小人是如何作乱的？

　　黎明的氤氲之气牢牢地镶嵌在天地之间,渭河两岸朦朦胧胧的一片,如同吃在嘴里的还没有熟透的甜瓜,给这个抢滩前举行的肃穆的仪式增添了浓厚的神秘色彩。

　　田方伯刚刚祈祷完毕,还没有等他吩咐点炮,渭河北岸的鞭炮声隐隐约约地传来了,锣村人用鞭炮声表示他们的祈祷仪式进入了尾声。田方伯从容不迫地高喊一声:"点炮！"几个年轻人用香头点着了挂在靠近河边的老柳树上的鞭炮,鞭炮声热烈而暴躁。不知疲倦的炮纸飞出去准确无误地落进了浑黄的渭河中,热切地追逐着点点浪花,红色的炮纸如同斑斑血迹随波逐流。接着,几十面大鼓一齐响动了。古城村人的助威以鼓为主,以钹和锣为辅,而锣村人的助威以锣为主,以鼓和钹为辅。汉末时,古城原名为鼓城,董卓在未建眉坞城池之前,就在渭河南岸建了鼓城,当时的鼓城的城墙上挂了好多面鼓,每逢打了胜仗或逢年过节,鼓城人便擂鼓庆贺,鼓声使十里以外的屋瓦为之震动。几次渭河发水,使鼓城泡在汪洋之中,鼓城向南迁移了几次,依旧没有摆脱水害,董卓只好在渭河北岸新建了城池,后世人将南迁的鼓城叫为古城了。古城没有了城,可那鼓声一代一代没有断过。渭河南岸的鼓声如响雷霹雳,似白雪耀眼,像乱箭一样朝四面八方射去了。田河鼓和几个十岁上下的娃娃围着一面大鼓敲打。和那面鼓相比,娃娃们小得可怜。田河鼓那双胖胖的小手攥着鼓槌,仿佛用一双筷子向嘴里刨米饭似的打鼓,他神情专注地盯着鼓面,动作机械得可爱。从孩子五岁起,古城村人就开始教娃娃打鼓了,他们对鼓点的熟悉似乎是与生俱来的,随着血液而流动,一代传一代,未曾中断。古城以鼓声而在眉坞县闻名。

鼓声停下来了。黎明前短暂的沉寂把临战前的气氛绷紧了。田方伯在河堤上走动着,他面对渭河,竖起耳朵,倾听着渭河北岸的动静。他回过头来一看,有一个黑影正在向堤岸上挪动,他大喊一声:"谁?"那个黑影没有发出一点声音,幽灵似的,一步一步向田方伯站着的地方走来了,田方伯握紧了手中的谷杈,还没等他再次喊出口,对方的声音浮上了河堤:"是我。段五魁。"

在熹微的晨光中,田方伯看不清段五魁的面部表情,更看不清他的内心。段五魁挂着一根木棍,站在田方伯跟前。"你怎么来了?"田方伯用疑惑的目光打量了几眼段五魁。段五魁说:"在炕上躺不住啊!我打不成,和老汉娃娃们在一起,给大家鼓鼓劲。"一觉睡醒,段五魁想透了:他不去白不去,只要他去,哪怕躺在河堤上,只要滩地到手,少不了他一份。就是锣村人得了势打过来,也不会把他怎么样的。他知道,锣村人心中的敌人是田家人,是田方伯。田方伯嘴上说:"来了也好。"心里想,这个段五魁,真是琢磨不透。他不是说拉肚子起不来吗?他不是在装病吗?咋又来了?段五魁说:"我听田兄吩咐。"田方伯说："你留在河堤上。"段五魁朝人群走去。田方伯看着他的背身：姓段的心思难猜，咱就不猜了，反正，多一个人比少一个人强。田方伯总是把人向好处想。

不只是段五魁的心思难猜，田方伯和古城村人一样，对段五魁知道得太少了。他毕竟是从鹦鸽街迁来的，他年轻时都干了些什么，田方伯并不知晓。

段五魁一路要饭吃，从商州逃到眉坞县的鹦鸽街的时候已是隆冬时节。一天清早，在鹦鸽街做皮货生意的金大山打开店门一看，台阶下的雪地里长长地卧着一只狼，狼用绿莹莹的眼光盯着他。他吓得一怔，再看时，不是狼，是人，是一个衣服褴褛的年轻人，他连喊两声，年轻人不吭声。金大山走到跟前去俯下身一只手搭在了年轻人的鼻子跟前，微弱的气息表示，躺在雪地里的年轻人是个活物。因为是小本生意，金大山手下没有伙计，他将隔壁粮栈的两个伙计喊来将这个冻僵的年轻人抬进了他的店铺。这个年轻人就是段五魁。

善良的金大山将奄奄一息的段五魁救活了。金大山两口和十五岁的独生女金秀珠像服侍亲人一样把段五魁服侍了两个多月，段五魁像苏醒的大地一样复原了身体。段五魁感激得涕泪俱下，他一声一声喊金大山两口为干爹干娘。段五魁告诉金大山，他的老家在商州的商南县。金大山两口要送段五魁回商州老家，段五魁说什么也不愿意再回老家去，他发誓要给金大山两口做干儿子，养老送终。金大山从段五魁口中得知的段五魁的个人信息是：段五魁五岁那年，父亲清早出去打柴没有再回来，村里人寻找到崖下只发现了一双鞋和一把砍柴的斧子。村里人估计段五魁的父亲被狼吃掉了——狼群大白天进村来吃人是司空见惯的事。二十二三岁的母亲还没有守够百日的寡就被土匪抢走了。成为孤儿的段五魁是吃百家饭长大的。由于从小就流浪，他既有强悍的凶劲，又常常做出一副邪恶而蛮横的样子来。有时候，他孤苦伶仃,像狂风中的一棵小树那样凄楚,令人同情;有时候,他双眼一睁,一副凶神恶煞的样子,使人憎恶。段五魁给鹦鸽街的人说,他十六岁那年,段家的长辈非要撺掇他去打劫县里的盐业局。段五魁不想造反,只想混个饱肚子,他明白,这件事弄不好是要掉脑袋的,段五魁不愿意跟着去闹事就从商州出逃了。段五魁说,他连一只鸡也不敢杀,还敢去杀人吗?造反是要杀人的,如果他不去造反,村里人就要杀了他。段五魁的身世像故事一样跌宕起伏,像土地一样真实可信。金大山不只是动了恻隐之心,在他看来,段五魁还是在苦难中泡大的,日后必有作为。于是,就收留了段五魁做伙计。

果然,段五魁不只是腿勤脚勤,而且十分聪明,很快地学会了算盘,学会了记账,学会了识别皮货,学会了做买卖。金大山的生意很单纯——把山民们的兔皮、狗皮、狐狸皮、牛羊皮、狼皮等皮货收购到手,然后,再卖给山外的商人。自从金大山的铺子——金顺堂开张以来,金大山一直是坐等生意——如果有山民们把皮货送上门,他就收购;如果没有人送货,他就不收购。段五魁的点子比金大山多,他到了金顺堂以后,不再坐等生意,吆着骡子进山上门收购,进山收购来的皮张比在门店收购的便宜了四成。这还不说,段五魁进山的时候用骡子驮上食盐、针线等日常用品,并且以货易货,从中又赚了两成。一年下来,金大山的收入比原来翻了几番。就在金大山生意很红火的时候,段五魁提出来,他不干了,要回商州老家。这一下子,金大山慌神了,他满以为段五魁真的要离开他,这是他无法接受的。可以说,段五魁已经成为他依靠的不可离身的拐杖了——不只是生意上的,还是他的身体和精神上的拐杖。他的生意要靠段五魁打点,他的为人处世要段五魁指点——似乎他从一个导演变成演员之后不会演戏了,每一个动作都要段五魁做出样子来,他照着学。金大山说:"你嫌我给你的工钱太少?"段五魁说:"不是。"金大山说:"你嫌我待你太薄?"段五魁说:"不是,不是。干爹比亲爹还好。"金大山说:"那你为啥要走?"段五魁说:"我明年就满二十了,我也该成家了。干爹救了我的命,我总不能再叫干爹为我娶媳妇破费操心。我回老家去,娶一个媳妇,好好活人过日子。"金大山一听,扑哧笑了:"这娃,做生意这么精,为人处世咋缺了个心眼?我家秀珠都十七了,为啥没人来下聘书?是她嫁不出去?你真的看不清?"段五魁要的就是这句话。他一听,急忙跪下来给金大山叩头。

段五魁养好身体以后,心思就黏在金秀珠身上了,金秀珠的漂亮使段五魁心馋眼馋——他的手不敢再馋了。正因为他的手馋——敢下手——才流落到了关中西府的秦岭浅山。那是在商州,秋天里的一个晌午,段五魁在坡地里给财东家放牛,他抬眼一看,邻村一个女娃娃提着一个竹笼拿一把镰刀上了坡,十四五岁的女娃娃高高的个头粉嘟嘟的脸,上坡时,撅起来的、小小的屁股特别惹眼。段五魁拿着鞭子蹭到女娃娃跟前去,涎着脸说:"姐姐,和我玩一玩。"山里的女娃娃出粗口:"滚一边去!谁和你玩?你和猪玩去。"段五魁说:"你就是猪。"他扔掉鞭子,扑向了女娃娃,三两把抹下了女娃娃单薄的宽口裤子。段五魁竟然得手了,而女娃娃竟然没有哭没有喊。当段五魁一窍不通地在女娃娃那里胡乱戳时,女娃娃竟然主动地分开了双腿。事毕,女娃娃爬起来,勒好裤子,依旧去割草。段五魁忐忑不安地吆着牛回到了家。身体上的快感很快消失殆尽,随之而来的是惶惶不安,神情紧张。傍晚到天黑尽那一段时光仿佛拉长了——比他憋在心中的对女人的渴望还要长久。他竖起耳朵捕捉动静,听到的只是自己的心声跳;他坐卧不宁,等一会儿去撒一泡尿,刚系上裤子又想去撒尿——其实,尿不下来一滴尿。他恍然看见有人来捉拿他,他甚至想到了逃走。吃毕晚饭那一段时光仿佛长长地卧在山坡上的老牛一动也不动,他提着一颗心,度过了一个漫长的不眠之夜。随着天亮,他的心也亮了,他以为没有什么事了,暗暗地庆幸自己轻而易举地对一个女娃娃的得手,甚至细细地、喜滋滋地回味了一遍他和女娃娃交欢的细枝末节,独自享受着快活过的余韵。第二天晌午,他放心地去放牛。牛进了草坡没多一会儿,段五魁老远看见,七八个庄稼人提着镢头拿着镰刀朝他奔来了,他看到了凶巴巴的身影,感觉到了凶巴巴的气息。当他意识到生命受到威胁的时候,他不管不顾四头牛,撒腿就跑,从坡地里跑到了出山的路上。从秋天跑到了冬天,从商州跑到了眉坞县——他的这段经历灌进金大山耳膜的时候就变成了逃难的艰辛和段五魁的不幸——金大山只知他逃难,不知他逃难的真实原因。他的逃难并非长辈们逼他去打劫县盐业局。事实上,段五魁村子里的人打劫过县盐业局,那是他的父辈那一代的事,他的一个大伯就曾因为打劫县盐业局而被县衙抓去杀了头。段五魁说谎话比说真话还流畅还诚恳。

尽管,段五魁对金秀珠垂涎欲滴,可是,他还是一次又一次地克制了自己,没有轻易动手。晚上,他独自躺在土炕上,眼巴巴地盯住屋顶。他一闭上眼,金秀珠就在他眼前头晃动——圆圆的脸、圆圆的屁股,还有那圆圆的小奶头——他的那个玩意儿把被子顶得老高,下身比心里更难受——他再一次回味着和女娃娃在坡地里的交欢时无法诉说的滋味。他下了炕,点着了菜油灯,他举起自己的那个玩意儿放在灯火上烤——他一声痛叫,跌倒在地——他宁肯自己的皮肉受苦,也要清醒。他用自虐告诫自己:如果他一时冲动,也许可以在金秀珠身上得手,其后果,将是又一次出逃。他想清楚了,他要长久地得到金秀珠,他要名正言顺地得到金秀珠,就要一天一天地熬,熬到金大山给他们圆房。为讨金秀珠的欢心,他一旦有机会到眉坞县城里或者齐家寨去,总是要给金秀珠买些什么——一件绸衫子,一对银镯子,一块小手帕。他已看得出,金秀珠是很喜欢他的——金秀珠看他的眼神不对——她不只投出勾人的一瞥,她看他的时候,黑溜溜的眸子静静的,一动不动,好像要用眼睛把他圈住、圈死,而且,眼眶里汪满了水。毕竟在一块儿相处了三年多,金秀珠确实很喜欢段五魁的,在金秀珠看来,段五魁长相英俊,能说会道,办事干脆利索,在鹦鸽街有人缘,又体面,为人没有挑剔之处,鹦鸽街上的小伙子无人和段五魁相比。段五魁很会讨金秀珠欢心,而金秀珠既希望段五魁对她动手——回答她的爱,又希望段五魁不要造次——赢得父母的心。对于金秀珠,段五魁是蛮有把握的——他无论把金秀珠压倒在什么地方,都不比压倒在草丛中的山里女娃娃,金秀珠会给他宽衣解带、百依百顺的。这样一来,肯定会惹恼金大山两口的。他想,他不仅要的是金秀珠,他还要金大山的金顺堂。为了达到这个目的,他必须忍——从十六岁忍到了十九岁,金大山终于给他亮了底——要不了多久,他就会得到金大山的爱女和金大山的生意,而且是名正言顺地得到的。正因为段五魁对金秀珠没有动手,金大山两口对段五魁看得更高了,金秀珠也觉得段五魁是正人君子。当身穿黑马褂黑袍子头戴黑帽子的段五魁站在金秀珠的跟前的时候,金秀珠就有了把自己交给这个一身乌黑的男人的欲望。然而,越是这个时候,段五魁越是平静,越是规矩。

段五魁等了一年。在这一年,他不只是做生意更勤快用心,即使他有机会能得手——金大山两口去眉坞县县城,他和金秀珠独处了两天——他也没有动金秀珠。他想,一年过后,金大山会给他和金秀珠完婚的。可是,到了年底,金大山并没有提起他和金秀珠的婚事。

段五魁又等了一年——从二十岁等到二十一岁的时候,段五魁等不住了。段五魁在苦熬之后失去了继续等待的耐心,他要想方设法满足自己的欲望——他不再想等待金大山的恩赐了。每当金大山把算盘珠子拨得发出光滑圆润的响声的时候,段五魁就想:你手里的钱是谁挣来的?还不是我段五魁给你挣来的?你怎么只给我许空头愿而不兑现呢?你是不是在耍我?在用女儿吊我的胃口?每当金秀珠用一双白嫩的手把饭碗给他递到手中的时候,他抬眼一看金秀珠隆起的胸脯满月一样的脸,他就想起他把那女娃娃压倒在草坡里刚刚入港后要飞起来的感觉已经多么遥远——如今,到手的洋芋却吃不到口中——他一点儿食欲也没有了。他的心跳在加快,我不能这么一年又一年地等下去了。我要给这两口子想个办法。当然,金大山有金大山的想法,在他看来,做生意就是赌博,他不能这么快把最后一个筹码——金秀珠——押出去,这样一来,他手中就没王牌了——他也想到,一旦段五魁控制不住,他怎么办?他的生意不就姓段了吗?他更多地想到的是生意是钱财是支配段五魁和金秀珠的权力。因此,他迟迟不叫两个人成亲。

机会终于来了。

那年忙毕(收罢麦子),金秀珠的娘姨从齐家寨捎来话,说齐家寨有庙会,两台大戏唱斗台,来人请金大山两口赶庙会。金秀珠的母亲拉肚子不想去,金大山也就不能去了。金大山吩咐段五魁陪金秀珠去齐家寨玩两天。金大山特别叮咛段五魁:"庙会上的二杆子多,你要把秀珠盯紧点。晚上你在齐家寨点一间客栈,叫秀珠睡到她姨家。"段五魁说:"干爹你放心,有我在,妹妹不会有啥闪失的。"金大山说:"我放心着哩,你多带些盘缠。"

吃毕早饭,两个人租了一辆木轱辘轿车上路了。

段五魁陪金秀珠在庙会上逛了大半天。天擦黑,段五魁和金秀珠在庙会上一人吃了一碟擀面皮,喝了一碗油茶。金秀珠吃毕说要看夜戏,段五魁说:"你今日个跑累了,明日个晚上我陪你看。再说,你今日个刚来,陪你娘姨说说话,也是个礼,不然,你娘姨会觉得你没教养。"金秀珠一听,段五魁说得有道理,就不再执拗了。她说:"你也老早睡吧。"段五魁说:"我送你到你娘姨家,再去点房子。"段五魁将金秀珠送到她的娘姨家,在齐家寨找了一家客栈,点好了房。进了房间,他点着了菜油灯,把被子拉开在床上,和衣在床上躺了一会儿,当他想到要下手的时候,心就向一块儿缩,紧握住的双手出了汗,他有点害怕了。当他在菜油灯的阴影里看见金大山看似很和善的面孔和那双狡黠的眼睛时,他就咬牙切齿,浑身的每一根血管中充斥着豹子的胆——现在不下手,还等到何时?看你老头子奸诈还是我段五魁手辣?你不仁,我就不义了。他断然翻身而起,吹灭了灯,房间里漆黑——比他的心还黑。他看见金大山朝他笑,笑得胡子发抖——他抓住他的胡子向前一拽:"叫你笑,叫你笑!老东西!"段五魁向前一扑,拉开了门,走出了房间,掩上了门。

笼罩在稀薄的月光中的齐家寨黑魆魆的,神秘莫测,似乎在深思。庙会上的热闹已在段五魁的身后，一出齐家寨，段五魁一路小跑，奔向了鹦鸽街。庙会上随风飘来的秦腔戏被他的脚步踩碎了。一条乡村土路像被追赶着的一头牛，很快地向后退去了，树木投下的枝叶的阴影斑驳而浓烈地印在路面上。段五魁的步子越来越快，齐家寨被他甩在了远处。他抄小路直奔鹦鸽街。

赶到鹦鸽街已是夜阑人静，白天喧闹的鹦鸽街死睡而去。段五魁轻手轻脚地走进了金顺堂的后院，他像猫一样轻捷灵活。他从自己住的房间里取来一把铜锁，锁住了金大山两口卧室的双扇门。他将事先准备好的一桶菜籽油从金大山两口的门缝里灌进去，点着了火。等熊熊烈火染红了半边天的时候，段五魁已走出了鹦鸽街。站在鹦鸽街外面，段五魁看见，火光像花一样盛开，几缕浓烟歪歪扭扭地向天空升腾。段五魁悄然看见，金大山龇牙咧嘴地又朝他笑，他的胡子颤抖着。叫你笑！你再笑！段五魁扑向前去抓他的胡子，金大山一闪，段五魁扑了个空，他腿一软，跌坐在了路面上。段五魁朝自己的脸上扇了一把，摇了摇头，断然站起来，不再朝后看，他迈开了步子，向齐家寨赶。黎明时分，段五魁在客栈里呼呼大睡了。

第二天早上，段五魁没有睡懒觉就起来了，他料定，鹦鸽街的人会找到齐家寨的。他走进金秀珠娘姨家的时候，金秀珠正在哭得死去活来。

不出段五魁所料——房子烧得没余下一拃长的木头——金大山和女人睡在南边的厦房里，段五魁的房间在北边，金秀珠的闺房在东边的厅房里。鹦鸽街的人虽然心存疑惑——为什么只是金大山两口的房子着了火？是失火，还是人为？但是，没有人去解这个谜——谁也不会想到，段五魁会下这毒手。

段五魁和金秀珠安葬了金大山两口。

段五魁顺理成章地走进了金秀珠的闺房。冬天里，段五魁和金秀珠拜了天地，结为夫妻。

本来,段五魁要把金顺堂的生意做下去的——他如愿以偿了,既得到了美貌的金秀珠,又得到了金顺堂。可是,到了第二年——宣统二年(1910年),凤山、眉坞县的农民起义,他们捣毁了两个县的所有官办盐店,连同私人开的店铺也顺便抢劫了。段五魁得到了农民开始在山外行动的消息以后,即刻关闭了金顺堂,卖掉了所有皮货。他从票局取出来金大山的所有积蓄,走出了鹦鸽街。鹦鸽街是去汉中的必经之路,农民一旦逃进山中,鹦鸽街的生意人在劫难逃。果然不出段五魁所料,他和金秀珠刚下山,蹿进鹦鸽街的农民袭击了所有生意人,鹦鸽街几乎成了一片废墟。

从山里出来,段五魁先是在齐家寨买了门面房,准备住下来,听听风声,日后再做生意,可是,他在齐家寨只住了两年,就搬到了古城村。在齐家寨,段五魁的粮食生意做赔了。他觉得,齐家寨是他制造血案的蓄谋之地,也是倒霉之地,在齐家寨,他心神不定,不可能有所作为;加之,他受了骗,齐家寨更是他的伤心之地。

段五魁在古城村安家落户了。因为古城村外有一大片平坦的田地,他可以置办。段五魁走进古城村一看,这是一个大村庄。村子有两条街道,都是东西走向。街道的南一排和北一排大都是草房,草房的四周的墙是木板做挡板用黄土打的,木板的印痕清晰可辨;浅浅的印痕上挂着的灰尘仿佛给墙壁刻上了条纹状的图案。每家草房上苫的麦草颜色发黑,足足有二尺厚。草房从东向西排过去——凸出来凹进去并不整齐。一幢草房构成一家院落,家家都没有院墙,也就没有门楼。草房不只是灰头土脸,而且寒酸,没有个性。草房前,有些人家植一丛青竹,有些人家种几株花儿或栽几棵树木,枯萎的村庄因此而显出了几分生机。在村子中间的草房与草房之间,有一座四合院子,院门上方是高大气派的门楼。段五魁走进去一看,院子里的东西两边是厢房,南边是木面楼房,北边是厅房,青砖灰瓦,砖铺院子。这种建筑格局,集合了渭河南岸人的建筑特点,显示着财东家的气派。院子的主人就是田方伯的父亲。段五魁把自己想在古城村安家落户的想法坦诚地说给了老人听,老人很爽快地答应了帮助段五魁在古城村买地置房。

几个月以后,段五魁在村子东头买了地,盖了房。段家就在这里扎下了根。

锣村人举行的仪式很简单,只是由罗天龙和几个老者祭拜了河神和土地爷。几串鞭炮放过之后,罗天龙站在高处对庄稼人说:"父老兄弟们,我小的时候就听我爹说,现在流水的地方都是咱们锣村人的土地,渭河的水每年都向北边赶,咱们锣村每年都要失去几百亩地,这些地跑到哪里去了?跑到南岸的古城、街北、孙家塬去了。南岸的人吆着渭河向北岸赶,渭河给他们留下了几百亩、几千亩、几万亩的滩地。照这样下去,要不了多少年,咱们锣村就得挪到北塬上去。这一次,我们要抢回我们的滩地,庄稼人,就是要为土地流汗流血,没有土地,我们吃啥呀?没有土地,我们有啥脸面去见先祖先宗?没有土地,我们用啥养活儿女成人?我们不只是要夺回滩地,我们还要住到渭河南岸去!"

几个上了年纪的人应声附和,他们都觉得,罗天龙说得很有道理,他们不是去抢滩,而是要回属于自己的土地。欺负他们的不是渭河而是渭河南岸的人。几十个"敢死队"里的小伙子割破了手指头,滴进了酒碗。罗天龙和他们一起喝了血酒。罗天龙撂了酒碗走到一个小伙子跟前,拍了拍他的肩膀,说:"天兴,你的性子烈,我知道,可不要胡来,不要用谷杈先戳人家的心脏和脑袋,咱是为了地,不是为了多伤几个人,更不是为了杀人。尽量向不要命处戳,把古城村人赶走就是了。"罗天兴说:"我知道,先戳他们的尻蛋子和大腿。"罗天龙说:"天兴说得对,大家都按他说的做。"有一个年轻人说:"用谷杈戳人家的蛋(卵子)行不行?"罗天龙笑了:"那也不行,你没有蛋,你媳妇能答应吗?"小伙子们一听,哄然大笑了。

罗天龙刚走下土台子,接生婆急颠颠地跑来了,她拽住罗天龙的衣袖,叫罗天龙回家去看看。接生婆说:"你婆娘肚子痛得厉害,恐怕快要生了。人生人,吓死人,这是罗家的大事。你咋能不管?"罗天龙说:"不是我不管,这里离不开我。再说了,我站在她跟前,她的肚子照样痛。你快回去,你不是说,叫我放心吗?"接生婆说:"这一次和上一次不一样,我不放心,才来叫你。"罗天龙说:"你看我能走开吗?这事就交给你了。"接生婆一看,罗天龙是叫不回去的,她拧身走了,边走边说:"疯了,这些人都疯了。"听惯了产妇惨痛的叫声,闻惯了血腥之气的接生婆一向是镇定自若的,这一次,面对花莲儿的烦躁不安和痛苦的挣扎,听着她惨烈的叫声,接生婆有点心虚,有点不安——她担心,会出现她无法应对的局面。

罗天龙跟着接生婆向前走了几步,眼看着接生婆淹没在黎明前的雾霭中,他拧过身来,向回走。他对提锣的那几十号人说:"敲!"霎时间,几十面铜锣一齐敲起来了。清晨的光像锣声一样越来越亮眼,越来越热烈。

第三章

　　双方进攻的时间是在太阳升起一竿高的时候,这是古城村和锣村的先辈们约定的时间,谁也不能提前或推后。

　　太阳在地平线上染红了一道弧形的边,田方伯振臂一呼:"走啊!"河堤上的古城人呼喊着拥下了堤岸的护坡。随之,鼓声便如同飞马奔腾。段五魁挥动着手中的木棍,给敲鼓的人说:"敲!用劲敲!"庄稼人手持木棍、镰刀、长矛、谷杈,跟在田方伯身后,直冲河滩地。紧随田方伯的是"铡刀队"。"铡刀队"里的精壮男子汉双手举着铡刀,明晃晃的铡刀在清晨的太阳光中闪动着凉飕飕的光。河堤上的老弱妇幼只顾打鼓呐喊,很少有人朝那打斗的场面观看,他们明白,每一次的抢滩都要伤人或死人的。他们不忍目睹腿断胳膊伤,血溅三尺,人头落地。可是,谁也不可能制止抢滩和由此制造的血腥,制止就意味着对土地的放弃和对古城村的背叛。在古城人看来,在渭河南岸和北岸的所有庄稼人看来,为夺取土地而伤残,甚至献出生命是至高无上的荣耀。

　　田方伯的女人齐云仙一直站在儿子河鼓的身旁,她担心的不是抢滩的成败,她担心的是儿子,不要叫儿子出什么差错就是万幸了。在齐云仙看来,这抢滩太血腥,太可怕了。失去了大儿子河田之后,她苦苦相劝田方伯再不要抢滩了。她宁可不要土地,也不要失去人和地。

庄稼人离开土地固然不能活下去,可是,为了土地而丢失了性命,要那么多土地又有什么意义?几次渭河争滩之后,齐云仙就觉得,争滩地只是一个由头,渭河两岸各村的族长在争滩地的名义下进行一场"战争",打来打去,固然凝聚了人心,给老百姓带来了土地,不言而喻的收获是,族长的尊严、威望由此而抬高。这些话,齐云仙是不能说也不敢说的。田方伯为了安慰齐云仙的失子之痛,嘴上答应了她不再争滩伤人,却没有按她所说的去做。为此,她哭闹了一场,等她平静下来,田方伯只说了一句话:活着就要有脸面,没脸面地活着,不如死了去。儿子已经失踪——死去了,父亲还是不能原谅他。

每逢齐云仙提起大儿子田河田之死,田方伯没有怜惜之情,他的冷漠、厌恶使齐云仙寒心。如果说是儿子有什么过失,丈夫大概到死也不会宽容儿子的。在齐云仙看来儿子并没有过失,而是丈夫杀了儿子,是依族长的名义杀的。小河鼓的敲鼓似乎成为他观看抢滩的辅助动作了,他的兴奋和激动在鼓槌上,在鼓点上;由于闲鼓劲,他的鼓槌攥得紧,以致手心出了汗。不是他的一双眼睛不够用,而是他的眼睛太嫩太嫩了。他只能看见人头攒动,拳脚相向,棍棒乱舞,刀光闪闪,对于人和人之间的格斗,对于相互的杀戮,他还没有十分恐惧的意识,他的好奇大于害怕,或者说是等量的。齐云仙回过头去一看,儿子不见了。她急忙走出人群去寻找,她的脚步一乱,撞在了段五魁的身上——段五魁挂着一根木棍目不转睛地盯着河滩地——他仿佛在舞台下观看一出精彩的秦腔戏。齐云仙说:"他段叔,你看见我家的河鼓没有?"段五魁眼珠子没有动,他只是把手中的木棍挥了挥:"那边。"段五魁生怕漏掉扑入眼帘的一个动作一个场景。齐云仙朝右边撑去了,她一看,河鼓站在田老大的棺材盖上翘首而望,他的手中依然攥着鼓槌。齐云仙从棺材盖上抱下来了河鼓,河鼓蹬着腿,不愿意下来。齐云仙说:"听话。那是你大伯的房子,你上到房子上去,造罪哩。"河鼓很不情愿地从棺材盖上下来,很不情愿地又去打鼓了。河鼓只能看见人的头颅在晃动,看见人的手臂在挥舞,看见大刀、铡刀在空中划出的一条条粗硬的光线。河滩地里好像没有一丝声息,好像凝固住了,包括河水、石头、草丛、树木、土地和在土地上打斗的庄稼人,都如同过年时贴在院门上的门神一样,成为神话,成为风景,成为历史。只有渭河两岸的锣鼓声和呐喊声是鲜活的、生动的。

河鼓第二次离开了那面鼓。齐云仙一瞥,只见儿子站在河堤边沿,正在向河水里撒尿,他那无所谓的、很潇洒的样子,使打鼓助威的庄稼人觉得好笑,觉得安稳,觉得信心十足、力量充沛,孩子的天真无邪消解着大人们的紧张、担心和憋闷。河鼓仰着身子撒着尿,眼睛大张着朝河滩那边眺望,河滩上的人像盛在簸箕里的粮食,随着簸箕动,一忽儿倒向古城村这一边,一忽儿倒向锣村那一边,最后,漩在了河滩地的中央。真正的斗打、争夺是在河滩中央进行的。

午饭以后,田老大被古城村人抬回来了,四个年轻人将田老大放在河堤上一句话没说,扭头就走了。田老大满脸血污,脑袋上被打出了两个血口子,血水汩汩而流。一个田姓的老汉俯下身在田老大的耳边呼叫:"老大!我是田方明!"田老大一动也不动,血污的面部十分平静,一副孤苦伶仃的样子。他身旁的那口乌黑的棺材发出了打鼓般的回音。几个上了年纪的老头子在河堤上给田老大净了身穿上了老衣。不一会儿,田老大就断了微弱的气息。没有哭声,没有眼泪。打鼓助威的人对田老大的死去似乎视而不见,他们神情冷峻而专注,有条不紊地打鼓,声嘶力竭地呐喊,好像血染土地是十分正常的事情。可是,人们听得出,鼓声和人声中都迸溅出了不可抑制的哀伤和气息不足的疯狂。

段五魁拄着一根木棍目不转睛地盯着河滩中央。

段五魁在广众之中,在乱晃的脑袋、挥动的胳膊之中,在长矛、谷杈、大刀、铡刀之中寻找着田方伯。他从站在河堤上的那一刻就紧盯着田方伯不放。他看见,田方伯像挑麦捆似的用谷杈挑起一个人撂向了一边;他看见,有两个人抱住了田方伯——一个抱住了他的腿,一个搂住了他的腰,田方伯一抖两抖,像抖粘在身上的麦糠一样把那两个人抖掉了;他看见,一把巨大的铡刀盖头朝田方伯砍下来,田方伯被劈成了两半,一半倒在了地上,留下的一半只有半个脑袋一只眼睛一条胳膊一条腿。田方伯仅有的一只手还握着谷杈,谷杈向挥动铡刀的那个人的肚子上猛地一戳,田方伯和劈他的那个人一同倒下去了。段五魁揉了揉眼睛,他的眼前头是一片血光,血光映照得田方伯浑身上下透亮、通红。段五魁已经不是舞台下的一个观众了,他怀疑自己目击到的打斗的真实性,他已经进入了一个幻境,他把自己的想法、意念全部投进了这个场面,他变成了打斗的参与者,两拳紧握,身体上的各个器官绷紧了,紧张了。

段五魁眼前模糊了。

段五魁揉了揉模糊的双眼,他一把抓起了买地的契约揉成了一团,他跌坐在椅子上,泪水潸然而下。他在心里叫道:段五魁、你,你咋这么倒霉……你带着金秀珠从鹦鸽街出了山,你们在金秀珠的娘姨家借住了几天以后,你得知,齐家寨街道上的一个四川人要卖掉他的粮行回老家去,粮行里还存有几十石小麦和一些谷子、大豆,你去眉坞县县城打问了粮价和房价,心里一盘算,觉得四川人的要价并不高,于是,就很爽快地买下了这家粮行。四川人临走的前一天找到你说,他在齐家寨还有三十亩土地,如果你愿意要就一同卖给你。四川人带着你去查看那三十亩地的东西南北四址,你一看,那三十亩地在一处,平展展的,连一条土塄也没有。你蹲在地边,掬了一抔黄土,用鼻子嗅了嗅,土腥味儿带着雨后的香甜钻进了你的肺腑。你从来没有得到过这么多的土地。商州的山地都是巴掌那么大，连三五亩成块的地也很少，得到这块土地比你得到的粮行更使你兴奋。你能得到这块土地也算是置下了一份家产，尽管，金大山留给你的银两可以买下这么大的几块地，你还是觉得，先买三十亩再说吧。你一听，四川人的要价也不算高，于是，你请来了乡约，一同和四川人签了约，买下了这三十亩地。你按捺不住如愿以偿的高兴，嘴里哼着山区小调……

等租地的庄稼人收割了最后一料麦子，段五魁准备重新把地租出去的时候，段五魁才发现自己上当了。

那天，段五魁叫了几个人重新在地里丈量土地的时候，齐家寨的绅士王钦哉的十几个家丁背着长枪拿着长矛到了地头，他们不由分说，将段五魁架走了。段五魁被架到了王家大院，王钦哉正襟危坐，他捋了捋花白的胡子，问段五魁在他的地里丈量个啥。段五魁一听，蒙了：这不明明是我买的地吗？咋成王家的地？王钦哉一听，冷笑一声："你这刁民，青天大白日，竟敢说出讹人的话来！我王家的地咋成段家的？"段五魁从身上掏出来买地的契约说："王老爷，你看看，这契约上写得明明白白的，咋能说我讹人呢？"这时候，王家的管家也拿出来了他的地契，那地契上也是明明白白地写着，那三十亩地是王家三十年前就到手的。段五魁还在强辩："刘乡约是见证人，契约上有刘乡约的名字和指印，咱把刘乡约叫来对质。"王钦哉说："就是县知事来也无济于事，那就叫刘乡约来吧。"不一会儿，刘保来了。刘保说："我是证人，不错。我以为那三十亩地是王家卖给四川人的，四川人给咱俩说，那地是他的，你当初也没有疑心。我只当媒婆，还能管生娃的事？"段五魁一听，额头立时沁出了汗水。如今，四川人已走得无影无踪；王钦哉是眉坞县有名的绅士，是地头蛇，连县知事也敬他几分，你能斗过王钦哉吗？你能感觉到，四川人和乡约和王钦哉打的是通通鼓，他们串通一气来骗你，你有什么办法？你又一想，连你的钱上也粘着金大山两口的两条人命，那些发了家的人的土地上未必就没有洒血。你只好自认倒霉了。

第二年,段五魁卖掉了粮行,从齐家寨搬到了古城。

段五魁住进古城一次买了一百亩地,雇了两个长工。他想,他从此在古城就成了一个小财东,成了庄稼人尊敬的绅士。他没有想到的是,古城是田家的天下。田方伯不仅地比他多,人缘比他好,而且深受古城人的拥戴,古城的大事小事由田方伯说了算。大他几岁的田方伯比他威严霸道得多,比他沉稳老练得多,比他有气魄有气势得多。虽然,田方伯也尊重他,在他面前并不盛气凌人,但是,田方伯并不拿他当绅士看,古城村的大事小事并不和他商谈。

听说,又要在渭河上抢滩地,段五魁暗自高兴。前一次的抢滩中,田方伯失去了一个儿子,这一次,说不定田方伯会失掉一条胳膊断了一条腿,如果段无魁的运气好,田方伯就把命丢在河滩地上了,那时候,就该由他出面收拾古城村的残局了。段五魁隐隐约约看见田方伯被劈成了两半,倒在了血泊中,当他睁开眼睛再看时,田方伯依旧在滩地上,他挥动着谷杈,古城人跟在他身后,他们把锣村人向北边赶。田方伯是不会轻易死掉的。段五魁不再注视打斗的场面,他回过头来,蹲在远处,目睹着几个老头子将田老大向棺材里抬放。

争夺河滩地的打斗结束在太阳偏西浮云疲惫之时。古城人没有赶走锣村人,锣村人也没有赶走古城人,按约定,他们在太阳距离地平线一竿高的时候停止打斗。可是,还没到太阳一竿高的时候,古城村和锣村抢滩的庄稼人都放下了手中的家伙,停止了打斗。他们齐刷刷地站在滩地上,如同一座座木桩,如同一座座蜡像或雕塑。他们齐刷刷地看着西边的天,天空雾蒙蒙的,两个血红血红的太阳静静地贴在天上,仿佛两团鲜肉。两个太阳!两个太阳!渭河两岸的庄稼人从来没有目睹过天穹上镶嵌两个硕大而真实的太阳——他们只是像听故事似的从老年人口中听说过这奇事怪事。当他们亲眼看到这个事实的时候便惊怵不已,目瞪口呆。两个太阳并排而立,血光直射过来,渭河滩地上一片血红,每个人的头上脸上身上仿佛向下滴血,他们身旁的渭河也是一片血色,滚滚的波浪蹿起来,似乎在河里升起了几丈高的血柱,天地间被血色弥漫了。庄稼人代代相传,以为这奇观就是凶相——天上只能有一个太阳。这时候,田方伯大喊一声:"跪下!"两个村子里的庄稼人一齐跪倒在滩地上,给两个血红血红的太阳不停地叩头。直至两颗血红血红的太阳被地平线淹没,庄稼人才起来。渭河滩地上静谧得如同被封存了的锣鼓。暮色四合之前,由两个村的族长出面从河滩中间划开了土地,栽上了界石。古城村的土地略多一些。土地的得来,是打斗流血的结果。古城的土地是用田老大和一个黄姓人家的小伙子的生命换来的,而锣村人也丢失了两条人命,一条丢失在了田方伯的谷杈之下——田方伯本来只是想用谷杈在年轻人的腿上戳一个口子,可是,当他挥动谷杈的时候,年轻人竟然抡起手中的铡刀向他的头上砍来了,这就是段五魁目击到的他被劈成两半的那一刻。他一躲,铡刀砍伤了他的胳膊,他的谷杈刺偏了,刺在了年轻人的心脏上,年轻人趴在地上,没再起来。另一条命丢失在了土炕上,在炕上丢了性命的是罗天龙的女人花莲儿,她死于产后大出血。

当锣村人敲响第一声锣开始抢滩之后,接生婆第二次跑来了,她躲过刀枪棍棒找见罗天龙,要罗天龙给他四个小伙子,她要把罗天龙的女人抬到塬上的罗局镇去,那里有一个妇科的高手,因为罗天龙的女人是难产,接生婆已经无计可施。罗天龙说:"不行!一个也不行!你快走。"接生婆说:"你的女人咋办呀?"罗天龙说:"你自己想办法。我不能给你人!"接生婆一看,罗天龙脸色铁青,满脸杀气,目光像刀子一样。在你死我活的时刻,她是要不走四个小伙子的,她含着泪走了。

河滩上,罗天龙指挥着锣村人用长矛大刀对付古城村人的"铡刀队"。

渭河北岸,罗天龙的女人在呻吟喊叫中生下了一个女娃娃。古城人的血溅得罗天龙满身满脸都是,罗天龙和几个小伙子围住了田老大,罗天龙的第一刀砍向田老大头部的时候,在他家的厦房里,女人的血腥之气弥漫了她最后的生命。孩子是立生,先露出了一只脚,另一只脚是接生婆从阴道中把手伸进去硬拽出来的。孩子生下来了,胎盘不剥离,血水汩汩而出。接生婆将一件白布衫撕成布绺子从女人的阴道填进去,血水还是止不住。渭河两岸,锣鼓喧天,喊声不断,抢滩的庄稼人刀枪不让,打斗正酣。只见长矛大刀、谷杈、铡刀、棍棒寒光闪闪,相互碰击发出的响声凌乱而残忍;人们的喊叫声、喘息声,尤其是女人们尖厉的呼声直刺天地之间。渭河两岸的庄稼人搅混在一起,有的撂下了刀枪,搂抱在一起厮打,一个粗壮的中年女人一把抓住了小伙子的阳具,小伙子痛得直叫娘。罗天龙的女人不再呻吟,她气息微弱,面色苍白如纸,她流着眼泪,细细地叫着:"哥!哥!天龙哥!"……这时候的罗天龙正在和古城人激烈的斗打中,他的头脑中只有土地,没有他的女人。花莲儿流尽了最后一滴血。临死时,女人留在人世间的最后一个字是罗(或许是锣),接生婆已听不清她在说什么。

罗天龙似乎预感到结局就是这样的。他满身血腥走进了厦房,扑通一声,跪倒在挺在木板上的女人面前了,他泪流满面,泣不成声。当孩子一声啼哭之后,他站起来了。他从接生婆手中接过孩子,看了看婴儿,一只手举起来就要摔,接生婆叫了一声:"族长!"她抱住了罗天龙的腿,泪流满面:"当家的,你不能那样,这不能怪娃娃,娃娃没有罪。你的女人临走时给我交代过的,一定要把娃娃养大成人,我替你答应了她。"罗天龙叹息了一声:"小冤家。这个罗,锣,锣呀……"罗天龙已经泣不成声了。他明白,失去了爱他的花莲儿好像断了他的胳膊他的腿,失去了他疼爱的花莲儿就等于他的土地干涸了。罗天龙离不了花莲儿,就像人离不开土地一样。花莲儿的死,对他打击太大了——他的心被扎了一刀。从罗天龙把锣村的人带上渭河滩地的那一刻起,他就把生死置之度外了,他明白,这是一场你死我活的打斗,必然要流血要死人。假如花莲儿是死在古城人的刀下,他也不会这么伤心的。后来,这个女娃娃就有了罗锣这个名字。罗天龙看了几眼手中的婴儿,把孩子交给了接生婆,他叹息了一声,走出了血腥之气还未散尽的房间。

第 四 章

　　渭河南岸,古城人已在河堤内的地里给田老大挖好了墓坑。临入殓时,田老大还圆睁着双眼。田方伯用一只手给老大抔上了眼皮,他一脸的悲怆。他对田老大说:"去吧,大哥,你死得值,你是田家的好汉,也是古城的好汉。你给娃娃们做出了样子。你名下的土地,我一定会给你的两个儿子平分的,你安然地去吧。"田方伯像做一件活儿似的对待老大的安葬,他一滴眼泪也没有流。血渍、伤口、尸体已很难使他心动了,就是颤动,也是在心底深处颤动。活到了四十岁,他见了不少世面,目睹过不少血肉之躯的突然消失。他十岁那年,邻村孙家塬遭到土匪袭击,一百多个人被杀得一个也不留,村庄里,这儿一颗头颅,那儿一只胳膊一条腿,血水把街道都染红了。有一个年轻女人身上趴着两三岁大的孩子,一把刀从孩子脊背穿进去,穿透了女人,母女俩被串了葫芦似的,其状惨不忍睹。他七八岁那年,关中大旱,几料子没有收成,饿殍遍地,村外的小路上,随处可见倒毙的人,一群苍蝇围着尸体嗡嗡地叫。四年以后,齐家寨商号的李猪娃联合凤山县的晁黑狗、王摇摇起义,他们捣毁了眉坞县官盐局。后来,知县派人捉拿起义人员,田方伯十多岁了,他目睹了起义者被剖腹挖心的惨景。就在古城村,周姓人家的弟兄俩为一犁沟宽的土地大打出手,弟弟杀了哥哥一家四口,哥哥嫂嫂被砍了头颅,两个孩子都被劈成了两半……可以说,他是嗅着血腥走过来的。现在,他的心里被争夺土地和古城人的利益装满了,对于自己的生死他置之度外了。在他看来,有得必有失,要得到就要有牺牲,不要说死了田老大,就是死了自己,也是平平淡淡的事。

哭哭啼啼的是女人。田方伯的女人齐云仙哭得尤其伤心,田方伯心里明白,他的女人不是哭田家老大,她是在哭自己的儿子田河田。

十八岁的田河田死于四年前的那次抢滩之后,那是发生在 1923 年的事情。那一次的汛期来得特别早,渭河泛滥得特别厉害,渭河南北两岸的不少良田被淹没了。从上游翻滚而下的河水里漂浮着木料、树木、猪羊、农具、家具、衣服、鞋袜,还有被洪水淹死的人的尸体。田方伯和那些水性很好的人将小木船推进河水里意图救出几个人来,田方伯的儿子田河田也和父亲一样参加了救人的工作。小船在汹涌的波浪中搏斗了多半天,连一个活人也没有搭救上来,那些被淹死的女人、娃娃和老人像一件件无用的家具似的被水卷走了。对那些木料和家具之类的东西田方伯无心打捞,尽管有些人十分贪婪甚至不顾激流汹涌,扑进水中去抓取,田方伯视而不见,他不发不义之财,他的家业是用汗水换来的,包括一颗钉子、一把镢头、一头耕牛、一间土房、一寸土地,他都是通过劳动得来的。他鄙视那些从别人的苦难中得到利益的人,凡是不经过挥洒汗水不经过劳动得来的东西他一概不要。在他看来,人的一生就是要吃苦要奋争(抢滩也是一种奋争),要创家立业。人到世上来是受罪的,不是享乐的。只有明白了人本来就是个苦虫,人才会主动地去吃苦。当儿子田河田从河水里捞取了一个木箱之后,他硬是呵斥着儿子将它丢进了河水里。到了半下午,他连一个人也没有救上来,他叹息一声,对儿子说:"咱回去吧。有命的都逃走了,没命的,想救也救不下。"

那次的大水来得急,也去得快。两个月以后,一块裸露的滩地仿佛一道双方交战的檄文挂在了渭河中央,争滩的格斗是难以避免了。

古城村和锣村的打斗一直持续到了午后。两个村里的人一会儿拥向南边一会儿拥向北边,相持不下。同样是刀光闪闪,棍棒相向,血肉模糊,喊叫声把渭水撕碎了,混浊的渭水翻滚着呜咽着,向东而去。吃罢午饭,在两岸助威的年轻媳妇和未出嫁的姑娘们也冲上了滩地,参加了格斗。

在格斗中,田方伯张眼一看,发觉自己的儿子田河田不见了踪影。当时,他忙于指挥古城人和锣村人打斗,不能丢下在肩的重任去寻找儿子。不过,他还是遏制住了一股火气,让羞耻之感在胸中积蓄了多半天,一直到和锣村人的打斗结束。

第一个站出来大声吆喝的是段五魁:"河田哪达去了?咋不见河田呢?"段五魁用大呼小叫制造出了紧张而玄秘的气氛,他把人们还未松懈的神经引向了田河田。古城人似乎被他喊醒了:就是不见河田。其实,河田溜走时,段五魁是瞄见了的,段五魁觑了一眼田河田的背影,心中窃喜——田河田给他的老子出了一道难题,而给我段五魁留下了抓住父子俩把柄的机会——看你田方伯怎么处置儿子。一心一意和锣村人打斗的段五魁立时心花怒放,手脚麻利,忍着刀枪棍棒对自己的伤害。段五魁故意说:"三哥,河田是不是被锣村人抓走了?咱去锣村要人!"几十个庄稼人一听,跟着段五魁要走,被田方伯喝住了:"回来!锣村人要的是地,要人干啥呀?再说,罗天龙的为人我知道,他不会干出缺德的事情的。你们都回去吃饭吧,这事不要管了,我去找他。"居心叵测的段五魁说:"三哥说得对,锣村人不会扣下河田的。说不定,天黑了,他就回来了。"不知端的的古城人走下了河堤。段五魁走在最后边,他偷看了几眼依旧站在滩地上的田方伯。田方伯虽然昂头而立,一副凛然之状,但只有段五魁明白,这时候的田方伯已是心事重重,心神难安。你不是很威风吗?你不是古城人的神吗?你不是把脸面看得比天大吗?走着瞧吧,你的儿子非把你脸上的皮扯尽不可,到时候,你把脸还藏到裤裆里去呀?段五魁的疲惫已被报复的天使扇动的翅膀打扫干净了,他的快感是从心底里是从皮肤上骨髓里涌出来的。古城村只有他一个人明白,一场好戏已经拉开了幕布。

田方伯没有走,他双手叉腰,站在属于自己的土地上。刚才,段五魁的一举一动,他都看在眼里,段五魁想干啥,他心里清清楚楚。儿子离开时,段五魁肯定看见了,而且看见他去了啥地方。说不定,段五魁还撺掇了河田,这样,就给他脸上抹了黑,使他这个族长无颜面对古城人。田方伯在等待着。也许,儿子负了伤,倒在了啥地方,他苏醒后就回来了。田方伯尽量朝好处想,他觉得,他田方伯的儿子不是尿样子不是孬种不会临阵逃跑的。他知道儿子的性格中有和他一样的刚毅和顽强。

月亮上来了。滩地上,荒草的影子支离破碎;月光下,被几千人踩踏了好多遍的土地如同遭到了诬陷的好汉,不平的阴影十分清晰。站在月亮地里的田方伯身影被月光拉得很长,新鲜的月光沾在他那裸露的闪闪发光的胳膊上,由于拳头还在半握着,胳膊上的肌肉隆起来了,显然,他还在使劲,仿佛要把渭河滩握在手心,捏得粉碎。

夜阑人静了,田方伯回到了村子。推开院门,可怜的齐云仙还没有睡,她怀抱着田河鼓在院子里打盹。月光投在地上的身影瘦削、单薄,坚韧不拔的神情没有消减一分一厘。女人心里明白,假如河田是临阵逃跑,那后果将是多么可怕啊!一整天了,她的心一直是紧绷着的。她承受的灾难和心理上的压力不比任何男人少,而她的韧性要比男人们更强。即使她心上扎了刀子她也会断然拔出来,自己舔干自己的伤口。女人没有问田方伯见到了儿子没有。她将河鼓抱进房间放在炕上,给田方伯端来了饭菜。一整天了,田方伯只吃了一顿饭。女人的目光小心翼翼地避开田方伯,不敢正眼去看他。田方伯坐在院子里吃饭,一句话也不说,空气中似乎释放出一股不可预测的紧张和灾难,田方伯吃饭的声音、女人的走动声以及月光洒下来时发出的细微的声音触手可及。语言是不可能打破这僵局的,女人找不到抚慰田方伯的话,她收拾了碗筷,悄无声息地睡觉去了。

好多年来,古城人在抢滩中很少有人逃跑过。土地是庄稼人的命,放弃了对土地的奋争和放弃了生命有什么两样?逃跑是族规族法不能容忍的,是遭庄稼人唾弃和鄙视的一种可耻的行为。在田方伯的记忆中,他的一个堂叔在一次抢滩中曾经逃跑过,堂叔因为结婚才一年,惦念媳妇生孩子而跑回了家。田方伯经见了爷爷辈对堂叔的那次惩罚——堂叔被五花大绑着押到了祠堂前,他的记忆里的堂叔还是一张娃娃脸——十八九岁的样子。堂叔被按倒在地上,他那撕心裂肺的求饶和铡刀按下去人头落地的场面吓得年幼的田方伯惊恐地发出了尖锐的声音,那深刻的血腥像一杯浓烈的烧酒灌进了他的肠胃,他没有被灌醉,反而更清醒了,他明白了:庄稼人的品质中最闪光的是,依照规矩做人做事,刚直不阿,勇敢顽强。对于田家人来说,家规就是先生手里的戒尺、悬在头顶的宝剑、无云的蓝天、岿然不动的秦岭,谁也不能去冒犯。年轻时的田方伯由于无视家规而被长辈暴打了一顿,他被打得血肉模糊的尻蛋子使他记住了家规的厉害。那时候,田方伯才十六七岁。因为他喜欢上了田姓人家一个小他一两岁的姑姑,虽然,两个小年轻没有越轨之事,虽然,只是远房的姑姑,但是,田方伯的父亲知道后还是将田方伯按倒在田家祠堂内用鞭子在精尻子上打了几十鞭。田方伯在炕上趴了一个多月才勉强下了炕。从此,他记住了违犯家规的滋味。特别是做了族长以后,他觉得,他的言谈举止就是古城人的标准,他的家人首先要给古城人垂范。如果说,儿子真的是临阵逃跑……他不敢再往下想。哪怕儿子被锣村人打死或者被河水卷走,也没有儿子的逃跑令他痛心令他惋惜令他羞耻。但愿吧……一向沉稳的田方伯有点坐不住了,心中纷乱不堪,各种设想朝他不愿意看到的方向奔跑。

田方伯心情焦灼地看着院子里斑驳凌乱的月光,双手抓住了屁股下的石凳子,他恍然看见院门在动,房屋在动,整个村庄在动,河田在走动……河田缩头缩脑地走进了院门。田方伯横扫儿子一眼,大叫一声:"逆子!不要脸的东西!你还敢回来?去死吧!"田方伯将屁股底下一百多斤重的石凳子抓起来,举过头顶,正欲向儿子扔过去,河鼓在厦房里尖叫了一声(也许,他做了一个噩梦),叫声刺破了厚重的黑夜。田方伯愣住了。田方伯定睛再看院门时,院门依然紧闭如初,不见儿子的踪影。他将举过头顶的石凳子又轻轻地放下了,他在心里叫道:儿子呀!我的河田,你去了哪达?你真的逃跑了吗?刚强的汉子,硬是把涌出来的眼泪咽下去了。

带着凉意的空气在田方伯的周围随心所欲地流动着,和凝重的空气相比,他那略带忧伤的感情和并不十分饱满的言语轻如柳絮。他的痛苦哽塞在喉咙眼里无法吞咽,难以倾吐,他紧盯着院门的眼睛不听使唤了,困乏得厉害,他伏在石凳前的石桌上,打起了呼噜。

儿子!是他的儿子,河田。田方伯揉了揉眼睛,他没有在睡梦中,儿子确实站在他面前,田方伯睡意全无了。

"你干啥去了?"

"我……"儿子嗫嚅着。

"说!"

在丈夫的吼叫中,齐云仙起来了。她急急忙忙走出了厦房。女人站在儿子的身旁,用爱怜的目光看着儿子。儿子毕竟才十八岁。儿子满脸的憔悴、惊恐遮住了他青春而鲜活的神情。女人说:"河田,给你爹说亮清,不要害怕。"

田河田跪在父亲面前,实话实说了,他果然是临阵逃跑了。田方伯一听,求救似的大声哀叫道:"河田呀河田!你、你把你害了,也把你老子害了!"田方伯扬手就是一耳光。田河田没有躲闪,等着挨打。尽管,田方伯扇得很狠,但他似乎毫无手感,他扇出去的好像不是自己的手,而是上苍赋予他的被责任涂满了的巨大无比的手,是先辈留下来的手,是书写着家族家规的手。田方伯半眼也没再看田河田,好像跪在他跟前的不是他抚养到十八岁的儿子,那张脸也不是他熟悉的儿子的脸,他关心的不是田河田被打得灼热的脸庞,甚至田河田的身体和生命,这些,他都不关心,他只关心这件事怎么收场,他在古城村怎么做这个族长!田方伯垂下了头,木然地坐在了石凳子上,一言不发,仿佛是充满血腥的白昼和忐忑不安的夜晚重叠在一起撕碎了他对儿子的美好期待,他只剩下了一腔愤怒。

天快亮了。亮光仿佛刚浮出来的小鸡身上绒绒的毛在院子里的树梢上抖动。

天快亮了。亮光像悲怆的唢呐声一样敷在院子里。罗天龙刚刚给花莲儿做好了棺材——他叫了两个帮手,一天一夜就做好了。罗天龙的祖父和父亲都是木匠,手艺自然传给了罗天龙。在渭河北岸,罗天龙是有名的大木匠——砖瓦、木工、油漆他都在行。尤其是他给大户人家在房屋上雕饰的图案——人物、飞禽、走兽、花卉,栩栩如生,活灵活现。女人的棺木板是罗天龙在常兴街上挑选的上好的柏木,老衣也是用扯来的最好的绸缎做的——罗天龙要厚葬他的女人。

罗天龙和他的女人花莲儿在一张土炕上睡了二十八年——从花莲儿八岁起,两个人就睡在一起了——花莲儿既是罗天龙的妹妹,又是他的童养媳。花莲儿跟在罗天龙的身后哥哥哥哥地叫着,一直叫到了花莲儿十六岁和罗天龙圆房的那天。成婚的第一个晚上,两个人像往常一样睡在一起的时候,突然都觉得很别扭。花莲儿把枕头一抱,睡到了土炕的那一头,罗天龙撵过去,抱住了花莲儿。有多少个日子,当这男娃和女娃晚上抱住睡在一起的时候,他们都压抑了自己,都不出声地在心里相互期待:等吧,等到圆房的那一天。这一天来到了,当罗天龙动手要给花莲儿脱裤子的时候,花莲儿娇嗔地说:

"不，我是你妹妹，哥哥妹妹是不能那样的。"罗天龙说："你给我当了八年妹妹，从现在起，你不是我的妹妹，是我的媳妇。"花莲儿说："那就叫我最后再叫你几声哥。"罗天龙说："那好，你叫。"花莲儿叫道："哥！哥！天龙哥！我的亲哥哥呀！"她叫着叫着，眼泪下来了，以致泪流满面，娇喘不已。在花莲儿的叫声中，她已被罗天龙剥得一丝不挂。当罗天龙趴上精赤的花莲儿进入她的身体的时候，花莲儿搂紧了他的腰身，不由得又哥呀哥地放声叫开了。她没有丝毫的忸怩羞态，只有山里女娃娃那种宽阔的野性和自觉的献身行为。

从那天晚上以后，花莲儿再也没有把罗天龙叫哥。

罗天龙的祖父是山东闹义和团那年带着罗天龙的父亲到了秦西省的，一家人进了潼关从东向西挪，一直从渭南挪到了凤山县城北边的北山里一个叫作桃花山的地方。桃花山的几座山头上长满了桃树，开了春，满山粉红的桃花如烟似雾，花香袭人，山里人枯焦的日子里因此而增添了几分有色彩的情趣。罗天龙一家就住在山头下的窑洞里。那么大的桃花山里只住着罗天龙一家和花莲儿的父母亲。山里撂荒的坡地到处都是，只要肯下苦力，只要多开垦，就能多打粮食。山东人十分勤劳，两年时间，罗天龙的父亲罗俊就开出了五六十亩山地。农闲时节，罗俊带上木匠家具给山里人做山犁，做柜子，做棺材。随着斧子、锯子、凿子、刨子的拉动或挥动，麻钱（铜钱）和铜圆到了木匠的手中，他们的日子过得还不错，两年过后，就买了几头牛，不再用镢头、锄头开荒种地了。

花莲儿父母亲的窑洞和罗天龙家的两孔窑洞只隔几丈远。两家同住一个院落，常来常往不说，关系融洽不说，罗天龙的父亲罗俊和花莲儿的母亲余桂仙成了公开的相好。这也难怪。花莲儿的父亲是一个地地道道的侏儒——他站直，只比土炕高一点，而且有一双大脚巴骨，走起路来一摇三摆，二里山路，要走半天，老远看，不是向前走，而是向后蹾。就是这么一个丑陋的男人却得到了一个身材苗条、脸蛋儿好看的年轻女人。世道就这么不公平不遂心如愿,木匠罗俊——罗天龙的父亲却守着一个病恹恹的女人。罗俊和他的女人睡在一条炕上,鼻孔里灌进去的不是属于女人的体香,而是中药的苦味和说不清道不明的病味儿——连女人的毛孔里也散发着这种呛人的味道。幸亏,罗俊每天都在沉重的劳动之中,他一上炕就鼾声如雷了,不然,他浑身的蛮力去哪儿释放?女人,属于他的土地已无法耕作,和病恹恹的女人做那事对他来说是一件十分残忍的事。压抑着自己的罗俊只有在下雨天在闲下来的日子才焦渴难耐。他把目光和身体投向花莲儿的母亲是自然而然的事情。罗天龙的父亲从花莲儿的母亲口中得知,她是五六岁就给这一家当了童养媳的。而罗天龙的父亲在杨家山给人做犁时,杨家山的山民给罗天龙的父亲说,花莲儿的母亲是花莲儿的爷爷当年从人贩子手里买来的窑姐儿。这个花莲儿究竟是谁的女儿,也许,花莲儿的母亲余桂仙也说不清。余桂仙究竟是童养媳还是窑姐儿,罗俊根本不在乎,他只在乎女人对他知冷知热知心知肺和倾注于他的毫不保留的真情,他只专注于女人在炕上给他带来的刻骨铭心天塌地陷的快感。余桂仙才是他的肥沃的土地,他有激情有责任精心耕作。

在罗天龙一家还没住进桃花山之前,由于没有牲口,每逢种地的时节,花莲儿的母亲余桂仙要么用镢头、锄头挖,要么去给有牛的人家干几天活儿(以工换牛)。罗天龙的父亲来了之后,花莲儿一家的二十多亩山地就由罗天龙的父亲给代种了。罗天龙的父亲在农忙时就下山去找雇工,从不要花莲儿的母亲给他家干一点活儿。他暗暗地爱上了邻家这个很漂亮很令人心疼的女人。女人俊俏不说,和罗俊在一起,很风情,很煽情,这是罗俊那病恹恹的女人学也学不会的。

罗俊和余桂仙在坡地里放牛或干活儿的时候,就在草坡里滚在了一起。天做被子地做炕,两个相好旁若无人,尽情交欢。坡地里不见一个人影,只有虫子的叫声火一样地燃烧。后来,罗俊大白天睡在余桂仙的炕上,侏儒也不敢吭声。一个下雪天,罗俊和往常一样把花莲儿打发到自家的草棚里和罗天龙玩耍,他和余桂仙上了炕,两个人连门也没有闩,就开始折腾。余桂仙虽然被几个男人上过手,却从来没有哪一个男人像罗俊一样把她弄得要死要活,她和罗俊在一起,就好像没有了自己没有了天地没有了人世间。罗俊才是一个真正的男人!和罗俊偷情,余桂仙从来没有内疚过,在她看来,这是上苍对她长期肉体孤独精神孤独的补偿——一个好女人就必定要有一个好男人伺候——侏儒在她心中早已死了。两个人正玩在兴头上,窑门被侏儒推开了。本来,侏儒是在做灶房的窑洞里的灶门前蜷缩着的,他嫌太冷,想到炕上去。他进了窑门,站在脚地眼巴巴地看着炕上的一男一女在尽情地交欢,他说:"我要……要上炕。"余桂仙扭头一看,脚地上站着侏儒,余桂仙说:"出去!"侏儒说:"我要……"还没等侏儒说完,余桂仙骂道:"你还要?你看你那尿样子,能干不能干?滚出去!"余桂仙把侏儒推了一把,侏儒双手死死地抓紧炕边不走。余桂仙顺手抓起当作枕头的那块石头盖头朝侏儒打下去,侏儒倒在了炕跟前,余桂仙继续和罗俊干起了还没干完的事情。等事毕,余桂仙下了炕一看,炕跟前一摊血,侏儒早已死了。当天,罗俊在坡地里挖了一个坑把侏儒埋掉了。

本来,罗俊准备把余桂仙名正言顺地纳了妾,可是,第二年春天里,余桂仙就遇难了。

那是一个大雨滂沱的日子。

花莲儿去罗家吃晌午饭——对于花莲儿来说,自从来了罗俊一家,她吃罗家的饭比吃自家的饭的次数还多。此时的余桂仙正在窑洞里给自己擀面条,突然轰的一声闷响,窑洞塌下来了,余桂仙被埋在了土里。罗俊端着饭碗出来一看,出事了,把饭碗顺手一撂,向塌了的窑洞扑去。罗俊似乎预感到,这一天迟早要来的。他站在雨地里,站在埋住余桂仙的那一堆小山包似的土跟前,任凭冰凉的雨水从头顶上向下浇。他悄悄地、静静地站了一刻,跪倒在泥地上。他心头泛上来了他不敢面对不想面对也不得不面对的两个字：报应！这就是报应。罗俊在脸上抹了几把，抹不掉的不知是雨水，还是泪水……

山上的几个山民被罗俊叫来，用了三天工夫才把余桂仙刨出来。罗俊给余桂仙做了一口棺材，埋在了山坡上。

就这样，罗俊收养了花莲儿。花莲儿整天跟在罗天龙后面，放牛时跟着，犁地，割柴时跟着，在水泉中担水时跟着，下山买几斤盐时也跟着。她简直像罗天龙的影子一样，哪里有罗天龙，哪里就有花莲儿。晚上，罗天龙就和花莲儿睡在一起。花莲儿张口闭口叫罗天龙哥。罗天龙也特别喜欢这个没爹没娘的小妹妹，他在树上摘几个酸杏摘一把桑葚摘几个核桃，他吃多少，花莲儿同样吃多少。罗天龙把花莲儿当作亲妹妹。而且，不只是妹妹，罗天龙觉得，花莲儿是一种情调一种氛围一种力量，是罗天龙割不掉的尾巴，是他身体的一部分。开初，罗俊也把花莲儿当作女儿养。几年以后，罗俊和自己的女人一商量，把花莲儿作为童养媳来看待。女娃娃越长越俊俏越懂事，有鼻子有脸面不说，尤其是那双水汪汪的大眼睛比余桂仙的眼睛更沉静更柔情更温馨。罗俊几次给花莲儿说："你不要叫他哥了，他不是你哥。过几年，我给你们圆房。"花莲儿还不知道圆房是啥意思，她依旧把罗天龙叫哥。

罗俊在山里又坚持了几年。北山里突然来了一种怪病——多年以后，医学界把这种病命名为"克山病"。虽然这是一种心脏病，不可能传染，但怪就怪在：如果一家有一个人得了这种病，全家人会被同一种病缠上，以致很快亡故。山里人以为是神仙或厉鬼作法作怪，是上苍的惩罚，山里人把全家人的倒毙归结为"山犯了"，山民们根本不知道，那就是"克山病"。一旦"山犯了"，山坳里、山头上，有几户死几户，一户人家也保不住。余桂仙被窑土压死后没多久，罗俊那病恹恹的女人也下世了。罗俊一看，山里再也待不住了，他就卖地下山——虽然，他的名下有一百多亩山地——包括余桂仙留下的二十多亩地也被他独占了,可是,山地的价钱很低,他的所有土地只卖了三十石小麦。

用卖地所得,罗俊在北山根下的凤山县松陵村安了家。罗俊给罗天龙和花莲儿圆了房,自己没再续娶。

那时候,罗俊带上罗天龙到处给人家盖房子,做木工活儿。罗俊在塬下的眉坞县锣村给人家盖房时才知道,锣村的一大半人是从山东崂山迁来的,而且都姓罗,族长和他们是同村同宗。罗俊在锣村认了叔伯弟兄,他就从凤山县的松陵村搬到了眉坞县的锣村。

父亲去世后,罗天龙在锣村把家业做大了。过了三十岁,罗天龙就"立"起来了,他的名下有了二百多亩土地——他的地是一分一厘买来的。他一个麻钱一个铜圆地攒下了一份家业。他很勤俭,很吝啬。犁地时,他不穿鞋,把鞋别在腰带上。他外出做活儿时,用木勺子给家里人留下那几天要吃的菜油、食盐和醋,辣子是数着角儿留。余下的调料,他用一把铜锁锁起来,钥匙自己拿着。有一次,他估计外出十天,结果,多出去了五天。花莲儿比他还节俭,十天的调料吃了十三天,最后,还是吃了两天没调料的饭,自家人倒好说,两个长工背地里骂他是"啬皮"。

为了创下一份家业,二十年了,罗天龙没有睡过一个晚上的长明觉,常常两头不见鸡——起来时,鸡还在架上;睡觉时,鸡早已上了架。清早,当锣村人打着哈欠从院门里向出走的时候,罗天龙已在塬上的坡地里或者渭河滩里给牲口割了一担青草担着进了村。晚上,锣村人酣然沉睡时,罗天龙还在房子里点着菜油灯给人家做门窗、做柜子、做农具。他熬到啥时候,花莲儿陪他熬到啥时候,花莲儿帮他拉锯,帮他凿卯,帮他在木头上打墨线,帮他磨斧头,磨刨子的刃。农忙时,他在家里播种、收割、碾打,地里和场里的活儿刚完毕,他一天也不歇就背着木匠家具外出干活儿了。下雨天,庄稼人没黑没明地死睡一天一夜舒松一下筋骨,或者,搂着好久没有滋润过的女人撒一回欢。到了下雨天,罗天龙更忙了,他正好在房子里把给人家盖房用的门窗做好,天一放晴,就可以砌墙上梁了。他活着就是为了干活儿,他干活儿就是活着。当然,他能读出花莲儿目光中的渴望,他给花莲儿许下了愿:等他把家业创大,啥事也不干,没黑没明地和花莲儿×上三天三夜。花莲儿一听,咪地笑了:"你还有心思×女人?你的心思在买地置业上。你有多少地才算大家业?是一百亩,还是二百亩?是十头骡子,还是二十头?"他也不知道家业做多大才算大。花莲儿没有说错。他只是不停地做,土地在增添,庄基在扩大。当菜油灯里的油干捻子灭了时,花莲儿催他睡觉。他把花莲儿抱到做木工活儿的案子上,抹下她的裤子上了身。事毕,他摸黑将花莲儿抱进了隔壁,放在了炕上。他说:"你以为我不想?我比你还想。这一下,你受活了吧,睡觉去,我再干一会儿。"他给菜油灯里添上了油,点着了灯,又开始干活儿了。罗天龙只信一条理:家业是苦来的,不是天上掉下来的。有白享的福,没有白吃的苦。

从十六岁给罗天龙做媳妇,花莲儿整整做了二十年。按照农村人的说法,花莲儿是帮夫的女人。罗天龙也知道,他的家业中浸润着一半儿花莲儿的心血。花莲儿的去世使他很痛心,他不再吝啬,要大大方方地给花莲儿办丧事。

罗天龙不仅请了鼓乐吹手,还请了一台大戏。他要在家里给花莲儿诵七天经,在锣村唱三天戏,以奠祭亡灵。他知道,没有女人的家将是荒芜的家、不完整的家。他的半生半世多亏了这个女人。

即使锣村的长辈去世了,讣告牌也是用纸出的。罗天龙派人扯了五尺白绸子,用白绸子给花莲儿出了讣告牌,讣告牌上写道:

罗花氏莲儿生于光绪十七年(1891年),殁于民国十六年(1927年),离年三十六岁……罗氏恪守妇道,勤俭持家,相夫教子,积纺女红,锣村之楷模;贤惠善良,待人温和厚道,垂范闾坞……

安葬花莲儿那天，全锣村人淹没在哭声中，悲伤而哀婉的唢呐声穿过滚滚的渭水，在渭河北岸飘荡……

当田河田拉着一个女娃娃向芦苇地里走去的时候，段五魁看得清清楚楚。在腥风血雨般的打斗之中这男娃和女娃的匆匆离去使段五魁有些吃惊，怀着探究的心理，他悄悄地撵上去，跟在田河田和那女娃娃的身后。等这个男娃和女娃进了芦苇地，他站在地边偷听，他屏住气息，听到的只是自己憋出来的喘息声。他向芦苇地里走了几步又退出来，出现在他视线里的田河田正在和女娃娃搂抱在一起，接下来，是两个人的窃窃私语。他再看时，什么也看不见；再听时，什么也听不见——那只是自己的臆想而已，他希望是这样。段五魁心想：该死的田方伯，一个村里的人都在滩地上拼命，你的儿子却和女娃娃寻快活，看你咋处置他！段五魁不动声色，回到滩地上，心里涌上来一股说不出的嫉妒和仇恨，他拿起谷杈，朝一个已经向北岸撤退的庄稼人老远撂过去了，锋利的谷杈扎在了那个庄稼人的屁股上，那杈尖扎进去至少有三寸深——段五魁下手太狠了。那个庄稼人回头看了一眼，扑倒在地上。他根本不知道，段五魁那一谷杈中扎出去了多少复杂的情感和阴暗的用心。段五魁怀着既幸灾乐祸又等待一场好戏开台的期待心理回家去了……

回到家，段五魁突然产生了一股怒火。金秀珠连问他两声："咋了？啥事？"他不吭声。他那张没刮胡子、满脸胡茬的脸阴沉沉的，双目盛满了冷峻而狂暴的神情。他吃了一锅旱烟，将烟锅放下，骂道："该死的田方伯！"金秀珠说："田方伯又咋了？"段五魁说："他不卖地。"金秀珠说："他不卖就算了，看你！这就是你的本事！"段五魁说："算了？我不能和他算了。"金秀珠："那你还能把人家杀了剐了？"段五魁说："走着瞧。"

田方伯有三亩地夹在段五魁两大块田地的中间,段五魁想把田方伯的那三亩地买到手,把他的地连成一大片。段五魁打发人去和田方伯撮合,田方伯一口回绝了:不卖。段五魁给说事的人吩咐:告诉田方伯,那三亩地他出六亩的地价。田方伯却说,出六十亩的地价他也不卖。既然田方伯不卖,段五魁就说,他愿意用最好的地兑换田方伯的那三亩地。田方伯给说事的人说:"你告诉段五魁,他的地里就是长金子长银子,我也不兑换。"田方伯心里明白,这不是三亩地的事情,段五魁把他的地连成一片,目的是向古城人显摆——我段五魁才是古城的老大,你田方伯是族长能咋样?我照样可以把你摆平,我叫你卖地,你不能不卖;我和你换地,你不能不换。而田方伯偏偏不听段五魁的摆布,不卖就是不卖,不换就是不换。两个人都显示他们的强势。可以说,不屈的心对着不屈的心,强硬的目光对着强硬的目光,强硬的声音对着强硬的声音。这才叫针尖对麦芒——尖对尖。谁也不让谁。

段五魁一看,田方伯比他还强硬,他使出了阴招——他在两边的地畔都栽上了树,因为是碗口粗的大树,根须扎进了田方伯的地里去不说,两边的树遮出的阴影几乎把田方伯的地罩严了,阴影下,地里就不长粮食。人家段五魁在自己的地里栽树,田方伯无话可说。田方伯的管家给田方伯也出了一招,他叫田方伯把那三亩地全部栽上树。田方伯不干,他说:"我不能不拘荣辱,没有规矩,这样做,古城人笑话。再说,我是族长,我和段五魁对着干,以后村里发生了难缠的纠纷,我咋处理?我还有什么脸面?就让一让段五魁,他做的缺德事,村里人都看着,他哪里像个大户人家的样子?"田方伯最终做出了让步的打算,他觉得,并非他示弱。宽容是他的德行,也是他强势的另一种表达。对于段五魁来说,达到目的,才是唯一的,段五魁哪里管村里人指脊背?他强装着一副傲慢不屑、盛气凌人的样子,把事情越做越绝——他叫长工把两边地的顶头的田间小路也开挖了,种上了庄稼,田方伯想种想收,都无法进地了。他的三亩地就像锁在了箱子里一样。田方伯被逼到了墙角,但思来想去,不再和段五魁争高低,退让一步,海阔天空。人的德行是不能用秤量,用钱买的。吃亏是福,他把那三亩地卖给段五魁了。

　　写契约按指印的那天,段五魁把田方伯请到了家里,摆了一桌酒席。他派人去横渠镇割了几斤肉,杀了家里的一只母鸡——鸡是他自己杀的。他把鸡翅膀踏在脚下,麻利地将鸡头一拧,一刀剁下了。烫去鸡毛,开膛剖肚,他双手浸在鸡血之中,感到无比温热和滑腻——从那一刻起,他的快感一直持续到鸡肉端上饭桌。段五魁满面春风,眉开眼笑,一副得意忘形的样子,他不仅仅是买来了田方伯的几亩地,他把田方伯硬箍住了——他赢了,他赢来了田方伯的面子,而使他在古城做人有了更大的自信——你是族长,又能怎么样? 地,你还得卖给我!他给田方伯敬了一杯酒,笑吟吟地说:"三哥成全了兄弟,使我的地连成了一片,我谢谢三哥。"田方伯一听,一口喝干了酒,放声大笑:"你赢了,段五魁。还是你有能耐,我田某人佩服。"田方伯轮廓分明的面孔严肃沉静。段五魁尴尬地笑了笑:"还不是三哥给了面子,我有啥能耐?"田方伯说:"我还有面子? 我的脸面被你当作沟蛋(屁股)子踢。"段五魁一看,田方伯满脸通红,目光冷峻。他知道,田方伯在极力按捺着窝囊之气,段五魁又给田方伯敬了一杯。田方伯接过酒杯,将一杯酒朝段五魁的脸上泼去之后,放下酒杯,拧身而去了。

第五章

　　田河田的临阵逃跑不是为了保全自己的性命。古城村和锣村的女人们拥向滩地以后,滩地上的打斗如煎滚的油锅里滴进了凉水,家伙碰家伙发出的钢铁声、小伙子们的狂叫声、中年人的喘息声、女人尖厉的呐喊声和空气中弥漫的紧张、狂暴搅混在一起,尤其是女人的撕扯将人的毫无廉耻赤裸裸地悬挂在道貌岸然的天空下——细嫩的脸被抓出几道印子不说,发髻被抓乱身上被抓烂不说,粗布裤子被撕烂后下体难堪地裸露了。那些中年女人专门挑年轻女人的裤裆撕扯——似乎把年轻女人的那个部位裸露在光天化日之下,她们才解恨。拿着一把谷杈乱抡的田河田穿过交织的棍棒挥舞的长矛铡刀,他看见,古城村的几个女人将一个女娃娃围在中间,在女娃娃的脸上抓,下身撕,那个女娃娃的求救声可怜而动人,有一个女人毫不留情地将棍棒挥向了女娃娃。田河田丢下和他打斗的一个小伙子冲进那几个女人之中,他只一扫,就觉得女娃娃似曾相识,不由分说,扯着女娃娃的胳膊就跑,两个人一口气跑进茂密的芦苇丛中去了,他们哪里顾及有人盯梢或窥视——对于身后的段五魁,田河田毫无警惕也没有察觉——即使他看见了也不会放弃搭救女娃娃的。蹲在芦苇丛中,两个人不停地喘了几口气,憋在胸中的不安和紧张都有些松弛了。不远处的打斗暂且被田河田忘却了,被田河田抛在了九天之外,似乎这个世界只是他和女娃娃两个人的世界。田河田越看越觉得女娃娃眼熟,开口问话。女娃娃告诉田河田,她叫罗铃,是锣村的族长罗天龙的女儿。田河田一听被他救出来的女娃娃是族长的女儿就有些后悔了——岂止是后悔,简直是有点后怕了。全村人都在半里开外的滩地上浴血搏斗,他却躲在芦苇丛中和锣村族长的女儿在一起。田河田只是一心想救人,还没有意识到他一瞬间做出的举动会给他带来什么——他害怕的还不是惩罚,而是他自己当时的处境——你怎么能躲起来?你当然明白,自己的这种轻率而胆大妄为的举动不只是和族规相悖,不只是和父亲的教诲背道而驰,也违背了你自己的意志——你不会因为贪生怕死而逃跑的,你只是把善意变成了善举。女娃娃给田河田说,她认识他,究竟是在什么地方认识的,她也说不清。田河田苦笑一声,没有说什么,他只是不忍心这么漂亮的女娃娃受伤害,哪怕身上的什么地方擦破了皮,也会使他心疼的,只要女娃娃安然无恙,免受皮肉之苦或者说没有丢掉性命,他就安心了,这是他扯着罗铃逃跑的初衷。到了芦苇丛中,他无话和女娃娃可说,他细细一想,他的举动就是逃跑。你怎么会逃跑了呢?我的压压(娘娘),你咋做下了这事?短暂的寂静像一盆凉水盖头朝他泼来了,他仿佛听见自己的血流慢下来了,心跳慢下来了,他冷静下来问自己:你为什么要这样?仅仅是怜香惜玉吗?尤其是"逃跑"两个字一旦闪上来,他就觉得无地自容。女娃娃可能出自感激和他找话说:

"你说你叫河田?"

"田河田。"

"比我大几岁?"

"十八了。"

"大我两岁。你爹是族长?"

"是。我回去给我爹说,叫他们不要打了,吓死人了。争那些地干啥呀?"女娃娃天真地说,"你也给你爹去说说吧。"

田河田根本没有那个胆量。一提到父亲,他就有几分畏怯了,父亲不只是一棵大树、一座大山、一种权威、一种声音、一种力量,父亲是写在纸上的岿然不动的规矩,这个规矩不容违背。父亲是供奉在古城人心中的"神",也是古城人造的神——父亲无处不在。他已经预感到,他的逃跑不会有好结果的。等待,焦灼的等待漫长而苦闷。田河田没有心情和罗铃多说一句,他只是等待日落。时间仿佛结了冰的渭河:坚硬、冰冷。亮光透进芦苇地斜斜地射过来,田河田浑身燥热,神情不安。他双手抱住头,目光盯着潮湿的芦苇地,心乱如麻,不知所以。他抬头一看日头偏西了,天空由深红色变成淡红色,由淡红色变为淡灰色,直至灰暗一片,十分压抑。能听见青蛙在芦苇丛中放肆的叫声,能听见茂密的芦苇窃窃私语,能听见渭河的奔走和天地对他发出的警告。田河田支使罗铃离开他,他不愿意和罗铃在一块儿,他的一时感情用事,后果不堪设想。他一旦有点害怕,就对罗铃产生了几丝怨怼,如果不是这个女娃娃,你不会落到如此为难的境地——有家不敢回。他呵斥罗玲走,罗玲却不,罗玲要田河田送她到河对岸。田河田几乎带着哭腔说:"你快走。我不想再看见你。你已毁了我!还想要我咋样?"他拉着罗玲,把她拽出了芦苇地。站在芦苇地边的罗铃还是没有走,她眼巴巴地看着田河田消失在青青的芦苇中,罗铃的泪水潸然而下:"我不能走,我要等田河田出来。"一种孤单的气息凉飕飕地袭来了,罗铃被浸湎着黑夜的无依无靠的氛围挤压着——她感觉到,田河田和她一样孤单。她断然走进了芦苇地,她的一双手紧紧地抓住一根端直粗壮的芦苇,仿佛这株生命力旺盛的芦苇就是她的依靠。她站在不远处——田河田不知察觉到了没有——微弱的亮光中,田河田蜷缩在一起——不是罗铃看见的,而是她感觉到田河田——她的救命恩人、她终生难忘的一个年轻小伙子的存在。田河田蹲在芦苇地里不觉伤心落泪。

罗玲一走,芦苇地里空荡荡的,十分沉闷。连茂密的芦苇似乎也不怀好意,从四面八方朝他压来了,使他喘不过气来。田河田思前想后,鸡叫三遍之后,鼓起勇气进了古城村。

田河田还没有说完,田方伯长叹一声,他没有再责备儿子。他走到儿子跟前去,借着月光,不认识似的把儿子端详了几眼,淡淡地说:"儿呀,你自己把自己卖了。"田河田垂下了头。田方伯走出了院门,敲响了挂在村口的那口老钟。黎明前的钟声像铁匠从炉子里夹出来的通红的还没有淬火的铁器一样耀眼。钟声毫不留情地大踏步地撞进古城人的梦境,他们被钟声唤醒了。

两袋烟的工夫,全村人集合在田家祠堂前。谁也不知道发生了什么事。

齐云仙背着还在熟睡的河鼓,她的身影单薄而孱弱,从家到祠堂的那一段路她走得蹒跚。少气无力的月光石头似的不住地绊她的脚。祠堂前,人声嘈杂,灯笼火把如人的情绪一般晃晃悠悠的不稳定。田方伯和几个长辈早已站在土台子上了,他们的严肃冷漠的面孔如同黑色的墓碑,仿佛脸庞上布置的不是五官而是刨子刨过的枣木板。田方伯和几个老者在那里一站,他们无声地制造出来的肃穆而紧张的气氛使庄稼人忐忑不安。等庄稼人到齐之后,田方伯大喝一声:"河田,站出来!"田河田迈着瘦弱的步子到前边去了。

田方伯半眼也没看儿子,他喝道:"来人!把河田绑了!"四个小伙子从人群中走出来,将田河田五花大绑了。田方伯扫视了几眼台下的庄稼人说道:"河田昨日个从滩地上逃跑了,你们说咋办呀?"台下的庄稼人用眨动的目光,用不均匀的出气声,用沉默不语表露着惴惴不安,黎明前十分压抑的咄咄逼人的凉气从庄稼人的眼皮上流过去时发出了冷冰冰的声音,接下来,有了叽叽喳喳的议论。

"站出来说。"田方伯朝那几个人手一指说道,"有祖宗的家规在,你们怕啥?"

议论声刀截一般停下来了。祠堂前沉默如山。庄稼人当然明白祖宗的家规是什么。祖宗的家规铡刀一样悬在古城人的头顶,使他们不寒而栗。古城人不能不想起摘置在祠堂里以戒后人的那个铡掉人头的铡刀——铡墩上的血污至今还散发着骇人的气味。

　　这时候,田方伯叫人掂来了那把已有几十年没有动用过的铡刀。站在前排的田家人看着古老而威严的、虎视眈眈的铡刀,出气声变粗了,他们呼出的不是气息,是对田河田的担忧和内心的害怕。"乡亲们!"田方伯高叫一声,"我对不起你们,对不起先祖先烈,养了这么一个胆小怕死的犬子,首先受惩罚的应该是我。"一句话未了,田方伯弯下腰从铡墩上卸下铡刀,一把大手抓住铡刀背将寒光闪闪的铡刀飞快地拎起来。几个女人尖叫了几声,她们以为要出人命了——她们闭上眼睛也能看见,田方伯抡起铡刀,随着呼的一声,田河田年轻的人头飞出去,慢慢地落了地,热血喷向天空,溅在了台下……齐云仙搂紧了河鼓,由于她用力太大,河鼓醒来了,他没有哭,睁大了眼睛,似乎用心灵记取这残酷的场景。田方伯果然将铡刀举起来了。台下的庄稼人屏住了呼吸,有人闭上了双眼,他们试图将那可怕的一幕关闭在眼帘以外,不让人头落地的血腥载入自己的记忆。田河田似乎并不害怕,他半眼也没有看父亲拎起的铡刀,只是呆呆地看着台下。有人高喊:"田老三!别那样绝情!"说时迟,那时快,田方伯的铡刀并未砍向田河田。他挥起了左臂,左手抡向铡刀,左手的小拇指头像吐唾沫似的在铡刀锋利的白刃上一碰,手指头在眨眼间离开了他的身体,落在了地上,带血的手指头在地上蹦了两蹦,停止不动了。

　　田方伯说道:"河田怎么办?大家说话呀!"田方伯试图自我惩罚,用一根断指撬开古城人的口,让庄稼人支持他按祖宗的家规处置田河田,这样,他在心理上行动上就有了依靠——田河田毕竟是他的亲骨肉。固然,他是按家规行事,他的心毕竟是肉长的,不是铁打钢铸的。

　　齐云仙已是泣不成声了。她太了解田方伯的为人了,他把祖宗的规矩看得比命还重要,他把脸面看得比命还重要,他把族长这个位置看得比命还重要——族长既是不可动摇的位子,也是无可制约的权力。他要得到什么,他要维护什么,古城人清楚,齐云仙更清楚。在她怀里的河鼓睁大了双眼,这个年幼的孩子将怀着悚然而惊愕的心情回忆这个紧张而恐怖的黎明(假如他有记忆能力的话),他刚步入人世间就受到了一次刺激,这个刺激来自古老的土地,来自他落生的古城,来自这个动荡不安的年代,来自作为族长的父亲。眼前逼人的短暂的寂静使他窒息,这是一个人的生命将被无情地处置的前一刻。沉重的黎明寂然无声,广袤的土地寂然无声。

田河田的脸色比月光更惨白,土台子下短暂的沉寂使他的思维亮如白昼,他明白了沉寂中预示的可怕的内容,他不再痴呆,不再平静,突然,他不顾一切地扑向了父亲,哭叫道:"爹呀!你不能那样……你不能……我不想死,我要活,我不想死……不想……"田方伯这才看了一眼泪如雨下的儿子。他慢慢地垂下了头,一点一点向下垂。他的眉头紧锁着,黑黝黝的脸庞在急剧地变化,他的右手伸过去,抓住了后脑勺上剪毕辫子留下的齐刷刷的头发。他仿佛陷入一种险境,正在向无底的深渊一点一点地沉去,弥漫着的黑黢黢的黎明和四周强大的气息向他包抄而来,动摇着他的决绝:族长的威严、家族的规矩、祖宗的训示如冰雪似的正在一点一点地消融着。他听见咕咕哝哝、叽叽喳喳的声音——像糨糊一样含混不清,使他烦乱犹豫。他的一双脚挪了挪,似乎要从那种险境中自拔。他抬起了头,撞入他的眼帘的是黑黝黝的祠堂,威严的声音来自眼前的祠堂,也来自遥远的天际:按家规办!这四个字如铡刀一样锋利。短暂的犹豫一闪而过,他的目光不再恍惚,他觉得自己不再孤独,眼睛里装进去的是古城村的男女老少,是列祖列宗,是一大片土地。这块血染的土地使他清醒。他一脚将儿子踢翻在地,高声宣布:"按家规办!"

这时候,不知谁带了个头,台下的庄稼人一齐跪下了,庄稼人几乎是异口同声地说:"族长,就饶了河田这一回吧。"

田方伯走下了土台子,把跪在前边的一个老者扶了起来,然后泪流满面地说:"就是我饶了河田,家族家规也不能饶这个败类的。我还有啥脸面再做这个族长?老少爷们,大家就别再为难我田老三了。"

连田方伯也没有想到,就在他回过头的那一刻,段五魁走上了土台子,他抓起了田方伯放在土台子上的那把铡刀,飞快地抡起来,毫不犹豫地将铡刀刃对着自己的脖子,段五魁说:"三哥,你不饶小侄儿,我就替小侄儿一死。"段五魁毫无惧色,气势凛然,铡刀已经贴在了他的皮肉上。那凉飕飕的铁的味儿似乎灌进了田方伯的肺腑,田方伯真没有料到,段五魁会来这一手,他急忙上了土台子,他说:"五魁,你不要胡来。"段五魁说:"我只要你一句话,说!"段五魁将铡刀刃动了动,铡刀刃紧紧地贴在了脖颈上,只要他使劲一拉就会血流如注。台下的目光如同捆在一起的麦子,齐刷刷地伸向了段五魁。只见段五魁怒目圆睁,胆气如牛,刚正高大,咄咄逼人。段五魁的神情和身上的每一块骨头都表明他的正直正义。田方伯虽然没有乱方寸,但他对段五魁的内心没有把握,不知道段五魁接下来会做出怎样的举动,他只好说:"先把河田押到祠堂里去。"段五魁这才放下了铡刀。台下的庄稼人长长地出了一口气。他们紧绷的神经一旦松弛下来就像干馍馍泡进了开水之中——散伙了。古城人在下面纷纷议论:段五魁是一条很仁义的汉子。有段五魁在,河田死不了。

月亮淡了,灰蒙蒙的东方挤出了一点亮光,光线暗淡而迷惘。古城人拖着疲惫的步子、沉重的心情四散而去了。齐云仙抱着小河鼓木然地站在祠堂前的空地上。在这个人世上,再温热的语言也熨不展她那打皱的心,她将眼睁睁地看着儿子死于丈夫——不,是族长的手中而无力援助,她算什么娘啊?她感到内疚、心痛。她十六岁就嫁到古城,她做梦也没有想到,她会嫁给一个族长!她刚嫁到田家的时候,田家虽然是古城的大户人家,但田方伯的父亲并不是族长,古城的事情由田方伯的伯父说了算。伯父并没有将族长传给他的儿子。家族里的人推选办事公道干练,为人正直、诚实的田方伯为族长。从二十六岁起,田方伯就成为古城人所拥戴的族长了。女人明白,丈夫是代表家族行事,代表古城人行事,可儿子毕竟是亲骨肉,即使不是自己的亲骨肉,不是自己的儿子,她也不忍心让一个十八岁的小伙子丢了性命的。她的善良、同情、怜惜和疼爱不能解救儿子。丈夫的心里只有家规只有族长,没有儿子。田方伯站在土台子上的形象就是一尊神,她感到敬畏而怵然。她紧抱着儿子河鼓,仿佛河鼓就是她的拐杖,不拄着这根拐杖,她就会跌倒在地的。不远处,是无动于衷的祠堂,祠堂映下的影子越来越灰暗越来越浓稠越来越沉重!那阴影仿佛堆砌着的冰冷而生硬的一条又一条的家族家规。她憎恨那些缺少人性的家族家规,它们是杀人不见血的刀子。她憎恨族长——族长不只是一个位置一个荣誉,更是掌握古城的权力,这权力使丈夫、父亲变得像石头一样冷酷。假如丈夫只是丈夫,父亲只是父亲,他首先会为妻子、儿子着想的——放在谁身上都会这样的——人之常情啊!她固然离不开土地——她靠土地养活,可她憎恨土地——为了那些土地,搭上了一条又一条人命——庄稼人一辈子为土地拼命,最后,还是被土地放翻了,被土地掩埋了。有哪一个人把土地带进了坟墓里?土地成为庄稼人的累赘、成为庄稼人的灾难之后,土地不就成为杀人的刀子了吗?可是,丈夫绝不这样想。

女人抱上河鼓向祠堂跟前走去了,她的脚步如同褪了颜色的粗布。她抬起头来才看见,有一个人向她走来了,她的胸口起伏着,呼吸变深了。她老远就嗅见了一股血腥味儿,血腥味儿来自他流血的手指头。她知道那个人是谁。那个人的脚步越来越快了。她艰难地挪到那个人跟前去,她一只手抱着河鼓,扑到了那个人的胸前,叫道:"不!你不能那样,那是你的儿子呀!"田方伯一堵墙似的站立着,眼泪无声地从他那粗糙的脸上滴落下来,他哭了,他哭得很伤心。男人的哭声有强烈的力度,男人的哭声固然不比女人伤感,但它具有很强的震撼力,直刺人的心肺,它的沉重会如巨石一般压得人喘不过气来——田方伯的哭声就是这样有质感！夫妻两个相拥而泣。两个身体不同程度地颤抖着，齐云仙抖动着双肩抖动着全身的肉体，而田方伯似乎在抖动着心肺，抖动着骨头。田方伯止住了哭，抹了一把眼泪，他推开了齐云仙，说道："老婆子，你就原谅我这一回吧。古城人把我放在火上烤，你不要跟上添柴火了。"齐云仙啜泣着说："再没有其他办法了吗？"田方伯说："没有了。除非我替他去死。"齐云仙哭叫道："不！不能！你不能死！你死了就等于田家全死了。"田方伯说："老婆子，你不知道，我比你更难吗？你就替我担待些。你不要糊涂了。"田方伯头也没回地走了。齐云仙跌跌撞撞地走到祠堂跟前，用双手在祠堂的黑漆门上拍打。两扇冷漠的门发出了空洞的声响。"我们为啥这么难？是谁叫我们活得这么难？"齐云仙跌坐在了祠堂前，"可恶的祠堂！"

段五魁既像一个欣赏水平很高的观众又像一个十分细心的侦探站在台下，默默地看着田方伯在台上表演。田家的老三心太狠了，比我还狠，对亲儿子也忍心下手？口口声声家族家规！家族家规是个啥？家规还不是由人定的？田方伯的铁面无情使段五魁既惊愕又害怕，他知道，这种心狠手辣的男人正是弄事的男人。他看过不少秦腔戏——李世民逼父、杀兄杀弟坐上了皇上；武则天为了当女皇亲手掐死了自己的女儿；李隆基一天之内杀了两个儿子。历史上，弄出大事的人都是这么残酷无情的。无毒不丈夫。你杀了金大山两口是为了一个女人，为了一份家产。田方伯杀死儿子口口声声说是为了家族家规，其实，他是为了自己的威严，为了自己的面子，为了族长的位子，为了把古城人攥在自己的手心里。凡是肩膀上长头的人对田方伯的用心都能看清。从一到古城你就认定，田方伯是个人物，你真没有想到，田方伯做事会这么绝情。段五魁明白，田方伯还不是杀鸡给猴看？猴不看，他也没办法。站在黎明前的凉风中，你思考了好几遍才走上了土台子掮起了铡刀。你明白,当你把铡刀搁上自己肩头的那一刻,你的人格随之拔高了——你的善良、正直如启明星一样在黎明中发光。你明白,古城人认为你和田方伯有嫌隙有宿怨,他们估计你将会火上浇油,让田方伯杀掉自己的儿子。你的举动大大出乎古城人的意料,使古城人刮目相看。当然,你确实希望田方伯杀掉自己的儿子。可是,你不能当着古城的近千人去撺掇去借刀杀人,不是这样做太小人太卑鄙——你本来就是小人就卑鄙,而是这样做就把你的用心彻底暴露了。做大事的人,嘴里说的和心里想的往往在两条道上跑。刘邦和项羽划清了楚河汉界,嘴上说不打了,结果,刘邦养精蓄锐,明修栈道,暗度陈仓,打败了项家军。田方伯的为人你是知道的,如果田方伯要做族长,执意要杀儿子,不用你火上浇油,田方伯也会动手的。你觉得,你出面劝阻田方伯是明智之举,你抓住了给古城人做一个仁者的样子的好机会。你把铡刀一举,在古城人的面前举起了一条硬铮铮的汉子。就在那一刻,一个仁义、宽厚、刚直的形象在古城人心中萌生了——只有我段五魁敢这样。

  回到家,金秀珠就抱怨:"你看你,逞啥能呢?人家田家那么多人,也没有人举起铡刀来,就你知道救人?"段五魁说:"女人家,你懂个啥?我不是救田方伯的儿子,我是在救自己。"金秀珠嘴一撇,眼睛一睁:"救自己?"她似乎明白了什么,"你呀你,比田方伯还毒!"段五魁说:"我是段五魁,不是田方伯。古城村迟早会姓段的。"对于段五魁的为人,金秀珠最清楚了。终于有一天,她从段五魁的嘴里套出来她的父母被烧死的真相之后,惊呆了,段五魁太有心计了,太毒太狠了。她真想把段五魁杀了。可是段五魁跪在她面前一把鼻涕一把眼泪地给她诉说他对她的真情,追悔了他的内疚、不安和罪孽,她心一软,就原谅了段五魁——女人相信的就是言语。金秀珠既被语言欺骗又用语言骗人——人是很难摆脱语言的奴役。

  吃毕早饭,段五魁有意无意地挨家走动,有意无意地给古城人说他看见田河田逃跑的事,他添油加醋,把田河田描绘成了一个要命不要脸的好色之徒——全村人都在河滩地上和锣村人打斗,田河田却在芦苇地里和一个女娃娃寻欢作乐。当他到了黄福顺家里,给黄福顺叙说时,黄福顺说:"你看见了,为啥不把娃叫回来?"段五魁说:"那种事,我能叫吗?咱是长辈,能管娃们那种事吗?"黄福顺说:"既然河田是个瞎尿娃娃,你还给田方伯求啥情?叫田方伯一铡刀铡死算了。"段五魁说:"我可没有说河田是瞎尿。男人嘛,就是要为女人拼命。娃都十八了,和女娃耍一耍,没有啥大不了的事。古城的小伙子,谁还敢像河田那样耍罗天龙的女儿?只有河田敢。这样的小伙子,有啥罪过?我十八岁的时候,已经耍过几个女娃娃了。"段五魁说着说着,就守不住自己的嘴了。段五魁这句话不是吹牛。他从商州逃出来,在逃难的路上把一个要饭吃的女人压倒在了土窑里。在鹦鸽街,他一旦逮住机会,不论是中年女人还是黄花闺女,他能收拾就收拾——他和金秀珠成亲前,睡过的女人确实有几个了。

就这样,段五魁在明处替河田求情,暗地里又说他的坏话——削减古城村人对田河田的原谅和同情。凡是能看破端倪的人都知道段五魁的用心何在。

罗天龙的女儿罗铃回到村子里的时候,罗天龙派了几个人正在分头去找她。罗铃一进门,罗天龙霎时黑下了那张由于操劳、格斗而疲倦和憔悴的脸,他的目光直逼着女儿,眼珠子死死地将她向墙跟前按。罗铃并不示弱,她没有躲避父亲那很凶的目光,只多半天时间,罗铃似乎变了一个人,她不再那么柔弱了,连鼻孔里和嘴里哈出的气息都有一股理直气壮的味道,她将河田救她的经过给父亲叙说了一遍。

"那个叫河田的小伙子为啥要救你?"

"不知道。"

"不知道?"罗天龙说,"田方伯的儿子不会无缘无故地救你的,他不知道你爹是锣村的族长?"

"我给他说了以后他才知道了。"

"多半个晚上,你们就一直蹲在芦苇地里?"

"不是蹲着。"罗铃天真地说,"我们扒了些芦苇,还躺了一会儿呢。"

"你们?"罗天龙一听,躁了,"你们原来……"他眼皮一翻,伸出巴掌要抽罗铃,手还没有完全伸过去,又收回来了。女儿用那双清澄无邪的目光看着他,女儿的率真,女儿那可怜柔弱的样子使他动了心,他痛心地说:"你真不嫌丢人!"

对河田的相救,罗天龙百思不解,族长的儿子竟然放弃对土地的争夺,为了一个女娃娃免受凌辱和刀枪之伤扯着她逃跑了?这从理上讲不通。罗天龙的怀疑不无道理。两个村渭河争滩从来是互不相让、血淋淋的,每一个人都像斗红了眼的公鸡一样。田河田在激战之中去救罗铃不仅有悖常理,蹊跷中不是有隐秘就是有阴谋。两个青年男女之间究竟发生了什么,罗天龙不能不去探究,即使他不追问,并不等于锣村人都不去追问,他是族长,这号事,他必须管。女儿毕竟是大姑娘了,他不能直接去追问,他把罗铃交给了家族里的两个中年女人,由他们去审问罗铃。花莲儿不叫他再追问这件事,花莲儿说:"家丑不可外扬,即使罗铃一时做错了事,也要遮掩过去的,让族中人知道了,女儿咋做人哩?"罗天龙说:"你胡说,事情必须弄个清清楚楚,她做错了就从错处来,她做的事,她就要背上。我是族长,你们没有脸面,我有!"罗天龙竟然开口大骂,"狗东西!你咋这么混账?这就是你做娘的教养出来的女儿?"花莲儿知道罗天龙是一个非常较真的人。可是,他为人处世从来是和颜悦色、心平气和、真心诚意、不动肝火。她一看罗天龙发了脾气,就不敢再吭声了。

两个罗家的女人抱着从罗铃那里非要得到什么的阴暗用心将罗铃叫到一间光线幽暗的房间,轮番审问她:

"你们在芦苇地里待了那么长的时间,啥事都没干?"

"没有呀!"罗铃说,"只说了话。"

"说啥话?"

"都是闲淡话。"

"你说说,你坐在哪达,田方伯的儿子坐在哪达?"

"他就在我的对面。"

"他对你动手来没有?"

"没有。"

"有人看见,你俩在一起……"那个年纪在四十左右的瘦女人做了一个寡廉鲜耻的猥亵的动作。她守了十多年的寡,面容冰冷而阴沉,两个纽扣似的眼睛射出的光表明她的心理很不正常了——长年得不到男人的抚慰而憎恨能够享受男欢女爱的人们,心里酸溜溜的味道往往从眼睛里、从脸庞上、从身体上的所有部位向外流溢。

"谁?谁看见来?"罗铃的脸憋得通红。

"你不用再问了,你要说实话。"

"他……"

罗铃垂下了眼,她好像做了亏心事似的,躲避着两个女人不怀好意的、带着非要窥视到她的隐私的目光。

"他把你咋样了?"

"他要亲我,我没叫他亲。"

"到底亲了没有?"

"他……他、他亲了我一口,是我愿意的。"

"这就对了嘛!"瘦女人笑了笑,脸上的瘦皮还没有来得及扯动一下,就说,"还干啥来?"

"再没有干啥。"

"嘴都亲了,还说没干?"

"不!没有!"

"干了就干了,哪里有干柴见火不着的?你说出来就没事了。"

"不!没有就没有!"

罗铃摇着头连叫两声。她羞红了脸,转过头去,面对着屋外发暗的天空。仲秋沉重而潮湿的夜晚像两个婶婶的坏心事一样压在罗铃的心上,只有一颗星星在薄云中游荡。已谙男女之事的罗铃明白了两个婶婶想从她的口中得到什么,这使她愤懑而羞赧:你们怎么能这样问我?这简直等于给我脸上抹黑,把我看作贱女人了,我确实没有胡来,况且,河田不是那样的男人,假如河田是那样的男人,在空荡荡的芦苇地里强暴我,我将毫无办法。在我的心目中,河田像蓝天一样清澈,是一个正人君子。婶婶的盘问持续了半天,问话越来越粗野、越卑鄙、越缺少长辈的味儿。罗铃看得出,她不承认点什么,两个婶婶是不会对她善罢甘休的。

这两个女人一看,她们巧舌如簧也罢,粗言浪语也罢,还是撬不开罗铃的口。她们从罗铃嘴里套话,不只是为了给罗天龙有个交代,她们需要用罗铃和田河田的颠鸾倒凤来填充自己空虚而阴暗的心境,她们希望窥探到罗铃和田河田交欢的细节,她们希望享受给罗铃抹黑的快感。

接下来,她们不再问罗铃了,两个女人嘀咕了几声,达成了共识。她们相互一摆眼便动手了,她们将罗铃按倒在炕上抹下了裤子,妄图在罗铃身上找到失身的蛛丝马迹。即使罗铃失了身,能从身体上看出什么来吗?荒唐!这举动野蛮而荒唐。罗铃做出一副誓死捍卫自己的样子来坚持不让婶婶动她,她死死地按住裤腰带,恳求、哀叫。这两个女人露出了一脸凶相,她们把罗铃像拎麦捆似的拎起来撂在了炕上一剪刀剪断了罗铃的裤带。罗铃不再喊叫也不再恳求了,她像一只任人宰割的羔羊,眼泪向心里流。她的两只手撂在了身子两边,闭上了双眼。两个妇人像剥玉米皮似的剥下了她的裤子。她的美丽动人裸露在两个干瘪丑陋的女人面前反衬得她们如残秋的枯枝败叶毫无颜色,不知羞耻的两个女人在罗铃鲜嫩白皙的身体上用粗糙的手摸、用蒜头鼻子嗅、用贼眉鼠眼挖……尽管这两个女人的心机费尽,可结果依然是徒劳的,她们没有证据说罗铃不清白,这两个女人只能给罗天龙说出她们的疑虑,因此,他们的言辞是含混的、不确定的。罗天龙只关心两件事:一件事是得来的土地,一件事是女儿是否守身如玉。假如有了土地,而女儿已经失身了,他将陷入无法言说的悲哀之中。在他看来,失节的女人和死去的女人没有什么两样。女人和土地,土地和女人,这是男人活着的理由。他无法相信女儿的清白是因为这件事太出乎他的意料了,是因为孤男寡女在芦苇地里待了半个下午半个晚上——打击他的就是时间!这么长的时间,两个人待在密不透风的芦苇地里,难免……可是,他不得不相信她的女儿,罗家的女人是应该有教养的有礼数的,罗家的女人是受过家族的熏陶和父母的言传身教的,罗家的女人应该是懂规矩的,罗家的女人和罗家的男人一样,把声誉看得像命一样重。罗天龙在两难之中折磨自己,不怕一万,就怕万一,万一呢?罗铃万一失了身丢了人,他还能当这个族长吗?因此,他必须弄清楚。他没有料到,罗铃的两个婶婶会羞辱他的女儿。

两个女人含混地说了一遍她们拷问罗铃的经过,含混地表明了自己的疑虑之后,罗天龙给两个女人吩咐:罗铃躲进芦苇地里的事一定要守口如瓶,绝不能走漏女儿和田河田在一起的风声。两个女人领会了罗天龙的意思,她们给罗天龙承诺:如果有是非,她们就割下自己的舌头。

罗天龙最终叫自己相信:女儿是清白的。罗铃就像罗家的每一寸土地一样没有污渍——不是强取豪夺来的,而是罗家人吃力流汗挣来的。

锣村人的风言风语还是传到了罗天龙的耳朵里,锣村人只有一个疑问:田河田为什么要救罗铃?田河田和罗铃非亲非故,而且,两个村里的人都是仇人,他救罗铃,毫无道理。树上无风枝不摇,馍馍不熟气不圆。说不定,他们早有勾搭,锣村的一些人不能不这么想。罗天龙估摸,这是那两个女人传出去的话,但他不能再责问那两个女人了。

罗天龙想来想去,他的巴掌再大,也捂不住众人的口。子不教,父之过。他有过错,女儿也有过错。他不能这么轻而易举地放过女儿的,他必须教训她一次,无论怎么说,她没有拒绝田河田的拉扯,她没有在抢滩中坚持到底。

罗天龙对女儿的惩罚很简单:他命令女儿在太阳下站一整天,说穿了,就是画地为牢,叫女儿蹲一天监。罗天龙只是想叫女儿吃点苦头,记住这个教训。

晌午的太阳并不是很大,可是,没有风,热气像衣服一样给罗铃穿戴得整整齐齐。花莲儿几次想给女儿端些水喝,她端着水碗走下房檐台阶的时候,那水碗中仿佛映现着罗天龙那张肃穆的脸。罗天龙的固执她是知道的,罗天龙说出口的,绝不能更改,假如她违背了罗天龙的意志,她和女儿一起要受惩罚。再说,她那么做,会使看护罗铃的厨娘十分为难的,她不能把难题给下人。花莲儿想了想,踅回去,回到房中。花莲儿在房子里坐不住,躺不住,在脚地来回走动。她第二次走出房间,和女儿一起站在了太阳底下。厨娘要搀着她回房间,她不去。罗铃也推着花莲儿的腰身,叫花莲儿走。花莲儿说:"我不能叫女儿一个人受罪,我不忍心。"厨娘一看,劝不走花莲儿,就跪倒在跟前了,厨娘说:"你这样做,掌柜的知道了,我没有好果子吃。你就饶了我吧。"厨娘说着说着,哭了。花莲儿一看厨娘那可怜的样子,自己也流泪了。她说:"我走,我走,你起来。"厨娘说:"你不回房子,我不起来。"花莲儿只好再次回到了房间里。

一整天,罗铃没吃没喝。她大汗淋漓,脸色发黄,不停地干呕却吐不出什么来。她的眼前不时地发黑。太阳还没有落山,她就晕倒在地了。

第六章

　　最后一顿饭是田方伯给儿子送到祠堂里去的,他特意去集市上买了几斤猪肉,烧成了腊汁肉,打了半斤白酒。田方伯将肉和菜放在一个篮子里给儿子提去了。进了祠堂,他叫看守的族中人打开了门,凝视着儿子:田河田躺在麦草铺上,面无血色,看似一件破衣烂衫扔在那里,他的趴睡毫无姿态可言。三天来,儿子可能被吓坏了,他进食很少。开始那两天,田河田只是不停地哭,哭睡过去,又哭醒过来,以致哭泣成了嘴的翕动,声音比破锣还破。第三天早上,他老早起来了,他开始在房间里跑动,跑得大汗淋漓之后,扑倒在麦草铺上。

　　田方伯走过去,将菜篮子放下,坐在了麦草铺子上。田河田趴下没有起来。田方伯向儿子跟前挪了挪,他用断了指头的手在儿子的身上抚摸,从脸上一直抚摸到了脚上,他触摸的好像不是儿子的肌肤和筋骨,而是儿子已经归去的灵魂,他的手在轻轻地抖动着,好似控制不住自己,他拉住了儿子的手,儿子的手已经布满了老茧。这只手曾经握过犁把,握过镰把锄把,曾经在渭河里摇过船桨,曾经给你的烟锅里装上了旱烟塞在了你的嘴里给你点上了火,曾经在你的脸上抓——那只毛茸茸的幼小的手抓你的时候,你心里痒痒的——手,儿子的手啊!儿子大叫一声:"爹!把手给我!"你的手像树叶一样在水中漂浮,你已经醉得难以自持了,不知怎么就落进了渭河,你在水中像狗刨食一样双手乱刨,你被水呛了几口,不会动作了,是儿子抓住了你的手,把你拉上了船。你在船上死睡了半天,醒来后抓住儿子的手哈哈大笑,你笑得眼泪都出来了——儿子呀儿子,我养了这么好的一个儿子。如果不是儿子相救,你肯定淹死在渭河里了。田方伯从儿子的手上似乎摸到了儿子的孝心。直到现在,你不得不承认,儿子确实是个好儿子。你凝视着儿子:儿子没有动,死亡的气息似乎发自他身底下的麦草发自他孱弱的身体。他那样子,就是铁石心肠的人看一眼也会落泪的。可是,田方伯没有,他已经没有眼泪了,他似乎是对着墙壁对着古老的祠堂说:"不是你爹我心狠,你就是怨我也罢恨我也罢,作为一个男人,活着就要活得有骨气,活得人模人样,你下辈子再做了人一定要刚刚强强的,像个男子汉,你那么软弱胆小,能在人世上站得住脚吗?你为一个女娃娃值得吗?你把女人看得那么重,还能干出什么大事来?男人情稠不是好事。女人是男人的补药,也是男人的毒药。你真瓜(傻)呀!娃呀,你走后,我和你娘会请人给你念经消灾的……"田方伯好像不是说给儿子而是说给自己听的,尽管他说得很动情,儿子还是一动不动地躺着。田方伯叹息了一声,将篮子挪了个位置,站起来要走。田河田翻身坐起来了,他没有看父亲,苍白地干笑了一声,抓起了酒壶,猛地灌下去了几口。他用衣袖抹了抹嘴,眼睛直愣愣地盯着田方伯,目光里喷着烧酒一样的火。田方伯被儿子的模样吓住了,他叫了一声河田,话未出口,田河田猛扑过来咬住了田方伯失去了小拇指头的手腕,田河田的牙齿像锥子一样向田方伯的肉里钻,田方伯咬住牙,忍着疼痛,不吭声。两个看守河田的年轻人走过来去拽田河田,田方伯说:"不要动他,叫他咬一口我的肉,就算是对我养他十八年的报答。"田河田眼皮一翻,没有再咬动,松开了口,叫了一声爹。田方伯以为儿子会扑向他的怀里的,他目不转睛地看着儿子。田河田没有。田河田没有再看父亲,他断然地扑倒在麦草上,脸面朝下,依旧是一动不动。田方伯坐在麦草铺上。房间里静静的,能听见儿子很不均匀的呼吸声,能感觉到像巨石一样的祠堂悬在头顶发出的威严的气息。田方伯似乎在等待什么。等了一刻,田河田一句话不说,田方伯站起来,挺直腰,走出了田家祠堂。田河田在田家祠堂里被囚禁的那三天历经了怎样的煎熬,只有他自己知道。后来发生的事情证明,田河田的思考没有停歇——他是有心计的。他并非父亲推测的那样,是因为胆小怕死才逃离了争滩的打斗。

这三天,对于田方伯来说,也是很难熬的。当一拨又一拨的古城人来求情的时候,他的心动了。他的四爸和四娘一进门就给他跪下了,他去扶,两个老人不起来,他只好跪在了他们的对面。四爸说:"你是族长,你的心思四爸知道,你把河田弄死,你就有威望了,高大了,得是?家族家规就守住了,得是?"田方伯说:"四爸,我放过了河田,叫我咋样去见我爹我爷我八爷(曾祖父)?就是他们饶了我,我也饶不了自己。田家不是没有处置人的例子,你是知道的。"田方伯的四爸说:"田家是处置过你的一个长辈,那是光绪爷手里的事,现在是民国年间了,你咋那么糊涂呢?一个朝代一个样子。"田方伯说:"朝代变了,祖宗的规矩没有变。"田方伯不答应放了儿子,他的四爸跪着不起来。后来,田方伯只好松了口。

段五魁的再次求情反而使田方伯下了处置田河田的决心。从段五魁的口中他得知,古城村人没有一个不知道田河田逃跑的事。他走了几家,才明白,其中有隐情——按照古城人的说法,田河田是为了和罗天龙的女儿偷情才躲进芦苇中的——一个好色之徒,竟然做出了这么胆大如天的事情。是可忍,孰不可忍?他料定,像田河田这种恋女人的男人即使将来也不会有出息的。好色的帝王失江山,好色的男人天不佑。固然,女人是男人的土地,男人可以尽情地耕作。作为男人,你只能在自己的土地上耕种,越界是不行的。

田家的《家训》第十二条写得清清楚楚:不可奸淫他人妻女也。罗铃不是他们明媒正娶的媳妇,田河田不应该和她在一起的。后两天,谁来求情,他也闭门不见了。

处置田河田是在第四天——田河田的棺材做好以后。按照族规族法,田河田应该被吊死在祠堂前那棵年代久远的槐树上。处置是在午饭以后开始的。

古城人放下饭碗来到了田家祠堂前。田方伯以族长的身份主持了处置。田河田并没有被捆绑,他由两个人架着,走出了祠堂。太阳光刺得田河田眼睛发花,他揉了揉眼睛,活动了一下胳膊和双腿。他站在祠堂前看了看发白的太阳和板着面孔的天空,目光在古槐上垂吊下来的麻绳上停了一瞬间,顺着麻绳一直追踪到那个即将套住他的脖颈的套环。他对左右两旁的年轻人说:"叫我撒一泡尿去。"两个年轻人点点头表示同意。三个人向祠堂一侧走了走。两个年轻人站在田河田的身后用身体挡着众人的目光。田河田朝祠堂一侧走了几步,他长长地撒了一泡尿。尿水有力地打在了他脚下的土地上,脚下的土地冷漠得如铁板一块,没有溅起土星儿。田河田尿毕,系上裤带,他将裤带系得很紧很紧。他一抬眼,扫了一眼远处的渭河堤岸,长吸了一口气。在身后的两个年轻人没有任何警惕或者说连一丝半点怀疑也没有的情况下,田河田撒开腿就跑,一直朝河堤那边跑去了。当田河田跑出去几十步时,两个年轻人似乎才意识到发生了什么事情,两个年轻人在后边穷追不舍。谁也不可能料到田河田有那么大的力气,会跑得那么快。谁也不知道,田河田在祠堂里躺了一天之后就开始在房间里跑步了——逃跑是他思忖好了的。站在祠堂前的古城人没有呼喊没有追赶,他们屏住了气,只见田河田的双腿像船桨一样划动。段五魁锐叫一声:"河田!"田方伯仿佛才醒过了神,他十分惊慌,大声喊道:"河田,你站住!"田方伯顺手从套环下掇起了供田河田上吊时踩踏的木凳子,他举起木凳子在房檐台阶上将木凳子摔碎后抓了一条凳子腿去追田河田。田河田向渭河那边飞奔而去了。

田方伯气喘吁吁地追上了那两个年轻人,并超过了那两个年轻人——其实,那两个年轻人只是佯装追赶,他们有意识地想放河田一马。田方伯一边跑一边向手上使劲,凳子腿好像被他捏得发冷发颤,他撵上河田,肯定会毫不犹豫地一凳子腿打下去的,他将会使出全身的力气狠狠地打——这个逆子,临死前,还是没有骨气的尿样子,算是把家族的脸面丢尽了。田方伯追到了河堤上。愤怒的渭水就在脚下。田河田就在几步开外,他面对着滔滔渭河毫无惧色。田方伯一声喝喊:"站住!"随之,手中的板凳腿朝田河田扔过去了,板凳腿打在了田河田的脑袋上。河田摇晃了两下身子,回过头来看了田方伯一眼,一头扎进了波浪滚滚的渭河中……在后边追赶的齐云仙一看儿子跌进了渭河,扑倒在地,起不来了。

齐云仙直直地跪在儿子扑进渭河的堤岸上,她一连跪了三天。她已经哭不出声来了,她的声音嘶哑了。一夜间,齐云仙的两鬓有了白发。田河田是她进了田家门的第二年生的——早上,她还在磨坊里磨面,她挺着大肚子坐在面柜跟前用箩儿箩面,晚上就生下了田河田。她的头胎就是儿子,公公和婆婆比她和丈夫还高兴。一家人很疼爱这个长孙。三岁时,田河田出天花,差一点儿丢了命,终究还是活过来了。在一个古城村,找不出第二个像田河田这样听话、懂事、没有任何坏毛病的娃娃。无论是读私塾,还是读洋学堂,儿子在老师眼里都是很优秀的学生。十四岁,田方伯把田河田从学堂里拽回来,叫他种庄稼,田河田没有执拗田方伯这个做父亲的,两三年工夫就学会了所有的庄稼活儿,成为田方伯的得力帮手。儿子即使临阵逃跑,也不至于是死罪,再说,儿子是为了救人一命而逃跑的。对此,齐云仙很难理解丈夫,作为人之父,你心太狠。古城村是离不开你这样一个有尊严的族长的,可你不应当为了家族家规把儿子搭进去。一个人如果冷酷到连父子之情都没有了,这个人就太可怕了。三天来,齐云仙不和丈夫说一句话。她觉得,丈夫什么都好,可做了族长之后,心变硬了,变狠了,变得缺少人情了。这是她难以接受的。

暮色四合了,渭河堤岸被雾霭锁住了。齐云仙依旧长跪不起,木然不动,默默地流泪。她没有觉察到,田方伯就跪在她身后的不远处。这时候的田方伯已经泪流满面了——他看起来不是四十多岁,而是五十多岁、六十多岁。他满脸胡茬,神情冷峻黯淡,似乎衰老了:难道我忍心失去儿子吗?难道儿子不是我身上的一块肉吗?你知道齐云仙抱怨你、憎恨你。有谁知道,你的心里有多痛?你甚至想到了在祠堂前的老槐树上把自己吊死。你偷偷地上过几次渭河堤岸,跪在渭水跟前,祈求父母亲宽恕你,祈求儿子宽恕你。

田方伯站起来,走到齐云仙跟前搀扶她,齐云仙看也没看田方伯,满脸的恼怒神色,她嘶哑着说:"走开!"齐云仙叫了一声河田,趴在了地下。田方伯抱住女人也随之趴倒了,两个人抱在一起,大哭不止……

田河田躺在田家祠堂的那三天里,段五魁给他送过三次饭。

段五魁叫金秀珠买了三斤肉,给河田做了最好吃的臊子。段五魁提着肉和菜去看望河田,看守的两个年轻人不叫段五魁进去,说是田方伯吩咐的。段五魁说:"我是谁,我三哥是谁,你们不知道吗?娃管我叫段叔,我去看一看还不行?阎王爷逼命不逼食,我是来给河田送吃的。"在两个年轻人看来,田方伯的吩咐至高无上,他们不能违抗的。他们不能也不敢放段五魁进祠堂。段五魁一看自己说不动两个年轻人,从怀里掏出两块银圆,分别给了两个年轻人,两个年轻人才放他进去。

段五魁走进田家祠堂一看,河田坐在麦草铺上发呆。段五魁叫了一声:"河田。"河田似乎才愣过神来,他站起来了。他真没有料到,段五魁会来看望他。他知道,父亲和段五魁面和心不和,但他并不以为全是段五魁的错,两个强人在一起难免磕磕碰碰。他觉得,段五魁待人和善,笑模笑样,很少给人发脾气,有长辈的风范,他一点儿也不讨厌段五魁。段五魁说:"我娃坐下来,先吃一个臊子夹馍。"段五魁把他提来的臊子和蒸馍拿出来。田河田实话实说:"段叔,我吃不下去。"段五魁说:"吃不下去也要吃。男人嘛,能累死挣死,不能饿死。"段五魁夹了一个馍给河田递到了手里。河田吃毕馍,问段五魁:

"段叔,你说,我爹会杀了我吗?"

段五魁没有想到河田会问这样的问题。他想了想,说道:

"会的。"

河田一听,打了个嗝,脸上唰地变了颜色。

"你爹的为人古城人都知道。不过,你放心,有你段叔在,你爹不会动你一根手指头的。你是谁?志贤、志松是谁?都是我的儿子。"

河田长出了一口气。他突然扑过去,抱住了段五魁:

"段叔,我不想死,你要救我,你救了我,我一定会报答你的。"

段五魁把河田推开,叫他坐在麦草铺上,说:"你不要害怕。段叔知道该怎么做。你给段叔说,你和罗天龙的女儿是不是原来就认得?"

"不,我不认得她。"

"你为啥要救她?"

"我不为啥。"

"瓜(傻)娃,你不要说实话,你给你爹说,原来就认得那女娃娃,说你看上了那女娃娃。不然,你们在一起多半天时间,谁也说不清你们之间到底有没有事。你叫你爹派个媒人过河去,把你和那女娃娃成全了,他就不会处置你了。"

"我敢这样说吗?"

"咋不敢?你就这样说。"

"我听段叔的。"

傍晚,田方伯来给河田送饭,河田就照段五魁教的给田方伯说了。他还没说完,田方伯一个耳光过来了:

"狗东西!罗天龙是谁,你不知道吗?他是咱古城人的对手,你还想和罗天龙的女儿成亲?你娶了罗天龙的女儿,我一辈子也洗不清骂名了,还做啥族长?没出息的东西!"

田方伯气狠狠地走了。

段五魁第二次找到田方伯去给河田求情:"三哥,你可不能把事做绝了。世上没有后悔药。我听村里人说,河田和罗天龙的女儿老早就认得,他们在芦苇地里已经……"段五魁欲言又止了。

"你听谁说的?"

"这你就不用问了。人家能说给我,未必就说给你。"

"放屁!"

"你的手掌再大,也捂不住古城人的口。咱不管别人说啥话,依我看,你还是成全了娃娃们,派人过河去罗家提亲。"

"你这不是把我向沟里推吗?"

"我还不是为了两个娃娃着想?"

"我领情了,行吗?"

段五魁明白,话不能再说下去了,他不必再说了,如果再说下去,也许,他的心思就被田方伯看明白了。田方伯是贼精贼精的人。

段五魁走后,田方伯陷入了沉思:段五魁虽然说一半留一半,但话中的意思他是明白的,段五魁无非是告诉他:河田和罗天龙的女儿已经在芦苇地里做了见不得人的事,而且,这是古城人说的,不是段五魁的意思。无论是段五魁这么猜测还是古城人这么说,无论是段五魁煽风点火还是古城人替河田遮掩,田方伯都不能容忍。不要说田河田和罗天龙的女儿做了苟且之事,即使没有做,他也不能容忍的——逃逸本身就是罪不可赦。他只有处置了田河田,一河水才能塌下去,事情才能平息。田方伯不再犹豫了。

罗铃病了。

罗铃的生病不仅仅是因为在父亲划定的"牢狱"里坐了一天。两个婶婶对十六岁的女娃娃的羞辱仿佛是一把大手将她那珍贵的、薄薄的自尊戳了个洞,罗铃的精神受到了残忍的奸污。当两个婶婶那两双粗糙、干瘦、死板,像涝池里的污泥一样的手在她那洁净、白皙、鲜活的身上乱摸之时,当两个婶婶用污脏、肥厚、腐臭的舌头扫荡她的清白之时,罗铃几乎崩溃了,从那间房子里走出来,她几乎晕厥在地。从那天以后,她一看见那两个女人,心在颤肉在颤、就打哆嗦、就害怕、就不由得拔腿而跑,甚至吓得尖声大叫。水灵灵的女娃娃心事重重,茶饭不思,稍微一响动,特别是一听到中年女人的说话声或笑声即刻心慌意乱,心悸不安。她先是在锣村的街道上盲目地游转,后来就走出村子,在渭河堤岸上、在庄稼地里、在田间小路上、在有人或无人的地方四处游荡。眼看着她一天天地消瘦、憔悴。罗天龙请来了好几个大夫,吃了几十服中药,但收效甚微。

没有不透风的墙。有人告诉罗铃,田河田被他的父亲打死在渭河里了。罗铃听罢,偷偷地哭了一场。她每天要到渭河岸上去站好大一会儿,看着渭河发呆。田河田是为了她而死的,她感到痛心而愧疚。她彻夜不眠,思念着田河田,思念两个人在芦苇地里度过的每一寸时光。当时,田河田羞怯地问她,能不能叫他亲她一口,她抬起了布满红晕的脸庞用眼睛说:"你亲吧,我叫你亲。"河田亲了她一口,轻轻地、毫无章法地亲。那一口意味深长的亲深深地刻在了她的心中,她一想起来,心跳就加快了,两腮就泛上了红晕。田河田亲毕,他们紧紧地搂抱在一起了……罗铃睡醒时,她紧抱着的是被子而不是河田。眼泪把被子打湿了。

半年过去后,罗铃变得神思恍惚了,她半天不说一句话,只是盲目地走,不停地走,不知道要走到哪里去,不知道走到哪里才是目的地。一张秀丽的脸庞变得跟木板一样,一双水灵灵的眼睛变得迟钝而呆滞。罗天龙很不放心女儿,他派一个长工的女人整天跟着罗铃——罗铃走到哪里,那女人就跟到哪里。

常兴街上有庙会。罗铃要去庙会上看戏,长工的女人就跟着罗铃到了常兴街。庙会上人挨人,人挤人。那些卖凉粉的、卖麻花油糕的、卖木梳篦子的、卖木器竹器铁器的、卖针卖线卖洋布的摆了一街两行。长工的女人生怕罗铃走失了,紧跟不舍。罗铃要解手,长工的女人也跟着一同进了茅房。长工的女人对罗铃寸步不离。到了午饭前后,两个人在摊子上吃了一碗面皮,长工女人给掌柜的开钱的工夫,罗铃不见了,她吓得大声呼叫:"罗铃!罗——铃——罗——铃。"长工女人在人群中挤来挤去,到天黑也没有找见罗铃。长工女人惶惶不安地回到锣村给罗天龙说,罗铃走失了。罗天龙没有过多地责备长工女人,他即刻派了十几个人,分头去找罗铃,连夜去寻找。

罗天龙先叫人去亲戚家找,没有找见罗铃;又去省城、西水县、凤山县、周南县去找,十多天过去了,还是没有找见罗铃。

第二年春天,扶阳县有人在渭河岸边发现了一具女尸,女尸已经腐烂,失去了面目,全身一丝不挂。花莲儿到了渭河岸边,她一看,那双脚好像是罗铃的脚。花莲儿叫了一声:"铃铃!我的娃呀!"当即昏厥了。也许,罗天龙是为了安慰花莲儿,派人将尸体收敛了,抬回去,埋在了锣村。

这次抢滩之后,在田方伯的主持下,古城村人把抢来的滩地按照人头分到了各自的名下。田家、黄家、马家都分别派出了代表,由段五魁带头,丈量土地。段五魁一手拿账簿,一手拿算盘,俨然一副大管家的样子。段五魁麻利地拨弄着算盘,把各家要分的土地算得一清二楚,在账簿上写下了土地的亩数和四址,参与分地的人在账簿上按了手印。参加争滩的庄稼人分得了土地,也分享了荣耀——他们把各自名下的这一份土地看得很重。因为这是用血汗换来的土地。段五魁虽然没有参加打斗,照样分得了一份土地——田方伯算是对段五魁做出了让步。田方伯提出,给田老大多分一份地,田老大的儿子们坚决不要。他们说,四年前,田河田也是死于抢滩,虽然是逃跑了,却丢失了性命,本该要分得一份土地的,田方伯当时没有给田河田分一厘地。因此,他们不能多要一厘。一旦提起儿子河田,田方伯就痛恨,就伤心。他给田老大的儿子说:"你们不要拿河田说事,他和你爹的死是两回事,这份地,你们要不要都得给你们。"段五魁也出来打圆场:"你爹的人命还抵不住几亩地吗?既然你三爸说出了口,那份地你们就要下吧。"段五魁这么一说,田老大的两个儿子觉得再推让就会叫他三爸下不了台,他们要下了给父亲多分的那一份土地。

秋风快到了。渭河两岸的人准备播种冬小麦了。田方伯吩咐长工去集市上买了新糖,对犁和铧检查了一遍,该收拾的收拾,该买的重新买,种子也装进了口袋。齐云仙磨好了种麦期间要吃的面——收、种是庄稼人的节日,必须准备充分。越是大户人家越在意。就在这时候,一件意想不到的事情发生了。太阳每天照常升起。静谧安详的乡村仿佛一条土路长长地伸展在庄稼人面前——今天走过去,明天还要走——日子恬淡、平淡。从宣统退位这十几年来,乡村里很少安宁过,对于天灾人祸、土匪骚扰、官兵作乱,庄稼人似乎习以为常了,即使村里村外发生点什么事,也像每天要面对无边的天穹一样。况且,这件事和古城、锣村的庄稼人没有干系。事过之后,田方伯知道,这件事和段五魁有关——

一个风轻云淡、秋意渐浓的日子,新任的眉坞县知事连必恭坐着铁轱辘小轿车从省城到了眉坞县境内。连必恭只身一人来上任。据他所知,前任县知事也是只身来眉坞县上任的。他在路上已经走了两天,第一天晚上睡在了和眉坞县接壤的周南县。第二天下午到了眉坞县的清湫村。连必恭坐在小轿车内正在打盹,忽听几声呐喊,连必恭抬眼一看,有七八个人挥舞着长枪短枪从路旁直奔小轿车而来,他顺手抓起搭在腿上的皮袄,跳下车,向后边奔跑。连必恭知道他遭遇土匪了。未上任之前,他还不知道眉坞县的土匪有多么厉害。那七八个人围住了车夫,他们将连必恭所带的几十块银圆和行李一抢而空。这伙土匪的头儿叫王银发。

连必恭什么也不顾,只管没命地向后跑,傍晚时节,他跑到了权四滩村,刚进了村,就被权猪娃、权三狗、权为民三个庄稼人围住抢走了皮袄。他们也不问连必恭是干什么的,误以为,这个身穿长袍马褂的体面人是一个生意人。当时,权猪娃要一镢头把连必恭砸死,被权为民拦住了。权为民之所以不愿意杀生,是因为他是一个孝子,他母亲信佛,母亲常常教导他:勿杀生,有报应。现在,他的母亲病卧在床,他需要的是钱,不是人命。假如一镢头打死了一个陌生人,说不定,灾难会降到他母亲的头上——孝子有孝子的想法。连必恭保住了一条命,连夜向省城方向逃跑。

一直到了十月间,麦子种上以后,连必恭带着家眷、护兵第二次来眉坞县上任。就在那一年(1927年),县行政公署改为县政府,县知事改作县长。第一任县长连必恭刚到了眉坞县,就遭到了土匪抢劫。

抢劫连县长的王银发在鹦鸽街占山为王时,段五魁就认识他。他比段五魁还小两岁。十三四岁的时候,王银发就偷鸡摸狗,偷人抢人。段五魁为了不叫金大山的皮货栈受到王银发的骚扰,给王银发压过几次底线,王银发抢劫过几回鹦鸽街的生意人,也抢过鹦鸽街的年轻女人——不过,王银发将女人抢去玩几天就放回来了,从没有伤过人命。

这一次抢县长,也是段五魁压的底钱。那一天,段五魁叫上一个长工去周南县买麦种子——眼看要种麦了,他想换新麦种子。住在客栈,他从客栈掌柜的口中得知,连必恭也住这个客栈,这个连必恭要去眉坞县上任。段五魁一听是县知事住这里,他退了房,和长工向眉坞县赶。天黑尽,他回到了古城。

段五魁吃了晚饭,正准备睡觉,王银发带了一个人进了他家的院子,他急忙招呼。从王银发的口中段五魁得知,王银发要收拾田方伯。段五魁一听,说:"使不得,万万使不得,你这样一闹,我就在古城待不下去了。没有不透风的墙,假如叫田方伯知道了,咱俩是兄弟,我跳进渭河也洗不清。"在古城,段五魁虽然和田方伯是对手,但是该做什么,不该做什么,他是能把持得住的。借土匪之手收拾对方,那样做,太愚笨了,太拙劣了,段五魁还没有愚蠢到那种地步。王银发说:"兄弟这几天手头紧,连烟泡儿也买不起。你说咋办呀?"段五魁说:"有个大活儿,你敢做不敢做?"王银发说:"兄弟啥事不敢做?你说。"于是,段五魁便把他听到的县知事要来眉坞县的事给王银发说了一遍。王银发一听,在大腿上猛拍一把:"好!我做。"王银发没有久留,离开了古城村。

到了年底,连必恭县长被眉坞县的军阀徐元凯所逼迫而自杀后,田方伯才知道了在抢劫连必恭的过程中,段五魁扮演了什么角色。

辛亥革命以后,军阀混战的十六年间,各地的县长由各地的军阀安排——军阀说谁是县长就是县长。就是省政府委派了县长,县长也只能充当军阀的傀儡。军阀徐元凯在眉坞县充霸,眉坞县的县知事被他用枪杆子架空了,他逼迫县知事要粮要款,县知事敢怒不敢言。他的士兵进了村看上了谁家的小媳妇大姑娘,抢了就走,老百姓不敢吭声。即使告到县衙,县知事主持不了公道——他哪里敢得罪当地的军阀?受苦的只能是老百姓。在横渠镇,徐元凯指挥他的士兵开挖了一座古墓,盗走了不少西周的青铜器,横渠镇的老百姓得知后,前去围观,徐元凯的士兵驱赶不走老百姓,开了枪,打死了二十多个人,制造了横渠血案。

连必恭刚上任，还想堂堂正正地做一任县长，他第一件要做的事，就是肃清眉坞县的土匪。他就不知道，土匪们的靠山就是徐元凯，惹怒了土匪，等于得罪了徐元凯。他还没有收拾土匪，徐元凯就要收拾他。徐元凯命令他一个月之内给他的队伍凑三千块大洋。连必恭到哪里去弄三千块？徐元凯派人给连必恭说，如果交不出银子，就交脑袋。徐元凯既无法向老百姓摊派——老百姓已经被军阀们敲诈得油干捻子灭了，连必恭从老百姓那里连一块大洋也弄不来了。可是，他又不敢违抗徐元凯。为这三千块大洋，连必恭叫苦不迭，无计可施。他明白，军阀们个个杀人不眨眼，他如果弄不到三千块大洋，肯定会成为徐元凯的刀下鬼。三千块大洋还没着落，徐元凯又带来话，要娶连必恭的十四岁的女儿为五姨太。连必恭一听，害怕了。他连夜将家眷送回河北省邯郸的老家。等徐元凯再来逼款逼婚时，他在县政府院子里的一棵树上吊死了。

其实，连必恭的自杀是平平淡淡的事。眉坞县毕竟是小县城，生活在这里的官员、绅士、庄稼人，包括古城村的田方伯、段五魁以及锣村的罗天龙他们只是为自己的利益而奋争，他们未必知道，灾难天天有，战争天天有，想作乱的人天天在作乱。在遥远的北京城，曹锟当上总统没有多少天，就被冯玉祥软禁了；他们未必知道，冯玉祥进了北京城，用枪杆子威逼着末代皇帝溥仪和他的小朝廷搬迁出了紫禁城，从此就成平民了，而张作霖为此事准备和冯玉祥一拼；他们未必知道，吴佩孚和张作霖各出兵二十多万在热河山海关打了又一次的直奉战役；他们未必知道，从1912年到1927年，短短的十六年间，国务总理就换了五六十位，你还未唱罢，我就登台。有枪就是草头王，有枪就有权，有权就有金钱和女人。这乱世之年，乱了老百姓，苦了老百姓。连县长都保不住身家性命，更何况小小的老百姓。

远在京都几千里之外的田方伯、罗天龙他们的渭河争滩只是这乱世图像上遗落的一个墨汁点儿。这些农民，哪里知道，军阀混战，生灵涂炭，国家已陷入了一片混乱和灾难之中。这些乡村绅士只想保持一方宁静,在宁静的土地上耕种、收获,生儿育女。他们以为,守住了自己的土地就等于守住了宁静的生活。他们以为,宁静像日头一样挂在蔚蓝的天空,当乌云涌上天际的时候,他们依旧不愿放弃自己美好的愿望。

第二部

第七章

段志松无缘无故地将哥哥段志贤好打了一顿。

兄弟俩出门的时候,段志松走在前边,段志贤跟在后边。段志贤一看弟弟那昂头挺胸慢条斯理的样子,一听见弟弟大人一样粗重的呼吸声,他的身子就不由得向一块儿缩,步子的节奏不敢快半步,只能随着弟弟的节奏向前走。出了院门,他实在憋得不行了——他急着要去街道对面的一块空地上撒尿。于是,段志贤超越了弟弟。弟弟并没有因为他目光中的求饶和哀怜而停止肆暴,他的拳头依旧那么勤奋,段志贤只好用力向前猛跑了两步。段志松一看,追上来,抓住了段志贤的衣服领子,一把将哥哥摔倒在地上,扑上去,在他的脸上用拳头乱打。段志贤用哀求的目光看着弟弟,双手抱住了头,一声不吭——假如他哭喊几声,金秀珠听见之后就会从院门里出来,假如让母亲知道了弟弟欺负哥哥,段志松非打断他一条腿不可。段志贤不止一次地被弟弟饱打过,他知道弟弟的脾气——只要他不吭声不哭喊,被弟弟暴打一顿,弟弟就会主动地住了手,不然,他必须再受皮肉之苦——第一次,他遭到弟弟的暴打,他哭爹喊娘,金秀珠跑出来一看,扇了段志松一个耳光。第二天,段志松把段志贤哄到渭河滩上,用棍子暴打了一顿,然后,把自己的那个从裤子里掏出来尿了段志贤一头一脸。当段志贤被打昏以后,段志松用沙子将他的腿肚埋住,使他跑也跑不了。晚上,段五魁派人四处去找,在渭河滩找到段志贤时,他已是半死半活了。段志贤伤愈后,段五魁问段志贤是谁干的,段志贤紧闭牙关不开口,说他不知道。他没有胆量说是段志松干的,说出后的后果是什么,他心里清楚,他唯一的选择是忍受——忍受疼痛和屈辱。

段志松在段志贤的脸上捶打了几拳头以后,站直身子,用脚在段志贤的肚子上踏,在身上踢,直到段志贤不再呻唤不再哼哼,尿湿了裤子,躺在地上不动弹,他才扬长而去。

段志贤在地上躺了一会儿。他的身上锥刺一般疼痛。他大概知道,这个时候,他是得不到任何的怜悯、同情和抚慰的。父亲和母亲对他来说只是一个称呼,一个写在他名字前面的符号。他爬起来,一瘸一拐地进了院子,他走进了自己住的房间,躺在了炕上,呆呆地看着屋顶。肉体的疼痛已被无奈、屈辱、心酸、无依无靠、孤独和绝望所代替。

弟弟刚回到家那一年,段志贤和段志松同住一个屋里同睡一张炕。小他两岁的段志松老是欺负他:夏天里,捉一条蛇给他放进被窝里,他一揭被子,被吓得半死。冬天里,段志松把雪地里的雪铲一锨,给他窝在被子里,他敢怒不敢言。更可恶的是,段志松半夜里起来撒尿,不往放在脚地的尿盆里尿,而是站在段志贤跟前,给他尿在了被子上头上脸上。不是段志贤打不过段志松,是段志贤下不了手。段志贤有能力欺负比他弱的同龄人,他没有胆气对付比他强的段志松。虽然,段志松比他力气小,但是心比他硬得多出手比他狠得多,段志松掂起凳子是凳子,掂起砖头是砖头,他抢起来就打,而且动作飞快。他似乎不是在打他的哥哥,而是在打一头猪一只羊,或者,好像在地上墙上乱打——他对付的仿佛是一个没有生命特征的物件。对于段志贤,段志松懒得看一眼——管他是死是活。他目光冷酷,满脸的鄙夷不屑。而段志贤从不敢下手那么重，更不敢掂起任何物件来打段志松，在他的心目中，段志松是亲弟弟是活生生的人，即使他能打得过，也不能打，更不敢打——几次忍让、忍受之后，段志松更肆无忌惮了。段志贤一看自己不是段志松的对手，就彻底缴了械，任凭弟弟暴虐。他更不敢哭叫，假如他哭叫几声，段志贤就会把枕头拿来压在他的鼻子和嘴上——有一次，他差一点被捂死。

段五魁和金秀珠不是不知道段志松殴打哥哥段志贤的事——他们曾经目睹过，段志松骑在段志贤的身上打他。而段五魁和金秀珠总是向着段志松。原因有二：一是，在这两口看来，段志松过了百日就被小法仪一户人家的女人奶养，段志松在奶妈家一直生活到了七岁才回到父母身边，他们应该补偿那七年段志松失去的父爱和母爱；二是，因为，天下老儿爱小儿，段志松毕竟比段志贤小几岁，他们理所当然要疼爱小的。

段志贤遭到了段志松的暴虐之后，段五魁非但不指责段志松，反而怪罪段志贤，他指着段志贤说："你看你，做老大，就要有老大的样子。你是个软蛋，志松能看得起你？你那么怂，长大了还能干出啥事来？"也许，段五魁不是鼓励段志贤去和段志松对着干，而是要他挺直腰杆做人。段五魁就不知道段志松身上并非完全缺少仁义善良的细胞，段志松继承了他的性格中的冷酷无情，而段志贤性格中的这些东西尚在冬眠中，像脓包一样还没有熟透，并非没有恶。

而金秀珠却不是处处护着段志松，在她看来，大儿子懦弱，但温和善良，为人诚实。金秀珠实在看不下去了——再说，手心手背都是肉，她不能像段五魁那样，一味地庇护着段志松。金秀珠把段志松叫到跟前，责备他："你是弟弟，咋能动不动就打哥哥呢？他是你的亲哥哥，有话，你要好好给他说，不能没开口就动手……"金秀珠的话还没有说完就被段志松打断了："志贤是你们的亲儿子，我不是，我是野汉日下的。"段志松一句话就像给金秀珠灌下去了一口泔水，她的鼻子口里呛出了血。金秀珠掂起一把笤帚朝段志松劈头盖脸地打。段志松站直了,一声也不吭,一把笤帚打烂了,段志松还是不吭声,不认错。金秀珠的笤帚仿佛打在石头上,发出的响声像干硬的柴火一样,缺少生机。金秀珠哭了,她扔下笤帚,抱住段志松说:"都怪娘,娘生下了你就没有奶水,都怪娘叫人家奶养了你。"在一刹那,段志松感觉到了母亲的怀抱的温暖。其实,他内心渴望的就是娘的爱抚、娘的爱怜、娘的怀抱。他的脆弱是以暴力的形式表现出来的。他把对母爱的渴望变成了对人的冷漠和仇恨,尤其恨的是哥哥段志贤,在他看来,段志贤比他幸福得多——段志贤是吃着母亲的奶水在母亲的怀抱中长大的,而他却早早地被遗弃了。因此,他恨段志贤。他觉得,他和段家的血脉就像渭河里旱季的流水一样,断流的地方他看得很清,而哥哥段志贤的血脉一直和段家融在一起。他把对父母的抱怨和自己的缺憾用拳头宣泄在了段志贤身上。

段志贤七岁的时候,段五魁就把他送到古城村的私塾里去读书。读了两年。段志松回到了古城村,兄弟俩一同进了私塾。段志松只在私塾里安分守己地读了半年书,他先是逃学,被先生用板子把手掌都打肿了。后来,他就和同村的一个娃娃合伙儿捉弄私塾先生:把青蛙捉来给先生放在书桌下的抽斗里,吓唬先生;他端来一铜脸盆水,放在先生进门的门槛内,先生推开门,一脚踩进铜脸盆的水中,跌了个爬匍。当先生知道是段志松在恶作剧以后,坚决不让他再来读书,这正好是段志松所希望的事情。

段志松自己不读书,也不叫段志贤读。段志贤把书带回家,段志松给他把书本撕烂,用书本擦屁股。他把段志贤的砚台拿到院子里,在石头台阶上摔成碎块。一直到段志贤进了横渠镇的学堂,段志松才没有机会欺负段志贤了。

尽管段家是大户人家,家境是富裕的,可是,段志贤从不向段五魁要钱花。他自己从汤峪口进了山,砍来山柴,担到横渠镇集市上去卖。他卖柴得来的钱在衣服口袋里还没有暖热,他就被段志松扳倒在地,从衣服的口袋里全部掏去了。段志松给段志贤说:"以后,你有十个钱,就给我交六个。你不听话,我就把你做销了,听见了没有?"段志贤说:"我有钱就给你,一个钱也不给自己留。"果然,段志贤把自己下苦挣来的钱全部交给了段志松——段志松给他返还几个是几个,他毫无怨言。段志松拿上段志贤的钱就到横渠镇上买麻花吃,买豆花喝。

段志松第一次把钱花在女人身上是在十五岁那年。春天里,横渠镇上有庙会,段志松怀揣着从父亲那里偷来的几块银圆去逛会,他吃饱喝足以后,就去戏台下挤——他不是去看秦腔,他听不懂秦腔的吼叫,也看不懂戏文,他只是为了图个热闹——那些小伙子聚成一堆,在女人多的地方去乱挤乱摸,惹得戏台子下的女人们失声喊叫——段志松觉得那尖厉的夸张的叫声比戏子唱出的秦腔动人多了有趣多了。于是,他也跟着起哄,手伸出去,模仿着年龄比他大的小伙子在女人的屁股上裤裆里乱摸乱捏——他的初衷和大多数"二道毛"青年一样,是起哄,是闹着玩。出乎他意料的是,他刚捏了捏一个女人的屁股,那绵软的感觉还在手指头上跳跃,那女人回过头来朝他莞尔一笑,拉住了他的手腕,一句话不说,把他向人群外拉。他竟然像被主人牵着的一头绵羊,乖乖地跟着那女人走出了人群,穿过了街道,走进一条小巷。女人把他拉进一个院门之中,掩上了门。段志松抬头一看,院子里有五六间厦房,每间厦房门上都垂吊着一道笑眯眯的红门帘。女人撩起了红门帘,段志松跟着走了进去。段志松环顾房子一周,房子里有一张土炕、一张桌子、一张炕桌、一条凳子,木格窗子上糊着红细纱,房间里的光线甜丝丝的柔软软的有点暧昧。一进门,女人就问段志松:"你身上有多少钱?"段志松把衣服口袋里的两块银圆都掏了出来,把胳膊展出去,左右手里各躺着一枚白花花的银圆。女人看了一眼,说:"放在桌子上。"段志松不假思索,就把两块银圆放在了桌子上。女人上下打量了段志松几眼:"瓜灰,还愣着干啥?上炕呀。"段志松乖乖地上了炕。他还在磨蹭,女人已脱得一丝不挂了。女人那丰腴的裸体镜子一般把段志松的意识照亮了。"脱衣服呀,还等啥哩?"低眉垂眼的段志松抬起了头,像先生教他读课文一样读了一遍女人白晃晃的身子。等他脱光衣服以后,下面不由自主地挺起来了。剥光了的段志松虽然猴急猴急的,但一窍不通,女人几乎是举着他的两髋,一上一下,拉风箱似的,教他动作。段志松第一次尝到了女人的滋味,他受活得像上了天。他真不知道,女人的肉体会使他腾云驾雾,比暴打哥哥还要快活。事毕,临出门时,女人给段志松说:"下一次到镇子上来,不要再去人多处挤,就到大姐这里来,记着带上钱。"段志松只是点了点头,一句话也说不出来了。

　　从那一天起,段志松突然开了窍:钱是好东西,有钱不只是可以买吃买喝,还可以在女人那里买快乐。

　　段志松跟着窑姐而去并非偶然。段志松十三四岁的时候就被性的冲动所困惑,未免蠢蠢欲动,跃跃欲试。也许,这和他小时候在奶妈的家里没有得到疼爱有关,就像一棵树苗,从一出土就在缺水分的土壤里生长,那种对水分的渴盼是潜在的热情。夏天里的一天,段志松将和他同龄的黄福胜的女儿黄秋叶约到了古城村前边渭河滩上的树林里去玩耍。两个人在树林里相互追逐着跑了一会儿之后,气喘吁吁地跌坐在了青草地上。当一对少男少女躺下来眼望着被树枝切割得凌乱不堪的天空的时候,段志松再也控制不住自己的冲动,他抱着好奇和探求的心理把手伸向了黄秋叶去撕扯她的衣服。黄秋叶先是拒绝,后来便答应了段志松一个很糊涂的条件——抹下裤子,两个人都抹下,相互看看,但不准动手。十三四岁的女娃娃也好奇。两个人都抹下了单裤,都被对方裸露的下身吸引住了。段志松什么也不顾,把黄秋叶扑倒在了草地上。段志松还没有做什么,他正在吸纳着新鲜和好奇,正在瞎子摸象般地乱动着,突然,一个放牛的老头子吆着几头牛朝走来了。听见人的喝喊声,他们翻身而起,撩上裤子就跑——尽管他们什么都没有干成,害怕是难免的。他们连各自的布条子裤带也没有来得及捡拾。

老汉还是认出了是黄家的女娃娃和段家的男娃娃。他拾起娃们的两条裤带回到了村里。事情分别传到了黄福胜两口和段五魁两口的耳朵中。两家的大人对两个孩子的惩罚是难免的。

从来没有求过哥哥的段志松去求段志贤了,他知道,在这种事情上,他的拳头再厉害也未必能撬开哥哥的嘴。即使打得段志贤头破血流,段志贤不听他的吩咐,他也毫无办法,他只能低下头求哥哥。段志松的恳求使段志贤动了心,他以为,段志松来求他,就是他的胜利,哪怕他跪在段五魁跟前承认,是他约黄秋叶去树林玩耍的。段志贤答应了弟弟,替弟弟去顶罪。段志贤当即去给父亲说了他和黄秋叶抹裤子的事。段五魁一听,胡闹的是段志贤,一脚将段志贤蹬倒在地上了,他骂了一声:"没出息的东西!"段志贤争辩道:"我们啥也没有干,只是闹着玩。"段五魁说:"我年底就叫媒人给你说媳妇。你才十六岁就贪女人,长大还能干成啥事?"段五魁根本不知道,把人家的女娃娃压倒在树林里的是只有十四岁的小儿子段志松。

在黄家,黄福胜叫他的女人一再追问黄秋叶,黄秋叶也是一口咬定:"我们啥事也没有干。"黄福胜的女人骂道:"狗东西!没有干,脱裤子干啥?"黄秋叶被追问得两眼圆睁,脸涨得通红,两只拳头握在了一起,全身似乎僵直了。黄福胜的女人再追问时,黄秋叶咬紧牙关不开口,她知道,这种事,她的一张嘴是很难说清楚的。

即使什么事也没干,惩罚是必须的。古城的人相信,只有鞭子才能使不听话的娃娃走上正道。黄福胜和他的女人都没有动手,黄福胜吩咐他的大儿子黄生祥鞭打黄秋叶,黄福胜站在一旁看着,直到黄秋叶被打得皮开肉绽为止。用黄福胜的话说,要叫女儿记住鞭子的味道,记住什么事能做什么事不能做。

黄福胜是从山东青岛逃到秦西省眉坞县来的。为了三亩地,黄福胜失手打死了同村财主家的一个家丁。那家姓邱的财主要强行买走黄福胜家的几亩地,在那块地上建庄园,黄福胜不卖地,两家人有了纠纷。账房先生和家丁来到黄家,要黄福胜在卖地契约上签字。黄福胜不签字,家丁挥拳就打,黄福胜的父亲去拦,他的父亲被家丁打倒在地了,黄福胜操起一把镢头就把家丁打死了。黄福胜的父亲一看儿子惹了祸,就吩咐黄福胜快逃,黄福胜领着儿子黄生祥、女儿黄秋叶和媳妇黄李氏当即逃跑了。因为二儿子黄生辉去了外婆家,黄福胜没有带上。十多年了,黄福胜没有回过山东,每当想起父母亲和小儿子黄生辉,黄福胜就彻夜难眠,扼腕叹息。也不知道,父母亲和二儿子还活着没有。随着时间的推移,他的思念、悔恨才淡薄了一些。他总想,有朝一日,要回山东去找父母和儿子。这些年来,他和古城人相处得不错,女儿给他惹出了事,丢了人,他很生气。十三四岁的女娃娃真是糊里糊涂的,竟然干出了这么懵懂而荒唐的事。不教训秋叶是不行的。

段五魁和金秀珠一直认为段志贤是一个遵守规矩的孩子,他们宁可相信顽劣的段志松能干出任何出格的事,也不相信段志贤会做出如此丢人的事情的。因此,当他们得知段志贤做出这样的事情以后,怒不可遏,段五魁一把摔掉了手中的黄铜水烟锅。他叫长工把段志贤拉到了喂牲口的木屋里,捆绑起双手,把双手吊在拴牲口的铁环里,用鞭子打。长工不忍心打,看起来很卖力,举鞭很有力度,其实落下去时很轻。段五魁叫段志松站在一旁,目的是杀鸡给猴看,叫段志松以兄为戒。而段志松也看出来了,长工在敷衍,并没有痛打段志贤。他就高声叫道:"打!狠狠地打!"段五魁知道长工痛惜他的儿子,他不想训斥长工,他给长工说:"把鞭子给志松,叫志松打。"段志松接过鞭子,朝手心吐了两口唾液,两只手握住鞭子跳起来,跳起来抡起鞭子向段志贤的头上脸上打去了,几鞭子打得段志贤惨叫不已,脸上留下了血印子。哥哥替他受过,他还要暴打哥哥——段五魁并不知隐情。他站在一旁,看着抡着鞭子的段志松,心寒了:这娃娃心太毒了,比我还毒。

田方伯带着长工头儿张宗奇过了渭河从凤山县的黄家坡上了北塬。麦子黄了,眼看要夏收了。塬上的麦子比渭河南岸的麦子黄得早,放眼望去,平原上一片金黄。庄稼人在自家的麦场里正用连枷拍打油菜。麦子收完了,碾完了,就到了犁麦茬地的时候。张宗奇给田方伯说:"家里的犁铧已接过几次尖,秃得不能用了,老早买十几个新的,犁麦茬地时用。"田方伯说:"那咱就去凤山城里买吧,凤山人有做犁铧的悠久传统。"不只是凤山人的犁铧做得好,也许是凤山的水和塬下的水有区别,凤山人做的犁铧淬的火好,犁铧要比眉坞县人做的犁铧耐用得多。张宗奇说:"我也是这么想的。"天还没有亮透,主仆两人就出了古城村。

田方伯和张宗奇赶到凤山县城的城外时,大吃一惊,城的四周围满了士兵,城门已有好多天不开了。他们从过往的庄稼人口中得知,围城的是省政府主席王哲元派来的部队,被围在城内的是盘踞在凤山的军阀党玉琨,凤山人称他党拐子,因为他的一条腿有点跛。凤山城已经被围住一个多月了,王哲元的队伍攻了好多次县城也没有攻下,死了不少士兵。党玉琨坐镇凤山县十多年了,他把凤山治理成为自己的小天下,收税拉丁都由党玉琨说了算。凤山县周围的古墓,包括凤山、陈仓的古墓大都被党拐子盗过了。有一次,党玉琨的士兵去盗墓被几个农民看见了,党玉琨的士兵把这几个农民捉住,把额头上的皮剥下来,遮住了眼睛。他们问这几个农民,看见什么了,这几个农民说,啥也没看见。这几个农民被士兵折磨得死去活来,然后被砍成了八大块,喂了狗。从1911年到1927年,凤山的军阀换了几茬子,党玉琨把持的时间最长。王哲元在秦西第一个收拾的就是党玉琨。这十几年来,战火就没有停过,先是刘镇华的镇嵩军赶走了冯玉祥的国民二军,后来,冯玉祥又赶走了镇嵩军。甄寿珊的部队和冯玉祥的部队在关中西府开过火。每打一次仗,老百姓就遭一次殃。哪个军阀在哪个县坐镇,哪个县的县长就由他安排。走马灯似的换军阀,走马灯似的换县长,连票子也换得很勤,今年攒了一大捆子票子,明年就成废纸了。在县城西头票子还能用,一锅烟工夫,走到县城东关,票子就不能用了。这就是世事。

凤山县城开火,田方伯并不觉得奇怪,只是田方伯万万没有料到这个时候起了战火。他们返回来,在距离凤山县城四里以外的纸坊镇买了二十张犁铧,主仆二人,一人背着十张铧,回到了眉坞县。

第二天,段五魁在村街上碰见了田方伯,他说:"三哥,听说你去凤山城买铧了,借给我两张,我过几天就去叫人买。"田方伯说:"行嘛,四张都行。不过,这几天,你还是不要叫人去凤山,凤山城下开仗了。"段五魁说:"谁和谁的队伍打起来了?"田方伯说:"王哲元的队伍收拾党拐子。"段五魁说:"收拾了好。不知道啥时候来收拾徐元凯。"田方伯心想:谁不知道你暗地里和徐元凯有勾搭?还想从我的嘴里套话?你太不地道了。田方伯说:"没有啥好不好的,谁来眉坞县,咱还是种那些地,缴那么多粮。天下老鸹一般黑,那些人没有一个好东西,不要指望来一个好人。怎么弄,都是种地的人苦。"段五魁说:"三哥说得也对,世事到啥时候,都是恶人的世事,好人弄不成事。"田方伯说:"咱哪怕弄不成事,咱也不会做恶人的。"两个人话不投机,田方伯拧身要走,段五魁说:"那我就叫人晚上来取三张铧。"田方伯说:"吃毕晌午饭来也行。"段五魁说:"那就谢谢三哥了。"

夏收过后,头遍地犁过,就要犁二遍地,做庄稼精细的人还要犁第三遍,三遍过后,才种麦子。伏天里,二遍地犁过之后,长工给段五魁说,田方伯从凤山买来的犁铧就是好,不打尖不说,磨过几天,地再湿,连土也不粘。段五魁说:"既然使起来好,咱也去买他二十张,种麦子的时候,全部用新铧。"长工说:"你不是说凤山城里打仗吗?"段五魁说:"听说党拐子已经被王哲元收拾了,不打了。"长工说:"那咱过两天就走。"

立秋过后十天左右,段五魁和他的一个长工上了北塬,去了凤山县。凤山县刚被王哲元的部队攻下来没几天。段五魁听凤山城里人说,王哲元的部队将凤山县城围了两个月,死了五六百人,还是没攻下。后来,王哲元在凤山县城的东南角挖了两条地道,地道一直通向城墙根,将炸药装进两口棺材,从地道送进去,点着了炸药,将城东南角炸开了一个口子,王哲元的士兵拥进了城,党玉琨的士兵根本招架不住,他们都投降了。王哲元派人在凤山县城里的关帝庙前挖了一个大坑,把党玉琨的降兵赶到那里,被俘虏了的五千多人,全部被砍掉了头颅,尸体被推进了坑中。凤山、陈仓的地方军阀一听王哲元在凤山砍掉的人头能拉几百大车,吓得都不战而降——看来,震慑的力量还是很强的。段五魁走进凤山县城时,县城内还弥漫着一股血腥之气,一股臭烘烘的腐败的味道,小巷内偶尔可见已经腐烂的尸体。街市凋敝,人心尚未安定下来。段五魁和他的长工正在街上转悠,来了几个士兵,喝喊着把他们带走了。段五魁急忙分辩:"老总,我们是眉坞县人,是来这里买铧的。"士兵一看,段五魁上身是白色府绸褂子,下身是黑色绸裤,就知道他不是扶犁种地的。一个士兵说:"你胡喊个啥!再叫一声,老子毙了你,跟我们走一趟。"段五魁一看两个士兵凶神恶煞的样子,脊背直冒冷汗,他乖乖地跟着两个士兵来到了兴寺巷一间厦房内。士兵将段五魁和他的长工押进去后,说:"报告团座,抓了两个可疑的人。"那个被称为团座的中年人,看也没看段五魁就训斥士兵:"带到这里来干什么?拉出去砍了。"两个士兵架起段五魁就要走。段五魁吓得面如土色,大叫一声:"长官,我们是眉坞县人!"团座已经拧过了身,他回过头来说:"你们是眉坞县人,不是党玉琨手下的?"凤山城被攻克之后,党玉琨的一些士兵从老百姓那里换来了便装,试图逃出去。这些人从老百姓的家里搜出来以后都被砍杀了。所以,王哲元的官兵不轻易相信穿农民服装的人。段五魁说:"真的是眉坞县人。"团座说:"我问你,你们眉坞县是谁的队伍?"段五魁说:"是徐元凯的队伍。"团座说:"徐元凯在眉坞县怎么样?"段五魁当时回答:"我的压压(娘娘),我说实话,他是个大瞎尿,县长也是他逼死的。"段五魁的脑壳特别灵,他能感觉到,攻下凤山城的这支队伍和各县的军阀不是一回事。假如他给徐元凯唱几句赞歌,他肯定会被王哲元的团座砍掉脑袋的。因为,徐元凯也在王哲元要收拾的之列。团座这才看了段五魁一眼,他一看,段五魁已面无血色,挥挥手:"放了。"段五魁急忙叩头道谢。

段五魁被吓得不轻,他哪里还有心思买铧?他和长工赶紧出了凤山城,向眉坞县赶。暮色四合时,才过了渭河,到了古城,回到家后,段五魁病了。段五魁一听他要被推出去砍了,立时被吓坏了,心灰意冷,脸色苍白,浑身颤抖,一股尿水顺着裤子流下去了。回到家依然心有余悸。团座的那张冷峻的脸庞和那双冷峻的眼睛一旦浮上他的脑海,他就用被子蒙住了头,霎时间,一身冷汗。他在炕上躺了几天,才起来了。段五魁仿佛才知道,老百姓的命在军阀手里不值钱,生与死在一眨眼间。

就在段五魁从凤山回来还不到一个月,眉坞县的军阀徐元凯被王哲元打败了,徐元凯被击毙在渭河岸边。

清早起来,田方伯就吩咐两个长工:"种麦。"张宗奇说:"掌柜的,你是知道的,咱们河南人过了秋风才种麦,种这么早,冬天如果雨水好,麦汪了咋办?"田方伯不认识似的瞅了张宗奇一眼,苦笑一声:"宗奇,你是种了半辈子的庄稼人,咋就看不来天象呢?你就没有看,火星比月亮还亮。民国十七年(1928年)是旱年,恐怕把麦子都很难种到地里去,还指望冬天的好雨水?咱趁还有这么点墒,把种子埋进地里去再说。"一踏进民国十七年的正月,天气就像还没有调教好的牛犊子——胡使性子,一套上犁就发脾气。过了二月二,地里才解冻,刚一解冻,太阳从云层里挤出来就发威,庄稼人一下子把棉袄换成了夹衣,天气暖和得仿佛要入夏。几天以后,一场大风从秦岭中刮下来，还没有出叶子的树木被冻得瑟瑟发抖，庄稼人又穿上了老棉袄。棉袄刚把身上焐热，太阳又大了。庄稼人以为，春天真的来了，可是到了油菜花开的季节，又是一场大雪。人们一天换三次衣服也无法对付变脸很快的天气。庄稼人见面就说，人胡瞎哩，啥瞎事都敢干，老天爷也跟着胡来，人不正常，天也不正常。天病了，病得不轻。四个多月了，没下一场透雨，天上一旦上了云，大风就随之而来，不一刻，天空被打扫得干干净净的，天蓝得发白。小满那天，从秦岭的山头上不断地向外涌动着云团，老远看，秦岭像轧花机，那些白云像轧花机里吐出的棉花一样，一团一团，一朵一朵，铺上了蓝天。半下午时分，天阴实了，云垂得很低。第二天早饭前，飘起了雨星，渭河两岸的庄稼人从家里跑上街道，他们敲锣打鼓，欢呼雀跃，有些人举起铜脸盆敲打，有些人用木棍顶着铁犁上的"壁土"敲打。上了年纪的庄稼人把家里的瓦盆子、铁锅、瓷碗拿出来，放在院子里接天上的雨水；有些庄稼人把炕上的粗布单子扯下来，拽住四个角，让雨水向单子上下。古城村的几个老婆子老汉跪在街道上不住地叩头，嘴里念念有词，叩谢上苍。可是，地皮还没有下湿，雨水就停了。一股大风吹过，云散了，太阳从薄云里挤出来，笑眯眯地沐浴着干渴的土地。老天又把庄稼人哄了一回，一直到了白露，再也没下一滴雨。白露过后的第四天夜里，突然下了一场小雨。田方伯一夜没有睡好，他时而站在雨地里，叫雨淋一淋，时而走出院门，抬头看天，依他的经验，这雨不会下久的。果然，鸡叫四遍以后，雨住了。他到了喂牲口的草房里，给牲口拌了一槽草，准备天一明就种麦。这样的天气，只能赶墒情不能赶节气了。张宗奇知道，掌柜的种了半辈子庄稼，他之所以这么早种麦，肯定是思忖再三之后才决定的。可是，张宗奇心里还是不踏实，他说："这么点墒，种子出不来苗咋办呀？"田方伯说："你们还睡在被窝里，我就去地里看了，有一独犁墒，就是全部出不来，也能出个七八成。地不亏人，把种子埋进去，只要有了苗，天再旱，它也会生长的。"张宗奇说："你看了就好，你们去套犁，我先去地里撒种子。"田方伯吩咐张宗奇："先种靠河堤的沙土地,沙土地保墒不行。"张宗奇说："好吧。"张宗奇不只是出自长工对主人的遵从,通过和田方伯多年的相处,他十分敬佩、敬重田方伯的直率、坦荡、善良、正直、勤劳苦干和安安静静的生活态度。他知道田方伯这时候种麦子是经过深思熟虑的,是正确的打算,因此,他没有异议。

田方伯和另外一个长工套上了犁,出了古城村,进了地,开始种麦子。

在古城村,第一个看见田方伯和他的长工托着犁吆着牛进地种麦子的是段志贤。十八岁的段志贤离开学堂回家种地几年了,对农事已经很熟悉。虽然家里也有长工,他也不是每天都下地干活儿,但什么时候该播种,什么时候该收获,他心中有数;对于撒籽、踩垛、扬场、耙磨这些有技巧的农活,他已熟稔了。段五魁把地里的事儿交给了段志贤,段五魁也知道,段志松是靠不住的,段志松的心思没有在土地上。要守住自己的一百多亩土地,还是要靠段志贤。段志贤一进院子,只见金秀珠抱着女儿在房檐台上走圈子。金秀珠连生了三个女娃娃都早夭了,到了四十岁,她生下了最后一个女儿,取名段志梅。还不到半岁的女儿,不知是肚子疼,还是受了凉,哭闹了半个晚上。天还没有大亮,段五魁就去槐芽镇上给女儿请大夫。段志贤走进院子的时候,段五魁刚刚从槐芽镇上回来——槐芽镇上的大夫说,吃毕早饭才能来。段志贤一看段五魁进来了,就说："爹,我清早起来去地里看墒情,我一看,我田伯和几个长工种麦子了,咱家种不种?"段五魁抬头看了看,天气阴沉沉的,只是那些灰色的云像妇女们撕成一团一团的棉花——云是散乱的,不会再下雨。段五魁说："田老三种了半辈子庄稼了,咋能胡闹?你见过谁家刚过了白露种麦?秋风下子收一石,白露下子收一半,这是老先人说的话,咱不种,他想种,尽管种去。"段志贤说："今年的天气怪怪的,忽冷忽热,又旱了这么些日子,到秋分不再下雨,麦子种不到地里去咋办呀?"段志贤不无担忧地说。小时候,段志贤被弟弟打怕了,他为人处世谨小慎微,一丝不苟,担忧多于果断。

在古城村,他很敬佩田方伯的为人处世,尽管父亲和田方伯面和心不和,但并不影响他对田方伯的敬重。在他看来,田方伯是庄稼把式,对农事的把握和一个好大夫对病情的诊断一样,不会有错的。因此,他才对父亲这样说。段五魁看了看儿子,说:"志贤啊!不是爹说你,头长在自己的脖子上,做人做事,自己要有主见,不能老跟在别人沟子后面转。你都十八了,我和你一样大,自个儿做生意,从不要人指教,你咋还和娃娃一样,没有主意呢?"段五魁不失时机地教训儿子。段志贤本来还想坚持一下自己的主张——种麦,他一听,父亲的想法和自己不一样,就闭上了嘴。父亲时时刻刻要在儿子跟前显示他的正确、老到。段志贤多次的示弱、退让和压抑削减了他的主见,使他在父亲面前变得俯首帖耳,唯唯诺诺。段志贤刚走,长工头儿王二堂又来问段五魁:"咱们种不种麦?"段五魁只吐了两个字:"不种。"

一个古城村,几百户人家,只有田方伯开始种麦子,庄稼人都和段五魁的见识一样,认为田方伯是胡闹。到了后晌(吃毕午饭),那些没有牲口的庄稼人也跟着田方伯一起种麦了,因为他们没有牲口,要以工换牲口,往往要等有牲口的人种上麦子之后自己才种,或者,种在有牲口的人前边,他们知道,就是雨水再好,他们也不能按节气种庄稼。于是,趁有牲口的人家还没有种地,他们就提前以工换牲口来种地——穷人,只能这样过日子,这是他们于无奈之中的选择。他们选择对了——盼雨的庄稼人盼到了秋分,盼到了寒露和霜降,直至立冬节气都过了,也没有下一滴雨——民国十七年秋天,不只是眉坞县的冬小麦失种了,关中西府和东府大多数的庄稼人的小麦都失种了。可以说,一场大灾荒从民国十七年种麦前就发出了预警。

早上种了一大晌麦子,吃毕早饭,已是半晌午了,田方伯来到了段五魁的家。一见段五魁,田方伯就开门见山:"五魁,我每天晚上都看天象,要下透雨是靠不住了,趁地里还有点墒,你叫长工们后晌种麦吧。麦子种不到地里去,一料子庄稼就完了。"田方伯虽然只是建议的口气,却是诚心诚意的。段五魁说:"三哥,你种你的,别管我。今年种不到地里去,明年种;明年种不到地里去,后年种。我不信,老天能旱三年五载。"段五魁把水烟锅递到了田方伯手里,笑眯眯地看着他。段五魁的目光中不无讥讽,不无轻蔑,他的眼睛眨了眨,眼神里的意思是:田老三,你想得倒好!啥事出来都要叫我跟你走?你是族长,管得了田家人,管不了段家人。我倒要叫古城人看看,古城的事,是你说了算,还是我说了算;是古城人看你的样子,还是古城人照我的样子做。田方伯并不是来吩咐段五魁或者求段五魁种麦子的,他有他的想法和打算——段五魁是古城村的大户,一料子失种,损失可就大了。尽管他有一片善心,但段五魁不领情,反而和他叫阵,他还能再计较啥呢?他一边吃水烟,一边想自己的事——地里的墒情恐怕只能种两三晌麦子。必须抓住墒情抓紧时间种麦。他根本不在乎段五魁目光里的意思,哪怕段五魁的目光里有辣椒一样的味道和屎尿一样的臭气,他也不在乎。他把水烟锅递给段五魁,说道:"你不种,就等雨吧,这节气确实没有到种麦时节。我来找你,还有一件事要求你……"段五魁一听,田方伯是有事来求他的,也不知道是什么事,即刻眉飞色舞了:你田方伯也有求我的时候?太阳从西边出来了?能被人求,是好事。尤其是田方伯来求他,等于给他主动弯下了腰。他巴不得田方伯天天低三下四地来求他。还没等田方伯说下去,他就打断了:"啥事?三哥吩咐就是了,还用得着求?"田方伯说:"我想借你三头牛三张犁用一用,就用今天一晌、明天两晌,总共三晌,这三晌,给每头牛多少粮食,你开个口。"段五魁听罢,哈哈大笑,手里的黄铜水烟锅似乎也是笑吟吟的:"三哥,你把兄弟看外了,我段五魁差你那几斗粮食吗?你把牛拉去用就是了,人手不够,叫长工们跟着你去也行。你是谁?我是谁?咱们是兄弟,日后有啥事,你尽管开口。"田方伯说:"说啥也不能白用你家的牛。既然你不要粮食,就以工换工,我用你三晌,还你六晌,就这么定了。"段五魁说:"三哥,我真服你了。"段五魁心想:你给我张开了口,下了话,就等于我有了面子。你既然是来求我的,还想用以工换工来换回你的面子？你就是给我还十六响的工,也顶不住你求我这件事。段五魁依旧是笑眯眯的,他说:"三哥说咋办就咋办,牲口和犁你尽管用。"

段五魁把田方伯送出院门后,吩咐长工头儿王二堂:"晌午给牲口多拌一槽草,叫牛吃饱喝饱,后晌借给田家去种麦。"王二堂说:"知道了,掌柜的放心,咱的牲口,不比田家的劣。"段五魁想听的就是这句话。

吃毕晌午饭,田方伯领着长工和短工十三个人十三张犁,有条不紊、浩浩荡荡地走出了古城村,进了田地。他除了在段五魁那里借了三头牛三张犁以外,还去孙家塬借了六头牛六张犁。他只有一个想法:不放松一炷香的工夫,把麦子种到地里去。他在古城的这块土地上长大成人,他对这块土地的真正形态和感受是实实在在的,对这块土地的脾气和性格他是摸清了的。作为一个庄稼人,你必须遵循土地固有的法则。土地是有灵性的,就看你能不能捕捉到。靠这块土地养活的每个人最终会被土地掩埋——只有土地常青不老。在和土地的较量中,再能干的庄稼人最终是失败者,可是,如果你因此而放弃了和土地的较量或者和土地对着干,你就会受到惩罚的。当土地向你发出声音的时候,你必须听得清清楚楚明明白白的,不可迟钝。似乎有一种声音告诉田方伯,老天只给土地这么点雨水,这点雨水是庄稼人的救命之水,就看你能不能紧紧地抓住机会,充分地利用它。他被这块土地养活了四十多年,土地培植了他的性格和人格,土地成全了他。对这块土地感受的过程认识的过程使田方伯也逐渐成熟了:我心里清楚,我是我那两百多亩土地的主人,也是我那两百多亩土地的奴仆,我必须时刻谛听着土地的吩咐。这几个晚上,田方伯睡眠的时间很少,他几次想以族长的身份出现在古城人面前,命令他们赶快种麦,赶紧种麦。可是,有一种声音告诫他——你不能这样,现在种麦,毕竟是反季节的动作,如果麦子种到地里,出不来苗,叫庄稼人把麦种子白撂了怎么办?如果再过半个月,到了秋分时节落了透雨怎么办?对于天象,你只是一种感觉,连八成的把握都没有。这种感觉,也可以说是灵性,不是人人都会有的。可是,感觉毕竟只是感觉,未必有道理。在古城人看来,你种麦是一种贸然的举动。因此,即使受损失,也只能叫自己受损失,不能殃及全古城人。这么一想,他就掐灭了命令庄稼人都去种麦子的想法。

第二天,太阳晒红了,悬浮在天上的阴云变薄了,消散了,飘得无影无踪了。田方伯种了一天麦子。第三天早上只种了一晌,到了后晌,墒情实在是不行了,田方伯就没有再种麦子。他叫张宗奇算了算,四晌总共种了八十二亩麦子。七八天过后,麦苗大都露出了地面,虽然没有出齐,还是八九不离十的。田方伯站在自己的麦地边,看着黄中带绿的毛茸茸的麦苗,心里翻腾得厉害。他蹲下来,一双手搭在麦地里,手抚摸过去,那孱弱的麦苗像刚落草的娃娃一样,粗糙的大手挨着毛茸茸的麦苗像触到了大地的心脏。田方伯长长地吸了吸,吸进肺腑里的是土地的芳香和生命的新鲜——只有他能嗅到。田方伯将手心轻轻地慢悠悠地触到麦苗尖上,感受这嫩嫩的生命。然后,来回抚了抚,双目停留在一片麦地里,田方伯看着看着,眼泪扑簌簌地下来了。

田方伯站起来,抬眼望去,广袤无垠的渭河南岸上,没有种上麦子的土地在太阳光的照射下垂头丧气,沉默无语。土地和庄稼人一样在耐心地等待着播种。可是,庄稼人没有机会播种了——地里干旱得仿佛要冒烟。

回到家里,田方伯像土地一样沉默不语,坐在房檐台上,拿起水烟锅一口一口地咂。他一方面庆幸自己的麦子出了苗,一方面责备自己没有强箍着古城人去种麦子。齐云仙一看他心思沉沉的样子,大概知道他在想啥,说道:"没种麦的,未必就是瞎事。老天再不下雨,不是把种子白撂了吗?"田方伯说:"种到地里,多少要收些的。"齐云仙说:"啥事出来,你总是往好处想,老天的事,人能管住吗?明年二三月里不落春雨,就难得有收成。你没硬箍住叫大家种麦,也对着哩。"田方伯又咂了几口水烟锅,心想,女人的话也在理,他嘴上没承认,心里是这么想的。有女人的这两句话,他心里的歉疚能少一些。田方伯没有再说什么,放下水烟锅,到牛棚里给牛拌草去了。

从农历三月到十月,这么长的时间没有下一场透雨,关中平原上一片枯萎。大雪节气到来的前一天刮了一天东风,到了晚上,捂了一场大雪。清早起来,庄稼人一看,积雪足足有一尺厚。随之,西北风像鞭子一样抽打着大地。天晴了,土地冻开了一拃宽的口子,地上滴一滴水,眨眼工夫就冻实了,天气太冷了。田方伯和齐云仙给儿女们说,他们活了四十多岁,还没有见过这么冷的天。地里没有消融的积雪被冻成了干块,落尽了叶子的树木冻死了不少。庄稼人一旦走出院门,迎面而来的西北风似有人抽耳光,身上的棉袄棉裤抵不住寒冷的袭击——人们觉得是精身子。连牲口也冻得卧在圈里不起来了。开了春,田方伯才发觉,地里的麦子冻死了三成。

第二年夏天,田方伯的八十多亩麦子还收了十几石(一石是十斗),而段五魁等没有种上麦子的古城的庄稼人,颗粒无收。其实,民国十八年(1929年)关中大旱,从民国十七年就开始了。

渭河北岸的罗天龙在黎明时分雨刚停就挨家挨户地去敲庄稼人的院门,他喊叫着锣村人起来种麦子。有谁说节气早不适宜播种,他就用粗话劈头盖脸地骂,强迫他们去播种。平日里很温和的罗天龙变得很执拗,很暴怒。庄稼人能看得出他的一片诚意,只是他的诚意像烙铁那么烫热,有些人便无法承受。

罗天龙家里的粮食,包套着包在房子里扎着,有一百多石。他每年把打下来的粮食一粒也不留地装进包里,然后,把那些陈粮在打麦场上晒一遍,卖出去几十石,以新代陈,存粮的总量年年递增。他用卖掉粮食的钱再买土地。地是一分一厘买来的,粮食是一斗一石攒起来的。他不允许家里人浪费一粒粮食,有谁吃馍时,把馍渣掉在了地上,即刻要用手指头粘起来,放进嘴里。无论吃的是糊汤、搅团还是面条,每个人吃毕饭必须伸出舌头把碗舔干净,这是罗天龙定下的规矩。有一年冬天,花莲儿用麦糠煨毕炕,罗天龙发觉,炕洞前落下了几粒麦子,他蹲下来,一粒一粒地捡起来。由此,他断定麦糠中的麦子肯定没有扬净。院子里和打麦场上的积雪有半尺厚,不可能,也没有场地供他把那一大堆麦糠再扬一遍。于是,他吩咐长工、下人和家里人,一人一个簸箕,把堆成山的麦糠再簸一遍。十几个人簸了一个多月,总共只簸出了三斗三升三合麦子。虽然,这活儿像在沙里淘金一样,但罗天龙觉得这样做值得,他要叫家里人明白,浪费一粒粮食也是罪过。财东是苦出来的,是"细"出来的,大手大脚过不上好日子。创业难,守业更难,要守住家业,就要勤俭。在罗天龙看来,仔细地、安分守己地过日子,为这块土地一代一代养儿育女,是庄稼人的本分。

天刚扑明,罗天龙连借带租,组织了二十二头牛二十二张犁进了地。他领着十个人上了半塬上的坡地,儿子罗大宝领着其他人进了塬下的平地。罗天龙是从饥饿难耐的日子里熬出来的,饿肚子的滋味就像汗毛一样长在他的身上,他抬眼即见。他对土地的热爱,他对粮食的珍惜,不只是一种美德和品格,还已成为他性格中的一部分了。饥饿就像每天从东边出来的太阳一样照亮了他清醒的思维——富足的时候不能忘记贫穷,有饭吃的日子要记住饿肚子的那一天。对于光绪二十六年(1900年)的关中大旱,他记忆犹新。那一年,也是一年多没有下一场透雨,庄稼全都旱死在了地里,关中平原上的农民夏秋两季颗粒无收。幸亏他的父亲罗俊在桃花山积攒了些粮食,这些粮食由父亲雇人一口袋一口袋背到了他们第一次落户的凤山县松陵村。松陵村十户有五六户一家人全部饿死了。罗天龙记得,冬天里,他和父亲去县城里赶集,街道上随处可见倒毙的人,上了年纪的人,走着走着,一个爬匍倒下去,断了气。有一个穿得比较体面的人买了一个包子,刚吃了一口,从后面伸出来一只污脏的手,一把将包子夺走了。夺包子的人边跑边吃,那个穿得体面的人在后面喊着追赶。前面那个夺走包子的人眼看要被追上了,他弯下腰将包子在脚旁边的牛屎上一按,穿着体面的人一看,包子在牛屎中,骂了两句,拧身走了。那个抢包子的人从牛屎中捡起包子,三两口下了肚。他年少时目睹的这一幕成为他日后教育儿女和家人的活教材,他记得最牢的是那些可怜巴巴、垂死挣扎的眼神和瘦弱憔悴、惊恐可怖的面孔——饥饿将人折磨得失去了人形。这些目光这些脸庞如同他手中的斧头一样时时刻刻在敲打他——饿肚子是最可怕最残酷的事情。

父亲罗俊在店铺里买了几斤盐,买了一把镰刀和几斤棉花。眼看晌午端了,黄黄的日头挂在中天发出了冰冷的光。罗天龙饿得实在不行了——两腿发软,双眼发花,蹲在街道上,不肯向前迈动一步。他毕竟是个娃娃,没有任何耐力。父亲看了看他,走进了包子店,给他买了一个包子。他咬了一口,觉得包子有一股恶狠狠的腥味儿,就将包子拿在眼前头看。从包子里掉出来一个肉疙瘩,他捡起来,左看右看,那肉疙瘩是人的指头蛋儿——不知是手指头还是脚指头。他叫父亲看,父亲只一瞅,眼一瞪,呵斥他:"看啥看?快吃!小心有人抢走了。"他闭上眼,几口吞下去了人肉包子。从那一天起,他就明白,饥饿会使人变得如同桃花山的狼一样,人连人也会吃的。童年时,他就有了一个想法:长大后,他一定要置买好多土地,只要有了土地,就有了粮食,一家人就不至于在灾荒中饿死。因此,罗天龙把土地看得比命还重,这不仅仅是在他的成长过程中饥饿对他的启示和告诫。对土地的欲望不只是他的一种需求一种情感,可以说,这种欲望已经衍生成他的性格的一个内容——土地性格。

罗天龙在坡上坡下种了三天麦子,总共种了一百一十亩。他想,一亩只要能打三斗麦子,他就心满意足了。罗天龙不看天象,他只相信他的人生经验,这些经验来自他熬过的岁月和历经过的诸多事情,他从理性上厘不清,但是,直觉告诉他:一场大的灾难就要降临了。在罗天龙的逼迫下,锣村人或多或少地种上了麦子,几亩或几十亩。

麦子种上以后,罗天龙背上他的木匠家具上了北塬,给塬上的一个大户人家盖房子去了。临走的时候,他照例给家里人和长工把要吃的米面留下来,把盐、醋、菜油量好——连一勺子也不多留。他把其余的调料和米面都锁好,将钥匙别在自己的裤腰带上。他每一次外出做木工活儿,都要给仓库里的麦包重新按上木印,把木印锁在柜子里。同样,自己把柜子里的钥匙带上——不只是他对家里的人不放心,他觉得,他是一家之主,他有叫一家人吃饱穿暖和的责任,这个责任,只能由他来担当。他若疏于管理,就是对一家人不负责任。

临出门时,罗天龙吩咐罗大宝:如果天下雨了,把没有出齐苗的麦子重新用锄头补上;如果天不下雨,把每块地的地头用䦆头挖一遍,弄平整。一定要细心,把活儿做好。土地像人一样,你对它好,它就不会亏待你。罗天龙侍弄土地像他给人家做木工活儿一样细心、细致,他耕种的每块地里的庄稼都像他给主人雕刻的木工活儿一样散发着艺术品的气息。罗大宝说:"爹,你去吧,我按你说的去做。"罗天龙这才走出了锣村。儿子从小对他的孝顺、听话,儿子对庄稼活儿的精通、能干,使他很满意,很自豪,这才是罗家的种儿。

第八章

　　清早起来,田方伯就吩咐张宗奇套上木轱辘大车向眉坞县县城运送粮食。这是他第二次向眉坞县赈灾委员会捐粮。田方伯担心他捐出的粮食在运送的路上被灾民或者土匪抢走。田方伯在前一天就向横渠镇槐芽区保要了三个保丁,这三个保丁一人背一杆长枪带一把大刀,他们就坐在粮食口袋上。

　　干旱从1928年持续到了1929年的夏收时节。由于长时间的干旱,田方伯的小麦只长到两拃高,用镰刀根本无法收割。田方伯一家只好和长工们蹲在地里一把一把地拔,把麦子拔下,装进背篓里背回来。尽管这样,总算有点收成,而十有八九的庄稼人根本没有收成。收获给田方伯带来的不是喜悦,而是担忧。

　　一些缺粮吃的庄稼人到了三四月间青黄不接的时候就开始四处借粮了,不论是借粮吃,还是籴粮食吃,他们总还是有盼头的——等收麦之后,就会走出困境。而民国十八年的夏收时节,这些缺粮吃的庄稼人没有收成,这时候,他们慌神了。芒种已经过了,庄稼人还存有侥幸心理,盼望夏至前下一场透雨,把晚秋按时种进地里——只要秋庄稼收成好,咬住牙,还是能熬过四个月的。可是,每一天,太阳照常从东边升起,天都是大蓝大蓝的,偶尔从秦岭北麓飘过来几团云,云朵还没有拧到一块儿,一阵风,淡灰色的云便不见了,天空又像被扫帚打扫了一遍,只剩下了一抹蓝。等小暑、大暑一过,庄稼人毫无指望了,他们不只是肚子饿,精神还彻底崩溃了——秋庄稼又失种了。干旱的土地裂开了娃娃嘴一样的口子,散发着焦渴沉闷的气息,一望无垠的田地里空无一人。

尽管两料子没有收成,一些大户人家和商人囤积了不少粮食。县城里的粮食集上,粮食多的是,一口袋一口袋的麦子,成色很好。可是,粮食比人命还贵,一斗小麦就要三块银圆,要是在收成好的年份里,一石小麦也只能卖三块银圆。为了糊口,有房子的人把房上的木椽拆下来扛到集市上去换粮吃,一根上好的木椽也只能换一块二两重的蒸馍。有人开始卖地了。

渭河两岸的村庄里到处都有饿死的庄稼人。

田方伯一家虽然没有饿肚子,但是,他也处于煎熬之中——古城村有人找上门来,要把土地卖给他。田方伯处于两难的境地——当然,他渴望有更多的土地,三百亩、五百亩甚至一千亩,他也经营得了。如果他在这个时候买下土地,必定要落个乘人之危之嫌;如果他不买下卖地者的土地,他们很快就会饿死——土地对于这些庄稼人来说,毫无意义。第一个来找田方伯卖地的是田姓远房的弟弟,一个叫作田广发的三十二三岁的庄稼人。按理说,一家六口人,九亩半土地,是能过上不愁吃的日子的。毕竟是两料子没有收成了,即使有点积攒,也对付不了这么长时间的。田广发一心要卖地,田方伯坚决不买。田广发说:"三哥,你就忍心看着我爹我娘和我的俩娃娃都饿死?"田方伯说:"你咋说?你的地,我不能买,古城村能买得起地的人不是我田方伯一个人,你为啥非要叫我买你的地?"田广发说:"三哥,我就把话说明了,我卖给别人,九亩地卖不到三亩地的钱,卖给你,九亩地就能卖十亩地的钱。"田方伯一听是这样,就说:"地,我坚决不买,我借给你一石五斗粮食,你省着吃,能吃到过了年。"田广发说:"到时候,我没有啥还,地还是你的。"田方伯说:"不说那么远的话,你后晌就拿口袋来装粮食。"

田广发走后,齐云仙就抱怨田方伯:"你心肠再好,古城村那么多饿肚子的人,你能管得过来吗?咱家有多大的家底有多少粮食,你心里有底。灾年这么大,你先把这一家人管好。"田方伯叹息了一声:"你说得也对,我有啥办法呢?你说说,广发的地,我能买吗?我买了广发的地,古城村人会怎么看我?再说,如今的地也和人一样不值钱了。地里不长粮食,要那么多地,有啥用?"齐云仙说:"他再来说这事,你干脆把他推离手。"田方伯苦笑一声:"不会再来了。"

田方伯想错了。田广发还是再来了。春节刚过,田广发又来找田方伯卖地。一个冬天里,古城村死绝了十几户。土地比狗屎还便宜,一斗谷子可以换回来一亩地。庄稼人连命都保不住了,谁要土地干啥用?只有粮食才是命。田广发每天晚上向田方伯家里跑,一连三个晚上以后,田方伯松了口:买。他用一石二斗麦子作为地价,买下了田广发的六亩半地。田广发只给他名下留了三亩薄地。两家写了契约,段五魁作为证人在契约上签了名。

眉坞县的赈灾委员会在首善镇(县城所在地)、横渠镇、齐家寨镇、槐芽镇、常兴镇分别支起了大锅给灾民散饭——将小米或者麦糁糁煮成粥,一次给每个灾民一勺子粥。灾民们成群结队地拥向那口大锅,举着碗,一个挤一个,一个挨一个,呐喊着呻吟着向那口大锅跟前挤,那些老弱病残者被踩在了脚下,灾民们也不管不顾。他们只要能抢到一勺子粥,就能苟延残喘一天。

田方伯整日忧心忡忡,他站在渭河的河堤上放眼望去,到处一片枯萎、一片凋敝、一片凄凉、一片寒心,不见炊烟,不见生机,不见活力,不见色彩,白花花的太阳挂在天上,天地间是太阳光织成的薄薄的死气沉沉的雾岚般的光线,破布絮似的昏暗、沉重充塞在天地间,压在庄稼人的心头。这黯淡、恶浊的气象令人绝望。田方伯已向县赈灾委员会捐了一次粮食,他一次就捐了二十石小麦。他不知道,这天还要旱多久,这灾情还要持续多长时间,他不敢再轻易出手一斗粮食了,他要为一家人的生计着想。他打算,不再买一分地,哪怕土地再便宜,他也不能买。他不能叫养活他的土地成为他的累赘成为他的负担——活不下去,要那么多土地干什么用?他尽管爱地如命,可是,这时候,他是清醒的:他不能叫土地把他累倒。田方伯觉得,他已仁至义尽——秋庄稼失种以后,他就打开自己的粮仓,给古城没有粮食吃的庄稼人每户无偿给了三斗粮食,这样,几十石粮食就没有了。为此,齐云仙抱怨他好多天。不是齐云仙吝啬无情,她知道家里的存粮有限。地里的野草被人吃光了,树叶、树皮也被人吃掉了,牛杀了,狗杀了,猫也杀掉吃了,凡是能填肚子的,都被庄稼人吃了。田方伯觉得,这灾情像无底洞,深不见底。他叮咛自己要心硬起来——他没有能力管那么多人。他不再给任何人借一粒粮食,包括亲戚邻人。在这危难时刻,他只能管自己了。

买了田广发的六亩半田地以后,田方伯心里难受了好几天。他独自到了坟地,跪倒在祖先的坟墓前,祈求祖先宽恕他有乘人之危之嫌。没有粮食吃无法活,而有粮食吃也是活得不安宁。他已捐出了不少粮食,他已接济了不少穷人。可是,眼看着庄稼人倒门绝户地饿死,他又没能力顾及,他是安宁不了的。人皮真难背啊!活人真难啊!他心肠再善,这么多灾民,他也包揽不了。

田方伯在家里等着一个人来向他开口,等了两个月,这个人也没有来。这个人是古城村的黄福胜。他给谁不借粮食都行,但是,他给黄福胜不借不行。在他的心目中,黄福胜是他的贵人,没有黄福胜就没有他的现在了,在危难时刻,黄福胜救了他一命。那时候,黄福胜从山东到古城村才三个年头。冬天里的一个黎明,田方伯套上木轱辘大车去土窑里给牲口拉垫圈的土,薄雾纱一般笼罩在渭河南岸,干枯的树木,枯萎的田野一片朦胧,他把土装上车,吆着牛车向村子里走,走出不远,等他抬眼看时,三只狼扑到了大车跟前,狼蹿起来,去撕扯三头牛,三头受了惊的牛拉上大车狂奔,他赶紧勒套绳,怎么勒也勒不住受惊的牛,三头牛横冲直撞,哪里顾及它们拉着一车土,田方伯一只手拽住套绳,跟着牛车奔跑。突然,牛车在冻得坚硬如铁的土棱上一撞,车翻了,牛被绊倒在了地上,大车压住了他的左腿,他想起来,爬不起来了,三只狼即刻围住了他。他命悬一线。难道他只能等着被几只狼吃掉吗?他一阵害怕,一阵悲凉,一阵绝望,放声呐喊:"来人啊!救命啊!"他的喊声憋闷、委屈、短促,在冬日的田野上逸散、摇曳、颤动。这时候,扛着铁锨镬头的黄福胜来了——他准备去孙家塬给人家踏胡基(打土坯)的,起了个大早。黄福胜跑过来一看,三只狼旁若无人地向田方伯跟前扑,他抡起镬头,一镬头向一只狼的头上打去了,狼被打倒在地上,其他两只狼不再纠缠黄福胜,拖着尾巴逃走了。这个力大如牛的山东汉子弯下腰看了看被大车厢压住的田方伯,他双手紧抓住车的帮厢,长长地吸了一口气,两腿一屈,腮帮子鼓圆,双眼圆睁,随着一声"嗨",他竟然一个人将大车的帮厢抬起来了。黄福胜从大车底下把田方伯拖出来,田方伯的左腿已不能动弹。黄福胜重新套好了牛,把田方伯抱上了大车,吆上车,把田方伯送回了田家。田方伯明白,那天早上,如果不是黄福胜相救,他肯定被狼吃掉了。一旦想起那天清早的情景,他就心有余悸。在这个人世上,除了他的父母亲,他最应该感恩的应该是黄福胜。一个不知道感恩的人是靠不住的,这道理,田方伯很明白。黄福胜是搭救了他的性命的恩人。

  饥饿降临之后,田方伯去过黄福胜的家,他想看看黄福胜的日子过得怎么样,给黄福胜接济些粮食。黄福胜告诉他,家里还有些存粮,暂且能够对付,等对付不下去了,再开口。田方伯放心了。他没有再顾得上去看黄福胜一家。

  当田方伯第二次走进黄福胜家里的时候,黄福胜已经断顿了。在灾难来临之前,黄福胜家里确实是有些存粮的——他给田方伯说的是实话。可是,已经三料子没有收成,黄福胜一家能熬到民国十八年的冬天已很不容易了。田方伯进了黄福胜的家,一句话也不说,端直进了厨房,他揭开锅盖一看,锅里煮的一块黑乎乎的不知什么东西——已经是吃午饭的时候了。田方伯心想,肯定是能吃的东西。一股臭烘烘的气味从锅里直向上蹿。黄福胜一看,田方伯皱起了眉头,赶紧解释:"那是我从山东来的时候背的一个牛皮褡裢,我把它煮上,一家人能凑合两顿。"田方伯用手指了指黄福胜:"福胜啊福胜,叫我怎么说你呀!人都快饿死了,还死要面子。弟妹和孩子们呢?"黄福胜说:"你弟妹出门寻吃的去了,秋叶和生祥在炕上躺着。"田方伯叹息了一声:"这个时候了,在哪寻吃的?地里的野草吃光了,树皮树叶吃光了,现在,能寻到的除了死人,就剩下地里的黄土了,如果黄土能吃,就不至于饿死那么多人了。"田方伯进屋去看了看,黄福胜的女子秋叶和儿子生祥在炕上躺着,都闭着眼睛,两个孩子,眼窝深陷下去,脸色蜡黄,蜷缩在一起,仿佛两团烂抹布。田方伯看了一眼,一句话没说,走了出来。

晌午饭以后,田方伯打发张宗奇给黄福胜送来四石粮食——两石小麦,两石谷子。黄福胜一看,还没有等两个长工上车卸粮食,他上了木轱辘大车,扑倒在粮食口袋上号啕大哭。

段五魁是鸡叫三遍以后遭到土匪王银发抢劫的。死气沉沉的古城村陷入饥饿之中本该是天刚黑以后就死睡而去了,可是,娃娃们发出的细微的哭声、老人挣扎的呻吟声、瘦骨嶙峋的女人们的哄娃声和男人们无可奈何的叹息声搅得村子难以闭上困倦的双眼。王银发天黑以后就到了古城村,他不敢轻举妄动,在村外的野地里趴了半个晚上才翻墙进了段五魁的院子。当王银发带着七八个人站在段五魁跟前的时候,段五魁几乎吓瘫了——他没有想到,王银发会来收拾他,在他看来,谁来收拾他,他都觉得不意外、不奇怪,唯有王银发来收拾他,使他吃惊不小——他和王银发的交往不算浅,王银发抢劫县长连必恭是他给通的信息;抢劫齐家寨的朱先生是他给王银发压的底线。王银发通过他得到的好处不少了——就是条狗,他也喂饱了,怎么能咬自己人?段五魁太自信了,他只知道土匪有讲交情讲义气的一面,而不知道土匪的其他几面——作为土匪,王银发他变脸太快。王银发和所有的土匪一样,都有残暴、无情的一面。只要能得到钱财,土匪连亲娘亲老子都打劫。精明的段五魁竟然和土匪讲情义,他真是脑子进水了。段五魁后悔不迭。他对土匪不是没有提防——他在渭河岸边准备了一条木船,一旦土匪来了,他就从后门里逃出去,去渭河岸边坐上船,逃向北岸。每天晚上,都有长工巡视,一旦有响动,他就先逃走。可是,半年多时间过去了,没有土匪来袭击他。他更没有想到,熟人会对他下手。段五魁收拢了满脸的紧张,强作镇定,跟王银发套近乎:"兄弟请里屋坐,我叫下人给弟兄们准备酒菜。"王银发说:"少来这一套。我问你,你家大儿子呢?"段五魁说:"那就去屋里过个瘾。"段五魁知道,这一伙土匪个个抽大烟。王银发把短抢抬了抬:"说话!段志贤干啥去了?"段五魁一看,王银发双目冷酷,满脸杀气,和他头脑里的那个面目和善、出言豪爽、举止有礼的王银发判若两人,他赶紧说:"去齐家寨了。"王银发说:"是不是倒卖粮食去了?"段五魁不吭声了。他已经明白,王银发是有备而来,来者不善。这几个月来,段五魁已经向齐家寨、首善镇、横渠镇、金渠镇的粮食贩子倒卖了几十石粮食。粮食比金子还贵,这时候倒卖粮食最赚钱。在段五魁看来,这灾年,是他发大财的好机会。王银发把提在右手的短枪抬起来,用嘴吹了吹枪口:"姓段的,你这么做就太不地道了,眉坞县的财东们都捐钱捐粮,你还寻思着发财?你倒好,天天在赚饿死鬼的钱……"段五魁急忙说:"我也捐了二十石麦子。"王银发一笑:"你哄鬼,鬼也不信。你总共捐了七八石粮食,一半儿细粮一半儿粗粮,你说是不是?"段五魁真没有料到,土匪连这事也清楚,莫非王银发已被县政府收编了?他只是这么想,却不敢问。

王银发又问道："段志松干啥去了？叫他起来。"段五魁突然胸脯一挺："志松在县衙里背枪，你不知道？"王银发斜视了段五魁一眼："难怪你段五魁不把我王某人放在眼里。哎呀，你二公子也玩起枪来了？你腰杆硬了，得是？"段五魁说："不敢，不敢。"王银发说："我今日个要叫你看看，是你家二公子的枪杆子厉害，还是我王某人的枪杆子厉害。"王银发喊叫一声："给段老爷准备准备！"一个背长枪的小伙子说："正准备着。"

不一会儿，一锅烧好的菜油被抬出来，支在了院子里，王银发说："段五魁，你把事情看亮清，我们今日个来，只要袁大头（银圆），不想要你的命，你看着办吧。"段五魁明白，这一劫是难逃了。他料想，王银发不敢杀了他也不能杀了他，因此，他能敷衍就敷衍。段五魁给长工头儿王二堂说："去给王大爷准备。"他不再管王银发叫兄弟了。昔日的长工头子王二堂已经是段五魁的管家了。王二堂说："知道了。"不一会儿，王二堂端来了一木盘子银圆，端到了王银发跟前，王银发只扫了一眼，腿一展，脚一伸，踢翻了木盘子，"袁大头"像月光一样跳跃着、滚动着，白花花地乱撒在院子里。王银发说："姓段的，你打发叫花子呢！得是？"段五魁说："我只有这些了。"王银发给手下的几个人说："你们几个叫段老爷说实话。"两个年轻人走过来架住了段五魁。这时候的段五魁反而不害怕了，他知道，他越软弱，土匪们会越残酷。土匪的性格他是摸得着的——憎恶软蛋，惧怕强横。段五魁闭上了眼睛：四十多年的人生在他眼前头一闪而过，曾经放火烧死金大山两口子的那一幕突然十分清晰地扑在他眼前。欠钱的还钱，欠命的还命。他霎时间镇定自若，心明如镜，他的最后时刻到了。使他觉得蹊跷的是，他并没有栽倒在眉坞县的其他土匪手中，恰恰栽倒在应当对他谢恩的王银发手中。到了最后时刻，他才意识到，人的生命中的这个结果，是很难逃脱的——不要说他在渭河里准备逃跑的木船，就是他准备了上天的梯子，也是枉然的。他往日自以为是的神情，对王银发尚存的侥幸以及短暂的沮丧消失殆尽了，他显出了与当下的情境不可融合的沉着冷静。虽然,他已虚脱无力,但随之而来的是一种解脱感——活着,也就是那么回事。到头来,谁都得死。有意思的是,有多少人已被饿死病死,而他却将要被粮食被钱财掩埋——另一种活法导致了另一种死法。结果都是一样的,这就叫殊途同归。段五魁以为这两个小伙子架着他,要将他撂进滚烫的油锅里。又上来了一个年轻人,一把扯下了段五魁的裤子,他的黑缎裤子掉到了脚踝。精沟子亮了土匪们面前,他失去了尊严。一个中年人掂起了一把扫帚,扫帚把儿在烧滚的油锅里蘸了蘸,即刻墩向了段五魁的精沟子,随着段五魁的一声惨叫,菜油烧开的香味和皮肉烧焦的味道混合在一起直扑人的鼻息。随着段五魁的第二声痛叫,金秀珠披头散发地从房间里扑出来,她跪倒在段五魁跟前,抱住他的精腿,段五魁那萎缩的阳具正好抵达金秀珠的头顶,金秀珠哭叫道:"当家的,你咋这么糊涂? 人家要啥你给啥,啥东西再好,有命值钱吗?"段五魁只顾呻吟,一句话不说。拿扫帚的中年人给王银发说:"大当家的,不要费事了,把这狗东西撂进油锅里算了。"金秀珠一听,又转过身去,双腿蹭到王银发跟前,要去抱王银发的腿,被两个小伙子架住了。金秀珠说:"你们不要再伤他,我知道银圆在哪达,跟我走。"

　　金秀珠把几个土匪领到了后院里。几个土匪按照金秀珠的指点在后院里的花坛里抡起镢头开挖。

　　不一会儿,两个土匪一人抱着一瓷罐子银圆到了前院。王银发一看,对段五魁说:"你看你,还不如一个妇道人家,你早说了,免得受皮肉之苦,何必呢? 那么多人都饿死了,你想叫钱把你撑死? 人要大家活,世上只活你一个有啥意思?"段五魁似乎未曾有过愤怒和羞愧的体验,未曾有过屈辱和无能的体验,他突然放声大哭,哭声极其悲凉。只有他自己明白,他不是在哭屁股钻心的疼痛,不是在哭钱财的损失,不是在哭他对王银发的面目未曾看清的悔恨。他只是一味地哭。他为什么会哭得如此伤痛、伤心,只有他自己知道。王银发说:"看你那狗熊样子。明天晚上这个时候,给我们送十石粮食,送到太白山下的太白庙前,有人接,按我说的做,我保你再活四十年。"

王银发撤出段家时,叫手下的人把滚烫的菜油泼向西边的五间房,放了一把火。

按照王银发的吩咐,段五魁的长工头子王二堂叫长工套上木轱辘大车把十石粮食送到了王银发指定的地点。第二天,王银发把这十石粮食一粒也没留给了汤峪镇的饥民——每户一斗。开初,饥民们谁也没有料到土匪头子会做出如此善举,他们唯恐好吃难消化——这一斗粮食后面有陷阱。没有人去领粮食。王银发被惹怒了,他觉得,饥民们的不配合是对他的极大的羞辱——他们只把他当土匪看,只把他当瞎人看。他抓住一个饥民的领口用短枪指着他说:"你不领粮食,我就毙了你。"这个饥民带头领了一斗小麦,饥民们开始蜂拥而上了。凡是领到粮食的饥民都跪下来给王银发叩头。王银发扶起来一个皓首白须的老者说:"免了吧。我王银发也是爹娘生养的,把粮食拿回去,能多活一天算一天,这世道就不是穷人的世道。"有人领到粮食以后,当场就抓着小麦生吃,有几个人还没有走到家门口,就被生粮食撑死了。当县衙知道土匪王银发在汤峪镇散粮的消息时,县警察署派了三十个人去围剿。他们赶到汤峪镇时,王银发已不见了踪影。警察署抓了两个饥民回来交差,一个饥民死在了回县城的路上,他本来已饿得奄奄一息了,虚弱的身体经不住县衙里的几棍子。另一个饥民被当作土匪枪毙在了县城西关。

田方伯是被喊叫声吵醒的。

疲惫不堪的老天正在挣扎着放亮,灰暗静谧的短暂时刻给饥饿的村庄披上了安宁的薄纱。田方伯正睡得香甜,一阵嘈杂声打破了他的梦境。他爬起来一看,火光映红了西边的天。他掂起一把铁锨,丢鞋落帽地向院门外奔跑。田方伯每吸一口气都感到有一股紧张的空气钻进了他的腹腔,感到他与黎明前的黑暗相交融了,他的心情无法明亮。他极力使自己平静下来——这是一个灾难深重的年代,什么样的怪事情都会莫名其妙地发生,多么荒诞离奇的事情都会突然之间发生。他站在街道上朝西一看,就知道是段五魁家失火了。

田方伯第一个进了段家。他进去一看,王二堂正指挥着长工和短工们扑火。没多一会儿,黄福胜和儿子黄生祥来了,古城村来救火的人拥了半院子。一桶水泼在火上,好像给火浇了油,火势越来越旺了。田方伯一看,西边的厦房是救不下了。他担心火势引到北边的木面楼房和南边的厅房上。他指挥救火的人把水泼向楼房和厅房,先把这两座房泼湿,以免着火。救火的人把没有烧尽的木椽、檩子从火中拖出来,拖在院子当中,再用水浇。厦房虽然没有救下,但楼房和厅房没有被引着,这就是万幸了。

第二天,古城人都知道,段五魁招了土匪的祸了,而且招祸不浅。打劫段五魁的土匪恰恰是段五魁给古城村人炫耀的哥儿弟兄王银发一伙。

天放亮了,村庄睁开了倦怠的眼睛,街道上残留的惊恐不安还没有散尽,空气中似乎还有一股呛人的烟味儿。田方伯刚一回到家,张宗奇就进屋来说:"掌柜的,咱们也要防一防土匪,小心被王银发抢了。"田方伯说:"咱的家业有多大,你还不知道吗?咱的粮食都捐出去了,余下的也只够咱一家吃到明年秋收时节,他来抢啥?假如王银发要抢我田某人,昨夜就连我一同收拾了。王银发不是闷尻,要收拾谁,他心里有数儿。段五魁不是经常炫耀他和王银发如何好吗?王银发照样收拾他。土匪有土匪的规矩,他们只和官府作对,只对有钱人下手,如果连没钱的人也抢,这号土匪就是禽兽了,你防也不顶事。再说,县警察署的人不是吃干饭的,王银发不敢二次再来的。王银发抢段五魁有他的目的。"张宗奇说,"照你说,王银发抢段五魁是有人给压了底线?"田方伯说:"这还用压底线吗?王银发对段五魁的家底不但清楚,对他的为人肯定也是清楚的。段五魁以为王银发和他有私交就不会收拾他,他想错了,土匪就是靠抢人过活的。王银发抢他段五魁,肯定是思忖了再思忖的。眉坞县的财东也不算少,王银发不是每家都抢。再说,王银发不是生下来就是土匪,他是杀了人,官府捉拿他,才做了土匪的。"张宗奇说:"他是咋杀了人的?"田方伯说:"我听人说,王银发他娘长得很标致,也能干,他爹是个老实疙瘩。婆娘家长得好看不是啥好事。不知是那女人招引野汉,还是男人找上了门,村里一个财东家的年轻小伙子和王银发的娘成了相好,两个人在一块儿弄那事从不避王银发的爹和王银发。王银发十三岁那年,有一天,他发觉母亲和那个小伙子上了炕,掂了一把斧头,一脚踹开了房门,抡起斧头,几斧头把那小伙子砍死了。小伙子的爹把王银发告到县衙,县衙派人捉拿王银发,王银发跑到鹦鸽,和山里的土匪混到了一起。王银发的爹被官府捉去杀了头,王银发后来做了土匪头子。"张宗奇说:"我还想,咱是不是买几杆枪,雇几个人,用来防土匪。"田方伯说:"眉坞县的土匪有十几股子,咱的几杆枪几个人能对付得了?你就是对付了王银发,又会来一个李银发、赵银发。咱尽量多做善事少作恶,好人再难做,也要做好人,善有善报,恶有恶报。土匪虽是恶人,但有血性的土匪也不少。王银发抢段五魁不是没有原因的。"张宗奇说:"你说得也有道理。这么大的饥馑,段五魁只捐了那么点粮食,心肠不善。王银发来抢他,他不能不给。这就叫一'窝'降一'窝'。"田方伯说:"段五魁怎么做人,是他自己的事,咱田家人可不能那样。你明白不?记着去看看段五魁,说些宽心话,无论咋说,他是招祸了。咱对谁都不能幸灾乐祸。"张宗奇说:"我记下了。明天就买些礼去看望。"

罗天龙吆着木轱辘大车行走在常兴镇通往锣村的乡村土路上。常兴镇原来叫常兴营。明代朱元璋的将军常遇春在这里扎过营寨,后来就有了镇街。满目荒凉沧桑的土地上,广袤的蓝天下,老远看,没精打采的大车的两个木轱辘仿佛固定在了地上不肯向前滚动,车轱辘干燥疲惫的响声和几头牛的喘息声比大车本身活跃得多。在困倦而沉寂的田野上,这声音显得单调、刺耳。缓慢迟钝的几头牛被车辙里扬上来的尘土罩住之后,寸草不生的田野上只有白花花的一条土路清晰可辨了。太阳虽然偏了西,但阳光依旧很嚣张。这是民国十九年(1930年)夏天的一个午后。罗天龙给常兴镇送了三石赈灾粮,回来的时候是空车,他本来想买两张铁犁放在车上,可是,他身无分文。他把身上仅有的三块大洋给了坐在车厢里的那个女娃娃的娘了。坐在罗天龙的木轱辘大车里的女娃娃头戴一顶发黑的草帽,上身是打着补丁的蓝色布衫,布衫的下摆长及膝盖,下身是褪了色的月白色裤子,裤子已很破烂,一条裤腿长一条裤腿短。女娃娃怕冷似的(尽管是大热天)蜷在车厢里。她面无血色,全身青春的血液似乎流干了,只剩下皮肉和骨头支撑着自己。她静静地坐着,无望而无助的目光里一片茫然,仿佛一只准备挨宰的羔羊——主人把她拉到什么地方去,对她来说,都是一死,都无所谓了,她似乎在谛听着生命最后给她带来什么暗示,谛听着枯焦的土地给她最后的嘱咐。牛车在缓慢地移动。罗天龙抱着鞭子坐在车辕上,他不吆牛,由三头牛随性而走。罗天龙回过头看了女娃娃一眼,心中又涌起了怜惜之情。

　　罗天龙和长工把三石麦子下到指定的地点。家在常兴镇的长工说要回家去看看,他应允了。长工走后,罗天龙本来要吆着牛车从常兴镇的背街小巷走,他担心,他在背街小巷碰到奄奄一息的人——这一年多来,他见到的这样的人太多了,他已经无法向这些人施舍了——他不止一次地施舍过,也掩埋过路边的死人。当死亡司空见惯成为常态以后,罗天龙的麻木并不是心硬如铁的另一种说法。他的麻木是无奈的表达。他每天都要面对饿死的人,他甚至觉得死神就在他的身后蹲着,时刻准备捉拿他——虽然他不缺吃,但是,谁能料到暴病就会绕过不饿肚子的人?死亡的气息像空气一样稠密地塞在天地之间——他每天呼吸着也就觉得十分平淡了。为了叫全家人包括长工知道饿肚子是怎么回事,他给他们停食两天——只准喝凉水,不许吃一口面食,两天过后,一家大小仿佛大病初愈。一家人都明白罗天龙的苦心——饿肚子的罪不好受。如果罗天龙走在正街上,短短的街道半天也走不过去,他被要饭吃的卖儿卖女的抱住腿不放,以致将身上带的钱和干粮散光散尽,还难以脱身。

卸完粮食,他想了想,没有选择背街小巷——有死人的地方。天气这么热,叫那臭气熏一回,三天也难以下咽食物。于是,他将大车吆上了正街,他要在正街的铁器铺里买铁犁。他刚把车停下,女娃娃和她的娘就抱住了他的腿。女娃娃的娘说,她不要罗天龙一文钱,只求罗天龙把她的娃带走。那中年女人说:"我娃是属龙的,民国五年(1916年)八月十四的生日,你带她回去做女儿也行,让她给你做小也行。娃十四岁了,能做你的小,就是我娃的福气。"罗天龙哭笑不得,他有儿有女有婆娘,买一个女娃娃干啥用?再说了,仅仅这常兴镇卖儿卖女的就有一大群,他心肠再软,家里的粮食再多,也养不起这些穷娃娃。罗天龙说:"你们松开我,我给你们说。"女人依旧不松手,她怕罗天龙趁机跑掉。罗天龙又看了一眼女人和女娃娃,他说:"松开手,松开手我就带这个女娃走。"这母女俩松开了手,罗天龙拔腿就走。这母女俩一看,又扑上来抱住了他的腿。罗天龙躁了,他双腿一蹬,把母女俩蹬倒在地上了。这母女俩又爬起来,不管不顾是否跌痛了,再一次撵上了罗天龙。罗天龙从衣服口袋里掏出来了三块大洋,给了那个中年女人:"这钱你拿去买粮食吃。女娃我不要,好不好?"中年女人不接钱,她说:"你不要我女子,这钱我不要。"那女娃娃抬起了头,呆呆地看着他。这时候,罗天龙仔细地看了几眼女娃娃:罗铃!我的女娃!这女娃娃的眉眼、脸庞和当年走失的爱女罗铃简直一模一样!罗天龙一时惊呆了,他再一次把三块大洋塞进女人手中,只说了一句话:这女娃我要了。他抱起了十四岁的女娃娃,将她抱上了木轱辘大车的车厢。

罗天龙卸下了木轱辘大车,把三头牛拴在院门前的树下,手牵着女娃娃进了院门。罗天龙的女人马桂花一看,罗天龙手里拉着一个女娃娃进了屋,有点惊诧:"谁家的女娃娃?"罗天龙说:"咱家的。"罗马氏知道,罗天龙从不说笑,她更是一头雾水。罗天龙说:"她是铃铃娃,罗铃。"罗天龙给罗马氏说过大女子罗铃走失的事,罗马氏心想,罗铃如果还活着,按照罗天龙的说法,罗铃有十八九岁了,可是,罗天龙牵进屋的女娃娃没有那么大。既然罗天龙说是他的女儿罗铃,罗马氏就相信了:"在哪搭把娃寻着的?"罗天龙说:"常兴镇。"罗马氏说:"那就太好了,赶快叫厨房里给娃做饭。"罗马氏没有再多问,进了厨房,和下人一块儿给罗天龙和这女娃娃做饭。

花莲儿难产离世后,刚过了百日,就有媒人来给罗天龙提亲,供罗天龙选择的有死了丈夫的年轻寡妇,也有十六七岁的黄花闺女,有大户人家的千金,也有穷人家的女娃娃。罗天龙心里明白,他的家业是凭汗水浇出来的,是凭凿子凿出来刨子刨出来的——他的木匠手艺是在塬上塬下叫响了的。在他看来,一把两撒大手大脚过日子,绝对过不出一个财东来,他的详细是锣村有名的,他从不乱花一文钱。他的名下有了二百多亩土地。可是,他每天都把富日子当作穷日子过。他要续娶,就要娶一个能勤俭持家过日子的女人。至于说女人是不是长得好看,是寡妇还是黄花闺女,对他来说,都是一样的。作为内人,女人是来给他当家的,长相再好看,如果一身瞎毛病,他是坚决不要的。当然,他不是没有选择的,他要的女人首先要有家教,要身体好,要为人好,能生娃娃就行了。既然他是大户人家的掌柜的,就应该有点肚量——他不能不给媒人面子,他跟着媒人去看了两个女娃娃,这两个女娃娃长相不敢恭维不说,一是年龄太小,都十六七岁;二是一开口说话就很粗,待人缺少礼数。按理说,婚姻大事本应是父母之命,媒妁之言。因为他的父母过世了,他是续娶,他就破了常规,亲自登门去看,他一看,就婉拒了。这事只好暂且搁置下来了。再说,花莲儿过世不久,他没有心情即刻续娶,一旦有人提起续娶,他就想起了花莲儿,想起了花莲儿对他的爱——他恐怕再也找不到花莲儿那样贤惠的女人了。只是李春绪几次给他说,这么大的家,没有一个女人主内不行,他才下了续娶的决心。

民国十七年正月,罗天龙娶了塬上凤山县枣林村的马桂花。凤山是周王朝的肇端之地,是礼仪之乡,凤山的女人大都能干讲礼数。这一点,罗天龙心里清楚。

马家在枣林村算得上不大不小的财东。几年前,罗天龙给马家盖过楼房,在马家干了二十多天,他知道,马家有一个女娃娃,这女娃娃已被聘出去了,临成亲的前一天晚上,她未来的丈夫突然暴病而死。这桩婚事不得不解聘。事情并未到此结束——马家的女娃娃落下了"克夫"的瞎名声——这样的女娃娃,谁家还敢娶?还没过门,就把夫婿"克"死了。四年过去了,进进出出马家的媒人没断过。可是,说一桩,坏一桩,女娃娃年过二十了,还没有聘出去。马桂花的婚事,成为父母亲的心病。罗天龙给马家盖房,晚上没事,就去和马家的掌柜闲聊,从马桂花的父母口中得知,这女娃娃没有一点瑕疵,手巧心善,无论女红还是下厨擀面、蒸馍,无可挑剔,她不光是能干手巧,她的心肠软得跟豆腐一样,不要说做恶事,她从不说一句过头的话,不做一件没规矩的事。家里来了几个木匠,马桂花帮母亲在厨房里做饭。吃毕晌午饭,厨房里没有活儿干,她就来帮木匠压木头,她用双手压住搁在三角架子上的檩子。木匠用锯子在另一头锯。罗天龙叫马桂花给她拉锯子,马桂花大大方方地来了,蹲下就拉。她拉得很在行,锯子跟着墨线走,一点儿也不偏。罗天龙一看,这女子双手把握住锯档,跟着他送出去的锯子的节奏一推一拉,用力十分匀称,她的力量仿佛不是来自双手和双臂,而是来自内心;她气不喘,脸不红,目光紧紧地盯着墨线,一丝不苟的样子。罗天龙说:"你以前干过木匠活儿?"马桂花说:"没有。"罗天龙说:"你有灵气。做饭、绣花、缝衣服要有灵气,犁地、扬场、踩垛子要有灵气,干木匠、铁匠更要有灵气。一看你这女子,就灵气十足。"马桂花只是笑了笑,没再回答。从那时候起,罗天龙就认定,这女子是会活人过日子的。

罗天龙派人去马家提亲,马桂花的父母亲也不嫌弃罗天龙是二婚,不嫌弃罗天龙的年龄比马桂花大得多,他们满口答应了。按照礼数,聘礼是一岁一石麦子,二十一岁的马桂花的聘礼应该是二十一石小麦,再则,罗天龙是二婚,还要另加五石。马家觉得罗天龙人好,又是有名的大木匠,只要了二十石小麦的聘礼。罗天龙虽然吝啬,在这件事情上,他没有计较,按数目,给马家送去了聘礼。

罗天龙过日子确实很仔细,无论家里过大事过小事,他都是很慷慨的,虽是续娶,他的婚事办得比娶花莲儿时更排场——再说,马桂花是第一次出嫁,他必须给马桂花一家足够的体面。他请人杀了两头猪,磨了三石麦子的面。他成亲那天,锣村人凡是能走动的一律去坐席;渭河北岸的婚嫁习俗和塬上没有二致——两顿饭——早上是臊子面,中午是十碗饭(五荤五素十个菜)。三个铡面匠在罗家整整铡了三天——把面采好、揉到,然后,用擀面杖擀薄,再用铡刀铡,这就是有名的"铡面"。锣村附近的刘家庄、马家庄等几个村的财东都来给罗天龙贺喜。中午的酒席一直从晌午端坐到了半后晌。

尽管罗天龙是二婚,但马桂花是初婚。罗天龙很隆重地迎娶了马桂花,他雇了一辆崭新的马拉轿车,轿车上披上彩色花朵,搭上了红绸子红缎子。罗天龙头戴礼帽,身着黑长袍红马褂,骑一匹棕色马儿;一条红绸子从肩部斜挎至腋下,胸前戴一朵大红花。罗天龙跟着轿车到了马桂花家的院门前。马桂花由表哥抱上了轿车。临上轿车前,马桂花脱下了旧衣服,换上了裙袄,戴上了凤冠,披上了红绸子盖头。民国十年(1921年)以后,眉坞县的迎亲,鼓乐已很少见,罗天龙破例请了鼓乐开道,轿车一出村,一面鼓,两只钹,两个唢呐,一支笛子,立时吹打起来,在前面开道。迎接的队伍每过一个村庄,都会吸引来观看热闹的庄稼人。罗天龙双手拽住马的缰绳,不时地朝庄稼人端出一副笑模笑样。轿车到了罗天龙的院门前,一个小后生点燃了一串鞭炮,绕着轿车燃放,响声清脆爆裂;另外两个小伙,一个在铁马勺中盛一马勺陈醋,一个捧一铜炭火盆子——盆子里的炭火燃烧得正旺,两个小伙子也是绕轿车一周,眉坞县人将这个礼俗称为"打醋炭",表示驱除不祥。之后,伴娘将新人扶下轿车。有一个中年女人倒走在红地毯上,一边走,一边撒铡碎的麦草,口中念念有词:"一撒金,二撒银,三撒新人进了门……"新人被引进洞房之后,午饭前,开始拜天地。拜完天地,就算婚礼告成了。

　　因为罗天龙和马桂花早就认识,进了洞房,两个人都很随便。罗天龙摘下身上的大红花和红绸子,脱下了马褂,马桂花也取了头饰。马桂花看了看脸色微红的罗天龙说:"你把我娶进门,就不怕我'克'了你?"罗天龙说:"我有斧头、凿子、锯子,这些东西都能镇邪,假如你邪气附身,我就砍断了,锯断了。"马桂花说:"你真的有那么厉害?"罗天龙说:"厉害不厉害,上了炕,你就知道了。"三十九岁的罗天龙虽然大马桂花十八岁,但他毕竟干了几十年木匠,练就了一副好身板,精气神特别充沛。他眯起眼一看,原来这个马桂花还是蛮好看的,瓜子脸,浓浓的眉毛,丹凤眼,高挑的个子,很招罗天龙喜欢。罗天龙像拎一捆麦子似的,把马桂花拎起来,抱在了怀里。他已经有一年没沾女人了。花莲儿怀上罗锣三个月之后,直到她去世,他和花莲儿没同过房。花莲儿在世的时候,他外出做木匠活儿回来,花莲儿端着一碗盐醋辣子都加好的干面走进房间,她故意挺挺胸脯,让两个奶头轻轻一晃。她说:"你先咥(吃,干)哪个呀,掌柜的?"罗天龙接过去面碗放在柜子上,吭地一笑,花莲儿解开了大襟布衫,上了炕。罗天龙已经趴在了花莲儿的身上,还在说:"你这个瓜婆娘,你说我想先咥哪个?"花莲儿扑哧笑了:"赶紧弄,干面粘在碗里了。"罗天龙说:"下面喂饱了再喂上面。"花莲儿是阴历二月的生人,按照农村人的说法桃花月生的人,不论男人女人,都好房事。花莲儿特别喜欢和男人干那事,这正好合了罗天龙的心意。割麦的日子,活儿那么累,罗天龙割麦回来,闩上房门,和花莲儿亲热一回,才去吃饭。罗天龙每次外出做木匠活儿的前一天晚上,罗天龙和花莲儿温存一毕,花莲儿就说痴话了:"你去干你的活儿,一月半月,也没啥,你走的时候,把它留在家里,我天天晚上用。"花莲儿捉住罗天龙的那个玩意儿不放。罗天龙说:"好吧,让它跟着你在家享福。"罗天龙再入洞房,他看着新娘子,不可能不想起花莲儿的。两个人钻进了被窝。罗天龙未免有些粗手粗脚,他一急,就忘记了马桂花还是黄花闺女。马桂花哼哼唧唧的,似乎有点招架不住。罗天龙说:"我厉害不厉害?"马桂花说:"厉害,真厉害!"罗天龙粗话出口了:"不是我厉害,和你那个比吃肉还香。"马桂花说:"怪道人家说,十个木匠九个怪,你算是第十个怪毛。"罗天龙说:"我怪在哪达?"马桂花说:"怪在你弄这事比刨木头还卖力。"罗天龙说:"我不卖力,你能受活吗?"马桂花说:"谁受活了?疼得我肉都颤哩。"罗天龙说:"越疼越受活。"马桂花说:"你咋知道越疼越受活?"罗天龙说:"你真是个瓜女子。这话还用问吗?谁不是从头一回过来的?我头一回弄完,用手把裤裆那里捂了两天。"马桂花说:"这就叫好事里面有瞎事。"

第二年二月十四日,马桂花给罗天龙生了一个儿子,罗天龙给他取名罗二宝。

马桂花不是克夫的命,而是帮夫的命。她进罗家门才两年,把家里打理得井井有条,使罗天龙特别满意的是,马桂花对花莲儿所生的罗大宝和罗锣如同自己亲生的一样疼爱,从不亏待他们。

晚上,罗天龙躺在马桂花身边,把他怎么在常兴镇上遭遇那母女俩,怎么把女娃娃领回家的经过给马桂花说了一遍。马桂花一听,说:"这么大的饥馑,挨饥受饿的人那么多,你全都养得过来吗?你把这女娃娃领回家,咋办呀?"罗天龙说:"叫她给你哄娃,娃还小,反正要一个人经管。"马桂花说:"我说的不是这个,我是说,这女娃算咱家里的一个啥人?"罗天龙说:"我也想过这事,如果算是咱们的娃,咱就要把娃管到底,当自己的娃看待。如果不算咱的娃,饥馑过去了,人家娃要走,就叫她走。"马桂花说:"那你就要把娃问亮清。娃都十四岁了,十四五岁就变婆娘(出嫁),娃该懂事了,叫娃自己拿个主意,咱心里就有数了。"罗天龙说:"你说得在理,我明个就和娃说。"罗天龙叹息了一声:"也怪我,我一看,这娃和咱铃铃太像了。当时,我真的以为是铃铃回来了,我痴呆呆地看着娃,心里又高兴又难过,心一软,就把娃领回来了。"马桂花说:"那是你太想你的娃了。你就没问,她是不是领养的?"罗天龙说:"这话我咋张得开口呢? 一路上,我想和娃说几句,她一句话也不说。"马桂花说:"不急,慢慢就知道了。不过,看这娃的年龄就是十四五岁,比咱的铃铃小几岁。"罗天龙说:"是娃她娘说,娃十四岁了,谁知道是真是假,咱就先把她当作铃铃吧。反正,娃在咱家,不会饿肚子的。"马桂花说:"人家娃她娘不会哄你的。你把娃的生日记好。"罗天龙又多了一嘴:"娃她娘还说,让娃给我做小也行。"马桂花一听,眉毛一扬,高声说:"好你个罗木匠,原来你是给你领了个二房回来了?"罗天龙笑了:"看你? 吃的哪家醋? 我娶二房,不会娶个叫花子娃的。"马桂花说:"想你有贼心,没有贼胆。"罗天龙说:"我连贼心也没有的。我的婆娘这么好,还娶二房干啥?"马桂花一听,罗天龙在恭维她,扑哧笑了:"当木匠的都能谝,嘴巴和斧头一样利。"罗天龙说:"不光嘴巴利,还有一样利东西,你咋不说?"马桂花又笑了:"没正经的了,得是?"罗天龙这才不说了。

这女子来到罗天龙家不再饿肚子了。马桂花叫娃浑身上下洗了两遍,换了一身新衣服,女娃娃即刻有了颜色——仿佛是从污泥中捞出来的一块鲜藕被水一冲洗又白又嫩的。罗天龙上看下看眼前这个女娃娃就是他的女子罗铃。罗铃是他认出来的,也是清水洗出来的,是一身新衣服穿出来的。罗天龙很直接地问:"你是不是叫罗铃?"女娃娃说:"不,我姓袁,叫袁圆。"罗天龙说:"你就叫罗铃吧,行不行?"女娃娃说:"不行,我有名有姓,为啥要叫罗铃呢?"罗天龙说:"就算我给你新起的一个名字。"女娃娃说:"我不要新起的。"罗天龙一听,这女子还很固执的,他故意说:"你不叫罗铃,明天就走人。"女娃娃说：“不，我不叫罗铃，明天也不走。我是你花三块大洋买来的，我就是你的人了，我咋能走了呢？”罗天龙说：“你是我的人就要跟我姓。”女娃娃说："我就把你认了干爹吧，我有姓，我不改姓。我不跟你姓，在这个家里好待，假如我跟了你姓，麻烦事肯定要多。你就叫我袁圆。干爹！"女娃娃叫了一声，给罗天龙跪下了。她泪流满面，可怜巴巴的，一双泪眼满怀期待，倔强的神情中流露着求饶。罗天龙赶紧把女娃娃扶起来了。他说：“我咋能强迫你呢？你就随你爹的姓吧。至于说你做不做我的干女儿，我还要和我的内人商量商量。”

几年以后，罗天龙才明白，这个袁圆之所以不姓罗是很有心计的，她是一个很聪慧的女子。看似单纯天真的面庞并不表露她的所思所想。

一到罗家，袁圆一刻也不闲，她不只替马桂花管儿子，洗尿布，一有时间，她就去给厨房里烧水、择菜。晚上，端一个花架子绣花。不到一年工夫，学会了纺线、织布。两年以后，袁圆到了农村人出聘的年龄了，罗天龙和马桂花才决定把袁圆收养为干女儿。

第九章

齐家寨的血案是发生在民国十八年的春天的。田方伯目睹了那场惨无人道的大屠杀。

那时候,国民党眉坞县县党部刚成立,省政府派来了一个保卫营驻扎在眉坞县,保卫营的营长叫苟百亮,是一个四十多岁的中年人,看起来眉清目秀,没有凶相。这个保卫营一到眉坞县就大开了杀戒。

饥饿在蔓延。乡村里的饥民从各个村庄逃出来到有集镇的地方去吃赈灾委员会散发的舍饭。齐家寨一下子聚集了五百多名饥民。苟百亮领着他的保卫营的一个连去齐家寨维持秩序。饥民们为抢一碗稀粥而不顾死活,相互踩踏,你拥我挤。面对此情此景,苟营长十分生气,他拔出盒子枪,朝天连开三枪,用来警告灾民让他们排队领粥。在滔滔如洪水的饥饿面前,庄稼人已经没有理智,只要能喝上一口粥,哪怕当即毙命,也在所不惜。苟营长一看,他的警告、恐吓毫无作用,他的枪也失去了威风,灾民们依旧乱成一锅粥,哭着喊着,拥拥挤挤。使苟百亮很愤怒的是,灾民们竟然把他的一名维持秩序的士兵拥倒在地,踩踏死了。他一声令下:"杀!"一百多个士兵,挥舞着大刀砍向了灾民,士兵们似乎在砍杀中浑身充满了快感,他们的眼睛红了,心肠狠了,刀片砍杀的似乎不是有生命的人的肉体,而是渭河滩上的一丛野草,他们在砍杀中,愉快地呻吟着,狼一样号叫着。灾民们凄凉绝望的求饶声、呼儿唤女的呐喊声、细如游丝的悲泣声交织在一起。人头落地,血肉横飞,天空一片血色。没多一会儿工夫,将近五百具尸体横在了齐家寨的新城广场上,血水四处流淌,血腥之味阴云一般在齐家寨盘踞着。还有点气力的灾民从大刀下逃出了一条命,他们虽然没有死在刀下,饿死冻死或病死是迟早的事。老百姓无法活下去了。

　　田方伯去齐家寨运送赈灾的粮食,他的木轱辘大车还没有走到新城广场,就听见喊爹叫娘的哭喊声。他从近处目睹了那一场屠杀,田方伯看得清清楚楚的:一个白发苍苍的老者跪下来,给一个士兵求饶,恳求不要杀他,他说他有两个孙子,要他照顾。那个士兵还没等老者说完,双手抡起刀,一刀下去,老者的头飞出去了老远。一个十四五岁的女娃娃大概吓蒙了,站在那里不跑,只是哭,一个士兵走到小女娃跟前去,一刀从她的头上斜劈下去,小女娃被砍成了两半。田方伯放声大骂:"畜生!畜生!该死的比狼还毒!"他要跳下车去,和那些士兵论理。张宗奇拦住了他:"掌柜的,你这不是去送命吗?他们有枪有刀,你一双空手去,顶啥哩?"田方伯说:"我咋能眼睁睁地看着他们杀人?我还算是个人吗?这一伙畜生!"张宗奇说:"人家手中有枪,掌握着眉坞县,咱有啥办法?"田方伯骂道:"该死的!从民国初年到现在,换了一茬又一茬当官的,都是一伙瞎尻。饿死了这么多人他们不管,只管杀老百姓。"张宗奇说:"天下当官的有几个好人?谁把老百姓当人看?"田方伯说:"咱救一个,人家杀两个,咱还赈啥灾?"田方伯长叹一声,泪流满面了,以至泣不成声,他哽咽着给张宗奇说:"走。咱回去。"木轱辘大车上的四石粮食地一粒也没卸,全拉了回来。回到家,齐云仙问他是咋回事,他一句话没说,进了房子,倒下头就睡,他刚躺下,就开始呕吐,翻肠倒肚地吐。张宗奇以为当家的病了,去槐芽镇给田方伯请来了大夫,大夫诊了诊脉给张宗奇说,没有大碍,好像受了点惊吓。大夫开了一服药,药煎好后,田方伯一口也没喝。田方伯在炕上躺了三天。

　　三天以后,消息便传到了古城村——齐家寨的五百多名灾民暴动被国民党的保卫营镇压了。灾民只不过求一口饭吃,为什么还要暴动呢?田方伯当然明白是怎么回事;这帮该死的,杀了人,还要把责任推卸掉?还要混淆黑白,颠倒是非?造孽,真是造孽。原来,大刀片比饥饿可怕得多。就在齐家寨大屠杀的那天,田方伯恍然明白:在这帮瞎尿眼里,老百姓的生命不值钱,老百姓连一头猪一只狗都不如。他看得清清楚楚:人祸大于天灾。田方伯相信:人瞎天必怒。他听老一辈人说,安史之乱那一年,老天连下五六十天阴雨,即将成熟的小麦倒伏在地里,关中道的夏粮颗粒无收。田方伯给张宗奇吩咐道:"套车,进城。"张宗奇道:"进城干啥呀?"田方伯说:"我要去找县长,把那天看到的真相给县长说清楚,不是灾民暴动,是他们故意杀人。"张宗奇说:"这个世道,还有啥真相?有权的嘴里说出来的就是真相。难道县长不知道当兵的是故意杀人吗?"田方伯说:"照你说,老百姓没法活了,饿死是一死,被人砍了,也是一死。"张宗奇说:"掌柜的,我说句不该说的话,咱把粮食捐出去,是积德行善,是为了救人一命。把这些穷人救下,到头来,他们还是一死。年轻的,被拉去给军阀们挡了子弹,年老的病死饿死在家里。这天下,就不是穷人的,你还想找县长要真相?县长不知道真相吗?县长心里清楚得跟镜子一样,他要在眉坞县坐江山就要靠枪杆子。算了吧。你把县长惹恼了,为这事,丢了命,不值。"田方伯一想,确实是这样。大军阀、小军阀,这十几年来打打杀杀,光古城村就有几十个小伙子不明不白地死在了战场上。即使风调雨顺,地里不少打粮食,老百姓还是过不上安然日子,老百姓横竖是受苦。齐家寨死了那么多人,县长肯定知道,说不定,省长也知道的,他们和那些杀人的都是一伙的。张宗奇劝了劝,田方伯打消了去找县长的念头。

一辆马拉的小轿车从省城方向进入了眉坞县。坐在轿车里的胡雨亭撩起布帘子一看,田野上灰蒙蒙的,满目苍凉,虽然已是仲春时节,可田地里不见绿色,一片灰暗,一片昏黄,一片焦苦,一片枯萎,一片衰败。马蹄下扬起的尘土久久不散。胡雨亭带着两万块银圆来眉坞县赈灾,他是西北赈灾委员会的委员。胡雨亭扭过头去问坐在他旁边的王谦梅:"你家在什么地方?"王谦梅用手指了指:"在路南边的金渠镇。"胡雨亭又问一个年轻人:"孙子屏,你家呢?"坐在左边的那个叫作孙子屏的说:"还远着哩,我家在渭河北岸的常兴镇。"这两个人都是秦西省慈善委员会的委员。胡雨亭说:"看来,你们故乡的灾情不轻啊!"王谦梅说:"去年冬天,家里就来信说金渠镇死了不少人。"孙子屏说:"胡委员来得正是时候。"胡雨亭叹息道:"几万块钱,不过是杯水车薪,我们只能尽一颗善心了。救灾赈灾,政府要想办法,民间组织毕竟力量有限,政府不管老百姓,老百姓就没指望了。"王谦梅说:"这个时候,老百姓盼望的是有一个好政府。"孙子屏说:"政府都是一个样子,老百姓能指望上政府吗?要说赈灾,只是做样子。"胡雨亭说:"我们只能尽自己的绵薄之力了。"

马车过了清湫村,来了一股风,马蹄下扬起的尘土如烟雾一般。胡雨亭放下了布帘子。

这三个人一到眉坞县就忧心忡忡,他们没有料到,灾情比他们想象的还要严重。他们更没有料到,这次眉坞县之行会使他们遭受牢狱之苦。

三个人赶到眉坞县县城时,已是傍晚时分。他们在县政府的小灶上每人吃了一碗面条,算是受到款待了。县长翟景卓一听,给他们送来了银圆,难以掩饰高兴之情,他将胡雨亭他们三人安排在县政府院内教育局的招待所下榻。那是一个带套间的房子。胡雨亭他们带来的两万块银圆就存放在套间里边。也许,在翟县长看来,县政府门口有警察把守,这三个人住在县政府院内万无一失。胡雨亭他们听从了县长的安排,没有任何疑虑。

第二天吃毕早饭,胡雨亭去齐家寨慰问——他也听说,一年前,齐家寨的新城广场五百人被屠杀,省政府通报说,是这五百人暴动。省城里,得到这个消息的政府工作人员都觉得震惊,但没有人怀疑其真实性。他想去看看,那里的灾情有多么严重,更想知道,这五百人为什么会惨遭杀戮。果真是灾民暴动吗？王谦梅和孙子屏分别去了金渠镇和常兴镇。他们只是想知道,老家究竟有多少人饿死了,有多少人需要救济。王谦梅和孙子屏临行时再三叮咛县教育局的督学岳治安和两个职员黄荣和宋迈："你们一定要看守好救灾款。如果晚上我们回不来,你们三个人都要睡在套间外面,要轮流值班,不能全都睡死了。"王谦梅和孙子屏知道,大灾之年,盗贼四起,土匪猖狂,人们为了活命,什么事都干得出。他们带来银圆之事,也许知道的人已不少了。岳治安和两个职员恳请两个委员放心,他们说要用脑袋担保那些救灾款。王谦梅和孙子屏一听,这三个人信誓旦旦,也就放心了。

这天晚上和任何一个晚上一样,暮色四合之后,县政府大院即刻被夜色裹严了,显得静谧,似乎和砖墙外面的饥饿、死亡、哭泣、呻吟、悲痛、哀求、呐喊、愤懑、哀叹以及为争夺食物而发生的斗殴和流血死亡毫无关系。当这个院落死睡以后,县教育局的套间内的煤油灯依旧木然地亮出孱弱的光。岳治安和两个职员轮流睡觉。他们不敢有丝毫的松懈。静谧更使他们担忧,他们似乎明白：静谧中更容易藏匿意想不到的灾难。守夜的那个人坐在床上,一双眼睛像印章一样紧紧地盖在套间的门上,生怕有一点闪失。当他们感觉到门环在动时就赶紧下床,用手摸一摸那把死守住房门的黄铜色锁子——大锁完好无损。他们再一次上了床,揉了揉双眼,把目光又死扣在门上,忐忑不安地守了一夜。

第二天清早,本该三个人要去吃早饭,他们还是放心不下,就打开了套间的门,他们想看一看,对自己几乎未眠的一夜就有了个交代,也是对胡委员他们的交代。开门一看,三个人大吃一惊:后墙上的一个洞把清晨的第一缕光放了进来,他们知道:完蛋了。那个比水桶还粗的洞仿佛伸过来的拳头把三个人打蒙了,这是他们万万没有想到的事情。他们愚蠢地只守住了房间里面的门和锁,殊不知,在土墙上开一个洞是很容易的事情——他们怎么就没有听见挖洞的声音呢?他们即刻清点银圆——少了两千块。三个人一点数目,长长地出了几口气——盗窃者还算心轻,幸亏,没有全部盗走。他们心想,作案者肯定不是土匪或者惯盗,如果招了土匪或惯盗的祸,两万块银圆,一个子儿也不会留的。岳治安和两个职员赶紧去给翟景卓报告。翟景卓刚刚洗漱毕,准备吃早饭,他一听,顺手抓起桌子上的砚台朝岳治安打来,岳治安一躲闪,砚台打在了门上。翟景卓骂道:"你们、你们三个都是死人吗?啊?我×你八辈子先人!"县长失去了应有的风度,他暴怒而不安,比一个农民家长还粗野。岳治安冤屈地说:"我们一晚上没有睡。"翟景卓说:"没有睡?还能把银圆丢了?给鬼说,鬼也不信。银圆找不回来,你们三个卖儿卖女也要赔偿。"三个人垂下了头,年轻一点的宋迈潸然泪下了。翟景卓说:"还站在这里干啥?去叫王谦梅和孙子屏回到县上来。狗屁委员!人模狗样的,一回来就到了自己家,是干公事还是来探亲?"岳治安他们三个从县长办公室退了出来。

  王谦梅和孙子屏急匆匆地赶到了县城,他们一听,赈灾款丢了,立时傻眼了,他们最担心的事还是发生了。他们后悔不该回老家去。这就是失职。可是,后悔无济于事,当务之急,是找到银圆。

  岳治安他们一走出去,翟景卓就把县警察局的局长刘安叫来,安排他查找。刘安抱怨道:"他娘的,这些委员都是猪脑子,带着那么多钱,就要给警察局打个招呼,招贼的祸了,才来找我们?"翟景卓说:"老弟,人家是大员,抱怨人家有啥用?赶紧把银圆找回来才是最要紧的。"刘安很不满地走了。

  刘安带着几个人来到后墙挖洞的地方,他们在墙根下发现了零乱的脚印,这些脚印从墙根下一直延伸到县教育局的后院。刘安他们跟着脚印走到了后院里的一眼枯井旁,脚印停留在井边没有向前延伸。刘安向井里瞅了瞅,派了一个人去井下察看。那个人下去后上来说,井里没有啥东西。刘安心想,这就怪了,如果井内没有银圆,为什么脚印没有了?他又派了一个人下到了井里,那个人上来后吞吞吐吐:"没……没……有,没有。"刘安厉声喝道:"到底有没有?"那个人挺了挺胸脯,好像自己给自己壮胆。可是,话一出口,还是缺少底气:"没有,没有,我没有看见。"刘安把大檐帽子一摘,下到了井里,他上来之后,三两脚把第一个下去的人蹬倒在地上了。他用脚在那个人身上狠狠地踢,好像在踩踏一堆即刻要蔓延的柴火。第二个下去的年轻人一看,扑通跪倒在了刘安面前。刘安左右开弓,给那个年轻人两个耳光。刘安厉声问:"是不是你俩偷的?"两个人异口同声地说:"不是,不是。"刘安说:"为啥不说实话?"两个人你看看我,我瞅瞅你,不吭声了。刘安一声:"打!"两个人便相互扇耳光,直至把脸都打肿了,刘安才说:"来人,把这两个狗东西给我倒塞到井里去。"这两个人扑过来抱住了刘安的腿,实话实说:他们看见了银圆在井里,只是想独吞,才说没看见,绝对不是他们偷的。刘安叫人下去把银圆拿上来,一清点,总共是一千五百六十块,还差四百四十块。这些银圆是被贼偷走了,还是藏在了什么地方,刘安一时还弄不清。刘安判断:那四百四十块银圆,肯定不会留在县政府院子里的。

胡雨亭是吃毕晌午饭回到县城里的,他一听,赈灾款被盗,十分愤怒。他没有回房间,径直去了翟景卓的办公室。胡雨亭单刀直入:

"翟景卓,你为什么不派警察局的人看守赈灾款?"

翟景卓冷笑一声:"赈灾款在你们手里,没有交到县政府。"

"这是给眉坞县老百姓的赈灾款,不是给你们县政府的,为什么要交给你们?"胡雨亭话中的意思:交给你们,等于把羊塞进狼口里。他差一点要说,我怕你们贪污了。

"不是县政府的钱,你们自己看管,找我们什么麻烦。"

"我的县长大人,你这是胡说!你咋能拿灾民的性命当儿戏?县政府是干什么吃的?你们有责任守护赈灾款。"

"我们尽责了。"

"没有尽责,不派枪杆子守护,就是没有尽责。这事我回去要给省政府报告。现在不是追究责任的时候。找不找在于你翟县长,不过,丢失的大洋要由你们县政府全部补齐。"

胡雨亭气呼呼地走了。

翟景卓也是一肚子的气,在他看来,丢失赈灾款,和他没有丝毫关系。可是,这件事,他必须要给省政府有个交代,不然,胡雨亭在省政府的王主席跟前告他一状,他的县长肯定当不成了。翟景卓把刘安叫来,问他追查的情况。刘安回到警察局把下井的那两个人好打了一顿,他只是杀鸡给猴看,他已弄清楚了,那两个人当天晚上没有离开警察局一步,他们没有作案的时间。再说,如果是他们偷的,他们不会把钱依旧藏在教育局院子里的。刘安给翟景卓说,他正在排查教育局的所有职员。翟景卓说:"临时聘用的人员也要排查。"刘安说:"好吧。今晚上,我就审问灶夫。"

当天晚上,翟景卓和刘安在县政府后院里的一个小房间里审问了给县教育局的职员做饭的一个姓卞的中年人。刘安用大话恐吓这个灶夫,这个灶夫只有一句话:"不知道。"翟景卓给灶夫允诺:"只要你说了实话,给你三十块大洋,够你们一家人吃用几年。"灶夫还是那句话:"不知道。"刘安一看,软得不行,就来硬的。他叫人把灶夫吊在房梁上。翟景卓将刘安叫到房子外面,站在黑暗处给刘安吩咐了几句,刘安即刻领会了翟景卓的意思。翟景卓走后,刘安走进了小房间,他叫人挥鞭开打。灶夫在惨叫声中求饶了。这个中年人被放下房梁以后,按照刘安的吩咐供述:半夜里,他去小便,听见王谦梅、孙子屏在房间里密谋自盗救灾款的事,他们允诺给岳治安一百块大洋,由岳治安安排人去实施,他们担心落下把柄,第二天分别回到了老家。口供被录下后,灶夫在伪证上按了指印。

按照翟景卓的授意,刘安将王谦梅、孙子屏、岳治安等五个即刻抓捕了。刘安只是分别将这五名所谓的嫌犯问了问,这五个人没有一个人承认是他们合伙自盗。刘安懒得多问一句,他知道,只有酷刑才会使这些人开口的。鞭打、上老虎凳、用烧红的烙铁在胸脯烙、灌辣椒水,一番酷刑过后,王谦梅已被折磨得死去活来,可是,他还是不承认银圆是他们自盗的。在另一间审讯室里,满身浸着血渍的孙子屏已经支撑不住了,他在刘安拟好的口供上签上了自己的名字,承认了银圆是自盗的。而岳治安和教育局的两个职员在一顿鞭打之后,还没有上老虎凳,还没有挨烙刑就招供了。一起冤案很轻松地制造好了。翟景卓叫文书起草了文件,以眉坞县县政府的名义将赈灾款被盗并破获的案情上报秦西省省政府,将王谦梅列为首犯,准备判刑。

翟景卓之所以要制造冤案,是有原因的。自从王谦梅"冒犯"了他的那一天起,翟景卓就想,如果有一天,你犯在我的手中,我非置你于死地不可。翟景卓在半年多以后,终于等来了这一天。他要整的不是孙子屏和岳治安他们,而是王谦梅。

1929年冬天的一天,王谦梅从省城回到了金渠镇的老家,严重的灾情使他伤心落泪,他一看,金渠镇的好几个村庄已经饿死了不少庄稼人,县政府对这么严重的灾情不闻不问,这使他十分愤怒。他进了县城,去找翟景卓。一进县政府大院,传来了一阵令人齿寒的惨叫声,王谦梅打了个战,他循着叫声进了一个房间,只见一个年轻人正在鞭打一个庄稼人。那个吊起来的庄稼人被剥光了上身,精身子上一道一道的血印子。他问旁边的一个中年人是咋回事。那个中年人不知道王谦梅是干什么的,骂道:"该死的两料子没纳粮交税了,嘴还硬。"王谦梅一听,原来是县府设公堂催要税赋粮款。灾情这么严重,老百姓哪里有粮食交税? 王谦梅走上前去,一把抓住了挥动鞭子的那个年轻人的手腕:"小伙子,你咋能打人呢?有话不能好好说吗?"年轻人对王谦梅斜视了一眼,王谦梅上身是一件天蓝色缎褂子,下身是黑绸子长袍。从穿着上看,王谦梅是不可小视之辈,而且气度不凡,神情沉着,目光犀利,毫无惧色,但是又不知道,他究竟是干什么的,年轻人挣脱了手腕,鞭子挥了挥:"你是干啥的?管到我们头上来了?"王谦梅说:"你不要管我是干啥的,他没有犯法,你就不能打,就是犯了法,也不能打。"年轻人说:"你以为你是翟县长吗?我会听你的?"旁边一个中年人猛喊:"打!"年轻人又挥鞭而打。王谦梅一把抓住了年轻人举起鞭子的手腕。两个人对视了几眼。王谦梅用冷峻的目光将年轻人压住,横眉冷对,年轻人只好放下了鞭子。王谦梅说:"我去找翟景卓,真是没王法了。"王谦梅不再和年轻人论理,他袖子一甩,大踏步地走出房间,去找翟景卓。

王谦梅一进翟景卓的办公室,刚刚落座,一口茶水也不喝,就直言直语:"翟县长,眉坞县的灾情这么严重,应当减税减粮才对,你咋还逼着老百姓要粮?老百姓都饿死了,哪里来的粮食?"翟景卓说:"我的王委员,不是我翟某人要粮要款,是上峰向我要。你是眉坞县人,难道你要我做第二个连必恭不成?连必恭不是县长吗?徐元凯不逼他,他能吊死吗?"王谦梅说:"连必恭是被徐元凯逼死的。此一时,彼一时。眉坞县有多少人没粮吃,多少人已饿死,你应当清清楚楚的,把灾情给省政府王主席汇报,恳请他赈灾,这个时候,咋能逼粮逼税?"翟景卓一听,王谦梅的口气是在教训他,他说:"我是不是要给王主席汇报,不必你来教导。"王谦梅一听,十分气愤:"姓翟的,为官一方,就要有所作为,你无视眉坞县人的受苦受难,给老百姓滥施酷刑,鱼肉百姓,是要承担责任的。"王谦梅拂袖而去。翟景卓被惹怒了,眉坞县八九万人,谁还敢这样对他说话?这个王谦梅真是不知天高地厚。他心想,咱走着瞧。我翟某人还怕你一个烂尻委员?还不到一年,王谦梅就栽在翟景卓手里了。

胡雨亭将两万块赈灾款亲自发到灾民手中后急匆匆地赶回了省城。他找到省政府主席王哲元,将他的眉坞县之行和眉坞县的灾情给王哲元做了汇报。连王哲元也没有想到关中的灾情这么严重。他暗自思忖:天不佑,人无可奈何。两年前,他在凤山踏平党玉琨,在眉坞县收拾徐元凯之时雄心勃勃,一心想还关中百姓的平安,没有想到,接踵而来的就是一场大旱灾。胡雨亭来找王哲元,不只是为了向他说明眉坞县的灾情和赈灾情况,他要搭救王谦梅。他心里清楚,翟景卓是报复王谦梅。王谦梅为人耿直,真诚,不会周旋,得罪了翟景卓。说王谦梅自盗,简直是胡说八道。送到眉坞县的赈灾款,有八成是王谦梅四处奔走,募捐而来的,王谦梅为什么要自己盗自己呢?如果他要独吞自己募捐的钱,何必带到眉坞县来呢?王谦梅是正人君子,不是贪官。胡雨亭将赈灾款被盗,后又追回的事给王哲元详尽地说了一遍,他说:"我用脑袋担保,王谦梅和孙子屏是清白的,请王主席明察。"王哲元说:"你回去,我很快派人查清楚。"

半月过后,省政府派来的大员将案件查清楚了。王谦梅、孙子屏等五个人无罪释放。翟景卓被免去眉坞县的县长职务。

事情真相大白了,作案的是段五魁的二儿子段志松和一个叫作来永庆的年轻人。这两个年轻人得知胡雨亭带着两万块大洋住在县教育局的消息以后,密谋盗窃。他们两个都是教育局的门卫,作案最便利。两个人于那天晚上夜深人静之后在县教育局招待所的后墙上挖了个洞——因为是土坯垒的墙,只需抽掉十几个土坯,一个人就可以钻进去。银圆到手后,他们只留了四百四十块,其余的放在了教育局后院的枯井里,准备风声过去后再取出来分赃。可是,事与愿违。

事情出在了段志松身上。

段志松和来永庆说好了,银圆到手后,两个人平分。当天晚上,是来永庆当班,两个人把银圆藏好,来永庆照常去上班,段志松拿上四百四十块银圆说他回古城村。段志松给来永庆承诺:我在古城村等你。来永庆相信了段志松的话。第二天,段志松没有来当班,来永庆去找段志松平分那四百四十块银圆,来永庆到古城村一问,才知道段志松就没有回古城村。段志松不见了踪影。来永庆一想,段志松大概逃跑了,他准备晚上去教育局后院取出来那一千五百多块银圆独吞,他万万没有想到,县警察局在当天晌午就找到了银圆。来永庆空欢喜了一场,他十分气愤,跑到县政府去自首了,说是段志松撺掇他去盗窃的,四百四十块银圆在段志松手中,县警察局即刻派人去捉拿段志松。这时候的段志松已经从太白山口进了秦岭。

  对于进太白山的路径段志松是熟稔的——他不止一次地进过此山。背上四百四十块银圆,段志松赶到山口时,天光熹微。他坐在山口吃了一块馍,趴在水渠边,喝了几口凉水,踏上了进山的小路。他只知道,他盗窃了银圆,就不能留在眉坞县,他不知道,他该躲到哪里去——他心中没有目标,没有方向,只是顺着山路向山里面走。

  到了半晌午,段志松抬头一看,眼前头是一道齐刷刷的、黑黢黢的石崖,他仰起头来一看,石崖望不见顶,有几百丈高,石崖如刀截一般:冷酷、严峻、沉重、威严、可怖。即使他是一只飞鸟,也飞不到石崖的顶上去——他没有路可走了。凝视着那一道冷飕飕的、和蓝天连在一起的石崖,段志松感到绝望、悲凉、不安、恐惧。供他选择的只有一条路——原路退回去。他敢退回去吗?说不定,县警察局、保安队的人正守在他退回去的路上——退路是没有的。段志松坐在山路上,眼泪花直喷。前无进路,后无退路,这该咋办呢?这时候,一个白发苍苍的老者拄着一根拐杖出现在他的面前了。他上前施礼,向老者问路。老者上下打量了他两眼,说道:"年轻人,前边没有路。你向后退二里路,向西南方向的小路上走,不远处,就有一座庙,是佛家之地。进庙去,再问路。"段志松一听,谢了老者,急忙向后退。

  段志松从早晨一直寻找到傍晚,也没有找到老者说的那座庙宇和那条向西南而去的小路。他心里想,他要是再见到那个老头子,非把他撕碎不可。天黑之时,段志松发觉,他转了几圈,又回到了那道齐刷刷的石崖跟前了——又是没路可走了。那道石崖既虚无缥缈又实实在在的,好像守候在他生命的某一处,他无法逃避。段志松看着那乌黑的石崖,绝望极了。山里的夜晚空气冰冷,野狼的叫声凄厉。坐在那道石崖前,段志松眼泪唰地下来了。顽劣、要强的段志松从来没有这么悲伤过,没有这么心寒过。他站起来,向后走了几步,被一块石头绊倒了。天地之间黑得好像粘连在一起,他知道,他不能再走了,他困倦极了,倒下,睡在了山路上。

段志松在秦岭山中转悠了两天两夜。他虽然背着那么多银圆却依旧饿肚子,他想讨饭吃,却无处可讨,他在山里转来转去,找不到一户人家,连一个人影都没有。他饿得没办法,只好捋树上的树叶吃。第二天午后,他在一个山坳里瞅见了一幢发黑的草房,他走进草房一看,草房里有一个四十岁上下的女人和一个十五六岁的女娃娃,他断定,这是母女俩。母女俩衣服破烂,表情漠然。他走上前去说:"大娘大姐,给我一口吃的,我给你们钱。"他说着,从褡裢里摸出来一块银圆。那个中年女人半眼也没看他手中的银圆,对那个女娃娃说:"桃叶,把咱家那些洋芋端来,叫这个要饭的吃。"女娃娃从菜板上端来了一个瓦盆,瓦盆里有几块煮熟的洋芋。段志松抓起一块就吃。女娃娃轻声说:"大哥你慢些吃,小心噎住了。"他抬头对女娃娃一瞥,发觉这女娃娃的眉眼像黄秋叶一样清秀,边吃边点头,他将女娃娃端来的洋芋全部吃完了。吃饱之后,他才说:"我把你们的吃了,你们晚上吃啥呀?"中年女人叹息了一声:"饥馑这么大,能活一天是一天,能活一月是一月,明日个再说吧。"段志松再次掏出来三块银圆,要给那母女俩。母女俩坚持不要。正在推让着,五六个人吆喝着进了院畔,段志松一看,他们背着长枪,以为是来捉拿自己的,吓得立时傻眼了,愣怔得不知所措,一个三十多岁的瘦高个子一看段志松脸色发白,怀里紧抱住褡裢。他一把将褡裢夺过去。他将褡裢一摇,大叫一声:

"银圆!"他随之一拳将段志松打倒在地,问他:"哪达来的?"段志松实话实说:"偷县政府的。"瘦高个子将段志松的下巴抬起来,瞅了几眼,哈哈大笑:"好样的。银圆和人,我一起要了,跟我走。"段志松问:"去哪达?"瘦高个子说:"去入伙,你不去?"段志松一看他满脸凶相,就说:"去,我跟大哥去。"

段志松和瘦高个子已经快走出院畔了,瘦高个子好像才看见了那女娃娃,他给身旁的那几个年轻人说,把那女子也带上走。段志松一听,说道:"大哥,她是我表妹,你饶了她。"瘦高个子当胸给段志松一拳:"再多嘴,做了你。"女娃娃的娘哭喊着撵出来,被那几个年轻人打倒在院畔。

翻过两个山头,就是这一伙土匪的扎营之地。在一个山崖下,有两幢草房。瘦高个子住在一幢草房里,其他十二个人住在一幢草房里。当天晚上,段志松听见女娃娃哭着求饶,撕心裂肺的呐喊声,他在草房里再也睡不了了,他跑出去,站在外面,双手紧握,双目怒睁,看着瘦高个子住的那幢草房,却毫无办法。在他饥饿的时候,母女俩把自己的洋芋给他吃,等于把她们的性命给了他。可是,女娃娃被这个瞎尻糟蹋,他却无力相救。一连几个晚上,女娃娃在呐喊,在哭泣。一个土匪拍着大腿说:"头儿天天吃肉,给咱连个肉汤都不喝。天天晚上✕得放不下,叫人眼馋。"另一个说:"你等着,他✕够了,就会让给咱们的。"又有一个说:"你们没✕过,我✕过,男人到啥时候都✕不够,不要妄想好事了。"段志松气得咬牙切齿,恨不能举起枪,把这几个人都收拾了。

一个月后,段志松跟着这十几个人一起打劫了莲花镇一家地主。他们弄回来几缸酒。那天晚上,瘦高个子他们都喝多了,段志松不停地撺掇,这一伙土匪就放开喝。当这一伙大烂醉如泥之后,段志松溜进瘦高个子的草房里,几斧头结束了他的性命。段志松当天晚上就将女娃娃放走了。他吩咐女娃娃翻过山头,回家。女娃娃走后,段志松提着斧头又砍杀了瘦高个子的两个把兄弟。他放了一把火,把这些土匪住的草房点着了。

段志松拉起杆子,做了头目,他给手下的五六十个人制定了严明的纪律,他规定:1.凡是泄露队伍机密,不服从命令者处死;2.在作战中逃跑者,处死;3.私通敌人者,处死;4.把官兵引到营地者,处死;5.凡调戏、强奸妇女者,处死;6.凡私自抢劫商店或掠夺乡绅财产者,处死。7.辱骂同伴者,打二十鞭,关禁闭三天。8.凡私自偷盗者打四十鞭或剁去两根手指头。

段志松还制定了奖励制度:凡忠于事务者,英勇作战能够击退官兵者,能够获取官兵情报者,忠诚于首领者,努力做好分内工作者,一律奖励十块大洋。

这些自由散漫惯了的手下人把段志松的规定不当一回事。段志松手下的一个小头目,以为他和段志松是哥儿们,私自偷了老百姓的一头牛,拉到集市上卖掉了,用卖牛的钱买大烟抽。这件事被段志松知道后,段志松把五六十个人召集起来,要当场剁掉这个小头目的两根指头。那个小头目,头一扬,拍拍腰间的手枪,说道:"来呀,看谁敢来剁我的手指头?"段志松命令另外一个小头目去剁偷牛贼的手指头,那个小头目,提起刀,不敢向偷牛的小头目跟前近身。段志松走到那个小头目跟前,下了他的枪。那个小头目非但没有认错,反而揭了段志松的老底:"大哥,你当年不也是偷过人家的赈灾款吗?为啥要这么对待我?我是救过你一命的。"这个小头目的话没有错。几个月前,段志松带着弟兄们出了山,偷袭汤峪镇镇公所,被埋伏的国民党警备队的几十个人围住了,这个小头目替段志松挡住了子弹,自己负了伤。不是段志松不记这个小头目的恩情,他的话确实伤了段志松的自尊,他最忌恨的就是有人揭他的伤疤——偷赈灾款。这个小头目以为他和段志松私交不错,就口无遮拦,肆无忌惮了。他就不知道,段志松一旦站在这支队伍跟前,就是这支队伍的"皇帝",说出口的就是"圣旨"。段志松需要的是树立绝对的权威,而这个小头目不只是揭了他的伤疤,违反了规矩,而且动摇了他的绝对权威。段志松抓起砍刀,还没等这个小头目再开口——连眼睛也没来得及眨动,段志松一刀飞快地劈下去,小头目被劈成了两半。段志松扔下刀,说了一声解散,头也没回,走了。

队伍驻扎在桃川。一个兄弟和桃川街上卖豆腐的女人私通,被卖豆腐的告到了段志松跟前,段志松二话没说,命令他手下的人把这个小兄弟拉到桃川街后面的小树林中枪毙了。段志松绝不允许他手下的兄弟和老百姓的女人拉拉扯扯。他一想起给他洋芋的女娃娃被瘦高个子糟蹋时所发出的悲戚而绝望的喊声就怒火满腔,就想杀人。他最痛恨欺负女人的男人。男人有本事和男人较量。在他看来,睡他人的女人有如睡亲娘亲妹子有一样的罪过。

经过几年的训练,段志松手下的人再也不敢轻视段志松的"法规"了。他们确实是土匪——袭击、抢掠、烧杀富人,可是,他们纪律严明,从不伤害穷人,从不伤害老人、小孩和妇女,他们只和富人作对,只和官兵作对。

田方伯刚睡下,还没有睡着,听见院子里咚的一声响,以为是贼寇或者土匪翻墙而入,他一骨碌爬起来,穿上了衣服,顺手掂起了一把镰刀——这把镰刀,每天晚上入睡时,他放在枕头边,以防不测。田方伯走出房子一看,月色溶溶,院子里空无一人,他凝神屏气,竖耳细听,院子内外,悄无声息,夜静如山。这时候,张宗奇也来到了院子里——他是起来给牲口拌草时听见响动声的,他的右手提着一把谷杈。张宗奇说:"掌柜的,你咋还没有睡?"田方伯说:"刚躺下,被吵醒来了,你得是也听见了响动?"张宗奇说:"我刚给牲口把草料搅匀,听见咚的一声。院子里咋啥也没有?我还以为我听岔了。"田方伯说:"你去前院和后院看看,不要惊动其他人了。""好吧。"张宗奇提上谷杈去了前院。田方伯很纳闷,月光下,他那轮廓分明的面孔严肃而冷峻,他的脚步很沉,月色好像被他踏碎了,从脚下向外扑溅,溅得脚踝上到处都是。大灾之年,啥事都可能发生,偷盗、抢劫、绑架、杀人、放火已司空见惯了。这一年多来,他目睹着那么多人死去了,一些人是饿死的,一些人是病死的,尤其是被庄稼人称为转筋轱辘泻（霍乱）的病，半晌工夫就把人的命要了——人的生命脆弱得如谷子秆一样，一碰就断。经历了这一场灾难，田方伯对什么事都能淡然处之了。他相信，不会有人半夜里来打劫他的。田方伯从东边走到西边，在西院墙的墙根下，他发觉了一件黑不溜秋的东西，他不假思索，弯下腰拾起来一看，是一块青砖。青砖上用细麻绳绑着一片马粪纸，他解开纳鞋底用的细麻绳，将纸片拿在手里，月光下，纸片上的毛笔字看不清。他读过三年私塾，还是认了不少字。他把纸片拿进房间，点着了菜油灯，正准备看，张宗奇进来了。张宗奇说："掌柜的，我把前后院都看过了，啥也没有。"田方伯说："你回屋去睡，放心地睡，不会有啥事的。"张宗奇走后，田方伯把那纸片重新拿出来在灯下看，马粪纸上的毛笔字工整而刚劲：大荒之年，希望你将家中的所有钱粮无偿给饥民，以弥补当族长时做下的错事和犯下的罪过。如借饥荒勒索饥民，到时候新账老账一起算。自重。纸片上的内容既有告诫的意思，又有威胁的味道。放下纸条，田方伯深思良久：不到两年时间，我捐出的粮食已有几十石，我的善举，给我写这个条子的人肯定不知道。我做的事，良心很安宁。我的粮食是我辛辛苦苦劳动得来的，不是偷来的抢来的，我有啥罪？我做错了啥？还要和我算账？算吧，我怕啥呢？我不能说那些没粮吃没地种的穷人都是瞎眼，起码有一部分人不是地地道道的庄稼汉，他们不是二杆子、闲人，就是懒汉二流子。在古城村，一杆烟枪把家产抽光乃至卖儿卖女的大有人在，也有人整天坐在横渠镇上打牌，把老婆都输给了别人，这些人能过上好日子吗？如果你好好地种庄稼，积攒上十几石粮食，还怕地里一两料没收成吗？田方伯心想，给我写这个纸条的人肯定是和我有宿怨的人。在古城村，在槐芽镇，在横渠镇我究竟得罪谁了？他想了又想，想不出一个人来。他想：我虽然和段五魁不和，但我相信，段五魁不会做出这种事情来。段五魁也是古城村的财东，财东家的人做事是有分寸的。段五魁不服我，但也敬重我。再说，段五魁自从招了王银发的祸之后，元气大伤，萎靡不振。段志松偷了赈灾款上山为寇,为这事,段五魁被翟景卓传唤过几次。段五魁通过熟人给翟景卓送了五十块大洋后,翟景卓才不找他的麻烦了。田方伯排除了段五魁,也排除了土匪——土匪不会这样做事的,他们想抢就抢,不会威胁谁的。管他谁写的。有种的当面来和老子干,给咱庄稼人使这小伎俩不是能耐。田方伯没有再多想,把那个纸条压在枕头下,睡着了。

田方伯做梦也不会想到,深夜里向他家院子里撂砖头的不是别人,而是他的"死去"的儿子田河田。

在1923年初秋的抢滩中,田方伯一板凳腿把十八岁的田河田砸进渭河之后,田方伯和古城村人都以为,田河田必死无疑。可是,事情没有按照田方伯和古城村人的思路发展,田河田没有死。

扑进渭河之后,田河田下意识地抱住了从上游漂下来的一根木头。田方伯和古城人都看见,田河田被巨浪卷走了。在他们眼目不能及的地方,田河田从滚滚的巨浪中露出了头,他紧紧地抱着那根木头不放。浑浊的渭水把田河田抛上去,又落下来,他像儿子儿时手中玩耍的毛线团,在渭河中颠簸着。田方伯的板凳腿扔过来的时候,力量已不是很大——并没有打在他的要命处——毕竟距离太远了,他的头没有被打烂,没有伤到骨头。他头痛欲裂,意识时而清醒,时而模糊。好像有一种天籁吩咐他:你不会死的。他始终没有松开他紧抱着的那一根木头。渭水摆布着他随意地漂流,漂流,漂流。田河田顺水漂了几十里之后,在周南县境内被一个摆渡的船夫救下了,救他的船夫是关中地下党的一个负责人。他在这个船夫家里养了半年伤,这个船夫给他灌输了共产主义的思想。他离开了周南,参加了国民革命军。刘镇华围困省城期间,他已是冯玉祥国民联军第三路军的一个团长了。在冯玉祥的部队,他秘密参加了地下党,他率领部队参加了省城解围的战役。之后,又参加了渭华起义。渭华起义失败后,地下党组织派他去上海向中央汇报。在上海没有逗留多少时日,他被派往苏联的中山大学学习。1930年夏天,他回国后才知道,关中大旱饿死了不少人,到了初冬,组织上派他去关中西部了解灾情和民情,他从户县、周南一路走来,到了眉坞县,他多方了解,才知道,眉坞县的九万多人中有六万人饿肚子,饿死和病死的已有三万多。走在灾难深重的故乡,田河田心情很沉重,沿路随处可见还没有被掩埋的尸体,他越发痛恨无能而腐败的国民党政府,痛恨囤积粮食而不顾穷人死活的财东们。到了古城,他不想进家门,不想见到父亲,也不想叫父亲知道他现在干什么。他一想起父亲抡起板凳腿朝他打过来的情景,心中就涌起了强大的仇恨——他回过头去一看,父亲的目光里似乎喷着火,满脸的凶狠恶浪一样朝他泼来了,父亲抡起的胳膊是恶狠狠的。父亲对他太狠了太无情了。好长时间内,他难以消化父亲打过来的那一板凳腿——父亲把"规矩"看得比亲情更重,父亲用儿子的生命维护他的权威。可是,父亲毕竟是父亲,在外漂泊的时间长了,他难免渴望亲情,他希望父亲在大灾之年能以民生为重,做出善举。但他又不愿意叫父亲知道他还活着,不愿意和父亲面谈,在革命的阵营里,父亲不是他的同类,而是他革命的对象,也可以说是革命的敌人。因此,他深夜里潜入古城,给父亲写了几句话,告诫他不要再做错事。撂毕砖头,他看了几眼他生活过的家院,扭头就走了,他不留恋这个家。革命的原则告诉他:他的同志,他的战友,才是他的亲人——他和他的同志们要打倒的就是地主资本家。他的头脑里装进去了过多的革命的道理,谁是敌人,谁是朋友,他心里很明白。

　　一觉睡醒,田方伯从枕头底下取出来那个纸片,把马粪纸上的字念了一遍,他苦笑了一声,把那个纸片放进嘴里嚼了嚼,吞咽下去了。他走到院子里给张宗奇吩咐:"套车。"张宗奇不知道田方伯套车要去干啥活儿,问道:"拿不拿铁锨镢头?"田方伯说:"不拿。把李富有和陈根锁也叫上。"李富有和陈根锁是田方伯农忙时请的短工。早在两天前,田方伯就给张宗奇吩咐,叫他把木轱辘大车收拾一下。车上的几根辋松动了,几个铁瓦也松动了,这是由于天旱的时间太长的缘故。张宗奇请来了车木匠,给车辋上重新加了木楔,把磨薄了的铁瓦子换上了新的。

田方伯坐在车辕上吆车,张宗奇和那两个短工坐在车厢内,四个人一辆木轱辘大车出了古城村向西而去了。冬天的田野上一片荒芜一片凄楚,放眼望去,苍茫大地,光秃秃的,灰蒙蒙的,一派死气沉沉。西北风越过渭河从岸边还没有被饥民们砍倒的几棵老树的树枝之间穿过去发出了枯败的声响。走出古城村不远,就有几只饿狼尾随而来。田方伯后悔没拿几件农具,他跳下车辕,在路上把鞭子甩得叭叭响,那几只饿狼跟在车后面瞪大眼睛和田方伯他们肆无忌惮地对峙着,人的气味强烈地诱惑着几只饿得如麻秆一样的狼。田方伯一看,饿极了的狼根本不害怕人——对它们来说,填饱肚子才是硬道理。田方伯跳上车辕,挥起鞭子,打了拉边套的犍牛两鞭子,三头牛一齐奔跑起来了。木轱辘大车的车轮子从土路上滚过去的声音如滚在石头上一般坚硬,从车轮子底下扬起来的粉末一般的尘土如烟似雾,遮挡住了狼的视线。几只饿狼向前追了有几里路,大概饿得跑不动了,无望地停下来,站在路上张望着。

大车吆到了槐芽镇后并没有去镇街上,田方伯将车吆到了槐芽镇南边的一块开阔的地里。在那块地里,早有人挖好了一个直径有几十丈的大土坑,土坑边堆放着被水击成粉末的石灰。田方伯将车刹住,吃了一锅烟,不多一会儿,其他村的十几辆大车先后到了这个大坑旁边的空地上。镇公所的一个文书给这十几辆大车的主人分派了活儿,田方伯的大车被分派到了东柿树林村和西柿树林村。张宗奇和两个短工上了车才知道,他们要随田方伯去把村子里没有掩埋的死人拉到这个大坑来掩埋。

领到了任务,田方伯把大车先吆进了东柿树林村。十七户的东柿树林村,饿死了八户人家四十三口,四户人家外逃了,全村只剩下了五户二十二口人。田方伯和他的三个长工、短工先把倒毙在壕沟里道路旁的尸体抬上了大车。虽然已是初冬,天气却还不是很冷,气温还不是很低,尸体的臭味熏得田方伯他们肠胃翻滚,呕吐不止。有些尸体已经腐烂,抬不到车上去,两个短工到村里去卸了一块木板,把尸体收拾到门板上,再抬上车。

走进一家虚掩的院门,臭气像西北风那么恶。四个人的嗅觉仿佛被堵塞了的烟囱不能冒烟,已经闻不出尸体腐败的臭味了,他们只是觉得胸口很堵。他们的目光所及好像来自唐朝的某个战场,既惊骇又麻木,既空洞又实在,他们好像看到的不是死亡,不是惨景,而是每天都要面对的日子——女人躺在院子当中,有十八九岁,身上的几块破布絮难以遮羞,一个大约两岁的男娃娃噙着女人干瘪的奶头趴在女人的一侧死去了。从女人的面部可以判断死的时候有多难过。进了房子,趴地上的是一男一女。他们显然比院子里躺着的女人早死几天,他们的面目已很模糊,也许那溃烂的地方是老鼠咬后留下的印记。两个人的满头黑发表示他们的年龄并不大,也许三十多岁,也许四十多岁。田方伯推测,这一男一女是躺在院子里的那个女人的公公和婆婆。做父母的是想保住儿媳和孙子的命而自己先饿死了。那么,这一家的儿子呢?是不是儿子早已倒毙在村外的柿树林中或者在寻找吃食的路上被狼吃下了肚?是不是儿子丢下一家人自顾自地逃难去了?儿子毕竟身强力壮,能多撑些时日。可是,你怎么能丢下父母、媳妇和孩子自己去逃难呢?逆子!田河田——逆子!田方伯一旦头脑里闪出"逆子"这两个字,即刻想起了自己的儿子。你算得上古城村的人杰了,却养了一个逆子——不,逆子各村各庄各家各户都有。这也难怪啊!人不为己,天诛地灭。在这大灾荒中,谁不想保住性命呢?一家人,能逃一命就是一命。

在抬年轻女人时,田方伯试图把那个娃娃从娘的尸体上剥离,可是,那个娃娃却死死地咬住了娘的奶头,他不是在吃娘的奶水,而是在吃她的肉。田方伯只好把那娃娃挪了个位置,放在了娘的肚皮上,吩咐两个长工,用木板抬上了大车。

走到了最西头的那一家院门前,只见院门虚掩着,田方伯推开了院门——院子里似乎还有一缕生存的气息。田方伯和张宗奇他们在房间里的土炕上发现了两具尸体,是两个年过六旬的老者,老头子的头发胡子几乎全白了,他们都是一身精赤。

田方伯他们进去之后,这一男一女看也没有看,只顾填自己的肚子,不知道他们是吃自己的娃娃,还是吃别人家的死掉的娃娃。张宗奇给那两个长工说:"把这两个也抬走,咋能做这么可恶的事?把他们撂进坑去埋了。"那一男一女如木头一般,无动于衷。田方伯摆了摆手,叫他的几个长工退出去。走到院子里,田方伯给他的长工们说:"你们看,他们还能活几天?他们已经饿得不像人了。人饿极了,啥事都做哩,人管不住自己,就连畜生都不如了。算了吧,咱走,叫他们临死前填一填肚子。"田方伯领着他的几个长工走出了院门。

田方伯吆着大车到了西柿树林村,在一家院子里,他们几个抬出了两个老人、一个娃娃和一个三十多岁的男人。这几个人还没有发臭,可能死去才一两天。当田方伯和张宗奇动手去抬一个女人时,田方伯觉得,这个女人还没有僵硬,他吩咐张宗奇放下。田方伯把两只手指头放在女人的鼻孔下一试,这女人还有气息。他急忙说:"宗奇,这女人还活着。"张宗奇也同样在女人的鼻孔下一试,这女人确实还有气息:"真个的,没有死,咋办呀?"田方伯说:"你说咋办呀?"张宗奇说:"我看怕不容易救活了,她只有送出来的气,没有吸进去的气了。"田方伯说:"咱总不能埋活人吧?是这样,先拉回去再说。"张宗奇说:"怕不行,拉到万人坑那里,管事的肯定会叫咱撂进坑里的。"田方伯说:"你这话倒提醒了我,是这样,先把她抬到房间里去,你守在这里,等我们把这一车尸首拉到槐芽镇,回头来,再拉她。"张宗奇说:"拉回去,万一死在咱们家中咋办呀?"田方伯说:"都到这地步了,还管万一干啥呀?"张宗奇说:"我就不守了,没有人把她咋样。我去槐芽镇下尸体,你去横渠街道看能不能找个大夫?"田方伯说:"这样更好。"

傍晚时分,这女人被田方伯拉到了古城。女人被抬进了田方伯家里的客房中。田方伯正眼看了看女人:圆脸,两腮深陷下去了,脸色苍白,有二十三四岁的样子。掌灯时分,张宗奇用驴从横渠镇接来了一个老中医。老头子给女人把了把脉之后说:"准备后事吧。她至多能撑到明天早上。"田方伯说:"你能不能想个办法?"老中医说:"我治得了病,要不回来命。她是你家的啥人?"田方伯说:"是一个亲戚。"老中医说:"你要尽心,我给你开一个方子,你抓服药,给她灌几口,试一试。"田方伯说:"那就多谢先生了。"老中医给女人开了一剂药,田方伯接过方子一看,药方里是人参、黄芪、肉桂、附子这些回阳气的药。他把药方给了张宗奇,张宗奇接过方子,叫李富有连夜去横渠镇抓药。田方伯要给老先生诊费,老先生摆摆手,谢绝了。

药抓回来后齐云仙支起药锅急忙煎药,药虽煎好了,怎么也灌不进女人嘴里。她处于昏迷中,不张口。齐云仙一看,没办法,她拿来一根缝衣服的针,在女人的人中处连扎几针,女人微微张了张口,齐云仙这才给女人灌了几勺子药。

黎明时分,女人断了气。田方伯叫齐云仙给女人洗净了身子,洗了头,齐云仙找了自己的一身半新不旧的衣服给女人穿上。齐云仙给女人穿衣服时仔细看了看女人腹部的肉皮。把衣服穿好后,齐云仙给田方伯说:"你说有二十五六岁,不对吧,我刚才看了,她的肚皮上没有花印儿,说明她还没有生过娃,也没怀过娃,说不定只有十五六岁。现在死在咱家咋办呀?"正说着,张宗奇进来了,他一看,这女人死了,说:"那老大夫说得还挺准的。是不是叫富有他们来把她抬上大车?"田方伯说:"拉到坑去埋了?"张宗奇说:"咱们今天不是还要去拉尸首吗?正好捎过去。"田方伯说:"不,我能把她拉回来,也算是这女人和咱有缘分,你嫂子刚才说,她只有十五六岁,我就认个女儿,把她埋在咱家的坟地里。你叫富有去横渠镇买一口棺材,先盛殓了,再在村里请三个人,今早上就打墓。"张宗奇说:"这女娃子也算是遇上菩萨了。"田方伯叹息一声:"都是可怜人。"

田方伯把安葬女人的事安排好,才吆上车去槐芽镇拉尸体。

田方伯郑重其事地把女人埋在了田家的祖坟里。

各村来的大车把从四面八方拉运来的尸体拉到槐芽镇挖好的大土坑跟前,一个一个抛进坑中,大坑中堆一层尸体,在尸体上撒一层石灰,再填一层土,然后,又堆尸体,又撒石灰,又填土。站在大坑边的镇公所的文书一只手用毛巾捂着嘴,一只手指挥一个小伙子用算盘记数目。谁也不知道抛进大坑的死人叫什么名字,是哪个村的,多大年龄,谁也不管这些尸体穿着衣服还是没穿衣服,是完整的还是缺了胳膊少了腿,是男人还是女人,是老人还是孩子,这种埋人的办法和农村人在土窖里窖萝卜没有两样。听不见唢呐声、哭号声,也没有悲凉伤痛的气氛,连那尸体腐烂的臭气也显得苍白无力,饿死鬼一般。只听见打算盘的小伙子仿佛在自言自语地念着:九千五百六十七,九千五百六十八,九千五百六十九……一万一千三百四十六具尸体把大坑填满之后,上面填上了黄土,这些无人掩埋的死者总算有了安息之地——入土为安了。

田方伯和他的长工、短工们拉送了三天尸体,回到古城村,刚强的汉子病倒了。他在炕上昏睡了三天才醒过来。

躺在炕上,田方伯时而清醒时而糊涂。横渠镇的老中医给他诊过脉,给齐云仙说:"田掌柜心肠善良,心善积寿,绝无大碍。他吸进了过多的腐烂之气、恶臭之气,上焦堵塞,加之悲情郁闷积在心中没有宣泄,致使心阳气虚,谵语昏迷,吃些开窍安神和益补心阳的药就好了。"田方伯觉得自己十分衰弱,似乎是时日不多了,他把齐云仙和儿子田河鼓叫到跟前交代后事。河鼓拉着父亲的手,哭了。田方伯说:"这娃?哭啥哭?谁活在世上都有一死,你爹我四十七了,虽不是大寿,但也不算早夭。我走后,爹只盼你把爹手里的三百多亩地能守住就行了,也不指望你把家业再做多么大。庄稼人离开啥都行,离开土地就没法活了。没有啥都行,不能没有土地。只要有土地,就能活下去。这场饥馑快过去了,你不要害怕,男人嘛,就要撑起一个家。我和你一样大的时候,啥农活儿都能干了,犁地、扬场、踩垛子,没有打住手的活儿……"不等田方伯再说下去,齐云仙打断了他的话:"你看你,给娃说这些干啥呀?你平日里身体那么好,一镢头擂不倒,不会有啥恶兆头的。大夫说了,和善积寿,积德积福。古城人,谁不知道你是个大好人,阎王爷不会把好人叫走,让瞎屄都留在世上的,你放心,你满保能活九十九。"田方伯苦笑一声:"活到九十九,就活成人精了。能把这一场灾难熬过去就算我积德了。"

　　田方伯确实是积郁成疾的。当他把一个又一个死人抬上大车,然后,又撂进土坑的时候,他十分伤痛十分悲哀,又不能有所表露。人活着很艰难,人死去却很简单。人确实是个苦虫。人在人世上来,短短的一生,挺可怜的,所以,人要怜惜人,同情人,以善心待人。几天来,这个想法一直萦绕在田方伯的心头。当他看见那么多死人像粪土一样被撂进大坑里的时候,他心情沉重,悲痛难忍——人们活着的时候为了一犁沟土地、为了一块大洋、为了一个女人,争争斗斗,你死我活,互不相让,谁也不宽容谁。死去,还不如一头牛,还不如一棵草。

　　罗天龙没有想到,家里会拥来这么多人。这些难民都是从北塬上下来的。他们大多是凤山人、扶阳人。五六十个人拥进罗天龙的家里,坐在院子里不走。罗天龙心里暗暗叫苦:这么多人,我能养得起吗?该捐的粮食我已经捐了,留下的粮食我算了算起码要够一大家人吃两年。这些储备粮,我不能动,谁来借,我也不给。我要保住家里人的命,谁知道这灾难要持续多长时间。这五六十个人对他来说,无疑是一场灾难。不是他不可怜要饭吃的人,他已经可怜不起了。他吩咐李春绪到常兴镇买了一口口径很大的老黑锅,在院子里盘了一个简单的灶,给这五六十个人熬上了黑豆米汤。

这些人在罗天龙的家里吃了饭并不走,晚上,就睡在院子里。三天过后,马桂花就抱怨:"我说当家的,你恐怕得想个办法,这些人咱养到啥时候去呀?"罗天龙说:"我有啥办法?你把他们能赶出门吗?弄不好,他们就把家里给抢了。人肚子饥了,啥事都干得出来。"马桂花说:"你到县城去报官。"罗天龙说:"我报了官,落了个不义不善不说,就是来些背枪的把这些人赶走了,他们二次来,咱非招大祸不可。"马桂花说:"听说齐家寨五百个要饭的被砍了头,县城西关也杀了六七十个叫花子。"罗天龙说:"咱千万不能撺掇背枪的人干那事,干了那事,就把阴德损下了,做下了恶,八辈子也还不清。"马桂花说:"照你说,叫这些人长年住下去?"罗天龙说:"我想,给他们些粮食,他们就会走人的。再说,我罗天龙不能把事做绝。"马桂花说:"给多少?"罗天龙说:"按人头,每人二斗。"马桂花说:"你没有算算账,咱有那么多粮食吗?"罗天龙说:"有没有,都要给。"马桂花说:"你是当家的,你看着办吧。"

罗天龙吩咐李春绪到常兴镇上去买了六十几个小布袋,叫了两个短工,打开粮仓,给每个小布袋中装了二斗麦子。第四天吃毕早饭,罗天龙站在木面楼房的台阶上大声说:"乡亲们,老少爷们,我罗天龙如果是个大财东,家里有几百石粮食,我就把你们养一年半载,我的家底有多大,锣村人知道。我不向乡亲们老少爷们告艰难,我罗天龙今天有吃的,今天就不叫你们饿肚子,我给你们每个人准备了二斗麦子,你们拿回去,起码能对付六七十天。"罗天龙一说毕,坐在罗天龙跟前的几个上了年纪的老人即刻给罗天龙跪下了。罗天龙走下台阶把这几个人一一扶了起来。

这时候,李春绪一声呐喊:"大伙儿排队,到后院里来领粮食。"

罗天龙用十几石粮食送走了这五六十个难民。

难民毕竟好对付,土匪来了咋办呢?罗天龙想来想去,家里不能存那么多粮食的。当天晚上,他就叫李春绪和两个短工套上大车把粮食拉到常兴镇的粮行去换成了银圆。一连去常兴镇卖了几个晚上的粮食,罗天龙留下的粮食够全家人吃半年了。到时候,没有粮吃,他再用银圆去籴粮食。这是他的打算。

接下来,罗天龙请了十几个短工,打了十几磊子胡基(土坯),等胡基晒干之后,他将东西两边厦房的檐墙和隔墙都换成了新的——他换墙,在别人看来,是为了用老墙做肥料。其实,他的目的是藏银圆——他不愿意和其他财东一样把银圆埋在地里——那样做有风险,一是难免不被人发现;二是时间一长,就记不准地方了。把银圆泥在土墙里面最保险——在他看来。

半夜里,罗天龙把罗大宝从睡梦里叫起来,父子俩开始砌墙。银圆用纸包上三层,再用纳鞋底的细麻绳一捆,二十个银圆为一捆子。把捆好的银圆塞在土坯与土坯之间,上面抹上泥,再用土坯向上垒墙,垒一层子墙,再放一捆子银圆,然后,再垒。天将明时,父子俩才回屋去睡觉。罗天龙给罗大宝说:"这事给任何人不能说,包括你后妈,只要你知道就行了,将来我下了世,就是我留给你的家当。"罗大宝当然明白父亲的用意,他连声说:"爹,你放心,我知道咋做。"

将银圆藏好之后,罗天龙将心放下来了。

第十章

当粮食贩子找上门来要买段五魁的粮食的时候,段五魁拿不定主意。段五魁招了王银发的祸,大部分积蓄被王银发抢走了,家里只剩下了几十石粮食。这几十石粮食他不能卖也不敢卖。他既担心灾年再延续,又担心古城人知道他卖余粮把他家一抢而空——这几个月,谁来借粮,他就哭穷。古城人也知道,他招了土匪的祸,家底被抖烂了。天下没有不透风的墙,假如他卖粮食被人发现,麻烦就大了。粮食贩子找上门来,给段五魁说:"这年月,撑死大胆的,饿死胆小的。你卖你的粮食,怕啥呢?你把粮食卖给我们,我们把粮食再卖出去,没粮食吃的人有了粮食,这不是做好事吗?你现在不卖,等地里收成好了,想卖也没人要。你怕银圆放在家里咬手,得是?"段五魁说:"你们能做到万无一失,叫古城人不知道?"粮食贩子说:"这你就放心。我们不叫大车进村,叫人把粮食口袋扛到古城村外去装车。"段五魁还是拿不定主意,他和儿子段志贤商量,段志贤也主张卖了粮食,用段志贤的话说,粮食放在家里不保险不说,太惹眼。段志贤说:"你去我田伯家里看看,他家肯定没有多少粮食。人家粮食不多,不等于没有硬货。"段五魁一想,儿子说得也有道理。

于是，他下了卖粮的决心。

粮食是粮食贩子半夜时分叫人用肩膀从村子里扛出去的。几天以后，段五魁叫长工去打听，村子里没有人知道他卖粮食的事，他才放心了。一斗麦子的价是收成好的时节的二十倍。他虽然只卖了十几石粮食，得到的却是原来卖二百多石粮食那么多的银圆。这一次，段五魁没有把得到的银圆埋在院子里，他把自己睡觉的炕打掉，将银圆埋在炕底下，上面填上了土，再重新盘好了炕。段五魁也明白，富人也罢，穷人也罢，该守的规矩大多数人还是要守的，不然，县城里的粮食集、饭馆子早被人抢光了。就是穷人造反，也是造富人的反，造当官的反。我段五魁不过是古城村的一个小财东，眉坞县的大财东哪一个没有上千亩地，哪一个没有万贯家产？首当其冲的是他们。段五魁这么想，只不过是自己安慰自己——他不照样被王银发抢了？灾难使所有的规矩变成了粪土。在饥饿的土地上，每天都有伤天害理的事发生，偷人、抢人、杀人已是家常便饭。离奇的事不再离奇，荒唐的事不再荒唐——连人吃人都看惯了，还有什么事能叫人震惊？人为了活命，什么事也干得出来的。连段五魁自己也心硬得如铁一般，没有同情，没有善行，没有德行，还指望别人守规矩——他从给金大山两口泼上油点上火的那一刻起；说得更明白一些——从他把那个女娃娃压倒在山坡上那一刻起，就把做人的规矩踩在脚底下了。规矩在他心里还不如婊子。

节气已过了清明，本该是阳光和煦春风得意之时，要是在往年，地里的麦子已经一尺高了。庄稼人都穿上了粗布夹衣。可是，民国二十一年（1932年）谷雨的前三天晚上，顽劣的西北风从塬上刮下来，粗野地扫荡了渭河两岸，呼啸的大风发出的响声如刀刃一般。不知从哪里窜来的冷冽的空气鞭打着关中大地。黑沉沉的夜晚冻得瑟瑟发抖。天亮后，庄稼人起来到地里一看，麦地里压着一层黑色的霜，黑霜有铜钱那么厚。绿油油的麦子被黑霜扑倒了,如同被摔翻了的壮汉,微微喘着气。已经拔了节的小麦被黑霜一杀,全部蔫了。被薄云死缠住的太阳如同一团雾气,毫无光泽,形同虚设,天气比立了冬还冷,庄稼人把夹衣换成了棉袄。两天过后,黑霜才消融了。枯萎的麦子还没喘过气来,塬上塬下又来了一场冰雹,冰雹比成人的指头蛋还大,冰雹足足下了半尺厚,地里的大麦小麦豌豆油菜全部被打烂了。田地里白花花的一片,如同穿白戴孝的子孙们匍匐在地,尽情号啕,悲痛欲绝,一派惨景。渭河两岸的庄稼人坐在地头放声大哭。

民国二十一年的夏天里,渭河两岸的庄稼人又是颗粒无收。这是民国十八年(1929年)的旱灾之后的又一次灾难。芒种过后,下了一场透雨,庄稼人在麦地里种上了谷子糜子和大豆,他们欣欣然地盼望晚秋能有个好收成。雨水很好,秋庄稼很快蹿到了一尺多高,渭河两岸的田地里绿油油的一片,秋天的好收成仿佛已经睁开了笑眯眯的眼睛,庄稼人高兴的心情在脸庞上还没有抹匀称,灾难又来了——不知从哪里飞来的蝗虫铺天盖地,如云朵一般压在了庄稼地里,老远就能听见乱麻一样的咔嚓声在庄稼地里盘旋,那咔嚓声比碾盘还粗,比刀子还利。不一会儿,一片秋庄稼被蝗虫吃得光光净,这一片吃完了又吃那一片,兴高采烈的蝗虫飞过去时发出轰轰的响声,大地被震得发抖。几天时间,田地里一片荒凉,光秃秃的,像剃光了头发的脑袋。秋天里,又是颗粒无收。

祸不单行。

就在这时候,转筋轱辘泻(霍乱)如蝗虫一般开始扫荡眉坞县。据县政府得到的消息,一个时辰,渭河北岸的马家寨和渭河南岸的权四滩两个村就死去了三百多人。疫情像闪电一样无情而迅疾地抽打着眉坞县。对于这么大的疫情县政府无能为力,他们只是免费向庄稼人发放了一些口罩,庄稼人不习惯戴口罩,把口罩拿回去拆开做了抹布。县长发话了:"死去的人立即埋掉,而且要深埋;染上霍乱的、不可救治的人也要处理掉。"民国十九年(1930

年),田方伯去槐芽镇埋了好多死去的人,两年以后,横渠镇又要派田方伯去埋人,而且要埋活人。齐云仙坚决不叫田方伯去,一是,她怕给田方伯染上病;二是,她不能叫田方伯把没有断气的人埋掉——这样做,是造孽哩。从来不耍狗熊的田方伯这一次装病推诿了这个差事——该死的县长,你只知道处理掉活人?难道就没有其他办法了吗?你咋不想办法救人呢?据眉坞县县政府统计,这次霍乱,眉坞县死去一万三千人,其中两千人是染上病后被活埋的。

段五魁是在槐芽镇上吃了两个蜂蜜粽子之后在回家的路上开始拉肚子的。他先拉出来的是粪便,拉了几回之后,从屁眼里射出来的是一股子黑水,随之,一双脚巴骨开始向后转。他一回到家,就呻吟,臭烘烘的黑水从屁眼里流出来,流得满腿都是,他躺在炕上,四肢不收,气息微弱,全身散发出恶臭而腐败的气息。整个段家大院被这臭气塞满了。段志贤赶紧给他请大夫。大夫到了家,给他把脉后,给段志贤说:"人没救了,赶快给他穿老衣。"金秀珠一听立时哭了。大夫说:"等人盛殓了再哭吧。我叮咛你们一下,把他穿过的衣服、盖过铺过的被褥、用过的碗筷,挖个土坑,深埋了,他染上了瞎瞎病,你们万万不可大意。盛殓之后,不要在家里停放,赶紧埋人,不然叫县里人知道,就被拉去埋进了万人坑。"金秀珠一听,止住了哭,赶紧安排后事。谁去打墓,谁去槐芽镇买棺材,金秀珠给段志贤做了吩咐,段志贤即刻叫人去操办。

还没等家里人给段五魁穿好老衣,段五魁就断了气。活着的时候,段五魁不可能想到他会死得这么快,死得这么不体面——口歪眼斜,一双脚扭向了一边,几乎朝后了,盛殓的人只得将他的脚踝用绳子绑住。本该大操大办的丧事草草地结束了——六七个人连夜打墓,黎明前,段五魁就下葬了。没有请乐人,也没有请人念经,段志梅和金秀珠跟在棺材后面号哭了一阵子,向古城村人,向亡人做了个姿态。如果他们大操大办,县政府会派人把尸体拉走的,段五魁就进不了自己家的坟地了。一年前,他还筹划着,趁这饥馑发些小财,他做梦也没想到,自己在饥馑中没有饿死,却被暴病夺走了生命。段志贤连讣告也没敢出,他在心里记着,父亲活了四十七岁。

段五魁下葬后,按照大夫的吩咐,段志贤派长工在自家的地里挖了个深坑,埋掉了段五魁所有的衣物鞋袜和被褥,包括使用过的碗筷。段志贤买了一大车石灰,用水击成粉末,把前院后院撒了个遍。

安葬了段五魁,一家人依旧在惶惶不安之中,唯恐有谁染上了病。几天过去后,金秀珠和段志贤都安然无恙,唯有段志梅不适,段志贤赶紧去槐芽镇请大夫——那时候,西医刚传进眉坞县,几乎没有人用西药治病,只能吃中药。也许,是段志梅治疗得早,她吃了几服中药后症状消失了。

冬天里,疫情过后,一个古城村染上病而绝户的有十一户人家。

段五魁盛殓后,田方伯是古城村唯一一个去段家吊唁的。段五魁临咽气前给儿子叮咛:他走后,悄悄地埋掉,不要给任何人说。他的本意是不叫田方伯知道,不叫古城村里他的对手知道,他死得很不体面——即使死去,他还想保持自己的尊严。无论怎么说,在古城村,在横渠镇,他算得上能人、体面人。这件事段家人能瞒得了其他人,而瞒不了田方伯。段五魁是田方伯用他家的驴从槐芽镇驮回来的——田方伯吆着驴去槐芽镇赶集,回来恰巧碰上段五魁拉肚子。田方伯看见,段五魁捂着肚子弯着腰走在前边,赶上去,把他扶上了驴背。段五魁如同一件粮食口袋搭在驴的背上,他给田方伯说:"三哥,你停下来,叫我坐端正,叫我坐端正,这样子难看得很。"田方伯说:"你还是趴着好,都病成这样子,还说有啥难看不难看的?"段五魁说:"三哥笑话我哩,得是?"田方伯说:"那我就扶你坐端正。"田方伯停下驴,把段五魁扶端正。驴刚走出几步,段五魁一晃,差一点从驴背上摔下来。他叹息了一声,又趴在驴背上了。一路上,段五魁拉了好几次,拉出的稀屎把田方伯的驴鞍子弄得臭不可闻,连驴也伸长脖子叫唤——也许,是被段五魁臭得受不了了。回到家,田方伯就把驴鞍子埋掉了。尽管,人和牲口不会交叉感染——他还是把驴洗了又洗,隔槽而喂。

跪在段五魁的棺材前,田方伯烧了两张纸钱。几十年来,他和段五魁争争斗斗没有停止过,虽然不能说谁败在谁手下,在古城村,段五魁最终没有立起来——并没有人知道他杀死岳父岳母的底细。可是,他做人的不地道,古城人是有目共睹的。段五魁这么早就走了,田方伯立时觉得很孤单——他连一个争斗的对象也没有了。段五魁站在他的反面,仿佛一面镜子,他时刻从镜子中可以看出自己做人的过失,他时刻提醒自己,什么事情能做,什么事情不能做。段五魁一死,等于镜子碎了。段五魁和他一样,都有人生的难场之处——他失去了大儿子田河田,段五魁等于没有了小儿子段志松——段五魁断气时,段志松也没在跟前。段五魁的精明虽不是他的榜样,可是,古城村有多少人缺的就是这精明。在田方伯的心里,段五魁确实是个能人。段五魁没有善终,这使他觉得悲伤。

烧毕纸钱,田方伯从衣服口袋里掏出来五块银圆给金秀珠,金秀珠不接——她以为,是田方伯纳的礼钱——她不打算待客,也就不能收礼。田方伯说:"你先拿上,我再说。"金秀珠接住银圆。田方伯说:"几年前,我去县城赶集,身上的钱不够花,碰见了五魁,借了他五块银圆,我多次找五魁还钱,五魁不要。"田方伯说,"我把这钱昧了,就不仁不义了,弟妹能叫我做不仁不义之人吗?"金秀珠一听,是这样,就接住了。其实,当时,田方伯只借了段五魁两块银圆,他之所以给金秀珠五块银圆,只是觉得,时间长了没有归还段五魁,应该本息一起还。

田方伯回到家,齐云仙叫田方伯把身上的衣服扔掉,免得染上病。田方伯说:"该死的,你就是钻到牛沟子里也免不了一死,不该死的,怎么也死不了。阎王爷心里是有谱的,你做了多少恶,行了多少善,阎王爷都记着哩。死在绳上的,不会死在刀上,生死由命,富贵在天。"齐云仙知道田方伯很固执,没有多说什么,晚上,田方伯把衣服脱下来之后,齐云仙用开水将衣服煮了一遍,她觉得,她不只是要对田方伯负责,她要对田家大大小小负责。万一有谁染上病,灾难就来了。

罗天龙虽然十分吝啬,舍不得多花一分钱,但他还是花钱把袁圆送进了县城里的学堂。罗天龙十分疼爱他的这个干女儿,他一看见袁圆就仿佛看见了罗铃。他总是把袁圆喊为罗铃。袁圆便笑吟吟地纠正他:"我不是罗铃,我是袁圆。你叫我袁圆也行。"罗天龙几次说:"你这个碎女子,听我话,给我做干女儿就跟着我姓算了。"袁圆说:"打死我也不会姓罗的。"罗天龙也再不强难袁园了。全家上下就把袁圆喊为袁圆了。

每个礼拜六,李春绪吆上驴去把袁圆从学校接回来,星期日的下午又送到学校里去。三十五岁的李春绪一张娃娃脸,看起来比实际年龄还要小一些,他的脾气特别好。因此,袁圆总是在李春绪面前撒娇。她走到驴跟前,本来,一双手抓住鞍子背,一只脚蹬入鞍镫,可以骑上驴的,她却不,她非要李春绪把她抱上驴鞍不可。下驴时,她十分夸张地尖叫,做出一副很夸张的胆小的样子来,李春绪只好把她抱下来。李春绪说:"瓜女子,你不是我抱的,你应该是你女婿抱进洞房的。"袁圆说:"那你就是我的女婿。"李春绪一听扑哧笑了:"瓜女子,你咋瓜实了?你管我叫叔哩,我咋能当你的女婿?"袁圆说:"你抱我,就是我的女婿,这可是你说的。"李春绪说:"那是我不想抱你了才这么说的。十五六岁的女娃子,还要人抱?不怕人笑话?锣村像你这么大的女娃子,十个有八九个都嫁人了。"袁圆说:"我不嫁,就是不嫁。"李春绪说:"你老在锣村呀?"袁圆说:"就是。"

袁圆在县城的东关小学里只读了两年书,说什么也不再去念书了。先生一句话把她刺痛了:"你看你,长那么大个子了,咋还像碎娃一样猴?"先生所说的"猴"就是不庄重、不安分的意思。先生批评她上了课和同桌交头接耳哩？先生的言语并不重。袁圆却意识到，她已经不小了，是大人了，还念啥书？她把书包背回来，不再去学校了。

罗天龙带着罗大宝照样每天出去做木工活儿，有时候，一走就是十天半月。罗大宝正跟着罗天龙学木匠手艺，父子俩大多数时候在塬上给人家盖房。塬上人盖房比塬下人讲究，工价也出得高。

每次外出回来，罗天龙都要上到木面楼房的楼上去看看，那几个麦包上的印章是否完好无损——尽管钥匙在他身上，他还是不放心。这一次，他整整出去了二十天。他上楼一看，一个麦包塌下去了一个坑——至少要四五斗麦子才能填满。麦包的下方就是袁圆睡觉的炕。他一句话不说，下了楼，推开了袁圆的房子门，站在炕上看楼板。有一块松木楼板上原来有一个节疤，那个节疤不见了，他仔细看，那节疤处用构纸塞着。他把构纸一抽，麦粒就从指头粗的节疤处向下淌——他明白了，粮食是从这里流失的。肯定是家里人干的。罗天龙走出房间。一句话不说，把马桂花拉进了房子，闭上了门。他上了炕，抽去了构纸，叫马桂花看，马桂花一看，吃惊不小："这是咋回事？"罗天龙说："是不是你干的？"马桂花说："掌柜的，你凭啥说是我干的？"罗天龙说："家里只有你一个大人，娃娃们能干出这事？我不问你，问谁？"马桂花说："你看见来没有？"罗天龙说："没有。"马桂花说："你没看见，咋知道是我偷的？好你一个罗木匠，连婆娘都不相信了？"马桂花气呼呼地走出了房子，径直到了村子北边的地里把袁圆拽回来了。袁圆一看脸色冷峻的罗天龙扑通跪下了："干爹，我错了。"罗天龙一耳光过去，把袁圆打得趴在了地上："说，谁叫你偷的？粮食哪达去了？"袁圆实话实说："粮食给我娘送去了。"罗天龙说："你娘在哪达？"袁圆说："在塬上的杨家庄。"罗天龙说："谁送去的？"袁圆不吭声了。罗天龙说："你不说，得是？你不说，就走人，我没有你这个干女儿。"袁圆一听，哇地哭了："干爹，你不要赶我走，我说，我说。"袁圆说："楼板上的节疤是春绪叔帮我取掉的，粮食也是春绪叔给我娘送去的。"罗天龙一听,给马桂花说:"去到地里叫李春绪。"马桂花刚跨出门槛,李春绪进来了,李春绪一看跪在地上的袁圆,就明白是怎么回事了,他把袁圆扶起来,说:"掌柜的,这事是我干的。你加倍在我的工钱中扣。你如果嫌弃我,我明天就走人。"罗天龙说:"叫我咋说你,袁圆她娘没粮食吃,你给我张口,你咋能教娃干这事?"李春绪说:"你把粮食看守得比命还贵,袁圆给你开了口,你能给她娘粮食吗?"罗天龙说:"春绪,你跟了我十多年了,我真个就那么啬皮吗?那么没人情吗?算了,这事不说了,你明天去杨家庄把袁圆她娘拉到锣村来,叫她住在锣村。"李春绪说:"掌柜的肚量大,你这样做,才算一个大户人家的当家人。"由于罗天龙用力太大,袁圆的脸被他扇得又红又肿。袁圆用一只手捂着脸还在啜泣。罗天龙说:"袁圆,不是干爹说你,你娘没有粮食吃,你给我张口,你那样做,就不地道了。再说,你还小,可不能染上瞎毛病。"袁圆又要给罗天龙下跪,被马桂花扶住了。马桂花指责罗天龙:"你呀你,只知道你的地,只知道你的粮食,只知道你自己。"李春绪说:"这事也怪我,从我的工钱中加倍扣除。"罗天龙说:"你们不当家,不知道当家的难啊!"

  第二天,李春绪就去了北塬上的杨家庄,他满村子里打问袁圆的娘住在哪里。原来,袁圆的娘已经离开了杨家庄。杨家庄人告诉李春绪,袁圆的娘靠给人家打零工过活。在杨二胖子家打长工的一个扶阳人领着袁圆的娘去了扶阳县,她大概给那扶阳人做了婆娘。李春绪撵到了扶阳,在扶阳找了两天,找到了袁圆的娘。她果然给那个长工做了婆娘。女人一听,袁圆在罗家很受宠爱,也就放心了,她不愿意跟李春绪到眉坞县,李春绪就独自回来了。

  李春绪回到锣村,给罗天龙如实说了,罗天龙说:"也好,只要袁圆她娘有个落脚的地方,袁圆也能放心了。"

第三部

第十一章

　　罗铃行走在通往锣村的路上,她的棉鞋从冻得硬邦邦的土路上踩过去,脚下发出的响声生硬而涩滞。空气清寒冰冷,冬日的乡村恬静、沉寂,一副孤单单的样子。她从省城坐火车到眉坞县车站下车后,徒步向家里走。她是第一次坐火车回眉坞县,她并没有多少惊喜,也高兴不起来。她的面部看起来毫无表情,双目冷冰冰的。故乡留给她的伤痛多于眷恋。她手里提着一个小皮箱,穿一身棉衣,上身是蓝底子撒白花的市布棉袄,下身是黑市布棉裤,裤脚上沾着一点尘土。当锣村越来越近的时候,罗铃的脚步慢下来了。

　　罗铃在省城参加了德国林学家芬茨儿的葬礼之后,有了回眉坞县去看看的念头。于是,她踏上了回故乡之路。

　　眉坞县越来越近了,罗铃不由得想起了八年前她获救的情景,火车轮子和铁轨相撞击发出的响声非但不刺耳,仿佛恰如其分地打开了她记忆的闸门。

　　罗铃双腿不停地走,茫茫然然地走,糊里糊涂地走,脚步踉跄地走,出了锣村,她一直朝东走。她走在火辣辣的太阳底下,走在坚硬如铁的夜晚,一个又一个的村庄被她抛在了身后,哪里好像都不是她要去的地方,没有一个村庄、一条街道、一座院落是她的家,她好像渭河里的漂浮物,没有根基,没有用处,随水而流,逐波而流。她也弄不清,她是在哪儿过的渭河——她从渭河南岸又回到了渭河北岸。饿了就讨饭吃,困了就倒在打麦场上的麦草垛子旁或者庙宇内的角落里,一觉睡醒,又开始走,直到把太阳走偏,把满天繁星走稀,把抱成团的乌云走散,把树上茂密的叶片走落。

罗铃走到杨陵的林家庄,已是隆冬时节。她确实饿坏了,也冻坏了。她连一点儿力气也没有了,坐在干硬冰凉的土路上,眼巴巴地望着灰蒙蒙的村庄,一脸的无助。林家庄的光棍林三给邻村干毕活儿向回走,一看,路上坐着一个女娃娃,女娃娃蓬头垢面,衣服单薄,他问女娃娃是哪达人。女娃娃只是说:"抱抱我,你抱抱我。"林三没有多想就把女娃娃背上了脊背。走到了村口,正好碰见林家庄的绅士林继东坐着轿车向村子里走。林继东从车上下来一看,林三背着一个女娃娃。他问林三是咋回事。林三说,他在村外拾了个女娃娃,背回去给自己做媳妇呀。林继东注意到,罗铃的手腕上戴一只翡翠玉镯。他断定,这女娃娃不是穷人家的娃娃。林继东就给林三说:"你把她放在我的车上,我给你拉回去。"林三说:"也行。"罗铃被放在了轿车里。林继东没有把罗铃拉向林三家,而是拉向了自己家。到了家门口,他叫下人把罗铃背进了门。

第二天,林三到林继东家来要罗铃,他说罗铃是他拾来的媳妇。林继东说:"林三,人家女娃娃是大户人家的女儿,你不要再纠缠了,再纠缠,我就叫人把你送到乡公所了。"林三一口咬定罗铃是他拾来的,林继东不能霸占。林继东说:"三娃,你在炕上拾枕头哩,得是?人家女娃娃有家有舍。你知道人家女娃的爹娘愿意女儿给你做媳妇吗?"林三说:"七爷,说话要讲理,她就是不愿意给我做媳妇,你也不能白白领去呀,她是我先拾到的,就是我的。"林继东一听,知道林三心里是咋想的,还不是为了要钱?林继东叫管家给了林三五块大洋,才算把林三打发了。

林继东曾经在武共县的绿原中学担任过校长,因为教育经费不足之事和县长吵过两次,教育经费问题还是没有得到解决。政府的腐败使他痛恨,官员们有钱吃喝嫖赌,却不肯投资办教育。他决然辞职回家,经营祖上留下的田产。他为人耿直,乐善好施。罗铃在林家洗了澡,换了衣服,躺了两天。林继东发觉,罗铃时而头脑清醒,思维清晰,叙述事情有条有理;时而就失去了记忆,连昨天发生的事情也记不清,不知道自己是哪里人,多大年龄,叫什么名字,只是静静地坐着,一句话不说。这女娃娃好像有什么病,目光像镜子一样只反映出事物表相而不见本质。林继东派人去杨陵请来了一个大夫看了看,大夫照例号了号脉,大夫给林继东说,这女娃娃不是先天有疾,大概是被惊吓或者受了某些刺激所致,最好去省城治疗,肯定会治好的。

林继东派人将罗铃送到了省城里的第四医院。位于省城大差市附近的第四医院是1890年就建院的老医院,设备和医疗水平都很不错。罗铃在省城治疗了三个多月,身体恢复了,她回到了林家庄。

罗铃把她的遭遇给林继东说了一遍。林继东说:"你爹也有你爹的难处。现在,你的病好了,是不是叫我派人把你送回眉坞县?"罗铃一听,直摇头:"不,我就是在外面要饭吃,也不回眉坞县了。我爹什么都好,就是人情淡薄,做事太狠,他心里只有他的家业、他的土地。如果我是一块土地,他丢失了,肯定不会罢休的。"林继东说:"这也难怪,大户人家把土地看得比穷人家更重,你爹是想创大家业的人。你回去,可以帮他做些事情。"罗铃说:"不,我不回去。假如你不愿意收留我,我今天就走人,花你的钱,我会归还给你的。"林继东一看,这女娃子性格并不柔弱,说道:"我只是想,亲情是难以割舍的。既然你不想回去,就留在家里,秋天开了学,我送你去读书。"

1928年秋天,林继东先把罗铃送到了杨陵的一家小学去读书。罗铃聪明好学,每门功课都是优等。四年之后,罗铃考进了杨陵的西北林业专科学校。这是国民政府教育部办的一所公立中等技术学校。

1933年,曾在广州国立中山大学任教的德国人芬茨儿来到了西北林业专科学校任教。这位黄头发、深眼窝、鹰钩鼻子的德国教授说一口流利的中国话,他对中国的林业状况十分清楚,对如何发展中国的林业有自己独到的见解。也许是因为漂亮而端庄的罗铃学习最认真,也许因为罗铃是班级里年龄最大的一个,上了课,芬茨儿经常提问罗铃,罗铃大都能够正确地回答问题。可是,有时候,罗铃回答不上来,芬茨儿就动了粗:"白痴!你的头脑怎么这么简单!"下了课,芬茨儿把罗铃叫去又给罗铃赔礼道歉,让罗铃宽恕他的暴怒。罗铃一句话不说,只是觉得这个三十六七岁的德国人简直像孩子一样——这就是外国人和中国人不一样的地方。中国人的父亲也罢,师长也罢,从不会向晚辈认错致歉的,这样做,不符合"三纲五常",不符合中国人的"礼数"。

罗铃暗暗地喜欢上了这个大她十几岁的德国人。她觉得,这个德国人知识渊博、坦诚、直率、亲切,像孩子一样有几分天真。有一天傍晚,芬茨儿在校园里散步,和罗玲相遇了。两个人一起徜徉在花园里。芬茨儿突然问:"罗铃,你有没有男朋友?"罗铃说:"有啊,有两三个。"芬茨儿似乎很吃惊:"有那么多男朋友?你们中国农村的女娃娃还这样文明?"罗铃说:"全班四十多个男同学,我只有两三个男朋友,还算多吗?"芬茨儿一听,哈哈大笑:"不,不,我说的不是那样的朋友。"罗铃说:"朋友就是朋友,还有这样那样之分?"芬茨儿说:"我说的是很亲密的朋友,是……"芬茨儿对罗铃一瞥,"是能和你成为情侣的朋友。"罗铃这才听明白了,她说:"没有,一个也没有。"她给芬茨儿解释,"在我们中国农村,婚姻都是听从父母的安排,自己是不能做主的,直到你结婚的那一天,你才会知道你的男人是谁,你的妻子是什么模样。"芬茨儿说:"这怎么行呢?这哪里会有爱情?"罗铃扑哧笑了,觉得外国人太不了解中国的农村了:"农民,谁还讲啥爱情?"芬茨儿说:"你是受过教育的,你相信爱情吗?"罗铃说:"不知道。"罗铃是实话实说,她二十多岁了,还没有爱情的体验。林继东几次在她面前谈过出嫁的事,她都婉拒了。芬茨儿说道:"不,不,你应当相信爱情,爱情就像树木需要阳光和雨水一样。没有爱情,人无法活。"罗铃看着这个很激动的外国人,觉得莫名其妙——她确实还不懂爱情是怎么回事,她的爱情生活仿佛一粒健硕的种子尚埋在泥土中,等待雨水和阳光催生发芽。在学校里,她的心思全用在学习上,对于男同学表露的爱慕之情,她毫不动心。

1934年,芬茨儿要去秦西省的周南、眉坞县和秦西省的南部考察,需要一个助手,学校选中了罗铃。校长只是想到,罗铃是眉坞县籍的学生,对关中西府的地理、民情、民风比较熟悉,罗铃做助手,有利于芬茨儿的工作。罗铃也乐意去给芬茨儿当助手,跟着芬茨儿她可以通过实际考察学到许多实践经验。而芬茨儿很乐意罗铃给他做助手,他也暗暗地喜欢上了这个来自眉坞县农村的姑娘。

芬茨儿一行在周南县的秦岭北麓进行了考察之后,到了眉坞县。灾荒之年刚刚过去,眉坞县的田野上一片凋敝,很多田地荒芜着,地里的蒿草有半人高。大白天,狼群肆无忌惮地出没于草丛间,旁若无人。农村里毫无生机。渭河两岸的村庄好像黑霜杀了的麦苗儿,蔫头耷脑的,微微喘息。芬茨儿和罗铃他们在眉坞县县城住了两天。芬茨儿问罗铃:"你家在什么地方?"罗铃说,在渭河北岸的锣村。芬茨儿要陪罗铃去锣村看看,罗铃不去,她说,她已经没有家。芬茨儿难以理解,问她为什么。罗铃就说:"我的父母亲都去世了。"其实,罗铃还不知道,在她离开锣村后的第四年,她的母亲花莲儿因产后出血去世了——在1927年初秋的锣古争滩中,花莲儿生下罗锣之后,丢掉了性命。这些年来,家里发生了什么变故,她一点儿不知道,她是为了搪塞芬茨儿才这么说的。

在眉坞县,芬茨儿经过考察,建议国民政府在槐芽镇建一个农场。国民政府采纳了他的建议,交给了芬茨儿实施。芬茨儿马上组织人力开建,在眉坞县的槐芽镇建了一个有两千亩大,三千多个树木品种的林场。在县城休整了两天之后,芬茨儿和罗铃他们一行上了秦岭的主峰。在秦岭腹地,芬茨儿发现了原始森林,这一大片人迹罕至的原始森林有几千万亩或者面积更大。芬茨儿十分兴奋,他吩咐随行人员画了地图,标示了原始森林所在的位置,基本上弄清了原始森林中的主要树种。太白山顶,天气变幻莫测,登山时还是炎炎烈日,上了山,云雾缭绕,二米之外,看不清人的面目,不一刻,便大雨倾盆,山洪滚滚,天昏地暗;向上再走半天,气温骤降,雪花铺天盖地而来,刹那,青山银装素裹,一派冬日的景象。当大雨像箭一样乱射之时,芬茨儿却张开双臂,站在雨地里嗷嗷大叫,让雨水盖头浇下来。罗铃一看,赶紧取来雨衣给芬茨儿披。芬茨儿把雨衣披在罗铃身上,紧紧地搂住她。

晚上,皓月当空。一行人支起了帐篷。芬茨儿不睡,罗铃也难以入睡——她不仅是他的助手,也是他生活上的保姆。她陪芬茨儿坐在一块平坦的岩石上观看夜景:天特蓝,皎洁的月色像水一样把山峰冲洗得轮廓分明,远处的山头影影绰绰,树木和山岩倒下来的黑色的影子有粗糙的质感,潺潺的流水声单调而恬静,不知什么野兽在远处苦苦地叫着。芬茨儿把罗铃搂住问她:"冷不冷?"罗铃说:"不冷,有点凉。"芬茨儿说:"你是北方女娃娃,是不怕冷的。你到了我们德国,就知道什么叫冷。我们的家乡一到冬天就是零下二十多摄氏度,我们从不怕冷,你们中国人就是不能受冷也不能受热,太脆弱了。"罗铃说:"教授先生,你说错了,我们中国人是从水深火热中走过来的,不怕冷,也不怕热,连死都不怕。我不信你们日耳曼人是铁打的,你把我带到德国去看看。"芬茨儿说:"等这次考察完毕,我就带你去德国,去挪威、芬兰,见识一下冰天雪地。"罗铃说:"好啊,我等着那一天。"

晚上,罗铃刚钻进睡袋,还没有睡着,芬茨儿抱着自己的睡袋到罗铃的帐篷中来了。罗铃说:"你快回去,大家看见了多不好。"芬茨儿说:"有什么好不好的？我喜欢你,就要和你在一起。"罗铃说:"那可不行,这不是在德国,这是在中国。"芬茨儿说:"爱情是不分国界的、不分民族的、不分年龄的。你爱我吗,罗？"罗铃没有回答。芬茨儿说:"我们是文明人。我不会强迫你的。"罗铃说:"我们中国人不文明吗？"芬茨儿说:"文明,五千年的文明。"罗铃说:"你睡在我跟前也行,有一个条件——你不能碰我。"芬茨儿笑了:"我会尊重你的,你放心。你不是怕冷吗？我睡在你旁边,你就有了一个热气袋了,我身上的热量比你足。"罗铃说:"教授真好。"芬茨儿已经睡着了,罗铃还没有睡意。月色下,芬茨儿的脸庞如同石雕一样,线条十分清朗,尤其是他那大鼻子,罗玲觉得既好笑又可爱。罗铃知道,这个德国教授很喜欢自己,一想起芬茨儿火辣辣的眼神和亲昵的举动,罗铃就激动不安,甚至有点害怕——她真弄不清,她和这个德国人的结合,会给她的人生带来什么。她既渴望拥有芬茨儿,又婉拒着芬茨儿对她的爱情。因为,芬茨儿对她的爱来得太突然,就像太白山顶的暴风骤雨,使她招架不住。尽管,她对男性有本能的渴望,可是,爱情的滋味她还未品尝过。她还说不清,当年,她对田河田的那种感情是否就是爱情,她也说不上来。被田河田救了之后,她就打算,这一生不嫁人——要嫁人,她就嫁给田河田。从第一次在芦苇丛中见到田河田,她就喜欢上了他,只是她不能表达罢了。河田,你现在在哪里？日子过得怎么样？是不是你老父亲给你成亲了？你还能想起我吗？我们今生今世还会再相见吗？在芬茨儿细细的鼾声中,在思念中在憧憬中的罗铃盖着薄薄的被子睡着了。

　　罗铃跟着芬茨儿翻过秦岭,来到了汉中。到了汉中后,芬茨儿对秦巴山区的几个大的森林进行了考察,这些森林千百年来好像一直在沉睡中,恬静而沉重,无人管理,以古老而冷峻的身姿蹲在大山沟壑之中。罗铃跟着芬茨儿在山中奔走了几十天。芬茨儿摸清了秦巴山区的森林覆盖情况、森林的面积、树木的品种,重新绘制了森林地图,给秦西省留下了宝贵的森林资料。在勉县,芬茨儿在向导的引领下从定军山走进去,在深山里,他们差一点儿被豹子袭击。当一只金钱豹朝走在最边上的罗铃扑来的时候,罗铃被吓瘫软了,她不知道该怎么办,脸色发白,愣怔地站在草丛里,如树木一般。芬茨儿一看,扑过去,把罗铃扑倒在地,趴在了她的身上。金钱豹由于用力过大,没有伤害到罗铃,自己撞向了一块岩石,被岩石弹回来,趴在地上不能动弹了。芬茨儿他们一行赶紧退了回来。

　　回到汉中,芬茨儿病了。芬茨儿几乎夜夜失眠,即使睡着了,也睡不踏实,常常自己惊醒了。罗铃只好每天晚上陪伴在他身边,像哄一个婴儿一样,拍着哄他入睡。在汉中的一家客栈里,罗铃和芬茨儿有了第一次。从没有过性经验的罗铃被芬茨儿烈火一般的激情吓住了,她做梦也想不到,这个德国人一上床比投入工作更疯狂,他不只是点燃了罗铃,他的持久甚至粗暴使罗铃惊奇、新鲜,在美妙的享受中招架,罗铃不由得大呼小叫,连自己也弄不清是愉悦还是难耐。事毕,芬茨儿搂住罗铃孩子似的哭了。罗铃不知道,芬茨儿为什么大哭不止。有了第一次之后,芬茨儿每天晚上要和罗铃交欢,而且不止一次。有时候,吃毕早饭或午饭,芬茨儿也要和罗铃做一次爱。使罗铃觉得脸红的是:芬茨儿大白天和她做爱从不回避同行的人,反而要叫同行的人知道他们关起门来将要干什么。罗铃很不习惯这样张扬,因此,就有些紧张,甚至有罪恶感。而芬茨儿却我行我素,旁若无人地、痛快地喊叫。开初,罗铃真有点承受不了——她以为,凡是男人,都是这样。罗铃就不知道,只有这个德国佬把做爱看得比吃饭还要紧,只有这个芬茨儿上了床毫不顾忌,像艺术家完成作品一样。中国的男人大都能克制自己,有节制的。当罗铃尝到了性爱的极大快乐之后,她觉得,芬茨儿给她的性爱补偿了她少女时的苦难——她更加喜欢这个德国人了。她不只是享受了肉体的极大快乐,心里还舒坦得好像被鸡毛扫了一样。芬茨儿的坦白、真诚、可爱如同钉子一样把他和她钉在了爱情的立柱上。

回到省城,芬茨儿被新成立的秦西省林务局任命为副局长。他每天晚上都挑灯夜战,他和林业局的专家们商议,拟订了《秦西省林务局组织计划》《秦西省林业发展实施办法》等等文件。芬茨儿奋笔疾书,夜以继日地伏案工作,他写出了《西北造林论》《西北引渭治黄林业将来之任务》《秦西林业之十年计划》等著作。罗铃每天晚上都陪着他工作到深夜,核对每一种表格、每一处地名、每一个数字、每一个符号以至每一个标点。对秦西的林业发展,芬茨儿提出了长远的规划意见。省政府按照他的建议,决定在长安的草滩、周南县的楼观台、眉坞县的槐芽镇、朝邑的严家庄等地建立林场,培育良种树苗。

规划被批准以后,芬茨儿马不停蹄,即刻投入了工作。第二次去要建林场的地方考察,他只带了三个工作人员和罗铃。芬茨儿一旦工作起来,如同和罗铃上床一样疯狂、一样忘我。

芬茨儿送了罗铃一本《圣经》,一有时间,就辅导她阅读。芬茨儿多次劝罗铃信教。罗铃说:"我为什么要信教呢?"芬茨儿说:"你信了教,就能得到救赎。当你离开这个世界的时候,不仅没有痛苦,灵魂还可以进入天堂。只有上帝才会拯救你。"罗铃只是默默地听他讲,觉得上帝距离她太遥远,不能解除她心中的烦恼和苦闷——只有和芬茨儿上了床,她才能忘却她的孤独、寂寞,填充失去了父爱母爱的感情的空白,才能忘却少女时不幸的遭遇。芬茨儿给她讲述的平等、自由、博爱、民主、人权和她从小受熏陶、接受的君君臣臣、父父子子以及"三纲""五常"相去甚远。这些抽象的概念只是一种声音,传达出来的意思又还原成了概念,对她的生活没有作用。她只是把《圣经》当作一本学术著作来读,里面的故事使她觉得好奇、新鲜,她像站在远处看风景一样——看起来很美。放下书本,又忘记了。

芬茨儿十分严肃地问她:"你相信上帝吗?"

罗铃茫然地看着芬茨儿,没有回答。

"你相信人有灵魂吗?"

"可能有吧。"

"你相信人可以得到救赎吗?"

"不……不相信。"

芬茨儿一听,拳头在桌子上猛地一砸,浅蓝色的眼睛紧盯着罗铃:"你、你怎么能不相信呢? 你这是亵渎! 上帝无处不在,处处在。没有上帝,你会下地狱的。"面对芬茨儿的暴怒,罗铃只是觉得好笑。芬茨儿看看罗铃那美丽、淡然的脸庞,突然平静下来了,他平静地说:"罗,对不起,原谅我的无礼。我相信,你会做上帝的子民的。你会得到救赎的。"

在芬茨儿的引导下,罗铃糊里糊涂懵懵懂懂地信了教,懵懵懂懂地跟着芬茨儿走进了教堂,听布道,做礼拜。

此时的芬茨儿身体每况愈下,他服用了大量的镇静剂还是夜夜失眠。每天晚上,罗铃抱着他睡,他仍旧睡不着,他只有和罗铃痛痛快快地做一次爱才能安安然然地睡一觉。罗铃就开玩笑:"我是你的溴化钾、安眠片了。"芬茨儿说:"不,不,做爱只能使我愉悦,使我兴奋。"罗铃说:"极度兴奋之后,便是极度抑制。"芬茨儿说:"爱情是不能用医学来解读的,不是生理问题。爱情是心理、情感和精神,还有肉体的综合。你们中国是男权社会,女人只能用身体愉悦人。只有精神丰满的女人身体才永远年轻。爱,会使人充实、安定、充满力量。"罗铃说:"还有一句,爱情会使人安然入睡。"芬茨儿说:"充满爱的性生活会将人带进美好的梦境。"罗铃说:"那就让我们在梦中不要醒来。"芬茨儿又把罗铃抱住了……

1935年夏天,罗铃陪芬茨儿到甘肃、宁夏、青海考察回来之后,芬茨儿的病情越来越严重了。只有和他同居的罗铃知道,芬茨儿经受着怎样的疾病的折磨——他常常彻夜不眠,性生活这剂药似乎也不灵了——他不再那么威武,渴望做爱,却难以进入罗铃的身体。他的双手紧紧地抓住罗铃的两只丰腴的乳房,狠劲地捏。罗铃尽管疼痛得头上冒汗,还是说:"你在我的身上咬几口,只要能安静下来,随便咬。"芬茨儿一听,把头埋在罗铃的双乳间,孩子似的哭了。他越发沮丧、懊恼、暴躁,把手边正在做的笔记、计划从桌面上划下去,或者,端起水杯就摔,仿佛猛兽被困于山中。他的眼窝陷得更深了,他一支接一支地抽烟——一个晚上,一分钟也不睡,显得烦躁不安。黎明时分,罗铃把他哄上床,使尽妩媚,可是,他还是不行。罗铃感觉到,他很渴望淋漓尽致地做一次爱,然后,死睡而去。然而,身不遂他愿,他怎么也不行。也许,做一次爱,他会入睡的,可是,这样一来,他的身体就会更脆弱,罗铃只好放弃了这个念头。被失眠折磨得神经已经不正常的芬茨儿处于癫狂状态——因为自己不行就在罗铃的身体上用手抠,抓住她的乳房用牙咬,或用皮带在她的身上抽打——尽情地发泄,尽情地肆虐。罗铃不喊也不叫,忍受着肉体上和精神上的双重痛苦。当罗铃忍无可忍终于憋不住哭出声来的时候,芬茨儿似乎从深渊中从噩梦中醒来了,他抱住罗铃放声大哭,在被他咬烂的身体上用舌头舔、舔、舔。

芬茨儿是 1936 年 8 月 14 日凌晨辞世的。早在这之前,省政府主席马力子得知芬茨儿病得很厉害后,就指示有关人员,强行把芬茨儿带到青岛去疗养。省林务局准备 8 月 14 日派人护送芬茨儿坐火车去青岛。8 月 13 日午后,罗铃急匆匆地到林务局来给赵刚局长说:"你们快去看看,芬茨儿他、他在抽搐。"省林务局派人到芬茨儿的住处一看,只见芬茨儿头发散乱,手脚乱舞,即刻把芬茨儿送到了省城里的华仁医院。罗铃跟着去了医院,从午后两点一直陪着他。到了医院,医生给芬茨儿打了针。芬茨儿只安定了两个多小时,又烦躁不安了,他呜呜地哭,嘴里念叨着爸爸妈妈。他给罗铃说:"你给我把爸爸妈妈叫来,我要见他们。"罗铃安慰他,爸爸妈妈一会儿就到了。他不相信,他抓住罗铃的手,一声一声地叫着:"妈!妈!我的好妈妈!"他紧紧地拥抱着罗铃。一会儿,他又高声叫骂:"你们中国政府腐败!无能!那么好的森林资源,全都浪费了!"幸亏房间里只有罗铃一个。他把罗铃的上衣掀起来,头颅埋在她那雪白丰腴的双乳间,低声啜泣。女护士进来给他打针,他不理,自顾自地抚弄着罗铃的乳房,护士羞得走也不是,留也不是。到了晚上,他说话颠三倒四的,动作也十分夸张。8月14日凌晨两点,芬茨儿突然喊叫肚子饿,叫罗铃去街道上给他买三明治。罗铃出了医院不久,就出事了。

　　罗铃一走,芬茨儿就坐在病房里叫罗铃:"罗,罗,你在哪里?你在哪里?你不爱我了?你这个贱女人,跟哪个男人走了?"他仿佛是自言自语,然后,又哭泣,又叫骂。他的神经错乱了,不能自控,拿起了剃须刀,抹向了脖颈上的动脉。霎时间,血流如注。罗铃没有买到三明治,凌晨两点多,街道上的商铺都打烊了,罗铃跑了五六条街,空手而归。她走进病房时芬茨儿已倒在了血泊中。

　　罗铃哭昏过去了几次,因她有孕在身,护士将她搀扶出去,安排在妇产科,给她用上了药。

　　芬茨儿去世后,德国驻华大使派来特使处理后事,秦西省政府和德国的特使毕德商谈,将芬茨儿安葬在了省城里的莲湖路上的莲湖公园。

　　芬茨儿去世四个月后的12月18日,罗铃生下了一个黄头发的男孩儿,这是芬茨儿的遗孤。罗铃将这男孩儿取名为芬茨儿·罗。

　　生下孩子四十多天后,罗铃回到了眉坞县。

　　走在锣村的村庄外面,罗铃是无意间看见一大片坟地的。她知道,只有罗家的坟地里才会有高大的用砖房镶起来的石碑。她只想走进坟地看看,是谁的墓碑。走到一座石碑跟前,当读到"罗花氏孺人之墓"几个刺人眼目的白色的宋体字之后,罗铃一下子扑过去了。罗姓人家,除了母亲以外,还有谁姓花呢?她迫不及待地读碑文:罗氏花莲儿生于光绪十七年,卒于民国十六年……罗花氏一生勤劳节俭,相夫教子……因产后血崩而殁……罗铃的泪水模糊了双眼,她撂掉手里的皮箱,双臂伸出去,去抱石碑。她跌坐在石碑前,呆呆地看着冬日里干枯的锣村。她日思夜想着母亲——她和故乡唯一的关联就是母亲。她还想,有朝一日,她在省城里安了家,把母亲接到城里去生活。如今,所有的想法都已经成了泡影——她没有想到,她和母亲会在墓地里相逢。罗铃抱住石碑,放声哭了。

罗铃在石碑前坐了一会儿,拎起皮箱,走出了坟地。她没有回锣村,她站在墓地里看了看生她养她的锣村,踏着暮色,走向了眉坞县火车站。

凌晨三点多,罗铃回到了省城。

芬茨儿·罗过了周岁,罗铃带着儿子来到德国,寻找芬茨儿的父母亲。罗铃从新疆出国到了苏联,三个多月后才到了德国,这时候已经是1938年2月。坐在火车上,看着窗外陌生的土地,罗玲有一种孤寂感。她在心里给儿子说:"不是妈心狠丢下你不管了,日本人已经打进了中国,这个贫穷落后的国家将会更加灾难深重,妈害怕在战乱中失去你,将你送回德国也是你爸爸的心愿。孩子,你无论在哪里生活都是妈的好孩子,妈会来看望你的。"罗铃经过几多周折,在德国北部奥伯斯多夫省的一个乡村找到了芬茨儿的父母亲。罗铃拿出芬茨儿的照片、望远镜、照相机、剃须刀和一把防身的手枪,还有一件掉了颜色的棕色呢子大衣。罗铃用从芬茨儿那里学来的不太标准的德语做了自我介绍。两位老人看了看芬茨儿和罗铃在一起的照片、芬茨儿的遗物,相信从万里以外而来的这位中国女人确实是儿子的女朋友。他们接过孩子,左端详,右端详,似乎从孩子的眉眼里看出了芬茨儿儿时的一点模样。芬茨儿的妈妈抱着孩子,在孩子的额头亲吻——无论什么民族,母爱都是一样伟大。两个老人泪流满面了。

罗铃到了芬茨儿的家才知道,芬茨儿到中国前在德国就有一个同居的女朋友,两个人生了一个女娃娃。芬茨儿一离开德国就是十年,他的女朋友和芬茨儿已脱离了关系。罗玲之所以要见芬茨儿的父母亲,是想把芬茨儿·罗留给他的父母亲,她并不准备在德国久留。可是,两个老人执意要罗玲留下来。罗铃只好说:"我住一段时间再说吧。"

尽管两个老人对待罗铃如儿媳一般,但罗铃还是觉得寂寞孤独,她就到镇上的一家学校去学德语。她想,她学好德语,以后回到中国办个德语学校未尝不可。她已经不想再搞林业了。她和芬茨儿走过的大片的森林已经成为她伤感的记忆,成为她的伤心之地。

尽管芬茨儿的父母亲对罗铃的生活很关切,但身在异国他乡的罗铃还是觉得孤寂。她思念着故土,思念着亲人。罗玲发觉,初恋的根须在她的心里扎得很深很深——尽管,她对田河田是单相思,她依旧将他视为初恋。当两个人的嘴唇贴在一起的时候,她从心里接纳了河田,那种短暂的感觉如闪电一般亮眼、刺目。河田走出芦苇地的时候,她第一次感到孤单,心里如秋水一般冰凉。她知道,她喜欢上了河田,带着对河田强烈的思念她出走了。爱上了芬茨儿,她才体验到,爱情其实是一剂五味杂陈的中药,有甜也有苦。在一个静谧、寒冷的夜晚,罗铃在灯下给林继东写了一封信。

亲爱的义父:

你好!

现在,我在德国北部的一个村庄里给你写信。咱们的家乡正是深秋时节,可是,这里已经落过两场雪,举目四望,白雪皑皑的一片。在这种洁净而单调的境地中,我特别思念家乡,思念你!同样,是在一个很寒冷的日子,你救了我,给了我第二次生命,使我这个流浪的女子在冰天雪地里感到了人情的温暖。没有你,就没有我的今天——养恩更比生恩大,你的恩情如同阳光一样照亮了我的人生之路。你供我读书,使我通过书本见识了这个世界,认识了人生,走上了社会。这几年,我奔波在外,没有时间来尽孝道,恳请义父原谅我,宽恕我。等我把儿子安顿好,回到故乡,哪里也不去了,就守在你的身边,天天照顾你,和你共享天伦之乐。

义父,我在芬茨儿的家中已经几个月了,芬茨儿的父母亲像中国的老人一样疼爱我,使我很感动。可是,我明显地感觉到,我们中国人和日耳曼人之间有很大的文化差异——我们是为父母、为儿女、为大家而活着,德国人是为自己而活着,因此,生活方式和思维方式大不一样。我很不适应这种生活氛围——人和人之间很生分,有一种冷冰冰的感触。我只去过几回小镇,似乎能感觉到,有一种暗流在涌动——说不清这股暗流是什么,但内心深处有恐惧感。因此,我打算再待几个月就回国。你等着女儿归来吧。

罗铃遥远地祝福义父。

祝

健康!

罗 铃

1938 年 10 月 27 日

不知什么缘故,罗铃的这封信到了秦西省武共县林继东家的时候,已经是 1939 年春节过后。收信的不是林继东,而是林继东的儿子林勇。罗铃哪里知道,她的义父林继东就在她提笔写信的前几天,在武共县政府院子里的旗杆上吊死了——老先生以死来抗议县长的腐败。

1937 年,日军大举进犯华北地区,由林继东带头,武共县的绅士义捐钱财,支援抗日。事后不久,林继乐闻讯,县政府贪污了捐款。林继东多次找县长交涉,要求公布义捐的账目,县长多次搪塞,不予公布。后来,县政府以骚扰滋事之罪名把林继东关进了县监狱。武共的绅士们联合抗议县政府,多次和县长交涉,县政府迫于压力,释放了林继东。

林继东走出监狱后,在县政府院子里上了吊。

罗铃被镇政府传唤了两次。罗铃想回国,即使德国是天堂,她也不愿意留在那里,她的根在中国,心在中国,在故乡,在渭河两岸。两位老人也不愿让罗铃久留,他们感到华人在德国并不安全。

罗铃做好了回国的准备。

就在罗铃准备回去的前一天晚上,两个党卫军进了门,不由分说,将罗铃带走了。两个老人问他们为什么要抓人。党卫军说:"你去问上峰,我们奉命行事。"

第二天,老人跑到镇政府,才知道,罗铃当天晚上被枪杀了,没有原因可查问。

民国十八年和二十一年的灾荒过后,古城村有十七户人家绝户了。这些人家的地里蒿草长得半人高,没有人耕种。田方伯觉得,这些地白白地撂荒,太可惜了。有几户绝了户的人家的亲戚要来古城村耕种,被田方伯拦住了。这几户人家的亲戚不论是远房还是近亲,都没有继承权,况且,死者生前也没有遗嘱,田方伯阻拦得也有道理。田方伯和家族里的几位长者商量了一下,凡是田姓人家撂荒的土地收归祠堂,雇人租种,每年交的租金归祠堂支配。凡是外姓人家撂荒的地也租出去,收来的租金交给眉坞县慈善委员会,用来接济穷人。田方伯是族长,田家的事他可以说了算;关于外姓人家的事他和其他姓氏的长辈商议,其他几户的长辈都说,他们不白种任何人的一分地。至于这些地怎么办,田方伯说了算。黄福胜和儿子黄生祥提出来要买这几户人家的地。田方伯有点为难了,田方伯说:"你为啥要种这些撂荒的地?段志贤不是张扬着要卖地吗?你要买多少都行。"黄福胜说:"段家的地白给我,我也不要的。"田方伯说:"这是为啥?"黄福胜说:"还用你问我吗?段志贤和他爸一样讹人哩,这倒不说,段志松在山里当土匪,兄弟俩没有分家,你把他的地买到手,到时候,段志松领着人来拷你,说地是他的,问你再要钱,你咋办呀?"田方伯说:"买地是有契约的,你到时候拿出契约,他就没话说了。"黄福胜说:"我的好老哥,你咋老按规矩想,按规矩做?你就不想想,段志松是不是按规矩办事的人?你的契约是一张纸,人家手中有枪,他的枪口一抬,你就没命了,还有你说的啥?"田方伯一想,黄福胜说得有道理,你和土匪还讲啥理?土匪就不按规矩做事。他说:"既然你的主意已决,就不要买段家的地了。把王家、李家那十二亩撂荒的地卖给你,这个主意我拿了。你把卖地的钱交到县里的慈善委员会。"黄福胜说:"不要叫这事把你粘倒了。"田方伯说:"我不拿人家一文钱,不会有啥事的。"黄福胜说:"既然是这样,我找个证人。"田方伯说:"这事不用你操心,叫区保长当证人就行了。"

段志贤几次找到田方伯要卖地,田方伯几次婉拒了。

段志贤知道,古城村的富户只剩下田方伯了,只有田方伯买得起他家的地。他找别人,也是白搭,即使贱卖,也卖不出去。田方伯一听段志贤要卖地,有点惊讶——只有败家子才卖地卖房,才踢先人的家业。田方伯说:"说一句侄儿不爱听的话,地是你家的根,你不能把根拔了。你爹的地是挣到手的,别人不知道,我知道,这些地来得不容易。再说,还有你弟弟,志松没在家,你把地卖了,他回来找你麻烦,咋办呀?"段志贤说:"卖地的事,不是我一个人的主意,是我娘愿意卖的。我娘说,家里的地一分为三,我弟弟的那一份给他留着。我弟弟的事,你不必担心。"田方伯只知道段五魁没有下世前,段志贤就偷着抽大烟,他还不知道,金秀珠也染上烟土了。金秀珠毕竟才四十五岁,段五魁没了以后,她寂寞难耐,绵绵长夜,单盏孤灯,形影相吊,她在炕上辗转反侧,三更过后,还不能入睡,仿佛度日如年,经不住段志贤的撺掇,就以烟土为伴了。金秀珠一旦犯了烟瘾,眼泪呵欠不断,骚动不安,仿佛五内俱焚,不停地用手在身上抓,不停地呻吟。段志贤即刻吩咐长工去给她买烟泡——他深知烟瘾发作后有多难受。母子俩每天要抽三斗麦子的大烟,家里的积蓄被母子俩抽光之后就只能卖地了。段志贤第一次找到田方伯还没有提卖地的事,只是告了艰难。田方伯未加思索,借给段志贤十石小麦,这十石小麦被母子俩两个多月时间就抽光了。段志贤第二次来找田方伯,他不好再张口借粮了,就提出来卖地。田方伯劝了劝,劝他不要再抽烟了,段志贤满口允诺。田方伯一听段志贤要戒烟,又借给他十石小麦。段志贤把十石小麦拉回去,又换了烟泡抽。第三次找到田方伯,段志贤一开口就要卖地。田方伯一看,要叫这母子俩戒烟除非太阳从西边出来,他不借粮给段志贤了。他一口回绝了段志贤——一分地不买,即使段家白给,他也不要。

段志贤走出了院门,田方伯看着段志贤瘦削的身影,感到很痛心——一家财东,说完很快就完了。大儿子抽大烟,二儿子当土匪,两个儿子都不走正道。他这么一想,感到担心而惊悚。他担心的是,自己的家业能不能一代一代传下去;惊悚的是,家败如山倒,大厦瞬间倾。老一辈人说的话没有错,创一份家业要几代人出力流汗,踢一份家业是一个早晨的事。

段志贤一听,田方伯说啥也不买他家的地,就不再去找田方伯了。段志贤找到了和古城村邻近的东柿树林、街北和孙家塬的几个财东,他想把地卖给这几家财东。这几家财东对段五魁的为人是清楚的,他们知道段志松在秦岭山中当了土匪,拉杆子,他们不敢买段志贤的地——生怕段志松来收拾他们。民国二十四年(1935年)正月里,段志松领着一帮人出了山,袭击了烟霞村的三家财东,打伤了九个人,烧毁了一百多间房屋,抢去了六百多块大洋。县警察局闻讯后,派了三十多个人赶到烟霞村的时候,段志松他们已远走高飞,蹿进了秦岭山中。假如这些财东买了段家的地,段志松知道后,下山来报复,他们就性命难保了。这几个村的财东没有人敢买段志贤的地是有原因的。

渭河南岸的财东们不敢买地,段志贤急着出手——他们母子俩一天不抽大烟都不行,除了卖地,别无他法。段志贤急得团团转。金秀珠说:"看你这娃,咋是死脑筋?眼睛老盯着河南这几个村。你到河北去问问,兴许能找下买主。"出于无奈,段志贤过了渭河,到锣村去找罗天龙——段志贤知道,罗木匠是渭河北岸数得着的财东。罗天龙一听,段志贤要卖地,他也有疑虑:对于段志松的所作所为,他早有所闻,他也担心段志松给他找麻烦,这是其一;其二,他的家在渭河北岸,他不想把手伸向南岸——虽然,在上一次的抢滩中,他在南岸得到了几十亩地,他全都租给了别人。如果他再买些地,还是要租出去的;其三,段家把日子过烂了,他这时候买段家的地,是否有人说他不仁义?他再爱地,也不能做不仁不义之事。罗天龙想了又想,借口手头不方便,没有答应买地之事。任凭段志贤磨破嘴皮子,罗天龙不再开口。段志贤越是恳求,罗天龙越是觉得,段志贤要把烫手的洋芋塞给他,他不能接。段志贤一看,罗天龙坚决不买地,垂头丧气地回到了古城。

段志贤第二次找到罗天龙,一开口就把地价说得很低——比当时渭河南岸的地价至少低四成,这是诱惑罗天龙下决心买地的手段之一。段志贤一看罗天龙不拿主意,便给罗天龙跪下了,他说:"罗叔,我和我娘在危难之中,你买下我们的地,就全当是搭救我们母子。"罗天龙说:"我和令尊虽然不是至交,也算是老熟人了,你们有难,我理当帮助,我买了你们的地,渭河两岸的人会戳我脊背的。"段志贤说:"你买了我们的地就是帮我们,不买地就是不帮我们。"既然段志贤把话说到了这个份儿上,罗天龙觉得不买段家的地就等于见死不救,反而不仁不义了;再则,段志贤要的价确实不高,他种上两料子,即使段志松将地要回去,他也不会损失多少的。于是,他答应了买地之事。

为了保险起见,罗天龙不仅请了横渠镇的区保长,而且请了田方伯做证人,两个证人在买地契约上都签了名。罗天龙买下了段志贤的五十亩土地。

地买到手以后,罗天龙把这些地全部租给了渭河南岸的佃农,每年收获季节,他只收租金。

罗天龙没有想到,正是这五十亩土地给他带来了灾难。

段志贤卖了地,到手的银圆可以使一家人过日子以及母子俩抽大烟,暂且不发愁。罗天龙虽然爱地如命,到手的土地却只使他高兴了一阵子,土地可以买卖,可以侍弄,家事就不这么简单了——他为袁圆的婚事而烦恼,干女儿已经二十一岁了,还没有聘出去,这在渭河北岸的农村是少见的,像袁圆这个年龄的女娃娃,孩子大都三四岁了。如果袁圆是亲生女儿,他就不管她愿意不愿意,将她嫁出去了。谁家的女儿还不遵守父母之命,媒妁之言?正因为是干女儿,罗天龙特别疼爱她、娇惯她,他才没有自拿主意。他几次把袁圆叫到跟前来说:"袁圆,你心里是咋想的,给干爹说清亮。袁圆,你不嫁人,得是老在罗家呀?袁圆,你想找怎么样一个婆家,给干爹说。"罗天龙说了一河滩话,袁圆不恼不怒、不笑不哭、不惊不诧,一动不动,沉静得如冬天的渭河流水一样。罗天龙躁了,他说:"我是最后一次问你,我管你愿不愿意,明年正月就把你嫁出去了。这事不再由你了,由我说了算。"袁圆说:"也行,你给我置嫁妆的时候就买一口棺材。"罗天龙一听,无话可说了。他知道,干女儿性格中有暴烈的一面,她一旦耍起牛脾气,不是用头在墙上猛撞,就是双手揪住自己的头发,一撮一撮地揪。十八岁那年,为她出聘的事,她已跳过一次渭河,幸亏被人救上了岸。罗天龙没办法再说干女儿的出聘之事了。他嘴上说不管,心里很熬煎。

马桂花猜测,袁圆不愿意出聘是因为李春绪。她把李春绪叫来,故意试探:

"大李,你今年三十几了?"

因为罗天龙家还有一个姓李的长工,比李春绪小几岁,罗家人就把李春绪叫大李。

"三十六了。"李春绪有点纳闷,不知道马桂花问他年龄干啥。

"我还以为……"马桂花欲言又止了。

"以为我十七了,还是十八了?"李春绪很狡黠地哈哈一笑,掩饰他的放肆——他明白,他不该在当家的女人面前这么说话,他急忙改了口,"当家的有吩咐的事吗?"

马桂花说:"我想问一问,你有没有再娶的想法?"

马桂花知道,李春绪在二十岁的时候娶过一回妻的。李春绪娶回来的媳妇十五六岁,李春绪给了女娃娃家十六石小麦的聘礼,其中十石小麦是罗天龙赊给李春绪的,六石小麦是罗天龙白给李春绪的。李春绪从罗天龙那里借来了一间堆柴火的柴房子做了新房。两个人在那新房中生活了还不到一年,那女人突然失踪了,李春绪找遍了关中西府,找了大半年,也没找见。后来,锣村有人告诉李春绪,他的女人跟一个卖瓦盆的河南人跑了。锣村人这么一说,李春绪才记起来了,那个卖瓦盆的河南人几次挑着盆盆罐罐(陶器)到锣村来串乡走村,他的女人在卖瓦盆的河南人跟前买过一只和面的瓦盆。两个人是怎么勾搭上的,李春绪一点儿也不知情。女人的出走,对李春绪打击不小。他牢牢地记着女人那张笑盈盈的稚嫩的脸庞,牢牢地记着她散乱在枕边的一头黑发,牢牢地记着她蜷缩在自己怀里的样子。他对他的女人那么好,她照样跑了。女人进了他的门,从没有下过地,没有握过农具把儿;女人要吃什么,他给买;女人不纺线不织布,身上的衣服是他买来布请人缝的。他知道,就是被窝里的那点活儿——女人刚嫁过来没有情趣,半年过后,十分贪念,常常嫌他不行;不是他不行,农忙时,他很累,女人却不管不顾,照样要他伺候她——女人就因为这事跟着河南人跑了?这怎么可能呢?他觉得,被窝里的活儿他做得还算周到,女人很满足。女人究竟嫌弃他什么?女人的心思男人永远摸不透。你越疼爱女人,女人越不把你当回事。和女人相处,必须时常把鞭子握在手中,难怪农村人说,打到的女人揉到的面——面越揉越有劲越好吃,女人越教训越温顺越乖觉。在他看来,女人只是男人的伤痛和祸害,男人只有远离女人才不至于招祸。一次短暂的婚姻之后,李春绪像被土匪拷了一样,不只是对女人胆怯,他不再相信一日夫妻百日恩的话,他甚至怀疑,女人的心不是肉做的,是石头做的。女人的无情如暴风骤雨,既不可捉摸,又十分残酷。

马桂花一句话勾起了李春绪对往事的记忆,他说:"没有想过再娶。喝一桶恶(泔)水就够了,还敢再喝?"他的音调不高,但口气不容置疑。

马桂花说:"我不过是随便问问。"

马桂花听李春绪的口气,他的心思没在袁圆身上。马桂花心想,作为罗家的管家,李春绪不会和袁圆做出什么出格的事的,因此,她相信李春绪是实话实说。李春绪也没有多想二掌柜为什么问他的婚姻之事。他心淡如水,心静如水,心思根本不在袁圆身上——尽管他也喜欢袁圆,可是,对这个女娃娃他连一丝一毫的多余的想法都没有。虽然罗天龙待他不薄,他毕竟是长工。他怎么能对主人的干女儿有非分之想?绝对不能的。再说,第一个女人给他心上捅的那一刀,伤口还没愈合。

在马桂花的眼里,袁圆是个轻薄女子,即使长在财东家养在财东家,她那轻薄劲儿一点没变。她也听做饭的刘妈说过,李春绪要套车,袁圆就去给牵牛;李春绪要铡草,袁圆就去压铡把;李春绪去涝池里给牛饮水,袁圆跟在后面;李春绪吆上大车去麦地里送粪,袁圆拿上木锨去装车。刘妈的话,马桂花不可全信,也不可不信。从刘妈挤眉弄眼的神态上马桂花就能感觉出,话中的味儿不对头。可是,马桂花不能随便怀疑李春绪的人品。

有一天晚上,马桂花躺在罗天龙身边故意说:"我听刘妈说,咱家袁圆好像和大李还不错,既然袁圆不嫁别人,就嫁给大李,大李也没婆娘。"罗天龙一听,急忙说:"不行,那不行。我咋能把干女儿嫁给一个长工?这不叫锣村人拿沟子笑了?"罗天龙话题一转,训斥马桂花,"你再不要听刘妈嚼舌头了,下人嘴里的话,你也信?弄出点风言风语来,对罗家有啥好处?"马桂花说:"刘妈的话我当然不信,可咱家袁圆不出嫁,肯定是有原因的。"罗天龙说:"不论是啥原因,咱不能给干女儿抹黑。我罗天龙教育出来的女儿,不会有大的差错的。"马桂花说:"我也是这么想的。"

　　马桂花对李春绪试探之后,对李春绪倒没有加心思,她相信,李春绪说的是真话。但对袁圆,她越发摸不透了。这个女娃子为什么不嫁人呢?马桂花也是一头雾水。

第十二章

　　河鼓和罗锣第一次相识是在常兴镇。那一年初秋,常兴镇建起了火车站,渭河两岸的庄稼人去车站上看停在站上的火车。随着几声粗野的鸣叫,火车开进了火车站。庄稼人指着那铁家伙议论纷纷:"听说那东西比马都得快!""是呀,马吃草吃料,不知道那大家伙吃啥东西呢?""肯定要吃肉哩。""不知道一天能吃多少肉?""至少得两头猪吧。""哎呀,谁能养得起?"庄稼人正在兴致勃勃地谈论着,突然,随着几声高低不平的嘶叫,一缕白烟腾空而起。庄稼人以为那铁家伙发了脾气,张牙舞爪,要冲向人群,看热闹的人一阵骚动,人挤人,人踩人,人推人,人压人,刹那,尘土飞扬,呼儿唤女声惊恐而尖刻,哭声、叫骂声夹杂其中。有人大喊:"踏死人了!踏死人了!"河鼓被夹在人群当中,随着人的波浪起伏而不由自主地颠簸着。他试图挣扎出这人群的旋涡,在一声惊骇而尖厉的叫声中,他一看,一个碎女娃被踩在人们脚底下了。他弯下腰伸手去拽碎女娃,后边的人一拥,自己被拥倒在地,他使劲用胳膊将两边的人一撑,人群闪开了一条缝,他拉起碎女娃,托起她的腰身向头顶上举,那碎女娃被举起来了,而自己再一次被后边的人差一点儿拥倒,当他从波浪般的人群中钻出来时,不见了那碎女娃。他像在渭河中划水一样,用一双胳膊将人群排开,向前挤。就在他的前边,碎女娃如同渭河中被旋涡旋在水中的一根稻草一样,飘忽不定。他划水似的划开众人,挤向碎女娃。他走到碎女娃跟前,拽起她的一条胳膊,向人群外边突围。

当两个人从人群中挣脱出来的时候,河鼓的前襟掉了半片,碎女娃的头发披散了,宽腿裤子的裤口一直撕到了大腿根。河鼓觉得胸口有点疼痛,他问碎女娃伤着哪里了没有。碎女娃抬了抬腿,伸了伸胳膊,说腿有点疼,不要紧。河鼓说:"我看看。"河鼓要动手时,才发觉,碎女娃白嫩的腿亮出来了,裤口开了一条缝。碎女娃的脸上浮着一层红晕,她掩饰着难堪,把两条腿并拢了。河鼓一看,这碎女娃眉目清秀,沟(屁股)蛋子上垂吊着一根大辫子,一脸的稚气未脱。河鼓心想,她大概还是个小屁孩,但他又不好意思问人家的年龄。河鼓自己反而有点局促了。碎女娃说:"谢谢大哥救了我,不然,我恐怕被踏成肉泥了。"河鼓说:"人惊了,比骡马惊了都可怕。我也没有想到,那一会儿,我的力气咋那么大?"碎女娃说:"你看见火车了吗?"河鼓说:"看见了,一身是铁,好多个轮子。你呢?"碎女娃说:"没看太清,下次把我爹叫上一块儿来看。"河鼓说:"你家在哪达呢?"碎女娃说:"不远,东边的锣村。你呢?"河鼓说:"我还远着呢,要过渭河。听我爹说,你们锣村有一个叫罗天龙的木匠,是族长,那人长得牛高马大,黑脸,力气大得很。"碎女娃一听,说:"不许你那样说我爹,他的脸不黑,不胖也不大。"河鼓惊愕了:"罗天龙是你爹?真的?"碎女娃说:"那还能有假?"河鼓说:"太巧了,太巧了。"碎女娃:"巧啥巧?"河鼓说:"我爹就是古城村的族长田方伯。记得我小时候,咱两个村打得不可开交。"碎女娃:"为啥?"河鼓说:"为了河滩里的地。"碎女娃说:"这事我还不知道。这么说,咱们两个村的人是仇人。"河鼓说:"啥仇人?就是有仇,也是上辈人的仇,与咱们无关。你说呢?"碎女娃说:"就是。你救了我就是恩人。"河鼓说:"也不是啥恩人。算是认识了。"碎女娃说:"我记下了你。"河鼓说："我也记下了你。"碎女娃说："你说你记下了我,我还不知道你叫啥。"河鼓说："我叫田河鼓,渭河的河,打鼓的鼓。你呢?"碎女娃说："我叫罗锣。"河鼓说："就是铜锣的锣?"罗锣说："还有啥锣?"河鼓说："铜锣好。"罗锣说："好啥好?"河鼓说："铜锣的响声好,像铃一样。"罗锣一听,扑哧地笑了。两个人在常兴镇东边的路上分了手。第二年,两个人又见了一次面。

河鼓第三次碰见罗锣是在几年以后的初春。

河鼓扛着锄头去河岸边的滩地里锄麦子,他只顾弯腰低头一心一意地锄麦子,没有发觉他家隔壁地里那个提着竹篮子挖地菜的女娃就是罗锣。罗天龙叫罗锣过河来不只是专门挖地菜的,他是叫女儿来看看他从段志贤手里买来后又租出去的那五十亩滩地里的麦子长势怎么样。去年这个时候,他带着罗锣一同来察看过麦子。如果佃农的麦子长得好,他的租金就好收;如果长势不好,恐怕每亩地租就得减一半——尽管,他也想多收些租金——他做事很抠的。可是,收成不好,他不能硬逼着佃农交租金——适当地减一减,至于减多少,就要看能收多少。尽管,他的财产是苦出来的,抠出来的,节俭出来的,该接济的,他也必须接济。对那些懒汉二流子他一点儿也不留情,他要叫这些人明白,不下苦,不好好种地,饿死活该!

正在锄麦子的河鼓张眼一看,一只黄中带灰的野兔箭一样从他的眼前头射出去了,河鼓收起锄头,嗖地抢过去,野兔一蹦三跳,锄把没有打着,河鼓紧跑几步,掂起锄就撵,撵到紧邻的麦地里一看,蹲在地里的原来是罗锣,他有点惊诧,锄把提在手里,忘记了撵兔子。

"嗨!别撵了,放它一条活路,兔子也有命。"

"兔子遇上菩萨了。你在地里挖菜,咋不言传呢? 没有看见我?"

"没有看见。我才不胡瞅呢,干活儿就好好干,看人家干啥呀?"

"你把我当'人家'?"

"不是'人家'是谁？"

河鼓一听，罗锣好像把他和她在火车站邂逅的事忘得干干净净的，也不知是什么缘故——是不是她已给罗天龙说了他救她的事？是不是罗天龙不许她和他再来往？这也情有可原——一个女娃娃怎么能和一个陌生的小伙子私自来往，况且是大户人家的女娃子，这么做，有失体面。河鼓一看，罗锣无心和他说话，也就不再搭讪，提着锄头，到自家的地里锄地去了。其实，河鼓并没有猜透一个女娃娃平静的面庞背后所掩藏的心事——罗锣既讨厌男人的轻狂又渴望河鼓像敲锣一样轻轻地敲一下她——千万不可敲得太重。可是，河鼓却一句话不再说了，她有些失望。

第二天晌午，罗锣没有到河滩地里去挖地菜。河鼓照常去锄地，田地里万籁俱静，麦苗的气息十分浓郁，埋头锄地的河鼓看似平静如水，专心致志，仿佛沉入一个洞穴之中，不是极力挣脱，而是极力适应。他的沉稳的心态和他的年龄很不合拍——那种老成持重不动声色的模样和中年人的年龄衔接在一起刚合适。他的这种性格——也可以说是品质和田方伯为人处世的方式很相似：即使他内心里有欲望，很焦灼，也从不张扬在脸上，使人看不透他心里在想什么。只有他自己知道，他盼望罗锣能够出现在他旁边的麦地里。

晌午饭以后，罗锣又来到渭河滩地里挖地菜——不是罗天龙指派她来的。她本来在渭河北岸的地里转悠着，走着走着不知不觉过了河。河鼓朝东边的麦地里一扫，当他第一眼看见罗锣的时候，一锄头下去，把一株麦苗斩掉了，他赶紧把目光收回来，用心锄地，装作没看见罗锣，只顾自己干活儿。罗锣不时地扫视一眼神情专注的河鼓，或者迅疾地一瞥，斩断视线，低头挖菜，罗锣从河鼓锄地的姿势上很难准确无误地捕捉到河鼓的心事——他是故意轻视我不理我还是真的没有看见——好一个田河鼓！你不理我，我也不理你。河鼓的看似傲慢或者不屑惹怒了罗锣，使她的自尊心无声地受到了伤害，她提起竹篮站起来，向东走了走，试图走出河鼓的视线，可是，她走得再远,也走不出河鼓的视线——好像一只兔子无法逃脱猎人的枪口。罗锣走了几十步,又返回来了,她蹲在麦地里,背朝着河鼓,唱起了她从马桂花那里学来的秦腔:

　　西湖山水还依旧,
　　憔悴难对满眼秋。
　　霜染丹枫寒林廋,
　　不堪回首忆旧游。
　　……

罗锣越入戏,越动情,越想唱,似乎她不是来挖菜的,而是给河鼓来唱戏的。

　　腹中疼痛难忍受,
　　举目四海无处投。
　　眼望断桥心酸楚,
　　手扶青妹向桥头。

凄婉的秦腔像春风一样吹向了河鼓,而河鼓却像石头一般沉静,无动于衷。罗锣竟然把自己唱得潸然泪下了。

氤氲之气弥漫了渭河两岸,河鼓的锄头上挑起了淡淡的暮色,他还没有收工,在他东边的麦地里,罗锣埋下了头,好像是在麦地里捉虱子而不是挖菜。罗锣一次又一次地扭过头去窥探,河鼓锄地的姿势不变,锄头抢上抢下的速度不变,好像没有回去的意思,她终于忍不住了,走到河鼓跟前去,气呼呼地说:

"你看你,得是长着夜眼呢?"

"我的压压(娘娘),你才看见我长夜眼哩?你来看,我的眼睛就是和你的不一样。"

罗锣果然走到了河鼓锄地的锄头前,河鼓没法锄地了。河鼓说:"生谁的气呢?"

"我能生谁的气?生自己的气。"

"生气干啥呀?来,坐下,坐下歇会儿腿,消消气。"

罗锣嘴一噘,看了看河鼓,乖乖地坐在了麦地里。随之,河鼓坐在她的对面。河鼓看了罗锣一眼,将他对一个女娃娃的怜惜和罗锣对他的抱怨结合了。女娃娃毕竟是女娃娃,情绪变化如同奔跑的兔子一样快。即刻,罗锣红扑扑的脸庞上漾溢出了内心的喜悦。

"你看,"河鼓说,"那边是啥?"

罗锣顺着河鼓的手臂看过去:"是河堤。"

"再向东看。"

"是桥。"

"有了这座桥就好说了,我要走过桥,走到你们锣村去。"

"你想去就去,给我说啥?"

"我要叫媒人从桥上过去,给你爹说,我要娶你。"

"我爹会把你的腿打断的。"

"不会的,把女婿腿打断,谁养活他的女儿?"

"想得倒美!我昨晚上才听我爸说,你们古城人是我们锣村人的仇人。我爹说了,不是古城人,我妈还活着。"

"我爹也说了,锣村人是古城人的仇人,我大伯就是锣村人打死的。"

"那你还敢来?"

"那都是过去的事。我娶了你,我们就成为亲人了。"

"走着瞧吧。"

"这样想就对了。既然你是锣,我是鼓,敲锣打鼓才热闹,锣和鼓能分开吗?"

"你真瞎。"

"不是瞎,是好。"

罗锣弯下腰在麦地里抓了一把土要向河鼓扬去。河鼓扑上去抱住了她,趁势在她的脸庞上亲了一口,罗锣的脸唰地红了,两个人静静地站在麦地里相互看着。罗锣的一双大眼睛一扑闪,泪珠滚出来了。河鼓要向罗锣跟前走,罗锣用目光制止了她。河鼓呆呆地看着罗锣,不再说什么。

河鼓和罗锣分了手。他进村时,暮色四合了,做晚饭的炊烟从各家灶房里的烟囱里袅袅而上,放牛的娃娃们吆着牛从河堤下来走进了村街,铃铛声悠长而清脆。回到家,田方伯问儿子为啥回来得这么晚。河鼓毫不隐瞒,他一五一十地给父亲叙说了他在常兴火车站救下了罗锣的事,以及他几次和罗锣相遇,他想娶罗锣为妻。田方伯一听,一口回绝了:"不行!你娶谁,不是你的事,我和你娘说了算。"河鼓说:"罗家的女娃子不行吗?"田方伯说:"咋能娶罗家的女娃呢?古城人和锣村人不结亲。"河鼓说:"为啥?"田方伯说:"为啥你不知道吗?锣村人是古城人的仇人。"河鼓说:"那都是过去的事。我和罗锣有啥仇?"田方伯说:"忘记家仇,就是忘记祖宗。你不要说了,今年忙毕(收毕麦),我就给你定亲。至于说聘谁家的女娃不要你管,这是我和你娘的事。"河鼓说:"我不是急着要媳妇。"田方伯说:"你不要,我们要。"河鼓一听,他把这事挑明,反而弄瞎了,假如父亲真的给他定了亲,咋办呀?他忧心忡忡地去吃晚饭了。

罗锣回到锣村时已是掌灯时分。

女儿从来没有这么晚才回家,罗天龙问罗锣是咋回事。罗锣没有给罗天龙说实话,她明白,假如她说了实话,父亲说不定会责备她的。母亲是怎么死的,罗铃是怎么走失的,父亲早就给她说过。在父亲看来,这些灾难都是古城人带来的。一旦父亲知道她和河鼓在一起,还不打断她的腿?因此,她给父亲撒谎,说她肚子疼得走不动,才回来晚了。她一边和父亲说话,一边假装呻吟了两声,双手紧紧地搂住了肚子。罗天龙半信半疑,不信又不行,他吩咐长工用轿车把罗锣拉到常兴镇上去看看。马桂花说:"要看,明日个去看,天都黑了,路上不方便不说,人家坐诊的大夫不一定会守着咱。"罗天龙问罗锣:"能不能等到明天去?"罗锣说:"能行,只是拉了几回肚子,说不定,睡上一个晚上就好了。"马桂花说:"也许是中邪了,我给她'起送'一回。"罗天龙说:"也行。"

马桂花从厨房里端来了一碗凉水,拿来了一双筷子,她吩咐刘妈端了半碗五谷杂粮。罗锣躺在了自己房间里的炕上。马桂花把凉水碗放在炕边上,一双筷子立在碗中,嘴里念念有词:"立住,立住,不论你是谁,先立住。"可是,她的手刚离开筷子,筷子就倒了。马桂花说:"我知道,你要粮食哩,我给你。"马桂花从刘妈端来的碗里抓了一把五谷杂粮,放进水碗,再次把筷子插进去,嘴里又念叨,"立住,你立住,粮食给你了,你看看。"这一次筷子果然立住了。马桂花将碗里的水在手指头上蘸了一些,在罗锣的额头上抹了抹,然后,点燃了一张黄表纸,在罗锣的身上挥来挥去,让灰落在了罗锣的身上,马桂花说:"天大大地压压(娘娘),给你粮食和嘎嘎(钱),揣在怀里你走吧,不要眼弄(欺负)我娃娃。"她一把将筷子打飞,筷子落在了脚下,碗里的水也泼向了脚下。"起送"完毕,马桂花问罗锣:"好点没有?"罗锣却翻身而起,放声哭了。马桂花问罗锣是咋回事,罗锣把河鼓救她,她喜欢河鼓的事说了一遍,还没等罗锣说毕,马桂花用手捂住了罗锣的嘴,她说:"娃呀,这事儿你千万不要再说了,你爹知道了,还不剥了你的皮?"马桂花进罗家时,罗锣才一岁多,是她把罗锣抓养大的,在她的心目中,罗锣就是她的亲女儿,她对罗锣比她亲生的罗二宝还疼爱。马桂花下了炕,重新点燃了一张黄表纸,她一边挥动着黄表纸,一边说:"天神地神,我女娃子是鬼附身,你发发慈悲,叫我女娃快灵醒。"罗锣一听,躺在被窝里低声啜泣。马桂花说:"这女子呀,命咋这么苦?遇上这瞎事。"

田方伯给齐云仙说,他准备给黄福胜家下聘礼,把黄福胜的女子黄秋叶聘给河鼓为媳妇。齐云仙说,人家女子长得也俊,就是比河鼓大一岁,不知道河鼓愿意不愿意。田方伯说:"你真是糊涂了,这事还能由了他?我说行就行。"齐云仙说:"那你就叫媒人去给黄福胜说。"田方伯说,我已叫媒人说了一次,媒人说,黄福胜还拿不定主意。齐云仙说:"你没问为啥?"田方伯说:"问过了,黄福胜说,咱家是大户人家,不是门当户对,有点不合适,也怕秋叶过门后,伺候不了咱俩。"齐云仙说:"黄福胜多心了,做了亲家,咱还能嫌人家穷吗?"田方伯说:"我叫媒人再去说。"

正月初六,田方伯两口和媒人一起来到了黄福胜家,给黄家送了聘礼。黄福胜忠诚老实,也是庄稼把式,田方伯最看中的是黄福胜一家的为人,他相信,黄福胜一家教养的女儿没有麻达。齐云仙拉住黄秋叶的手仔细端详——看看手指头蛋儿上几个簸箕几个螺儿。虽说,也常见面,但齐云仙没有如此这般品评过黄秋叶:高挑个儿,一张笑吟吟的面孔,脸上的线条很明朗,虽然不是很白皙,但五官身形没有可挑剔之处,眉宇间没有靥子,面部也没有黑斑点。齐云仙尤其喜欢她那结结实实的身体。齐云仙端详了一刻,从怀里掏出来一双玉镯,给未来的儿媳戴在了手腕上。黄秋叶一看,要给齐云仙行跪,被齐云仙扶住了。黄福胜的女人说:"就叫娃给你行个大礼吧。"齐云仙没有再阻拦。黄秋叶跪在齐云仙面前,腰身恭恭敬敬地弯下去,给齐云仙磕了个头。齐云仙说:"我娃真有规矩,快起来吧。"黄秋叶一听,父母要把她嫁给河鼓,正合了她的心意,她巴不得给父母亲也磕个头。

田方伯下了聘礼后,他和黄福胜约定:明年正月就给河鼓和秋叶完婚。

回到家,田方伯把河鼓叫到跟前,给他说:"我和你娘给黄家下了聘礼,明年正月给你和秋叶完婚。"河鼓一听,蒙了,慌乱了,急忙说:"恐怕、恐怕……"河鼓结巴着,不知道该用怎样的言辞表达自己的心意——既能拒绝这门亲事又不使父母亲生气。田方伯说:"恐怕啥?"河鼓鼓起勇气说:"恐怕不合适吧。"田方伯说:"合适不合适,不是你说了算。就这么定了。"河鼓说:"我不要。"田方伯说:"你要谁?你想要罗天龙的女儿,得是?连门都没有,就这么定了。"河鼓一听,从院门里跑出去,跑到了他和罗锣那年春天里相遇过的麦地里,在冰雪还没有消融的土地上坐了半晌,他痴呆呆地看着渭河北岸。你们上一辈人为了河滩地结了仇,却要我们来承担?罗家的女儿有啥不好的?真的是牛不喝水强按头。可是他无法和父亲讲理,父亲怎么说怎么做都有理,他一百个不愿意,却不能,也不敢和父亲对抗。

田方伯故意派人去锣村给罗天龙放了口风:他家的田河鼓已经和黄家定了亲。田方伯的目的很简单:叫罗天龙的女儿死了心。罗天龙知道了这件事以后,还特意给马桂花说,不要叫罗锣知道,田方伯的儿子已定亲了。马桂花无意间说漏了嘴,把田河鼓已经定亲的事说了出去,说给了罗锣。罗锣知道后,睡了三天,哭了三天。

罗锣从炕上爬起来了。她只有一个心愿:去见田河鼓——只要田河鼓当面向她表白了爱意,她死也心甘,一辈子不嫁人也心甘,做了尼姑也心甘,女娃娃是一片痴情。怎么才能见上河鼓呢?她想来想去,只能求李春绪了。

罗锣把她和田河鼓相识的经过给李春绪叙说了一遍,她求李春绪过河去找田河鼓——给两个人牵一条线,叫他们在第一次相识的常兴火车站见一面。李春绪答应了罗锣,他给罗锣说:"你再等一等,常兴镇四月初三有庙会,庙会前,我过河去把田河鼓约来,你们见一次,咋样?"罗锣说:"我听李叔的安排。"李春绪一看女娃娃被情折磨得面色不佳,瘦了许多,十分怜惜——他已不顾及事情败露后,罗天龙怎么处置他。

四月初三的庙会前,李春绪在傍晚时分过了渭河,到了古城村。他找了一个熟人把田河鼓约出了家。李春绪把罗锣怎么思念他,要和他见一面的想法说给了河鼓听。河鼓一听,罗锣竟然如此痴情,他便一口应允,四月初五在常兴镇相见。

清早起来,河鼓借故要去庙会上买杈把扫帚牛笼嘴,给田方伯说了一声,过了渭河。田地里,油菜已收割,小麦搭上了淡黄色——再有十多天,就收麦子了。天晴得很好,空气十分澄明。田河鼓到常兴镇的时候,罗锣早到了——她是李春绪用骡子驮来的——她给罗天龙说,她要去常兴跟庙会——散心。罗天龙就叫李春绪陪她去。

两个人见了面,痴痴呆呆地相互对望着——谁也不说话。一双无奈迷惘、情深意切的目光贴在另一双无奈迷惘、情深意切的目光上;一颗爱意浓浓的心融入了另一颗爱意浓浓的心。突然,罗锣双眼一眨巴,眼泪顺着脸颊流下来了。她扭头就跑。庙会上的嘈杂,秦腔戏的热闹被罗锣抛在了身后。田河鼓追着罗锣,两个人一直跑到了常兴镇外。罗锣头也不回,她越过一片苜蓿地,一直跑到了香喷喷的麦地里。河鼓在她的后边紧追不舍。两个人都扑倒在茂密的麦子之中了,四周的麦子发出的响声如杨花一样,飘落而下。初夏的太阳十分温和,两个人搂抱在一起,毫无章法地乱啃乱咬,河鼓呷着罗锣的舌头,吸面片似的不停地吸。他们已经不需要知道,谁的裤子是谁脱下的。当他们终于如愿以偿之后,罗锣痛叫了一声,她觉得,她四周的麦田连同颗粒饱满的麦子连同她自己飘起来了,飘上了天空——她成为天上的神仙了,她没有了,消失了。她无法言说那种痛彻心扉的感觉,也不会叫床,只是哭一样地哼哼,哼哼,哼哼。在两个人的喘息声中,罗锣流泪了,她只有一句话:"咋这么好?咋这么好?好死了,好死了。"两个人大汗淋漓。他们觉得,整个世界死了。当罗锣从河鼓的身子底下起来之后,她说:"我现在就是死了,也心甘了。"河鼓直直地跪在罗锣的对面,哽咽着,说不出一句完整的话来:"锣、锣,我、我,我们,咋办呀?我、我对不住了。我娶不到你,咋办呀?"罗锣扑过来,捂住了河鼓的嘴,不叫他再说,她扑在河鼓的怀里,双手勾住他的脖颈说:"我是你的,你想咋办就咋办……"两个人又扑倒在麦地里了。他们像锣鼓一样相互热烈地敲打。大蓝大蓝的天宁谧地展现在他们面前,鸟儿在远处歌唱,两个人舒舒坦坦地躺在舒舒坦坦的麦地里凝视着舒舒坦坦的天空,太阳光静静地洒在他们身上。两颗心仿佛暴风骤雨般的锣鼓之后留下的悠长的余音穿过麦田穿过渭河悬挂在远处的天地之间。

第二年正月初六,田方伯给田河鼓完婚。田方伯大待客。古城附近几个村的财东们前来祝贺。田家门前的打麦场上停了几十辆马拉轿车。鞭炮声和雷子炮声穿过渭河,向北岸飘逸。当田河鼓和黄秋叶正在举行完婚大礼时,罗锣走上了通往古城村的渭河上的木桥,木桥承受不住歪歪扭扭的脚步的迈动而晃荡。罗锣仿佛由木桥推拉着东倒西歪,没有重心似的。她看了看清澈的渭水,一股冰冷的气息正在向桥上升腾。罗锣脸上挂着两行清泪。她在炕上躺了有半年时间,不是头目眩晕,就是胸闷恶心。罗天龙找来大夫给她吃了近百服药,一点儿也不济事——只有罗锣明白,心病要用心药治。她几次走上了这木桥,几次又返回去了——她没有再过渭河。见了河鼓她怎么说呢?女娃娃的爱情已无处搁置,她只能把自己的情感憋在心中,这对她来说,无异于受苦。这种苦日子,什么时候才是尽头?罗锣日渐消瘦,茶饭不思,身怠心灰,当她得知田河鼓要完婚时,绝望了。

段志松带着三十多个人在大白天袭击了罗家。

正月十五刚过。罗天龙因为还没有找见女儿——罗锣突然失踪了。罗天龙不停地抱怨自己:我究竟造了啥孽,为啥两个女儿都不安分守己?都出走了？马桂花安慰罗天龙："不要发熬煎,咱慢慢寻,说不定,有一天罗锣就会回来的。"马桂花和罗锣的感情一直很好,只有她明白,罗锣是因为看中了渭河南岸田方伯的儿子不能嫁给他而出走的。马桂花给李春绪吩咐了一番,打发他到渭河南岸古城去找罗锣。李春绪从古城回来,给马桂花说,田方伯的儿子田河鼓确实在正月初六结了婚,罗锣没有去古城。于是,李春绪和一个长工又去塬下罗家的亲戚朋友家找了一遍,也没找见罗锣。罗天龙不知道女儿是跳河了跳井了还是出走了。他没有心思外出做木匠活儿——整天窝在家里不出门。清早起来,他刚拉开门闩,一支枪顶在了他的胸口,把他逼进了院子。街道口,院门外站着几个背长枪的人。早起的庄稼人已经感觉到冰冷的气氛如套绳一样绷紧了。这几个人进了院门,又关上了门。锣村人看见,罗天龙家火光冲天,浓烟滚滚,他们提着水桶,丢鞋落帽地出了院门,刚走上街道,就被那些端着长枪的人逼进了院门。罗天龙的一个侄儿硬向罗天龙家冲,一声枪响,他被段志松手下的一个人撂倒在街道上了。再也没有人敢去救火了。

段志松一走进罗天龙的家,就说："女人们都出去,没有你们的事。"段志松的一竿子人即使杀人放火,也从不欺负女人。马桂花和袁圆以及下人们都木呆呆地站在院子里。罗天龙大吼一声："走！走开！"马桂花这才如梦初醒,她抓起袁圆的手一推,袁圆朝后院里的后门那里跑了。马桂花这才领着二宝和下人一起出了后门,一直向北跑,跑到了塬下,从高高的木梯上上去,钻进了半塬上罗家防土匪的高窑里。

段志松问罗天龙："认得我吗？"

罗天龙说："不认得。"

段志松说："你把我的地都夺走了,还装不认得？"

罗天龙即刻明白,站在他跟前的是段志松。他说："我是从你哥手中买来的地。"

段志松说:"你胆子还大得很!连我的地也敢买?你把契约拿来我看看。"

罗天龙吩咐李春绪去取契约,他把身上的一把铜钥匙交给了李春绪:"在柜子上的小匣子里。"

李春绪把契约拿来交到了罗天龙的手中,罗天龙将契约给了段志松,段志松一眼也没看,把契约撕成了碎纸片:"从今天起,这五十亩地还是我段家的,听见了没有?"

罗天龙说:"我是花了几百块银圆买的地。"

段志松说:"你还是要地?好吧。"

段志松从腰里掏出了短枪,枪口支在了罗天龙的额头。段志松说:"要命,还是要地?"罗天龙说:"地我不要了。"

罗天龙以为,段志松只是为要地而来的。难怪,渭河南岸的人不买段家的地,他后悔都迟了。也可以说,他怀着侥幸的心理——几年过去了,段志松并没有来找麻烦,他没有料到,段志松没有忘记这件事。

段志松说:"还算你罗木匠识时务,我今天不为难你,你给弟兄们拿两千块银圆,我们走人。"

罗天龙一听,脸都白了,他哪里来两千块银圆?他说:"我拿不出来。"

段志松说:"你是敬酒不吃吃罚酒,那好啊!"段志松朝手下的人摆了摆手。有几个人早已烧了一锅菜油,段志松依旧用的其他土匪使用的老办法,将扫帚把儿在滚烫的菜油中一蘸,在罗天龙的精沟(屁股)子上墩,罗天龙将嘴唇咬烂了,也没叫一声,他的额头上汗珠滚滚,脸色苍白。

段志松手下的土匪们在罗家翻了个遍,只翻出来三十块银圆和女人的一些首饰。段志松说:"难怪人家把你叫啬皮,这话一点儿都不假。"

几个土匪把罗天龙捆在院子里的树上用皮绳打,罗天龙就是不说银圆藏在哪里。一个土匪一棍子抡下去,把罗天龙的小腿打断了。这几个土匪临走时,放火点着了四合院里的所有房屋。村里人赶来救火,被段志松的人用枪杆子逼回去了,他们只能眼睁睁地看着火光冲天,浓烟滚滚。

罗天龙几十年的心血一个早晨化成了灰烬,他的四合院子里的房屋被段志松烧了。做了几十年木匠,自己反而没有地方住了,一家人只好住在偏院里的马房和磨坊中。

这真是祸从天降。罗天龙被击垮了。罗天龙在炕上躺了半年多。这半年多,袁圆整天守在他跟前,给他换药,给他翻身,给他接屎接尿——罗天龙仿佛一件木匠家具,由袁圆使唤。他的腿断了,身上压出了褥疮,一身精赤,躺在炕上,他哪里顾及羞丑,顾及他是个男人,是很有尊严的族长?他只求能尽快地恢复身体,不至于瘫痪在炕上。他庆幸,他当时收养了袁圆。晚上,袁圆就睡在他身旁——喝水、翻身、尿尿,都由袁圆伺候她——不是马桂花不愿意干这些脏活儿,而是袁圆不叫她干。

当罗天龙身体渐渐复原后,他半夜里醒来,点着了菜油灯,看着睡在他身旁的干女儿,泪水潸然而下。他抬起身,想在干女儿的额头上亲一下,当他的嘴唇正欲凑过去的时候,袁圆翻了个身。罗天龙叹息了一声,重新躺下了。

罗天龙痊愈后要干的第一件事就是卖地。一场灾难之后,他对活人过日子似乎有了彻悟:地是招牌钱是累,这话没有错。如果他不买段志贤的地,如果没有财东这张招牌,他能招大祸吗?这是明摆的事。庄稼人都想把家业创大,都想拥有更多的土地,结果,还是吃了地多的亏。他将三百多亩地卖掉了一半,只剩下了一百多亩。而且,他给儿子大宝和二宝说,守住这一百多亩地,不再添置一分地。段家的那五十亩地,不再去耕种了。他要干的第二件事是:辞退了其他几个长工和短工,家里只留下李春绪和做饭的刘妈。他要做的第三件事是盖房。他把埋在土墙中的银圆挖出来,加上卖地得来的钱,重新盖了一座四合院子。半生半世来,他只享受着积攒财富的快乐——每添一分地,每盖一间房,他都无比快乐。他舍不得吃,舍不得穿,他的人生目标就是把家业创大。在他看来,只有他的财富才代表着他的创造他的尊严。招了段志松的祸之后,他恍然明白,再丰厚的财富,一个早晨都可以失去,你就是拥有一千亩一万亩地,如果连人命都保不住,也是白搭。庄稼人倒不怕天灾,就怕官府和土匪。官府和土匪一样掠夺强取,你积累了一辈子的财富,他们一个早晨就榨去了。唯一使他欣慰的是,他拥有三个好女人——花莲儿和马桂花,以及干女儿袁圆。妻子和干女儿给他的人生带来的是巨大的愉快,是肉体上和精神上的安慰。他的一生有这样的女人陪伴,是他最大的幸运。

罗锣没有跳河没有跳井,她不能死。河鼓的完婚等于吹灭了她对美好生活的憧憬和对美满婚姻向往的那盏灯——可是,河鼓在她的心中并没有死——每当她回忆起她和田河鼓在麦地里的那场刻骨铭心的交合,她心里就很滋润就很满足——作为田河鼓的女人,她要活下去。她就是走到天尽头,也是田河鼓的女人——这就是她所要的,既然她已经得到了,她就有了安慰,她还求什么呢?夜阑人静,当她辗转反侧,焦渴地思念河鼓之时,她就一遍又一遍地回忆她和河鼓在波浪滚滚的麦地里在热烘烘的土地上在渭河北岸交合时的神魂颠倒——她躺在即将成熟的麦子上,麦子在欢笑,麦子在呓语。当河鼓进入她的身体的时候,她的那一声明亮得如同月光一样的喊叫仿佛不是发自口腔而是从内心喷溅出来的——她和河鼓溅得满身都是。河鼓简直疯了,把她一次又一次推向巅峰。事毕,田河鼓依旧跪在他跟前,两双眼睛相互对望着,似乎要把对方吞咽下去,谁也不说一句话,只有小麦在呓语,太阳在微笑,蓝天在俯视。天地间静谧得能听见两个人的心跳——那情景,够她享用一辈子。

月色皎洁的夜晚,罗锣出了锣村,过了渭河,她一直向南走,走进了秦岭。她听锣村的几个善男信女说,鹦鸽街的东南方向的山里有一个尼姑庵,罗锣打算到尼姑庵去打发她的一生。她走了几天,还在秦岭山中转悠,没有找到那个尼姑庵。

有一天傍晚,当她即将走到尼姑庵的时候,在一条山沟里被一伙拉杆子的劫持了。劫走罗锣的正是段志松的人。这几个拉杆子的人一看罗锣长得细皮嫩肉,举止大大方方毫无畏怯之意,就知道她不是穷人家的女娃娃。他们把罗锣带到了杨家沟,交给了段志松。段志松是从不打劫女人的——只有官兵见女人才欺负,能抢就抢。段志松喝喊着,叫手下人把罗锣带到山外去放了。罗锣说她不去山外,说要在这里借住几天,再去山里头。段志松说:"我们这里不收留女人。"罗锣说:"我是要饭吃的,不入伙。"段志松说:"要饭吃的也不行,这是规矩。"罗锣一笑:"你们这些人还有啥规矩?"这句话激怒了段志松,他说:"你就不怕我们收拾了你?"罗锣说:"不怕。"段志松觉得这小女子非同一般,段志松就叫罗锣住下来了。

段志松一看,罗锣长相清秀,举止大方,问她是哪达人,一个人到山里干啥来了。罗锣看了看段志松,觉得他的面目不恶,好像在哪里见过,就实话实说:"我是锣村人。我爹是罗天龙。我要去尼姑庵。"段志松一听,站在他面前的是罗天龙的女儿——段志松有些震惊。他抢了罗天龙,却在山里遇见了他的女儿。世上的事情为什么这么巧?这女娃子为啥要进尼姑庵?段志松再三追问,罗锣闭口不言,而且毫无惧色。他本来想放罗锣走,可是,他从这个看似羸弱的女娃娃身上能感受到她内心里那种倔强、顽强的品格。他随口而说:"你这个瓜女子,当啥尼姑呢?你就待在我这里,玩玩枪,比敲木鱼好玩得多。"罗锣说:"叫我当土匪?我不干。"段志松说:"不要说那么难听,有了枪,你办不到的事就能办到,不像你现在这样,受了委屈就当尼姑。谁欺负你,你就用枪说话。"也许,段志松的最后一句话启示了罗锣。她当天并没有走,她说:"叫我再想想。"

晚上,段志松把罗锣安置在村子里的一个寡妇家中,并且给他手下的人严厉地说,谁也不许欺负罗锣。如有违抗者,杀。

罗锣在段志松那里住了几天,觉得和这一伙人在一块儿确实好玩,她打消了去尼姑庵的念头——当尼姑不过是一时的冲动。段志松就教罗锣打枪——先学打步枪,再学打手枪。连罗锣也没有想到,学打枪和抽大烟一样上瘾,她每天都想提上枪打一阵子。段志松把自己的那支手枪送给了她,她一天不打枪手就发痒——罗锣练就了一手好枪法。

和段志松一帮人相处时间长了,罗锣发觉土匪并非村里人描述的那么可恶,也并非青面獠牙——和她年龄相仿的,她叫大哥,比她长一辈的,她称呼为"叔"或"伯"。这些人没有一个对她非礼,连段志松也没有对她动念头。她和这些人一起操练,学拳脚,一起吃饭、玩耍——这一伙人驻扎在这个小山村,他们和村里人也混熟了。

段志松比罗锣大十几岁,罗锣就把段志松称为段大叔。三十出头的段志松说:"我有那么老吗?你把我叫段大哥行不行?"罗锣说:"不行。"段志松说:"为啥不行?"罗锣说:"我怕你胡骚情。"段志松一听,放声大笑:"只要你怕我就好。我迟早要叫你把我叫大哥的。"罗锣说:"你慢慢等着去。"

一连下了几天雨,罗锣整天没事干,觉得十分孤独。晚上,她睡在土炕上,听着草棚外淅淅沥沥的雨声,想起了田河鼓,也许,这时候,他正搂着他媳妇睡觉呢;也许,他们正在……麦地里交欢的感觉像虫子一样爬,在她心里爬,她痒痒的,难受。罗锣睡不着了。她下了炕,拉开了房门,去找段志松——她知道段志松住在什么地方。他敲开了段志松的门,段志松还没有睡。

"这女子,不睡觉,乱跑啥呢?"

"睡不着,陪我出去走走,行吗?"

"行。"

段志松下了炕,披上了蓑衣。段志松一看,罗锣没戴草帽,也没披蓑衣,他从门背后又拿了一件蓑衣,叫罗锣披,罗锣不披。两个人走进了雨地里,走出了村外。罗锣拔出来枪,要打枪,被段志松拦住了。段志松说:"你现在乱打几枪,会把我的弟兄们叫起来的,他们还以为是国民党的警备队来了。"罗锣收起了枪。两个人在雨地里毫无目标地走动——罗锣已淋得浑身湿透了。淋着雨,听着雨水打在草丛里发出的响声,罗锣心中还是不安宁,她一句话不说,茫然地向前走。段志松拽着罗锣,回到了他的住处。段志松拽住罗锣的衣襟,给她拧了拧衣服上的水。罗锣擦了擦头发和脸,要回住处去。段志松说:"这样不行,你回去肯定着凉了。"他拿出了一缸白酒,取来了两个碗,把酒倒进碗里,说,"喝几口,暖暖身子。"罗锣看了段志松一眼,端起酒碗,一口气喝了大半碗。酒的香味在草棚里缭绕。两个人又干了大半碗,段志松又给碗里倒上了酒——他们这些人大碗喝酒大口吃肉已经习惯了。罗锣不行,她没有酒量,两半碗酒下肚,罗锣跌倒在地了。

一觉睡醒,罗锣发觉自己一丝不挂,段志松也是一身精赤,趴在他身旁,一条胳膊揽住她。她抬起了段志松的胳膊,下了炕,从桌子上抓起了手枪,还没等她扳动机头,段志松跳起来,一把打落了她手中的枪,他抱起了罗锣,把她抱上了炕,压在了身底下。罗锣喊叫着:"段志松!你是个大瞎尿!土匪!"段志松只顾尽情地动作,一句话也不说。罗锣先是哼哼,之后,就放肆地叫唤。

段志松和罗锣有了一次之后,他就想娶罗锣为妻。在外奔波了几十年,他曾动过娶妻生子的念头,只是整天在打打杀杀之中,根本没有这个机会。当然,这不是主要原因。他想过,像他这样的人,今天还活着,说不定明天就死了,娶妻生子,只会给妻子儿女带来不幸和灾难,他干脆这么混一生算了。他的队伍被共产党收编后,他才安定下来了。和罗锣相处,觉得这女娃娃不错,有了娶她的念头。可是,有一件事卡在他的心里——抢劫罗天龙,他不说出来,总觉得对不起罗锣。一旦他说出口,他又担心罗锣翻了脸。好汉做事好汉当。他想来想去,还是给罗锣说明白——他抢劫罗天龙是为了给队伍买枪买子弹,不是为了吃喝玩乐。一天晚上,临上炕前,段志松一看,罗锣兴致很好,就把他抢劫罗天龙的事说出了口。还没等段志松说完,罗锣一把抓起了段志松放在枕头边的手枪,用手枪指住了段志松。段志松急忙说:"罗锣,你不要胡来,听我给你解释。"罗锣说:"还解释个啥?段志松!你这个土匪,连我爹也抢,抢了他,还睡了他的女儿。我不毙了罗家的仇人,还等啥时候?"段志松一看,罗锣动了真格的,吓得脸如纸白。他说:"罗锣,我给你赔罪,给你爹赔罪,我错了。"段志松从来没有给谁认过错,面对罗锣的枪口,他的嘴软了。罗锣说:"现在认错迟了。"罗锣用左手扶住了握枪的右手——依她的枪法,一旦扣动扳机,段志松会当即毙命的。段志松急了,向罗锣跟前扑,罗锣果真扣动了扳机——枪响了。子弹从段志松的头皮上擦过去,打在了对面的土墙上。罗锣跌坐在了脚地。罗锣故意将枪口向上抬了抬——在那一瞬间,她心软了。

听见枪响,段志松的几个弟兄要向屋子里冲,段志松骂道:"你们没有事干了,得是?回去睡觉。"罗锣突然放声大哭,她一边哭,一边在段志松的身上拧:"你知道吗?你把我和罗家的路断了,你把我和我爹的路断了,我还能再回锣村去吗?我有啥面目见我爹我娘?"段志松说:"我早知道,你给我当婆娘,我咋会抢丈人呢?你就原谅我这一回,我求你了,罗锣。"罗锣还在啜泣,段志松将他抱上了炕。当罗锣偎依在段志松怀里的时候,她心里只有段志松。她第一次见到段志松,她就认定,他是一个能够依靠的男人——他穷也罢,富也罢,他是土匪瞎戾也罢,她还是爱他。两个人有了第一次之后,便形影不离了。只要段志松想要,他们在树林中,在草地上,在岩石上,或躺下或站着或坐下,两个人把肉体之欢推向了巅峰——他们的爱情是粗糙的,但十分忠诚。他们都相信这是命运的安排。

果然,罗锣到死也没有再回锣村去,没有再见她的父亲罗天龙和母亲马桂花。

夏收过后,段志松的队伍开到了齐家寨,他在齐家寨摆酒席,娶罗锣为妻。

金秀珠死了。

槐芽镇的大夫给段志贤说:"你娘是吃了生大烟过世的。"金秀珠实在忍受不了烟瘾发作后的折磨而吞食了生鸦片。金秀珠一旦犯了烟瘾,比以往发作了更疯狂:她像挨了一砖头的狗,在地上乱跳,或者,用头在墙上碰,用手在自己的头发上抓。有一次,她竟然一丝不挂地躺在炕上,用手在自己的下身抓,一边抓,一边猫一样地叫。段志贤和段志梅兄妹两个硬是把她压住,给她穿上了衣服。她折腾了一番之后,脸色蜡黄,口吐白沫,微微喘气。段志贤赶紧去村子东头一个烟贩子那里买了一个烟泡儿,给她烧上,她吃了两口,才缓过了神。她心里有多苦,只有她自己知道。段五魁在世的时候,一大家人,要她主内,她整天忙忙碌碌的,晚上,蜷在段五魁的怀里,一觉就睡到大天亮。段五魁一走,她觉得院子大了,家里空了,心里空虚得难受。她不止一次地偷偷地跑到段五魁的坟地里去大哭一场,哭着,念叨着,这么发泄一通,她心里才能受活些。尽管寂寞难耐,但她恪守着妇道,从没有想到过招赘男人上门,更没有想到,和任何男人勾搭成奸。她染上大烟瘾以后,才觉得,只有那玩意儿能解救她。她和段志贤的两杆烟枪没停歇地把家产抽光了。段志贤把家里能卖的都卖了,包括骡子、驴、大车和前院的三间木面楼房。当段志松知道,哥哥将二百亩土地卖得只剩下三十多亩土地的时候,他真想回古城去一枪把段志贤毙了。他想了又想,还是没有下手。他派了两个手下人将段志贤从家里哄出来,狠打了一顿,而且,逼着他将一泡屎吃下去。那两个人临走时告诉段志贤:他家的地他再卖一分就别想活一天。段志贤回到家,恶心得两天没有吃饭,也没有吃大烟。金秀珠临死前才把段五魁怎么烧死她的父母亲的事告诉了儿子——段五魁以为不告诉金秀珠他烧死金大山两口的事,金秀珠至死也不会知道的。他根本不知道,金秀珠是装作不知道,或者说,金秀珠是段五魁杀死她父母的心理上的同谋。金秀珠在临死前似乎才意识到她也是罪孽深重的。那时候,她竟然容忍了段五魁。

"娘,你为啥要给我说这事?"

"儿啊,你咋这么糊涂?"

段志贤确实不明白母亲在弥留之际为啥要告诉他父亲的恶行。金秀珠之所以把真相告诉儿子不是为了叫儿子恨段五魁,她宽容段五魁是因为感情所致,她把她的情感全部倾注在段五魁身上了——她对段五魁恨不起来。由于感情太深,段五魁走后,她才觉得,她头顶的天塌了,她才寂寞难耐,才染上了烟土。她拿段五魁的罪恶说事,其实是有这一层意思的。金秀珠一听,儿子不明白她话中的意思,就直说了:"你爹不是瞎尿人。我死了,你把我和她埋在一起。"段志贤说:"他害死了外爷外婆,你还说他好?"金秀珠叹息一声:"你咋不开窍呢?"

金秀珠过世后,段志贤也曾派人去找段志松——秘密地去找,找了两天,没有找到。派出去的人回来给段志贤说,大当家的,你不要再找了,你弟弟前几天踏了齐家寨镇政府,打死了镇长赵安,抢走了十几杆枪,县警察局和警备队正在四处寻找他。假若他回来奔丧,被县政府知道,就没有命了。段志贤一听是这样,就放弃了找段志松,简单地安葬了母亲。

第十三章

黄福胜几个月前就接到了二儿子黄生辉从湖南长沙寄来的一封信,信上说,国民党陆军第五医院要迁到秦西来,他将随医院到秦西省。黄生辉是陆军医院的一名少校军医。黄福胜已经有十多年没有见到儿子了。黄福胜盼儿心切但他又不知道,儿子所在的医院会迁到什么地方。

黄生祥兴冲冲地跑回来给黄福胜说:"听说清湫村迁来了一所国民党的医院,医院里满是从前线上运回来的伤兵,不知生辉在不在那个医院。"黄福胜说:"是不是叫作陆军五院?"黄生祥说他不清楚,黄福胜说,"叫我去看看。"

古城村距离清湫村不足二十里路。一个时辰,黄福胜就赶到了清湫村。医院设在国民党西北军的一个农场内。黄福胜要进去见儿子,被站岗的拦住了。黄福胜给两个站岗的每人塞了一块银圆,一个操四川口音的年轻人说:"医院刚搬来,上峰指示,谁也不能进入。"黄福胜说:"啥时候能进去?我想见见我的儿子。"年轻人说:"十天半个月以后吧。"黄福胜只好回去了。

黄福胜来到医院门口的时候,黄生辉正给伤兵做手术。这些伤兵都是从前线运来的幸存者,子弹大都没有打在身体的要害部位。黄生辉每天要做十几例手术,有时候,一连做七八个小时手术,下不了手术台,尿憋得没有办法,只能让尿水顺着裤子向下流。回到住的地方,一进门,他就叫妻子岳玲娟给他寻找换洗的裤子。岳玲娟随军以后,就在医院里给那些能够自理的伤兵上文化课——不过是让他们认识一些汉字。医院也是为了叫这些伤了一条腿缺了一条胳膊的伤兵不出去滋事骚扰才安排他们学文化识字的。

1933年,二十岁的黄生辉从济南医学专科学校毕业后和他的女朋友高飞侠一同进了济南市第一医院。两个人都是外科医生。在济南市读初中的时候,黄生辉就和高飞侠是同班同学,一对少男少女产生了爱意。他们觉得,受难的国人要得到救治,首先要从肉体上医治,因此,他们报考了医学专科学校。黄生辉的大伯是中医大夫,在济南市一家中药店里坐堂接诊。黄生辉的父亲逃到秦西省以后,他怕死了人的那一家的儿女找他麻烦,去济南找到了伯父,就和大伯一块儿生活,从小受到了医学的熏陶,黄生辉很喜欢医学,而高飞侠的母亲是农村里的接生婆,也能医治一些小病小灾,高飞侠也立志做医生。两个人可以说是志投意合。读了医专以后,两个人相爱了,可以说,形影不离,无话不说。进了济南市第一医院,黄生辉就和高飞侠同居了,一年后,国民党第五陆军医院在地方医院招医生。黄生辉并没有报名,而是院方要求夫妻俩必须有一个人去部队,无奈之中,黄生辉就到了陆军第五医院。

黄生辉早已感觉到高飞侠有什么事情瞒着他——有时候,一个晚上不回来,或者回来得很晚。黄生辉问她,她总是说出诊。黄生辉以为高飞侠有外遇,也曾经跟踪过她。有一天晚上,黄生辉跟踪她到民主大街的一个拐角处,被一个人在头部猛击了一下,趴在了街道上,黎明时清醒后回到家,高飞侠却睡得正香。黄生辉就在高飞侠面前挑明了:"你如果爱上了别人,我就搬出去住。"高飞侠说:"你把我当作什么人了?我在教堂里起过誓,一辈子都爱着你,你不要疑神疑鬼了。"黄生辉说:"你如果爱我,晚上就不要出去了,我一个人睡不着。"高飞侠说:"我出去是工作,你以为我去约会了?咱们这个行当,出诊是很正常的事情。"尽管,高飞侠展现出了一个年轻女人的妩媚;尽管,高飞侠临出去前和黄生辉先做爱,以此来证明她对他的爱坚定不移,可是,黄生辉还是放心不下,两个人之间未免有了隔阂。

黄生辉回到家给高飞侠说他参加了国民党,高飞侠惊讶地说:"你咋能参加国民党?"黄生辉说:"我在部队医院,作为军人,忠于党国,不对吗?"高飞侠说:"这不是对不对的问题,你信仰国民党吗?"黄生辉一笑:"什么信仰不信仰,科里的医生都加入了,况且,院长多次动员我加入,我就加入了。"高飞侠说:"你太天真了。"

1937年七七事变以后,有一天,高飞侠给黄生辉说,她要出一次远门,如果黄生辉愿意跟她走,他们就一起走。黄生辉如果不愿意去,她就独自一个人去了。黄生辉问她要去哪里,高飞侠说:"你不要问我去哪里,你跟着我走就行了。"黄生辉说:"你不说清楚,我就不去。"两个人争论了半个晚上,高飞侠始终没说她要去哪里。天亮后,黄生辉照常去上班,等晚上他回到两个人租住的地方一看,高飞侠给他在桌子上留了一个条子:"我走了,你多保重。盼你能走好路,不跌跤。我爱你。"黄生辉呆呆地看着那纸条,心乱如麻。他还不知道,高飞侠已经在去延安的路上了。

其实,高飞侠在济南医专读书的时候就秘密地加入了中国共产党,晚上,她背着黄生辉,并非去和男人约会,而是去秘密地完成地下党组织交给她的任务。直到中华人民共和国成立后,黄生辉才知道,高飞侠已经是国家卫生部的一个副部长了。

黄生辉和高飞侠就这么分手了。

黄生辉随山东的部队撤到了湖南长沙。在长沙,黄生辉邂逅了他现在的妻子岳玲娟。岳玲娟的父亲是长沙驻军118师的师长岳健。一天,岳健的妻子领着岳玲娟来到五院看病,接诊的恰恰是黄生辉。黄生辉一下子被岳玲娟的美貌吸引住了。本来,岳玲娟只是感冒了,服些药即可。黄生辉却说,岳玲娟是肺炎,必须住院治疗。于是,岳玲娟就住进了医院,那时候的岳玲娟刚刚从湖南师专毕业,还没有到学校任教。岳玲娟在医院里住了十四天,黄生辉在跟前守了十四天。在岳玲娟的眼里,黄生辉风流倜傥,医技高超,为人和善,正是她意中之人,两个人很快坠入了情网。岳玲娟的父母也看好黄生辉。两个人便在长沙定了亲。后来,118师开到了前线,岳玲娟随黄生辉到了秦西省的眉坞县。刚到眉坞县,她很难适应,气候干燥不说,一个星期天也吃不上一顿大米饭,整天不是馒头就是面条。岳玲娟嘴上抱怨着要走,可是,她无论如何都离不开黄生辉。

来到眉坞县一个月之后,黄生辉领着岳玲娟到古城村来看望父亲和哥哥。黄福胜一看,儿子一身笔挺的军装,佩戴着肩章,而且领着一个漂亮的妻子,知道儿子在队伍上干得不错,十分高兴。黄福胜吩咐黄生祥去槐芽镇上买肉买菜。黄福胜请了古城的一个厨师做了一桌菜,算是给儿子接风,他把亲家田方伯两口和女儿女婿黄秋叶、田河鼓也叫来了,几十年后,一家人第一次坐在一起吃饭。岳玲娟只吃了几口菜,几口馍,一口面条也不吃。黄福胜问儿子是咋回事。黄生辉实话实说:"她是在长沙长大的,要吃米饭。"田方伯一听,说:"你咋不早说?我还有二石米没有卖出去,明日个碾几斗米,给你送去。"一个古城村,只有田方伯在渭河滩地上有十几亩稻田。黄生辉一听,说:"谢田伯伯。"田方伯说:"一家人,还谢啥?"

当这两家人欢欢乐乐在一起的时候,村子东头的段志贤的日子并不好过。金秀珠过世后,段志贤一个人支撑起了家。他多少次想戒掉烟瘾,怎么也戒不了。家里的土地已卖得只剩下二十多亩,木面楼房和厅房卖了之后,他就打起了妹妹段志梅的主意——想把段志梅嫁出去,弄一笔彩礼。段志梅已经二十二岁了,至少可以卖二十五石小麦。可是,段志梅死活不肯出嫁,她从十六岁起挑挑拣拣，没有一个男人她能相中的。段志梅长相确实漂亮，白嫩，一双大眼睛，眼窝深深的，像个洋女子。古城村有人在背地里说，段志梅绝不是段五魁的种，因为段志梅的长相一半儿像洋人。这就引出了另一个话题——金秀珠年轻时曾经多次地去过横渠镇的教堂，那个教堂里有一个德国的传教士，金秀珠是不是和传教士有染，只有金秀珠知道——古城村人说，金秀珠每个礼拜从教堂回来，一路上唱着从教堂里学来的歌曲，而且夸耀那个洋传教士有多么好。这就给古城村人留下了她和洋传教士相好的口实和把柄。段志梅自视高贵，不想下嫁，一年又一年地拖到了二十五岁。段志贤知道妹妹很执拗，不肯嫁给小财东的儿子。他托人四处打听，县警察局的局长想纳妾，他想，能攀上这一门亲事，何愁没大烟抽没钱花。他正在谋划这件事的时候，出事了。

那天，段志梅去横渠镇赶庙会。她在会上闲逛了一天。傍晚时分才向古城走。走出横渠镇不远，她被三个男人拦在了路上，这三个男人，一个瘸了一条腿，其他两个分别少了一条胳膊，可是，这三个残疾人力气大得惊人。段志梅还没有明白是怎么回事，就被三个人几拳头打晕了，她被拖进了路边的小树林。段志梅苏醒过来之后，还试图反抗，一个操着河南口音的男人说："老子在前方打仗，把命差一点儿丢了，你们安安然然地过日子，还不给老子慰问一下。"另一个说："中，中。你叫大哥操一回，放你走。"段志梅清楚，这三个人是国民党的伤兵，如果她有不从，性命难保，于是，她闭上了眼睛，任凭三个伤兵施暴。

天黑尽了，段志梅回到了古城。她关上房门，死睡了一天。段志贤不知内情，以为妹妹病了，喊着要给段志梅请大夫，段志梅拉开门，披散着头发说："你不要再叫我，让我安静一会儿，再叫，我就放一把火，把房子点着了。"段志贤一看，妹妹一脸凶相，不再吭声。

当段志贤给段志梅再次提婚嫁时，段志梅说："世上的男人没有一个好东西,我哪个男人也不嫁。"段志梅也试图自杀。她站在渭河的河堤上,眼望着滔滔的河水,却没有向下跳。她抬眼一看,那些拉纤的纤夫背着纤绳,弯腰曲背,叫着号子,一步半步地向前挪。他们一个个精赤着身子,一丝不挂——原来,人就这么简单!当男人和女人们关起门来在炕上折腾的时候,和在街道上旁若无人公然交配的鸡狗有啥两样?她头脑里装进去的什么贞操呀,什么守节呀,都是冠冕堂皇的东西。人一身精赤的时候,都是一个样子。那些拉纤的纤夫谁还在乎两胯间长着什么东西?谁还在乎被人看见一身精赤的样子?假如她一头栽下去死掉了,还不是白白地死了?还是赖活着吧。抬眼望去,黑压压的一大片人,哪一个不是赖活着?她在河堤上站了半天,回到家,不再有自杀的念头了。她也细细地回味过,当第三个男人趴上她的身体的时候,她睁大了眼睛:小伙子眉目清秀,神采飞扬。她的下身似乎不再疼痛。一丝说不出的麻酥酥的感觉飞过了全身,她不由得搂住了小伙子的腰。她的内心如闪电一样发亮。她也弄不清为什么,回到家中之后,就有了委屈和羞辱感,不仅仅是远去的快感在回味和咀嚼中消解了段志梅自杀的想法,自杀是要拿出决绝的冲动和决绝的勇气的。段志梅缺少这种冲动和勇气,是因为这个家庭从小培育了她的冷漠和冷静——她冷静地一想,她的自杀毫无意义,她被糟蹋是那些狗男人的罪恶,不是她的错。假如她死了,是自赎清白,轻贱生命。

渭河北岸的罗天龙家里也不安宁。

罗天龙被段志松打断的左腿过了百日之后渐渐好了,可是,由于接骨的大夫把断茬没有接好,罗天龙走起来有点颠。罗天龙要外出做活儿就要推一个独轮车,把木匠家具放在独轮车上,随着他的一颠一颠,独轮车一扭一歪。马桂花一看是这样,就劝罗天龙不要出去做活儿,让大宝去干,大宝已经能够独当一面了。罗天龙就听了马桂花的话,很少外出干活儿了。他整天在地里忙活。过了些日子，他又找大夫把断了茬的骨头另接了一次。

袁圆不肯出嫁不说，自从陪罗天龙养伤以后，每天晚上要睡在罗天龙身旁。二十四五岁的大姑娘了，和养父睡在一起，成何体统？马桂花心中很不悦，三十多岁的马桂花不能叫自己的身体闲着，过几天，她必须叫罗天龙揉搓她一回。可是，袁圆睡在她和罗天龙中间，叫他们怎么同房？马桂花实在忍不住了，就叫袁圆去常兴镇上闲逛一天，她闩上房子门，要和罗天龙上炕。罗天龙说："不行，不行，有人来敲门，咋办呀？"马桂花说："白天不能干，晚上干不成，你叫我守活寡呀，得是？你和袁圆安的啥心？"罗天龙说："你咋和她较量呢？她是咱的女儿，你想到哪达去了？"马桂花说："好，好，我不乱想，你不安顿我，我就去寻野男人。"罗天龙说："这话你也说得出口？"马桂花说："你们父女俩逼我，我有啥办法？"罗天龙自知理亏，只好去劝袁圆和他们分开睡。袁圆一听，非但不愿意和罗天龙两口分开睡，反而说："我一辈子都要和你睡一个炕上。"罗天龙根本没有听出袁圆话中有话，以为她是在耍小孩子脾气，就说："你看你，咋还像娃娃一样？锣村和你年龄一样的，娃娃都八九岁了。"袁圆说："你想叫我嫁出去，除非我死。"罗天龙太疼爱干女儿，打也不是，骂也不是，好话说了几背篓，她一句也不听，真觉得太为难了。

几天后，袁圆给罗天龙摊了牌：从今晚上起，她睡在自己的房间里，但罗天龙不能再提她出嫁的事。罗天龙答应了袁圆。

马桂花有一年没有和罗天龙同房了。四十多岁的罗天龙依旧精力充沛，他和马桂花在一起，仿佛新婚第一夜。马桂花搂住罗天龙的腰说："我以为你不想，你比我还想，你真能憋，就不怕憋出病来？"罗天龙说："没见哪个和尚被女人想死去。"马桂花说："和尚不吃肉，在鼓上报仇哩。"两个人把憋了一年的精气在一个晚上泄得差不多了，才睡着了。

这两口就没有想到，袁圆有她的想法和打算。

第十四章

　　田河田是在营头镇的党家沟找到段志松的。段志松的五十多号人躲藏在党家沟。田河田走到沟口,正在抬头张望地形,躲在暗处的两个小伙子猛扑过来,把他扑倒在地,下了他的短枪。他被蒙上了眼睛。两个小伙子架着他顺着一条沟向里走了大约二里路。高高的土崖下有一眼窑洞,田河田被架进了窑洞中。一进窑洞,蒙住他双眼的黑布被解下来了。他睁开眼,适应了一会儿,才看见坐在他对面的是段志松,段志松双手拱拳,说道:"河田兄,受委屈了。"田河田说:"哪里,哪里,都是自家兄弟。"田河田已经十几年没有见到段志松了,在河田的记忆里,段志松还是个少年,确切地说,还是个碎屁眼娃——父亲将他打下渭河那一年,段志松只有十二三岁,圆圆的脸,眼睛大大的,脑勺上吊一根几拃长的小辫子。如果不是组织上给他详细介绍,他真不敢相信,他面前的这个男人就是段志松。段志松一身黑布衣服,头发留得很长,胡子也没刮,这模样,比他二十七八岁的年龄要老成得多,完全是一副山大王的样子。

　　段志松被国民党眉坞县县政府自卫队逼急了才钻进了山沟。段志松拉起了杆子之后，第二次袭击了烟霞村，抢走了两户地主的两千块大洋一百两烟土，放火烧了地主王林瑞的十二间房屋，王林瑞的父亲王举鹏抱住他的腿恳求他，他一枪打死了王举鹏。他的武装已经发展到六十多个人，可是只有三十多杆枪。在一天深夜，他带着他的几十号人，踏了国民党横渠镇镇政府，枪毙了镇长兼县自卫队的队长陈亭义，缴获了七杆长枪一把短枪一千多发子弹。县长张源东得到消息后大发雷霆，他发誓，捉拿不到段志松，他就辞职。张源东自任总指挥，将县自卫队、警备队、警察局的人整合在一块儿，分成七个小分队，分头去捉拿段志松。在青化镇，段志松差一点儿被张源东的人捉住。段志松和张源东的队伍打了一个多时辰，段志松的七八个人被打死了，他的两支手枪打光了子弹。段志松一看，跃上了草房的房顶。房顶上的茅草有两尺多厚，段志松把身子埋进了茅草中。张源东的人跑进院子，却不见了段志松，这院子被围得水泄不通，段志松能跑到哪里去呢？院子的草棚屋中只有一个六十多岁的老汉和五十多岁的老婆子，这两个老人一问三不知，张源东的人就开枪打死了这两个老人，他们把院子内外搜遍了，也没找见段志松。段志松逃过了一难。

这时候，田河田从延安受训回来了——他在边区政府培训了半年。田河田被中共秦西省委任命为中共关中西府工委副书记。田河田和眉坞县县委书记马宏德商量，决定争取段志松这支非法武装，成立眉坞县抗日游击大队。田河田知道，这时候的段志松最脆弱，摇摆不定，如果共产党不争取他，他有可能被国民党收买——国民党如果捉拿不到他，就会用收编的老办法招安。段志松毕竟给国民党政府造成了很大的危害和威胁，国民党对他的容忍是有限度的。田河田当时想，只要给段志松讲清他的处境和将来的出路，他有可能被争取过来的。

在段志松袭击了横渠镇镇政府之后，田河田找到段志松，已经和他交谈了一次。当时，田河田给他开出的条件是，只要他不再滥杀无辜，遵守共产党的纪律,共产党可以接纳他,这支队伍还是由他领导。段志松并没有立即答应,说他再想想。他的队伍里的大多数人有两杆枪——一杆长枪,一杆烟枪,共产党的队伍肯定不允许抽大烟的,他什么也不怕,就怕受约束。他十七岁从县政府的院子逃出来一直是自由人一个,什么时候困了什么时候睡,哪里黑了天哪里歇脚。即使他改了坏毛病,他手下的那些人未必也能改掉坏毛病。

段志松不想投靠共产党,又怕势单力薄,被国民党吃掉。他觉得,他是押赌注,无论把自己押在哪一方,都有风险。他倒没有想跟着共产党能把世事弄多大,他只是想,和共产党一起对付国民党,保证他的队伍有给养,保证他的队伍再壮大,他能够做一方占山王就行了。他之所以犹豫不决,是担心被共产党控制了,失去了自由,如果是那样,他还不如回去种庄稼。

两个人坐定后,田河田问段志松:"县自卫队最近来剿山没有?"段志松说:"来剿杀过一次,被我们打死了三个。之后,县党部来了个文书,要和我谈判,文书说,县长说了,只要我愿意接受收编,县政府不计前嫌,以前发生的事一笔勾销。"田河田说:"你怎么回答的?"段志松说:"我回话给那个文书,这是大事,等我和弟兄们商议好后再说。"田河田说:"兄弟还是有主见的。我今天找你,给你只说一件事,经眉坞县县委研究决定,发展你为中国共产党党员,今天正式通知你。希望你能遵守党的纪律,为党忠诚地工作。今后,有人会和你单线联系的。"段志松一听,有点惊讶:"几年前,我参加国民党的时候,还填了表,盖了指印,几十个人在县党部照了相。参加共产党,你一个人说了算?"段志松似乎觉得不真实,参加共产党就这么简单?田河田说:"国民党现在坐江山,我们还在地下,如果不保密,就会掉脑袋的。"段志松说:"我成为共产党以后,该怎么办?"田河田说:"你把队伍带好,最好不要和国民党正面开火,保存实力,下一步怎么办,有人会告诉你的。"段志松说:"好吧。"段志松不是闷卵,他心里明白,共产党之所以收编他,是因为他和共产党的目标是一致的：对抗国民党政府，消灭国民党的军队。如果不是为了这个目标，共产党是不会接收他的。他憎恨国民党，和国民党政府对着干，他的出路只有一条：只能投靠共产党了。

没多久，田河田派人和段志松接头，来人告诉段志松，眉坞县县委决定，为了保存实力，同意段志松的队伍被国民党眉坞县县政府收编，提出了三个条件：（一）收编后的部队愿意接受县政府给的部队番号，部队仍驻扎在营头、齐家寨一带。（二）收编后的部队负责眉坞县西南一带的治安，县政府不再派兵，不再派人插入段志松的队伍。（三）县政府按时供给部队的所有给养。

段志松带着这三条去和眉坞县县政府谈判，县政府接受了这三条，将段志松的部队编号改为"眉坞县自卫队特务中队"。段志松任中队长。在共产党的档案里，段志松的这支队伍叫作"眉坞县抗日游击大队南山中队"。而国民党县政府根本不知道，段志松的部队已秘密地被共产党收编了。

收编后的段志松不再躲躲藏藏，他的队伍一律穿上了国民党队伍的服装，驻扎在齐家寨。段志松白天和国民党的乡镇长、自卫队的队长、警察局的局长周旋，晚上，和地下党的联络员接头。

国民党眉坞县县党部派人到齐家寨找到了段志松，给段志松传来了县长张源东的口谕：晚上在首善镇（县城）美阳酒楼喝酒。段志松有点纳闷，县长绝不会无缘无故请他喝酒的。这酒席中肯定会有名堂的，究竟是什么名堂，段志松猜不透。近日来，县城内风平浪静，县自卫队在秦岭北麓连剿三股土匪，受到省政府奖励，县长张源东志得意满。他是给我下套子吗？为什么要偏偏在这个时候？是不是我参加地下党的事走漏了风声？张源东知道我参加了地下党，干脆把我逮捕了就是，何必耍手腕？段志松虽然猜不透，但他不能不去赴宴，他给来人回话：一定按时赴宴。太阳距离落山还有一竿高，段志松就骑上马走出了齐家寨，他带了两个枪法好的弟兄一同上了路。

到了美阳酒楼,段志松一踏进门,暗暗地长吁了一口,他略略有点惊异,不是很吃惊,因为他一点儿感觉不出气氛的异样——这绝不是鸿门宴,感觉不出房间里那种看似平静如水却杀机四伏的气氛。这里的气氛是舒缓的、安静的,这是他略略有点惊异的原因。撩起门帘,段志松走进去一看,张源东和县自卫队的队长早已坐定。菜也摆好了。张源东一看,招了招手,邀请段志松和他坐在一起。一向很霸道很傲慢的段志松忽然变得很温顺很谦恭,有点受宠若惊的样子。段志松刚坐定,张源东说:"你带的那两个人呢?叫他们一起入席。"段志松下意识地挪了挪木凳子,心想:他怎么知道我带了两个人呢?我怎么能不知道你带了两个人——一个太少,三个不是有点多,而是有了防范之意——不,简直是挑衅——张源东肯定这么想。段志松说:"在外边。"张源东说:"叫他们进来,一块儿坐。"段志松说:"恐怕不合适吧。"张源东说:"有什么不合适的?吃饭就是吃饭。"张源东的后一句话把段志松来时的揣测戳穿了。张源东给卫兵使了个眼色,卫兵出去了。段志松的两个兄弟被请上了酒桌。菜是关中西府的地方菜:肘花、皮冻、猪头肉、瘦肉,还有丸子之类的家常菜。从开吃到结束,张源东只是和段志松谈天说地,说吃说喝说女人,一句也不说时局不说剿匪。吃毕饭,张源东给自卫队队长说:"我困了,你把段中队领到隔壁的鸳鸯楼上去耍一回,年轻人,快活快活。"还没有等段志松再说什么,自卫队队长就给段志松说:"走吧。我前两天才去过,刚来了三个南边的姑娘,美得很。"段志松和自卫队队长一同走出了美阳酒楼进了鸳鸯楼。其实,张源东这一手是很毒的,如果段志松拒绝逛窑子,足以说明他已被共产党说服——共产党的人绝不会嫖妓的。而在那一刻,段志松并没有忘记自己参加了共产党——哪怕他并不信仰共产党的思想,他意识到,如果他不去,张源东会起疑心的——这不只是玩一回女人的事情,这件事和性命相关。到了鸳鸯楼,烟枪早摆好了。段志松只能躺在炕上,端起烟枪,有一个年轻美貌的女娃娃给他烧烟泡儿。他只吃了两口,假装呕吐不止,浑身抽搐,离开了鸳鸯楼。从拉杆子的那天起,段志松就不允许他手下的人欺负女人,如果奸淫或嫖妓,就枪毙。段志松首先身体力行。

段志松临上马时自卫队队长从怀里掏出来一个封了口的信封说:"这是张县长叫我转交给你的,你回去再看。"段志松把信封接过去,揣在身上,跨上马,回齐家寨去了。

第二天吃毕早饭,段志松才从桌子上拿过来张源东的信,他拆开信一看,只有一页纸,上面用工整的小楷写道:"田河田、马宏德近日要在眉坞县露面,无论在何时何地露面,就地枪决,不得有误。成功后,必有重赏。张源东,民国三十三年四月一日。"段志松把信原封不动地装进了信封。

连续几天,段志松每天都要把张源东的手谕看一遍。是继续跟着共产党干,还是按照张源东的手谕去行事?段志松十分犹豫。他独自一个人去太白庙抽了一签,卦辞是:日出扶桑。卦辞告诉他,改朝换代,不可逆转。他从来是随性而行,想干啥就干啥。这一次,他却相信那一卦,是上苍的暗示。他明白了。段志松想了想,把张源东的手谕交给了和他单线联系的地下党的联络员。

这份手谕很快到了马宏德手中,马宏德看了看张源东的手谕,忧心忡忡,他倒不是担心自己的安全,他担心的是段志松突然反水。当初,田河田力主争取段志松,他不同意,他知道,像段志松这种人,匪性难改,要叫他这种人不抢劫,除非狗不吃屎。马宏德觉得段志松有两面性,不能依赖。田河田坚持要争取这支非法武装,田河田说,如果我们不争取,段志松就会投靠国民党,我们就多了一个对立面,多了一个敌人。田河田的话不是没有道理,可是,田河田对段志松这种人的两面性认识不足,看不到段志松潜在的危险。马宏德是出于无奈服从了田河田的——田河田是上级领导,他只能服从,不能对抗。

马宏德拿上张源东的手谕找到了田河田——田河田在西水市的一所中学里教书,这是他的公开身份。田河田接过去手谕,看了看,说道:"马书记,看来,你和我的头颅很值钱,段志松如果拿去,至少会领五千块大洋。"马宏德说:"你说,段志松会这么做吗?"田河田说:"不会的,他现在是我党的地下党员,他的队伍是党的队伍。"马宏德说:"土匪还有什么信誉可言?照样干坏事。"田河田说:"你还是不相信段志松?"马宏德说:"我从来就没有相信过他。"田河田说:"如果你连自己的同志都不相信,还相信什么革命?"马宏德说:"段志松就不是什么革命者,也不是我们的同志,他是党内的危险分子。"田河田说:"不,恰恰是你这种想法很危险。'左'倾机会主义。"马宏德一听田河田给他扣帽子,就直接说:"至于说我是什么主义还要时间来证明。我建议,给段志松身边安插一个人,随时监视他。"田河田说:"你害怕了?害怕你的脑袋被段志松拿走?"马宏德说:"田书记,话不能这么说,这不是我个人的事情。"田河田思考了一会说:"好,就按你说的办,这个人你来挑选。"

几天以后,段志松带了十几个人在距离第五村不远的一处土梁后面朝天乱放了一阵子枪,附近的庄稼人以为是在打仗,躲在家里不敢出来,枪声停止后,一个农民扛着锄头去上地,段志松命令他手下的人一枪将这个庄稼人撂倒了,段志松走到那个被已经打死的庄稼人跟前,朝他的面部又补了一枪。

段志松叫手下的人把这具尸体抬上,抬进了县自卫队。他给县自卫队的队长说,他们的队伍在第五村和马宏德的武工队交上了火,他们打死了一个人,很可能是马宏德。死者的面目已看不清,很难辨认。自卫队队长将县教育局的一个科长请来辨认,这个科长和马宏德共同在横渠镇小学教过书。那个科长一看就说,不是马宏德,马宏德比这个人要高出半拃,比这个人瘦一些;马宏德的脸是长脸,而这个人的脸是圆脸。

虽然没有打死马宏德,段志松还是叫人抬上尸首去见张源东,去张源东那儿领赏。张源东已经知道段志松打死的不是马宏德,可是,他还是奖赏了段志松五百元的大洋。在他看来,土匪终究是土匪。段志松能和武工队开火,足以证明他不是共产党的人。可是,张源东并没有放弃对段志松的警惕,他仍旧派人暗中监视着段志松。

田方伯是在县城里被陆军五院的伤兵打伤的。

田方伯是和张宗奇去县城里赶集的。那天,眉坞县农业学校的学生在街道上演戏。田方伯一生只有一个爱好,就是喜欢听秦腔,他听见几个女娃娃唱秦腔,就和张宗奇挤到前边去了。一个十六七岁的女娃娃正在演《穆桂英挂帅》中的穆桂英。田方伯听得入了神,不时地回头给站在他旁边的张宗奇说:"唱得好!唱得好!"就在这时候,一个拄着拐杖的伤兵走上前去,伸手在女娃的脸蛋儿上摸了摸,说道:"老子一句也听不懂,你这秦腔还不如狗叫好听。唱豫剧。"女娃娃羞红了脸说:"我不会豫剧。"伤兵出了粗口:"你会不会操?他娘的!"伤兵说着,扔了拐,挟起了女娃娃要走。围在四周的人都惊呆了,连乐队里的成年人也坐在那里不敢动弹了。这时候,田方伯走上去,看了伤兵一眼:"放下,把女娃娃放下!"伤兵说:"滚一边去!我要叫这小妞知道她能操!"田方伯骂了一句:"狗东西!你是牲口,还是人?"他挥起拳头,一拳头朝那伤兵的脸上打去了。伤兵放下了女学生,抢起拐杖要打田方伯,田方伯一把夺下了拐杖,支在腿膝盖上,把拐杖折断了。下面的几十个伤兵一齐拥上来对付田方伯。演出的十几个学生一看,扭头就跑,还有几十个伤兵去追那些学生,有一个伤兵把女学生扑倒在街道上,动手撕裤子。县自卫队里有几十个人一看伤兵当街施暴,举起枪便打。那些追赶学生的伤兵一看自卫队开了枪,便不再追赶,回过头来和自卫队对打。张宗奇一看,当家人和伤兵打在了一起,也不示弱,赤手空拳和伤兵打了起来。当伤兵们撇下田方伯和张宗奇一窝蜂地去对付县自卫队的时候,张宗奇才爬起来去扶田方伯,田方伯的一条小腿已被伤兵打伤了。

天擦黑,田方伯才被古城来的大车拉回去了。

从清湫村迁到县城东关太白庙里的陆军第五医院的伤兵有三百多人。

第二天,这三百多人,凡是能走动的一起拥上了街头,去围攻县政府。他们把紧关着的县政府大门砸得很响。县自卫队和警察局的人没有一个敢出来和伤兵较量。

伤兵们将县政府围了大半天。他们提出来,要打死县自卫队的队长。县长派人找到了医院里的中校院长。院长说,他没有理由叫伤兵撤走。院长说,这些伤兵都是中央军的功臣,他们的性命是从死人堆里捡来的。你们胆敢向他们开枪?张源东给院长赔礼道歉,答应当天就撤销县自卫队队长职务,答应拿出一千块银圆作为补偿。院长还是不吭声。县党部的文书竟然给院长说:"叫弟兄们免费去鸳鸯楼玩三天。"院长一听,扫了文书一眼:"亏你想得出这馊主意。他们在前线拼死拼活,留下了一条命,是为了玩女人的吗?他们是为了党国才拼命,才流血的。不守规矩的人是极少数,你们怎么能打赤手空拳的伤兵?"张源东瞪了文书一眼:"院长说得极是,伤兵们是党国的功臣,追打伤兵,就是对党国不忠。无论怎么说,还是要院长多包涵。"后来,院长提出:其一,凡是伤兵们看中了眉坞县的姑娘,要婚配的,县政府出面成全。固然不能强迫,但要尽量动员姑娘们,嫁给伤兵们。伤兵们是立了功的,是英雄,有点毛病,也要体谅。其二,县自卫队的队长撤职、判刑。参与打伤兵的自卫队的队员辞退。张源东一口答应了,并且补偿了两千块大洋给伤兵们,县政府才算解了围。

第十五章

古城村又要唱大戏了。

古城村每年要唱两次大戏,一次是在正月里,一次是在忙毕——收罢麦子的时节。民国十八年和二十一年因为饥馑,没有唱戏。地里收成好,就年年唱。古城村的戏楼建在村子东边的关帝庙内。

田方伯把黄姓、李姓和其他两个姓氏的长辈召集到一块儿商量唱戏的细节问题——请哪里的戏班子,唱多长时间,花销需要多少钱,等等。几个老者商量的结果是请省城里易俗社的戏班子。唱三天四夜。至于花销,其实不用发愁,关帝庙有六百亩地,这六百亩地租给村里人耕种,庙内历年来余的粮食有三百多石。几个老者提议,用一百石麦子的钱唱戏。田方伯提出,他捐三十石麦子的钱。田方伯的话一出口,其他几个姓氏的长辈都很难为情——不捐吧,好像面子上过不去;捐了吧,又觉得心疼。田方伯一看,便知道,这几个老汉是怎么想的,他一再说,大家就不要捐了。田方伯这么一说,这几个老汉反而非捐不可,每人捐了十石麦子的钱。大家推选田方伯为总会长,其他几个老汉为会长。田方伯便给大家分派了活儿——谁负责招呼戏班子,谁负责采购,谁负责安全,谁负责接待各村的绅士,大家一一领了任务。

五月二十六日晚上挂灯——唱第一台戏。吃毕晌午饭,卖麻花的、卖面皮的、卖豆花的、卖油茶的、卖臊子面的、卖蜂蜜粽子的、卖包子的、卖锅盔的从庙门外一直摆到了古城的几条街道上。卖农具、铁器、竹器、布匹的小商贩在前一天就搭好了棚子。到了晚上,都点上了菜油灯,灯火闪闪,叫卖声悠长,十分热闹。

第一天晚上唱的《诸葛撑船》,加演折子戏《斩华雄》。开戏前,田方伯给几个会长一一交代了一下,从戏台上下来,回家去了。

进了门,田方伯一看,齐云仙还在灶房里忙活着。田方伯说:"你把手头边的活放下,叫王妈看戏回来收拾,你去看戏。"齐云仙说:"我不去,我看门呀。"田方伯说:"你去看戏,今晚上我给咱看门。"齐云仙说:"那咋行呢?"田方伯说:"咋不行?"齐云仙说:"你是总会长,会上离不开你。"田方伯说:"能离开,我死了,古城还不唱戏了?再说,该安排的都安排好了。"齐云仙说:"你看看,说着说着,就管不住嘴了,我去,叫我看戏哩,又不是上刀山。"齐云仙解下围腰,掇了一张凳子,走出了院门。

田方伯在院子里转了一圈,走进了偏院里的喂牲口的牲口房里。他一进去,卧在圈里的牲口都起来了。田方伯点着了菜油灯,给牲口拌了一槽草,拌草时,比平日里多撒了几把料面。几头牛和骡子一边揽草,一边摇动着缰绳,好像对他表示感谢。唱罢戏,天落了雨,就要犁麦茬地了,要给牲口吃好一些。田方伯是这么想的。

从牲口房里出来,田方伯坐在了楼房的房檐上,慢悠悠地吃着水烟,慢悠悠地摇着扇子,动作缓慢,心脏的跳动似乎也慢下来了。他身后的房屋,整个院落都黯淡了,安静了,光线在夜色中暧昧了,可是,夏夜并不是漆黑一团,他能明确地捕捉到院子里的房屋、家具、树木,能感觉到天光的温和。粗犷激昂的秦腔戏不时地、隐隐约约地传过来,卖吃食的叫卖声很微弱,但很亲切,黑夜里低沉的嗡嗡声、树叶的摆动声以及渭河的涛声,隐约可见。只有在如此恬静的夜晚,田方伯才意识到他的存在是实实在在的——这就是活着。在他的内心,这时候的古城村仿佛一头卧在圈里的耕牛,安安静静的。当一村人沉浸在欢乐中的时候,田方伯独自享受着这静谧。麦上场,女看娘。忙毕,是庄稼人的又一个节日,庄稼人相互走动,传递着收获的喜悦;忙毕,也是庄稼人小聚的一个日子,亲戚、儿女、儿孙围坐在一起吃吃喝喝,享受天伦之乐。这时候,田方伯未免想起了河田。尽管儿子不孝,不守规矩,可毕竟是他的亲儿子。如果儿子还在人世间,孙子都几岁了,他将带上孙子去后台里看戏子画脸穿衣服,孙子用疑惑、兴奋的双目看着那些还未上台的戏子……田方伯想着想着,竟然鼻子发酸了。他又装了一锅水烟。从他记事起,古城村年年唱大戏,但是,从未招过土匪的祸,土匪在这个时候不会来骚扰庄稼人的。作为族长和会长,田方伯很放心。

唱了三天三夜的戏,古城村一派祥和,而且热闹非凡。到了第四天晚上,田方伯和会长们意想不到的事情发生了。

那天晚上,易俗社拿出了他们的拿手戏《下河东》,戏唱到半酣,突然,一阵机枪声猛烈地响起,戏台下大乱了,看戏的人争先恐后地向庙门外跑。人拥人,人踏人,喊爹叫娘声、求救声、哭声、骂声搅成了一锅粥。田方伯急了,从戏台子上的乐队里提来一面锣,他一边敲,一边高声呐喊:"不要乱跑!不要乱跑!"他的喊声如渭水中的一根柴草,即刻被淹没了。田方伯一看不行,吩咐其他几个会长去组织年轻人,几十个年轻人不一会儿就到齐了。田方伯领着这几十个年轻人果断地推倒了关帝庙的三堵土墙,看戏的庄稼人才拥了出去。人们一出庙门,便四散而逃,那些卖吃食的摊子被惊动了的庄稼人踩了个稀烂。

第二天,田方伯听村里人说,打枪的是县自卫队和保安团的人。他们不知道从哪里得来消息,说是段志松回到了古城村,他们穿着便装去段家捉拿段志松,没有捉到段志松,误伤了三个看戏的庄稼人,两个被打死了。那天晚上,在戏台下和街道上踏死了三个老汉,两个娃娃,踩伤了二百多人。

这是古城村从来没有发生过的事情,前一天还热热闹闹的古城村陷入了哀伤之中。田方伯把会长们叫到一起商量解决善后之事。田方伯提出,无论是枪打死的,还是踩踏而死的,都由古城村赔偿。会长们都觉得田方伯说得有道理——人都死了,还在乎那几个钱吗?其他的会长提出从关帝庙的地租中拿钱赔偿。田方伯说:"这样做不妥,庙上的钱财不能动。发生这件事,我的责任最大,我太粗心,没有组织年轻人守夜、巡防,我拿五百石麦子赔偿。"其他几个会长一看,田方伯就主动承担责任,他们每人拿出了十石麦子。

事情了结了,齐云仙抱怨道:"段五魁真是没做好事,养了个土匪儿子,害得一村人不得安宁。"田方伯说:"这事未必怪段志松,我听有人说,那天晚上打枪的不是自卫队和保安团。"齐云仙说:"那还有谁呢?"田方伯说:"可能是土匪。眉坞县的土匪有几十股子,也不知道是哪一股子。"齐云仙说:"土匪从来没有遭害过咱唱戏。"田方伯感叹道:"世事难料啊!渭河里翻船也在一眨眼间。"

没几天,田方伯进了一回城,他去了一趟县自卫队和保安团,他得知,那天晚上打枪的确实不是县自卫队和保安团,而是汤瀚如领的十几个人。这个农协会主任、当年很狂热的"革命青年",抢劫富人,枪杀绅士,像一团火,烧到哪里,哪里寸草不生,高喊革命,要打出眉坞县新天下。农会解散以后,他不务正业,钻进了南山,也拉起了杆子,做了土匪到处抢人。那天晚上,他准备抢田方伯,到了村子里一看,舞台下、街道上满是人,不敢下手,就乱打了一阵枪,逃走了。

田方伯迈开步子走出了古城村,走上了渭河上的木桥。木桥歪歪扭扭的,似手不巧的女人手底下的针脚一样。这座木桥是渭河南岸和北岸的人近几年自己凑钱修建起来的，一旦遇到洪水，这木桥就仿佛在水中飘摇了。田方伯从桥面上走过去，脚下发出了空空洞洞的响声。麦子刚收毕，渭水已经很汹涌了，胆子小的人宁肯坐船过河也不敢从桥面上过去了。田方伯依然挺着胸，迈着稳健的步子，行走在木桥上，仿佛脚下浑黄的渭水是云团，他正在腾云驾雾，向天庭而去。

过了桥，不远处就是锣村。

田方伯是去锣村找罗天龙的。他想了又想，必须去找罗天龙，即使罗天龙冷落他，不给他面子，他也要去找。

国民党秦西省政府要在渭河南岸办一个占地三万多亩的农场，古城村、孙家塬、槐芽、街北等几个村民的土地要被征用。县政府到各村去贴了一张告示之后，保甲长便挨家挨户通知征用土地的面积。田方伯在古城村子北边的一百亩土地要被征用。田方伯已联合了被征用了土地的几个村的大户人家或村里的绅士，准备一起进城抗征。争滩那年，罗天龙在渭河南岸得到的那三十亩地也全部被征用了。田方伯到罗天龙家去，就是想联合罗天龙一起抗征。

田方伯走进了罗天龙新建的四合院子。四周的房屋虽然是新盖的，但院子里给田方伯一股死气沉沉的感觉，四合院子的阴影倒下来全部压在院子中间，砖墁的院子里好像发出了一缕沉重的喘息声。自从被段志松袭击以后，罗天龙至今元气没有完全恢复，面部的阴气很重，他一看来的是古城村的绅士田方伯，急忙拱手施礼："稀客呀，田老兄咋有时间到河北来？"田方伯一看罗天龙很客气的样子，说道："来看看兄弟最近咋样？"罗天龙把田方伯让进客厅，手里给他塞了一把扇子，给他泡茶，取水烟锅。田方伯吃了一锅水烟，抿了两口茶水，开门见山："今天来找兄弟，是为了农场征地的事，不知兄弟是咋想的？"罗天龙说："还能咋想？这伙和段志松是一个臭样子，明火执仗地抢人地。一亩地只赔一石谷子，这和抢人有啥区别？不知道河南的弟兄们准备咋弄?"田方伯实话实说:"我已把几个村的人联合好了,准备进县城找县长。"罗天龙说:"就像民国十九年那样去缴农?"田方伯说:"这次去,咱不吆车不拿农具,咱在渭河滩上拉上十几车石头,把县政府门给他堵了。不知道你愿意不愿意去?"罗天龙说:"你这话咋说出口呢?你小看我罗木匠了。不要说是我自己要丢三十亩地,就是锣村任何人的地,也不能叫他们白白地讹去。咱是庄稼人,咱的每一分地都来得不容易。"田方伯说:"实话给你说,我来的时候,心里还没底,还真不知道兄弟愿意不愿意干这冒险的事。和政府对着干是要挨洋锉的。你这么一说,我打内心服你罗木匠了。"罗天龙说:"兄弟不是没向况(德行)的人,这你知道。你田老兄能高看我,我还怕啥呢?咱们进城去闹,闹他个渭河倒流,他们把我拉去五马分尸,我也情愿。"渭河北岸和渭河南岸两个村的绅士第一次把话说在了一块儿,第一次觉得彼此都很高大。

六月十四日清晨,田方伯和古城、孙家塬、街北、槐芽等几个村的绅士们一起带领着六七千庄稼人,罗天龙带着锣村的上千口人从不同方向拥向了眉坞县县城。他们把拉来的石头沙子倒在了县政府门口。一个年轻小伙子举起手高呼:"县长出来!"后面的农民跟着喊叫。"我们要土地!""我们要活命!"呼喊声不绝于耳。县长张源东一方面叫自卫队去弹压;一方面派人去齐家寨把段志松的队伍拉过来——张源东的这一手是很毒的,他知道,段志松的那六七十个人中大多数是渭河南岸的人,叫他们回到县城来对付自己人,看他们究竟怎么办。这是一箭双雕的事情。

段志松接到命令后向县城赶,他只知道县城里发生了骚乱,不知道这些人大都是渭河南岸几个村的庄稼人。等赶到县城,段志松一看那些闹事的庄稼人,感到很棘手,这些闹事的人,大都是他的弟兄们的亲人。他的弟兄们怎么能向自己村里的兄弟叔伯们开枪呢?尽管,他们抢劫富人时杀人不眨眼,那毕竟是在黑夜里干的事,他们抢劫的对象都是财东,和自己的弟兄们不沾亲带故。他就是有豹子胆,也不敢对六七千庄稼人开枪。县自卫队的队长命令他开枪,段志松把自卫队队长拉到一边说:"这么多人,咱可不敢轻易下手。我去找县长,叫他亲自下口谕。"段志松借口找县长趁机溜走了,段志松的那五六十个人名义上是国民党的队伍,要叫他们开枪打自家的叔伯兄长,他们决不干。自卫队队长一看,他指挥不动段志松手下的人,自卫队的队长就命令自己的人开枪,枪一响,前边的十几个庄稼人倒在了血泊中,段志松的弟兄们一看,打倒在地的全是他们的亲人,他们举起枪,朝自卫队的人开了枪,双方打起来了。田方伯指挥着他的人抬上打死的或受伤的庄稼人撤离了现场。段志松手下的人和自卫队的人对打了一会儿,段志松手下的人撤走了。

县自卫队开枪打死了五个打伤了十三个庄稼人。

田方伯和罗天龙是在当天晚上夜深人静之时被县自卫队派人分别在古城村和锣村抓捕的。县长张源东连夜审问田方伯和罗天龙。

"田方伯,你说说,那些闹事的人是不是你组织的?"

"就是。"

"你知罪不知罪?"

"我有啥罪?"

"组织刁民暴动,罪大恶极。"

"我们只是想要我们应该得到的卖地款。"

"一亩地一石谷子,不是给你们了吗?"

"一石谷子就能买一亩地?据我们所知,省政府给我们的地价是一亩地十石谷子,那九石谷子装进了谁的腰包?"

"你是听谁说的?"

"你敢去省政府和我们对质吗?"

"省政府给多给少和你们没有关系,县政府只给你们一石。你如果识时务,放你回去,叫刁民们把地契交出来。"

"如果不按你说的办呢?"

"你就在这里蹲十年八年。"

轮到审讯罗天龙,张源东不再威胁了,他答应给罗在龙的那三十亩地每亩三石谷子,张源东说:"我听说你是个大木匠。你一个手艺人,不靠手艺吃饭,跟着田方伯胡闹个啥?回去把地契交给保长,算你没事。"

"田兄也愿意交?"罗天龙问道。

"愿意,他不只是愿意,而且要说服其他村的人交地契。"

"他愿意交,是他的事,我不交。"

"你不愿意交,就叫你在这里蹲一辈子。"

"来的时候,我就没想回去。"

田方伯和罗天龙被关押了三天,莫名其妙地被释放了。张源东关押田方伯和罗天龙只是为了恐吓他们,他的最终目的是要把地征到手——如果不释放田、罗二人,矛盾激化,征地之事就更加难办了,地征不到手,他无法交差。关押几个人,枪毙几个人,他能做到,要把一万亩土地弄到手不是那么容易的。使用暴力也并非下策。田方伯和罗天龙被逮走的第二天,古城、孙家塬、街北等村的一些庄稼人听说县自卫队已抓了人,他们便主动地交出了地契。这正是张源东他们所要的结果。

可是,大多数庄稼人还是坚持不交地契,坚持不卖地。张源东明白,要说服这些庄稼人还是要靠田方伯、罗天龙这些绅士。

罗天龙回到家把县长张源东审讯的经过说了一遍,马桂花说:"你不要再为那三十亩地煎熬了,把地契交了去,咱就全当那三十亩地叫水冲走了,舍财免灾。"罗天龙说:"那三十亩地来得容易吗?那是我和古城人打得头破血流才得到的。"马桂花说:"你说你要地还是要命呀?命贵还是地贵?连命都搭进去了,要那么多地干啥呀?"罗天龙说:"理是那个理,可是,我不能那样做人,我把地契交了,田方伯兄咋看我呢?我还有没有向况?这不只是几十亩地的事情,人品比地重要。"马桂花说:"咱总不能拿鸡蛋碰石头嘛。"罗天龙说:"叫我过河去,再和田方伯兄商量商量,看咋办呀!"

罗天龙来到了古城村,他见到了田方伯,罗天龙没有说,张源东把地价提到了一亩三石谷子,他只是问田方伯:"这事到底咋办呀?"田方伯说:"咱们这样硬弄也不是个办法。咱要把这事弄清楚,省政府究竟给咱多少钱?如果说真的给了十石谷子,那九石不被张源东装进腰包了吗?"罗天龙说:"你不是说,一亩地是十石谷子吗?"田方伯说:"这话是从横渠小学的麻校长那里听来的,不知是真是假。我想去省政府一趟,弄个明白。"罗天龙说:"咱们这些人,恐怕进不了省政府的大门。"田方伯说:"这事要想办法。"

两个人正说着,黄福胜来了。黄福胜告诉田方伯,孙家塬、街北村的有些人家在地里搭了棚子,睡在地里守地,古城也有人去搭棚子了。田方伯说:"睡在地里,恐怕不是办法。走,咱去看看。"三个人走出了田家大院,来到渭河堤岸南边的地里。果然,有些庄稼人在地里搭上了棚子。田方伯叹息了一声:"既然大家都这么干,咱也只能这么干了。"罗天龙说:"我回去叫李春绪带几个人过河来搭棚子。"

张源东派人到渭河滩地上一看,庄稼人在被征用的地里搭上了棚子,吃在地里,住在地里。庵棚从东向西排过去,如同燃烧的火把,望不到头。他知道,这已经不是枪杆子能解决的问题了,这几个村近万人,弄不好,会惹出大麻烦的。这些人,硬赶不走,只能逼他们走。用什么办法才能逼走这些庄稼人呢?

十天半个月过去了,张源东派人每天去地里动员那些庄稼人回去住,可是,没有一个人听他们的话,庄稼人住在地里不回去。张源东又派人找到田方伯和罗天龙,叫他们去说服庄稼人。田方伯和罗天龙一同敷衍县政府的来人——他们说,他们把嘴皮子都磨破了,庄稼人不听。不过几天,省政府通知张源东,省政府将派人来察看土地征用情况。这一下,张源东急了。这样拖下去,他交不了差不说,县长也恐怕保不住了,他和几个同僚商议了一下,决定出手——一个最卑鄙、最无情的想法在张源东头脑里产生了,他使用了最恶毒最残忍的手段,将庄稼人赶走了。

一天深夜,睡在庵棚中的人正在梦乡之中,忽然听到轰隆隆几声炸响,庵棚在摇晃,他们不知道出了什么事,还以为是打雷下雨。庄稼人丢鞋落帽地出了庵棚一看,滔滔的渭水从决了堤的地方滚滚而下——张源东派人在渭河堤上炸了两处口子。刹那,渭河滩地上一片混乱,人们什么也不顾,只顾向南奔跑。喊爹叫娘声、渭水奔流声和人们的叫骂声搅混在一起。田方伯听见有人喊了一声:"渭河决堤了!"他走出庵棚一听,渭水奔流的响声在不远处。不是汛期,渭水不会自动决堤的。这一瞬间,田方伯很清醒,他断定,是有人炸开了堤岸。渭水滚滚而来,水浪卷起了几尺高。月色黯淡,庄稼人毫无目标地奔跑,乱了方寸,只顾逃命。田方伯感到一场大灾难即刻来临,他即刻指挥人们向东西两边没有漫上水的地方跑,向高处跑。被炸开的口子越冲越大。由于南岸地势低,渭水如同奔马一样向南奔腾而去了。渭水咆哮着冲进了村子,那些土墙被水一冲,顷刻间就倒了。古城村首当其冲——决堤的地方就在古城村的正北方向。那些土墙草房像秋风扫落叶一样被渭水扫倒了。混浊的渭水如同脱了缰的野马,踩过村庄和房屋,粮食、衣服、农具、猪羊,在洪水中颠簸、漂流。哭声、喊声、房塌墙倒声横扫渭河南岸。

大水过后,几个村被冲毁了两千多间草房,损失的粮食不计其数。有十三个老人十八个娃娃被渭水冲走之后,呛死了。渭河决堤之事震动了秦西省。省政府派了农业厅的厅长和省参议会的三个议员到眉坞县来调查,当调查组弄清楚张源东贪污了庄稼人的征地款之后,即刻上报了省政府。张源东被省政府革职了,省政府如数给被征用的土地每亩地十石谷子。使田方伯痛心的是,为了这片土地又死了三十一个人。

段志松的弟兄们向县自卫队开枪之后,段志松被张源东叫去了,张源东一见段志松,冷笑一声:"说!是不是共产党叫你这么干的?"段志松说:"你把我们弟兄叫来挨个儿问,是不是我下的开枪命令?"张源东说:"这就是你带的队伍?没你的命令,谁敢开枪?把那天带头开枪的给我活埋了。"段志松说:"我已经打发他们回去了。"张源东说:"不行。那几个开枪的都要处置。"段志松说:"好,按张县长的吩咐办。"

回到齐家寨,段志松想不出一个万全之计:既能给张源东交了差,又能保住他的弟兄。他苦思冥想了几天,使出了当土匪时的恶招——派了几个人,从鹦鸽街进山,在山里捉来了两个智障的农民。那两个农民承认他们是段志松的手下,是他们开枪打死县自卫队的队员的。活埋这两个农民那天,段志松把县自卫队的队长请来了。县自卫队的队长更恶毒,他叫自卫队的人把这两个人先埋到胸口以下,等两天再埋到肩膀以下,慢慢地把他们憋死,而且,叫两个人的头颅亮出地面,然后,放出了两条恶狗,把两颗头颅吃掉。

埋掉了两个"弟兄",段志松依旧没有取得张源东的信赖,张源东打算收拾掉段志松,他派去了两个人去暗杀段志松,结果,被段志松干掉了。段志松对他有了戒备,打黑枪是干不掉段志松了。于是,张源东不再给他给养。段志松找了几次,张源东都躲着不见他。五十多个人每天要吃要喝,没有给养怎么办?段志松只能去抢。在营头镇的抢劫中,段志松的弟兄们又打死了两个人。地下党的领导知道这件事后,当即派人警告段志松:再不能发生这样的事,你们是共产党的武装,不是土匪队伍。和段志松接头的联络员没有说给养怎么解决。段志松问联络员:"没有给养咋办?"联络员说:"你们自己想办法。"段志松觉得自己太难了:国民党怀疑他、刁难他,而共产党也不信任他。他不知道,他的这支队伍该怎么带下去。

罗天龙又遭遇了一次尴尬事。

马桂花去了几天娘家,她回到锣村的时候,天已经黑了,她走进房间一看,罗天龙和袁圆都睡下了,睡在一张炕上——这事并不奇怪,使马桂花吃惊、罗天龙尴尬的是:袁圆只穿一个红兜肚,半裸着的和罗天龙睡在一起。马桂花并没有恼怒,她只是淡淡地说:"袁圆,我回来了,你睡在你的房子里去。"袁圆说:"我不去,我要和干爹睡在一块儿。"马桂花说:"他是你干爹,也是我老汉,我今晚上要和他睡。"袁圆说:"我不管。"马桂花突然一反常态,高声说:"滚出去!"罗天龙再也忍不住了,一巴掌扇向了马桂花:"你简直是泼妇一个,哪里像一个大户人家的内人?"马桂花用手捂住了半边脸,呜呜地哭了。

三个人僵持了好几天。

一天晚上,马桂花睡在罗天龙身旁说:"老头子,我想开了,你把袁圆娶过来,做个二房。我问过袁圆了,她之所以不嫁人,就是这个想法。"罗天龙说:"你越说越没谱了,你向人世上看,哪达有干爹和干女儿成亲的?我这样做了,不叫锣村人拿沟子把我笑了?"马桂花说:"你不这样做,锣村人也拿沟子笑你。我早就听锣村人说,罗天龙不嫁干女,养着她,就是为了叫她给自己做二房的。干脆你这样做了,省得有人再嚼舌头。"罗天龙说:"不行,不行,我罗天龙一生半世做人清清白白的,咋能做那样的事?我给你说句实话,袁圆睡在我跟前,你是看见了,我是啥事也不会干的,你就不想想,我在锣村在眉坞县都是有头有脸的人,咋能做出禽兽不如的事?既然认了袁圆做干女儿,咱就要当一个有德行的干爹。"马桂花说:"你的话我也信。你就看不出,娃是死心塌地地要跟你?你纳了妾也不是啥不光彩的事。你不是信神吗?过几天我去太白庙问一问神,看这事合适不合适。"罗天龙苦笑一声:"这是神能拿得住的事吗?这是人的事。"

罗天龙想,最好的办法是将袁圆尽快嫁出去。

第四部

第十六章

　　田方伯和县参议会的参议长李敬共同住进了省城东大街的花园饭店。他们在这个饭店再一次审定新任的眉坞县县长兼县保安团团长宋新三贪污受贿、鱼肉乡民的材料,准备向省政府、保安司令部及民政厅呈送状子。

　　1944年11月,眉坞县临时参议会成立,田方伯和罗天龙都当选为"临参会"的议员。一年后,县参议会正式成立,李敬当选为县参议会的议长,他是眉坞县工商界的绅士,而田方伯作为农民代表、从农村来的绅士当选为副参议长,罗天龙被选为参议员。田方伯当选为副参议长之后,李敬几次动员他参加国民党,田方伯说:"咱是庄稼人,只要能为老百姓做点事就行了,参加不参加啥党,没有意思。党里头的人,未必全是好人;不在党里头的人,未必就不是好人。"李敬说:"在党不在党,不是区分好人和坏人的标准,你在党里头,有些事好说。全县十一个议员中,还有三个没有参加国民党,其他两个人我都动员过了,你如果愿意,你们三个集体参加。"田方伯说:"咱是庄稼人,咱啥也不图,就不参加了吧,叫我参加国民党没有一点儿由头。再说,这个党也没有给庄稼人办啥好事,我也不信奉这个党那个党。"李敬说:"既然你为党国做事,还是在党好。你再想想。"由于李敬的再三撺掇,田方伯和那两个议员就集体参加了国民党。他觉得,对他来说,参加国民党就像有人撺掇他抽两口鸦片,尝个鲜一样——其实,他没有瘾。县长宋新三出任眉坞县的县长一年,他在眉坞县加赋加税,贪污受贿,县参议会的议员们极为不满,十一个议员便联名告到省政府,要求撤换宋新三。他们列举了宋新三的十二条罪状,一一进行了陈述。李敬说:"田议长,我再念一遍,你听听,有什么不妥之处。"田方伯说:"好,你念。"李敬便念道:"……宋新三作为一县之长,利用职权贪污受贿,苛榨百姓,十二条劣迹,件件俱实,人证物证俱在。省政府也曾先后派员两次调查,政府有卷可查,不用赘述。以上所陈,每条均犯律条,能否以法惩办?希赐函赐复。万一政府有碍于情面,办理困难,或再查后事实不清,我们也可将此状付之东流而不再饶舌也!"田方伯听毕,说道:"没有纰漏,咱们今天就用信函寄出。"李敬说:"今天恐怕不行了,还得再抄一份留个底。"田方伯说:"那就明天吧,明天是八月二十六日,三六九向上走,明天日子好。"李敬说:"田议长也讲这个?"田方伯说:"讲,也信。"

李敬和田方伯他们等了三个月,接到了省民政厅的复函,函件称:"宋新三贪污违法各节今查,种种不法实属捕风捉影,毫无根据也……"李敬接到复函后,给县参议会的十一名议员念了一遍,十一个议员,个个义愤填膺,斥责省政府不秉公办事。李敬称病不起,不再搭理县参议会之事。田方伯回到古城村,很少进城,他多次感叹:"贪官们官官相护,老百姓没法活了。"齐云仙说:"当家的,你不要怨天怨地了,会怨的,怨自己。咱种庄稼的人,好好地种地,搞啥参政议政呢?人家贪不贪,关咱啥事?"田方伯说:"你的话也有道理,咱种咱的地,人亏人,地不亏人。唉!我真是放着安然不安然。"田方伯醒悟了:他们几个议员要扳倒县长的想法太幼稚了。国民政府的腐败不是他们能医治的。再说,参议长也罢,参议员也罢,只不过是国民党政府把他们当摆设当花瓶,而他们却偏偏把自己当作一回事,以为他们真的参政了。这个政府不是他们的政府,更不是老百姓的政府。经过挫折,田方伯醒悟了。

1946年2月初,李敬和田方伯共同给省政府和县参议会写了辞呈,分别辞去参议长和副参议长。一个月后,省政府和省参议会复函:同意田方伯辞去眉坞县参议会副参议长,李敬继续留任。参政议政一年,田方伯的所有收获是——失望。对国民党政府他不抱任何希望了。

田方伯不再做副参议长了,他还是古城村田姓人家的族长,还是眉坞县的绅士,古城村的大小事,比如谁家的儿子不赡养老人,谁家多种了谁家的两犁地,谁家新盖的房子比邻居的高出了几寸,田方伯一出面,几句话就摆平了,不必去找保甲长。

不只是古城村人有事找田方伯,金渠、横渠、槐芽几个乡镇的庄稼人,凡是有摆不平的事,都来找田方伯。

夏收之后,县保安团一中队的队长赵得全领着三个人去街北村催粮,他们进了农民孙彦杰家,翻箱倒柜,拿走了孙彦杰儿媳的金耳环金戒指不说,赵得全还奸污了孙彦杰的儿媳孙周氏。年仅二十一岁的女人不堪凌辱,跳井自杀了。孙彦杰找到横渠镇政府,镇长推诿不管,找到县政府,县政府无人搭理。孙彦杰来找田方伯。田方伯一听,气得把手中的水烟锅摔在了地上。田方伯当天就去找县长宋新三,宋新三说:"你告状去,你不是能告状吗?你去省上告,连我姓宋的一齐告。"宋新三对于田方伯告他的事怀恨在心,总想找个机会收拾他。田方伯为人正直,不只是古城村,整个眉坞县的庄稼人对田方伯十分敬重,如果他找一个莫须有的罪名收拾了田方伯,就会惹下眉坞县的所有绅士和庄稼人。不然,他早把田方伯收拾了。田方伯说:"赵得全是你手下的人,我不找你,找谁呀?我就是在你面前状告赵得全的。"宋新三说:"你还以为你是副参议长,来管我的事?我的事不用你管,怎么处理赵得全,是我自己的事。"宋新三以权势压人,田方伯无可奈何。田方伯走出了宋新三的办公室,来找参议长李敬。他把赵得全强奸妇女,逼人跳井的事说了一遍。

李敬说:"等我把这件事弄清楚以后,咱俩一同进省城。"

没多久,李敬和田方伯第二次进了省城。他们找到了省保安团,团长的一个秘书接待了他们。他们将自己掌握的赵得全胡作非为的所有事情口述了一遍,并且呈了文书。秘书是一个年轻人,他给李敬和田方伯说:"二位前辈,不是我说你们,如今这世事,把自己的事管好就行了,多一事不如少一事。你们可知道,动一个宋新三,要牵连多少人? 这些人,你们是惹不起的。"李敬说:"不是我们多事,职务在身,有责任啊! 还望老弟好言。"秘书说:"好吧。识时务者乃俊杰。我如实呈报。"省政府也知道宋新三的所作所为,为了保住宋新三,来了个丢"卒"保"车"。三个月后,把宋新三调任凤山县任县长,赵得全被逮捕入狱。李敬和田方伯虽然没有把宋新三告倒,但是宋新三也算是被赶走了。李敬和田方伯也知道,再来一个王新三、李新三,他们和宋新三是一样的,田方伯和李敬并没有赢了谁的感觉。宋新三走的那天,李敬请田方伯在县城里的岐阳酒家喝了一次酒。两个人都喝高了,他们觉得,他们太傻了,不识时务,十分屈辱。

段志松因为误了时间,铸下了大错。

由于县政府不供给给养,段志松的队伍已无法在齐家寨混下去了。他将情况反映给地下党以后,党组织指示他,带领队伍进南山打游击,彻底脱离国民党政府。段志松带着他的人,从鹦鸽街进了山。

1947年9月的一天,段志松接到地下党组织的通知,要他们出山来,接应并保护眉坞县县委和西府工委的几个领导从眉坞县过境——这几位领导在陈仓县参加完会议以后,从陈仓向周南县赶。地下党组织担心国民党眉坞县保安团在营头一带伏击,才命令段志松的部队去接应的。

段志松接到命令后,前两天就带队出了山,几十个人装扮成农民和商人住在了齐家寨。本来按上级的要求,段志松要在9月6日黎明到达营头镇王家塬埋伏好。可是,前一天晚上,段志松就住在齐家寨的家里——因为部队在山里打游击,没有固定的住所,段志松托人在齐家寨租了几间房,叫罗锣住在了齐家寨。齐家寨距离锣村有四五十里路,罗锣自从住在齐家寨以后——说确切点,自从出走以后,没再回锣村。她已经没有脸面见她的父亲了——罗天龙一旦知道她嫁给段志松做了婆娘,还不活活气死?一个财东的女儿,怎么能够给土匪做婆娘?罗锣一个人守着空房子,十分寂寞。她想进山去找段志松,又不知道段志松在什么地方。段志松走的时候给她留了一把手枪,她闲着没事,就把手枪拿出来拆拆卸卸。段志松突然出现在了罗锣面前,罗锣把手枪拿出来指住段志松说:"我恨不能把你毙了。"段志松说:"你毙了我,谁给你当老汉?"罗锣丢下手枪,抱住段志松,放声哭了。段志松好长时间没有和罗锣在一起了,两个人一见面便火烧火燎的,他们吃了晚饭,上了炕,宽衣解带,折腾了好长时间,又叙家常,又忆往事。罗锣一丝不挂地坐起来,披上了上衣,戴上了顶针,取出了针线,给段志松补衣服。段志松躺在罗锣身旁,一只手伸上去,在罗锣的乳房上、小腹上、大腿根上抚摸,段志松常年不洗澡的肌肤散发出的汗味使罗锣陶醉。夜风从窗户中灌进来,如同凉爽的嘴巴舔动着两个人。在深山里奔走得疲惫不堪的段志松觉得十分舒坦——他的心完全松弛下来了,享受着自己的女人给他带来的轻松,自然忘记了身在何处。黎明时分,两个人才睡着。段志松起来一看天已大亮,知道糟了,便和他的十几个人跑步向营头方向赶,赶到那里一看,地上的血迹还没有干,一场血战刚刚结束。

　　眉坞县县委书记马宏德、西府工委副书记田河田、扶阳县委书记亢生跃以及三个警卫员骑着马赶到王家塬时,并未见到前来接应和保护他们的段志松。黎明时分,塬上塬下沉浮着氤氲之气,秋虫的鸣叫使狭窄的沟道里十分寂静。马宏德他们正在疑虑,枪响了。马宏德他们六个人下了马,从腰间拔出手枪赶紧应战,他们六个人不是五六十个人的对手,几次想突围,没有突围出去。正当他们浴血奋战之时,段志松还在女人的被窝里。这六个人还想坚守到段志松来接应,他们尽量地节省子弹,减少消耗。激战了一个多小时,三个警卫员全部牺牲,马宏德的腿负了伤,子弹打光了,三个人被眉坞县保安团擒获了。

段志松到了出事地点一打听,当地的农民告诉他:有三个人被国民党的队伍捆绑着拉走了。段志松一听双手在自己的头上直拍打,他心里清楚,他铸下了大错。他虽然不知道被国民党政府擒获的那三个人具体是什么身份,但他明白,他们是共产党员。他不敢在此地久留,带着他的人匆匆忙忙进了山。段志松满脑子不祥的念头:地下党的联络员肯定会来找我的,我肯定会被带走的,或者当即被处决。由于我的失误,共产党的三个干部被送进了虎口。共产党饶不了我,而国民党政府也不会放过我。段志松走投无路了。他没有再多想,带着他队伍一直向东南走,走进了柞水县,他在柞水县的镇子上抢了两家财东,继续向东边走。

是李敬告诉田方伯他的儿子被捕的事情的。李敬拿着一张《秦风报》来到古城村。《秦风报》刊登了马宏德、田河田、亢生跃被捕的消息,并且刊登了三个人的照片。李敬给田方伯说:"这个田河田就是你的儿子田河田,你仔细看看。"田方伯拿起报纸仔细端详,他记忆中的儿子和那张照片毫无相像之处,连一点儿记忆里的印痕也没有。田河田被他打进渭河里距今已有二十四年了,如果田河田活着,已经四十多岁了。这么多年不见,即使儿子站在他跟前,他未必认得出来。田方伯有点纳闷:"你咋知道,他就是我的儿子?"李敬一笑:"田老兄,这你就别问了,我是说谎的人吗?"田方伯不知道,李敬早和地下党的人有联系。十多年前,田方伯就听说田河田还活着。在他的心中,田河田不过是逆子一个,虽然,他有时候也念起儿子,可是,儿子的叛逆,他不能容忍。过了这么些年,李敬旧话重提,田方伯不为所动:"参议长为啥要说起这件事?"李敬说:"他是你的儿子呀。"田方伯说:"他就是我的儿子,也是逆子一个,与我有啥相干的?"李敬说:"哪里,哪里,不能说是逆子。你要去救他。"田方伯说:"他是共产党的人,共产党自然会救他的,我咋救他?"李敬说:"他是共产党的人,没错,他也是你的儿子呀!老子救儿子,理所当然。"田方伯说:"他不是我的儿子。"李敬说:"他不是你的儿子,你也要救。这天下的形势你还没有看清楚?"田方伯说:"我亮清着哩。我照样种我的地,我不反对共产党的领导,他能把我咋样?"李敬说:"我不是这个意思。共产党建立一个好政府就是老百姓的福音。"田方伯说:"就是有好政府,也离我太远了。"李敬说:"那就说近点,救人。"田方伯说:"咋营救?"李敬说:"花大价钱。我有几个朋友在省参议会,是要员,通过他们,买。国民党的那一伙人,只要有钱,死罪也可以买成活罪。"田方伯说:"既然是这样,叫我再想想。"李敬说:"还用再想?你权当不是救儿子,而是救一个好人。"田方伯说:"如果真的是一个好人,只要我能救他,一定救。"李敬说:"你肯定能救他。人命关天,你就再做一件善事吧。你怎么能忍心叫他送了命?"田方伯说:"咋个救法?我听你安排。"李敬说:"这事千万要保密。"田方伯说:"你放心。"

李敬给田方伯带来了话,要搭救田河田必须打通各个环节,而要打通这些环节,至少要五千块袁大头。田方伯一听,立时愣住了:"咋能要这么多银圆?"李敬说:"那些人确实是心黑。如果不是国民党腐败,你拿五万块也买不回来一个共产党的人头。他是西府工委的领导,比县委书记还要值钱。"田方伯说:"我管他值钱不值钱,我没有那么多钱,就是把二百多亩地卖光卖尽,也卖不到五千块大洋。"李敬说:"我资助你一千块,不要你偿还。余下的四千块你自己想办法解决。"这件事可难住了田方伯,如果他不知道这件事,他不搭救,问心无愧;既然他知道了这件事,他不搭救,良心上过不去,不论被逮捕的是不是他的儿子,他不能叫他死在国民党政府的枪口下。李敬已经告诉他这不是钱的问题,搭救共产党人需要把自己的头提在手里——假如叫国民党县党部知道了,他也会被抓去坐牢或者砍头的。田方伯要救人就不怕坐牢,他也相信,李敬在省城里的国民党内部有人脉,他能这么做肯定会万无一失的。田方伯把自己的家产清理了一下,要他拿出四千块大洋,除手头的积蓄以外,还要卖一百多亩土地。假如他卖掉一百多亩地,他的名下就只剩百十亩地了——他的近百亩地已被国民党抢走了。卖就卖吧,只要卖了地就能把人救出来,地再金贵,没有人的命金贵。他已做出了卖地的打算。

马宏德和田河田、亢生跃三个人被眉坞县保安大队逮住后,即刻送到了省城。他们被关押在省城里大雁塔旁边的秦西省第一监狱。各种刑罚上过之后,三个人都不开口交代自己的身份。省保安团很快弄清了马宏德和亢生跃分别是眉坞县和扶阳县的县委书记,他们以为田河田是凤山县委书记,可是,经过叛变了的共产党员的辨认,田河田不是凤山县委书记。省保安团给三个人开出释放的条件是:在《秦风日报》上登报声明脱离共产党,他们三个人就可以获得自由。三个人没有一个人愿意背叛,又是一轮严刑拷打。

第一个被拉出去枪毙的是马宏德。马宏德死不承认他是眉坞县的县委书记。三个月后,他被拉出去在大雁塔东南方向的麦地边枪毙了。

李敬给田方伯带来了马宏德被枪毙的消息后,田方伯最后下了卖地的决心。他将一百多亩土地卖给了槐芽农场。李敬告诉他,田河田患上了肺炎,保释在省城里的第四医院治疗。

李敬叫下人套上自己的轿车,另雇了一辆轿车、两个保镖,他和田方伯坐着轿车,拉着五千块大洋进了省城。李敬通过省参议会的参议长打通了省保安团和第一监狱的环节之后,从第四医院把田河田拉回了眉坞县。田河田被李敬安排住在县城东关他的商号里。李敬把田方伯搭救他的事已经给田河田说清楚了。

田方伯是在李敬的商号里见到病已痊愈的儿子的。田方伯从面貌上已经辨认不出儿子来了,只是觉得那身板有点像。田河田一眼就认出了父亲,可是,他没有叫他爹,他只叫他同志,他不想在这个时候认父亲,他拉住田方伯的手,只是说:"谢谢你,老同志。"田方伯确实没有认出来儿子,即使他知道,眼前头的中年人就是儿子,他也不想认儿子。他叮咛田河田安心养身体。

田河田出狱半年后,上级党组织才派人和他接头。来人通知他,他的西府工委副书记的职务已被免去,组织命令他继续在眉坞县工作,接受眉坞县县委的领导。这已经是1948年了。组织多次派人追问田河田:"为什么马宏德、亢生跃都被枪毙了,唯独你脱了险?"田河田如实交代了他被人救出来的经过。到了1948年,田河田才知道,在马宏德被枪毙后不久,亢生跃被活埋了,只有他一个人活了下来。眉坞县在新中国成立后,田河田参加了眉坞县的第一期土地改革,他担任了第五村土改工作组的组长。他领导村农会给各家各户定成分,分田地分浮财。第五村蒲家庄一个叫庞文的被定上地主成分之后,不服,多次找田河田。田河田召开农民大会斗争庞文,庞文还是不低头认罪。在斗争会上,田河田厉声喝喊这个地主分子低头认罪,庞文不认罪不说,还强辩说,他的土地是挣死挣活挣来的,不是剥削来的。这个庞文连田河田也不放在眼里,真是气焰嚣张,胡言乱语。地主就是剥削农民发家的,哪个地主不是罪恶累累?地主就是人民的敌人,共产党闹革命就是要铲除剥削制度,消灭地主阶级。在一期、二期的土改中,田河田表现出了无比坚定的革命性。

土改结束后,他回到了县委,他想,他肯定会重新进县委班子的。田河田没有料到,接下来对他的重新审查开始了。有人揭发他,在土改工作中,他有严重问题。他开始反思自己,开始写检讨。

在给县委的检讨中,田河田将自己的错误归纳了几条:

一、他出身地主家庭,没有从思想上和地主阶级家庭彻底划清界限。革命性不够坚定,意志不够坚强,没有建立钢铁战士般的革命人生观。

二、在土改中,他打过人,爆过粗口,不是党的领导干部的所作所为,工作方法简单粗糙。个人主义思想严重,想在工作中表现自己。犯有严重的"左"倾机会主义错误。

三、工作作风有问题。在一期土改中贪污了一包纸烟、一支牙膏、一个针线包。在第五村一户农民家里白吃了农民三支烟(已给这个农民五十斤小麦作为补偿)。这是资产阶级腐化思想在作怪。

县委组织部找他谈话的同志又问起了他当年在狱中的表现,他如实地又交代了一遍。

"三反""五反"运动结束后,眉坞县委组织部并未给田河田下结论,只是说他犯有很严重的错误。他被调到眉坞县供销社,成了一名供销社的职员,在县城第二门市站柜台。

这时候,田河田才意识到,他再怎么表现,也是不能被信任的人了。

在锣村,罗天龙是一村人的族长,村里的大小事,他处理得井井有条。锣村没有懒汉二流子,不见偷鸡摸狗之事,也没有人吸食鸦片,作为县参议会的参议员,他敢于主持公道,疾恶如仇。常兴镇镇政府的保队副刘三春仗着自己的姑夫是镇长,强行拉走了西柿树林村的一个农民的一头牛;村里有一个年轻寡妇想再嫁,他长期霸占着,不许寡妇嫁人。罗天龙知道这些事之后,大声疾呼:严惩刘三春!他和县参议会的参议员联合上书县政府,将刘三春的恶行一一陈述。县政府出于无奈,只得派员去核查,经过一年的努力,刘三春终于从镇政府被清除出去了。

对于家事,罗天龙却束手无策。袁圆死活不嫁,马桂花撺掇他将袁圆纳妾,袁圆也逼他,叫他只给她一个名分,她愿意在罗家守到老。罗天龙说:"这成何体统?干女儿怎么能和老爹成亲?这叫我以后在锣村咋做人?"马桂花说:"你只给她一个名分,叫她在罗家活下去,到了老年,有人养她就行了。"罗天龙说:"不行,不行,那使不得。"罗天龙态度十分坚决。

当马桂花发现袁圆用一根绳子吊在后院里的槐树上的时候,一家人慌神了。幸亏袁圆没有死,袁圆醒过来,抱住罗天龙,放声哭了:"你不娶我,叫我死了算了。"罗天龙一句话不说,就在袁圆搂住他的时候,他的主意定了:娶袁圆为二房。

没有请客,家里只摆了几桌饭,请来了附近几个村里的绅士和县参议会的几个参议。1947年1月27日,农历正月初六,罗天龙名正言顺地娶了袁圆做二房。

圆房的第一天晚上,罗天龙照旧睡在马桂花的房子里。袁圆的长明灯在房间里亮了一个晚上。马桂花几次催罗天龙去陪袁圆,罗天龙不去,罗天龙说:"我困了,困得不行。"马桂花说:"那就安安然然地睡几个晚上,日子还长着哩,过几天再说。"马桂花到袁圆房间里给袁圆解释了一下,说当家的身体不舒服,叫她多担待。袁圆并没有恼怒,她说:"那就叫他老早睡。他想睡哪儿就睡哪儿,我咋样都行。"

在以后的日子里,罗天龙很少去袁圆的房间里睡觉,一旦去了袁圆房间,他叫袁圆给他打来洗脚水,洗了脚上炕就睡。他一次也没和袁圆同房。不是他不想弄那事,他也想过,可是,一旦他将袁圆抱在怀里,他就不行了:女儿,她是我的干女儿。我怎么能和干女儿睡觉呢?一旦这个想法冒出来,他就不行,一点儿也不行,两胯间的那个东西软得跟面条一样。他甚至责备自己:畜生,你是个畜生。你娶袁圆做二房已经造孽了,如果睡了她,就罪孽深重了。人的一生,有些事能做,有些事是万万不能做的,他很清醒。他安慰袁圆:"女儿,睡吧。干爹从常兴镇把你领回来那几年就这么抱着你睡。"他现在抱着袁圆,和十七年前的抱法一模一样,他心里只有一个念头:她是我的干女儿。老父亲对干女儿动淫欲就禽兽不如了。社会再乱,伦理不能乱。虽然他和袁圆没有血缘关系,但从袁圆进门的那一天起,他们就确定在"父女"这个关系上了——这个伦理就是一把剑,悬在头顶。袁圆哭了:"这样也好,就这样抱紧我,再抱紧些。我知足了,不是你,我的骨头早就烂了。你想把我咋样就咋样,反正,我生是你的人,死是你的鬼。"罗天龙说:"干爹对不起你,我也活不了多少年了,等我一死,你就另嫁一个人,给你生一个娃娃,养老送终。"袁圆说:"我嫁了你就很知足了,谁也不再嫁。"罗天龙说:"瓜女子,你为啥要这样作践自己?作为女人,你来人世一场,不开怀,太冤枉了。"袁圆说:"没有你,哪里有我?我嫁给你就是为了报答你。是你真不行也罢,假不行也罢,我心甘情愿。何为情?这就是情。"罗天龙被袁圆的一片赤诚之心打动了,他什么也不想,只想,他搂着的是一个女人,他的蠢蠢欲动,也在情理之中,毕竟袁圆成了他的妻子,他就是把袁圆压在身底下,也不为过。可是,他还是不行。他只是搂着她,在她的身上抚摸,抚摸。他知道,他睡在袁圆身旁太折磨她了。他穿上衣服,下了炕,回到了马桂花身边。

第十七章

　　眉坞县地下党的联络员在秦岭浅山找到了段志松。此时,段志松的队伍已在秦岭山中游荡了一年多。联络员给段志松说:"你的这支队伍无论走到哪里,都是党的武装力量,你心里必须明白,这不是你个人的队伍。由于你上次的失误,有两位领导同志被国民党保安团捉住,已经被枪杀在省城,你要认识到你的错误是严重的。形势已经发生了重大的变化,全国解放在即。目前,胡宗南的部队要沿长益公路(省城至陈仓益门镇)向西撤退,上级命令你率领部队赶快出山,在葫芦峪附近设伏,截击胡宗南西逃的部队,这对你来说,是立功折罪的大好机会,你一定要打好这一次伏击。"段志松的队伍已经好长时间没有打仗了,这一年多,他只和国民党汉中缉私队在褒河附近打了一仗。他领着人去汉中贩大烟被国民党汉中缉私队发觉后,在褒河附近的山中匆匆忙忙打了一仗,寡不敌众,他领着队伍赶紧逃跑了。联络员给段志松讲清了形势后,段志松没有犹豫,满口答应:"立即出山。"罗锣听说段志松要去葫芦峪打仗,执意要跟随段志松去上战场。段志松说:"打仗不是闹着玩的,是要死人的事,你去寻死呀,可是?"罗锣说:"死了就死了,谁活着也要死的。"段志松怎么阻拦，也拦不住罗锣。于是，她就跟着段志松一同出了山——罗锣在齐家寨住了一段时日，耐不住寂寞，和段志松一同进了山。段志松在齐家寨买了几间房。他和罗锣的家其实在齐家寨——罗锣野惯了，跟着段志松在山里跑来跑去，并不觉得苦和累。她出山时，腰里别着段志松送给她的那把手枪。

段志松领着他的几十个人的队伍按照上级指示埋伏在了葫芦峪附近。《三国演义》中这个葫芦峪就是当年诸葛亮试图烧死司马懿失败的地方。段志松的队伍埋伏了几天并未见胡宗南的溃军。他想，他是否也会像孔明一样运气不好，要遭厄运了。正当他徘徊焦虑时，在县城东边侦察的人来给他通报，胡宗南的一支队伍明天早晨可能会到达县城。

5月20日清晨，胡宗南的这支队伍果然进了葫芦峪——这是一支不足一百人的队伍，他们护送着家属和药品、面粉等物资准备从周南县向汉中方向撤退。当这些人进入了段志松的伏击圈时，段志松命令他的队伍开火，长枪、短枪和手榴弹一齐响了起来，坐在三辆汽车里的女人和孩子吓得尖声喊叫。罗锣一点儿也不害怕，爆裂的枪声使她兴奋不已。她紧紧跟着段志松。她的枪法很好。段志松目睹她撂倒了两个冲在前边的国民党的士兵。一个小时以后，胡宗南的士兵大部分缴械投降了。段志松缴获了几十支枪、四十多箱药品、一百多袋面粉。当几十个年轻的女人被段志松的人从汽车上吆喝着赶下来的时候，连段志松的眼睛也发直了：这些女人，长相漂亮、端庄，紧身旗袍勾勒出了浑身亮眼的线条。段志松的手下撺掇他：给弟兄们每人赏一个算了，你把他们交到哪儿去？段志松想了想，说："不行！把她们带到县城去，交给县上的领导。"有人发话了："头儿，你把她们交上去，她们不是成了上级领导的口中菜了吗？叫弟兄们先尝个鲜吧，反正咱们不是抢来的，是缴获来的。当年的刘邦进了咸阳城，不是叫他的弟兄们把秦二世留下的女人先收拾了？"段志松说："我说不行就是不行。咱是共产党的队伍，是有纪律的。咱们先把她们交到上级领导那里，如果上级领导同意她们给你们做婆娘，你们就一人领一个，我没啥说的。"段志松还是很识时务的，他知道，国民党快垮台了，共产党将是领导者，所以，他再不能胡闹了。

段志松把缴获来的物品和俘虏的士兵以及国民党军官的家属全部拉运到眉坞县县城上交了。

在清点完物资之后，段志松还试探着问上级领导："那些女人是不是能给我们弟兄们做婚配？"上级领导很严肃地说："能随便配给你们吗？她们是敌人的家属，不是枪支弹药，随便就可以给你们使用。你们连敌人的家属也眼馋，算什么革命战士？"段志松无话可说了。他手下的那些年轻人，十有八九是光棍汉——他确实是一片好心。这几年来，这些三十岁上下的小伙子从未沾过女人。在这方面，他的纪律很严，谁欺负农家女人或者和有夫之妇通奸，他就枪毙。

在眉坞县临解放的前几个月，田河田就给田方伯写信，叫他将家里的土地和大型农具无偿给村里的穷人。田河田的信是从眉坞县县城寄出来的。田方伯接到信，读了一遍，叹息了几声，他的名下只剩下九十六亩土地、四头牛、两头骡子和一些农具了。田方伯把信交给了河鼓。河鼓看了一遍，说道："我哥是真不知情，还是装作不知情？家里的地一大半被卖掉用来搭救他。他做了共产党，不讲亲情，连一点人情都没有？连一点儿良心都没有？"田方伯说："不是你哥没亲情，你哥对共产党的政策知道得多。"河鼓说："怕啥呢？"田方伯说："也不怕啥，就怕打粮食的地以后成了祸患。"田河鼓说："咱只有九十多亩地，能成为啥祸患？"田方伯说："照你说，咱一分地不交？"田河鼓说："不交。"田方伯有些犹豫。河鼓说："爹，你不要害怕。共产党打天下，不是为了把所有的富人都毙了的。"田方伯说："我都活到了这个岁数，怕啥呢？我是怕你们吃亏。"田河鼓说："咱有两把手，凭力气吃饭。"

昏黄的菜油灯伸出的捻子在凄凉的空气中舔动着。马桂花和袁圆都没有睡。罗天龙坐在木桌子跟前。桌子上放一把刀一只碗。刀是切面的刀,碗是上着黑釉子的碗。刀光黯淡,碗色深沉。马桂花手里还拿着针线活儿。罗天龙摆摆手,示意她不要做了。马桂花把手中的衣服连着针线放在了炕上。空气凝重得如同咬不动的干锅盔。花莲儿走后,马桂花就进了门,马桂花和他一起生活了二十多年,一起创下了这份家业。他的吝啬到了令人发笑的地步,而马桂花和他一样俭省,这真是嫁鸡随鸡,嫁狗随狗。他腰里缠着的腰带烂成了布絮儿,马桂花在灯下一针一针给他缝,他用了一年又一年,舍不得换新的,以致给人家盖房子上梁时用力太大将腰带挣断了,才换了一个新腰带。他告诉自己:如果没有马桂花给你操持,你不会把家业创这么大的。桂花不能走!这个家不能没有桂花。你的身边也不能没有袁圆。自从你把袁圆领进家门那天起,袁圆就偎着你睡。袁圆是个乖乖女,袁圆不只使你心里高兴,袁圆照顾着你的饮食起居,如亲生女儿一样孝顺。当袁圆要和你圆房时,你才明白,女子坚持不嫁人的愿望是永远不离开你这个干爹,不离开罗家。袁圆是特别懂得报答恩情的一个,她傻就傻在,要用自己的身体来报答你——既把你当作干爹看,又当作一个需要女人的男人对待。袁圆越是这样,你越不能做出有违天伦的事。你和袁圆依偎了将近二十年,可以说,两个人已经粘连在一块儿了,现在要一刀割开,两个人都连着筋骨连着肉,一刀下去,鲜血淋漓不说,会疼得受不了。马桂花是你的手臂,马桂花不能走;袁圆是你的心肝,你不能叫袁圆走。

　　罗天龙是痴心妄想,是白日做梦!必须走一个。卫义民给他说得很严厉。留谁呢?走谁呢?罗天龙无法决断,像秦腔戏《生死牌》中那样,做两个牌,由马桂花和袁圆去抓,谁抓到谁就留下。不行!这办法不行,万一马桂花走了,这个家就散伙了;万一袁圆走了,他将疼烂了心肝而死。他想来想去,想不出一个万全之计来。

坐在木凳子上的马桂花和袁圆不知道罗天龙把她们两个叫到一起有啥事。罗天龙在脚地走了两圈,他说:"前几天我给你们说过了,工作组叫你们走一个留一个,我现在问你们俩,谁愿意出门?"马桂花和袁圆相互看看,都不吭声。月光被撕碎了似的,从窗户中挤进来了一点血淋淋的光。罗天龙说:"你们谁跟着我,以后都要受大罪的,现在走,还来得及。"马桂花说:"你不要说了,当家的,我还怕受罪吗?我不走,我死都是罗家的鬼。"罗天龙冷笑了一声:"袁圆,你说。"袁圆说:"我要走,十七八岁就走了,还能等到现在?你是我的男人,我不离开你。"罗天龙坐定在桌子跟前,他说:"你们的心思我知道了,今晚上咱们滴血为誓,走了的也罢,留下的也罢,都是罗家孩子的大娘和二娘,这是一。走了的,以后无论走到哪里,好好和人家过日子,不再进罗天龙的门,这是二。谁走谁留,由我说了算,不准强辩,这是三。"罗天龙用不安、冷静而又痛惜的目光看着两个已经痛苦不堪的女人。罗天龙说毕,两个女人沉默了,只有出气声是那么清晰。她们像吞咽石头似的吞咽着命运对自己无情的打击,她们不可承受人世至痛的夫妻分离。未来的日子仿佛一个深渊,她们都不愿意跳下去,而且一想起来就感到茫然、害怕,不知所措。罗天龙说:"你们不说,我就说。"马桂花哭了,她的身体如风中的树叶一般抖动着,不停地抹眼泪。袁圆扑在马桂花的怀里说:"桂花姐,我从没有求过你啥,这一回,我求你了,你让一让我,叫我留下。"马桂花又哭了,她搂住袁圆说:"袁圆,咱还是听掌柜的吧。"马桂花把袁圆扶到凳子上。袁圆哽咽着:"我听掌柜的。"两个女人都明白,如果她们不听罗天龙的吩咐,将使罗天龙更为难更痛苦——即使是条深沟,她们都愿意跳,这才是夫妻之情的报答。在两难之时,她们必须为罗天龙着想。罗天龙抓起切面刀,左手端起了黑碗,放在了桌子边靠灯盏的地方。眨眼间,罗天龙一刀下去,在左手的中指上割了一个口子,几滴血滴进了碗里。刀刚放下,马桂花抓起了刀在自己的中指上割了一刀。轮到了袁圆,罗天龙睁大眼睛:袁圆先是犹豫了一瞬,切面刀终于落在了手指头上,她拿刀的右手颤动着,颤动着,落下去时,那刀好像被弹回来了,在空中飞旋了一圈才切在了手指头上。罗天龙睁大眼睛看着袁圆。随后,罗天龙叹息了一声。他从柜子里拿出来一个装白酒的坛子,向滴了血的碗里倒上了白酒。马桂花先端起碗,喝了一口有血的酒。袁圆迟迟不喝。罗天龙喝了几大口,碗里只剩下了两口,袁圆端起来一饮而尽。她似乎已经预感到,这是最后的告别酒。果然,罗天龙说,桂花留下,袁圆出门,就这么定了。罗天龙说毕,半眼也没有看两个女人,迈大步走出了房门。罗天龙没有任何勇气面对两个女人了。两个女人的心有多痛他的心就有多痛。生活迫使他举起无情的刀,一刀砍断多年的血肉之情,他为扮演刽子手一样的角色而无奈,痛苦。他刚走出去就听见袁圆号啕大哭。你哭吧,放声大哭,哭一哭,心里会好受些。你抱怨我也好,痛恨我也好,我只能这么狠心了。袁圆,你是我的好女儿。罗天龙眼睛潮湿了。罗天龙走出家门,走进黑漆漆的夜里和黑夜融为一体。走出了村外,他依旧能听见两个女人的哭声。扭头一看,他的身后是马桂花和袁圆。他摸黑走进自己的地头,他跪在地里,双手紧抓着两把黄土,叹息了一声,泪水喷涌而出。

送走了岳玲娟,黄生辉长长地出了几口气。西北战事吃紧,陆军五院接到命令,随军的家属先撤退,撤退的方向是汉中。黄生辉在勉县县城有一个远房姑姑。姑姑一家是多年前从山东到了汉中的。黄生辉给姑姑写了信,把岳玲娟托付给了远房的姑姑。

医院搬到县城以后,黄生辉给岳玲娟和他在县城租了房子。白天,黄生辉去医院上班,岳玲娟就待在家里做三顿饭。岳玲娟一个人守着空房子,实在觉得无聊,就去古城村黄福胜的家里待几天。儿媳一旦回来,黄福胜一家就给岳玲娟买大米,一家人将面食换成了大米饭。在北方生活了几年以后,岳玲娟也就慢慢地习惯了北方的生活方式。跟着黄生辉当了两年家属,岳玲娟无事可干,黄生辉就托人将岳玲娟推荐到东关第一小学教书。岳玲娟是师范毕业的,教书育人是她的专业,也是她的特长。在东关小学只教了一年,她就深受学校师生的爱戴。这样,岳玲娟每天就吃住在学校里了。而黄生辉也是经常一个礼拜不回出租屋一次。

一直到撤退前,岳玲娟也不知道黄生辉和医院里的一个叫作王兰香的护士相爱了。王兰香出生在汉中洋县的一个大户人家,父亲送她翻过秦岭在省城里的医科学校学习了三年,她的专业是护理,毕业后,她被分配到军队上的医院,她是从省城调到陆军五院的。天真而单纯的王兰香小巧玲珑,皮肤白皙,瓜子脸,她开朗活泼,很讨人喜欢。王兰香一到五院就被分派到了黄生辉的科室。从王兰香来到医院的第一天,黄生辉就喜欢上了她。黄生辉每天都要和那些血肉模糊的大腿小腿打交道,每天都要面对那些伤兵痛苦无奈的脸庞。下班之后,当脱下白大褂,一脸清纯的王兰香站在他跟前的时候,黄生辉好像面对着一抹蓝天、一泓清水、一片草原,心情舒松了许多。吃毕晚饭,他约王兰香出了县城,走上了渭河堤岸。王兰香既高兴又局促:高兴的是,黄少校对她特别照顾;局促的是,她毕竟是和一个地位比她高很多的医生在一块儿。王兰香已经感觉到黄少校喜欢她,而她对黄生辉只是尊敬、敬重和崇拜。走着走着,黄生辉就拉住了她的手。她不但没有挣脱,反而依偎住了黄生辉。王兰香感觉到,被一个优秀的有地位的男人喜欢,是很荣耀的、很愉快的。至于说她是否爱上了黄生辉,她还说不清。

一天,下毕夜班,王兰香没有回宿舍,她走进了黄生辉的休息室,等候多时的黄生辉扑上去抱住了王兰香,他把王兰香抱上了床。王兰香似乎觉得这是顺理成章的事情——她没有拒绝黄生辉。即使她的灵魂没有投靠黄生辉,她的肉体渴望一个她敬佩的男人的抚慰——女娃娃不想孤独地活着。

等岳玲娟向汉中方向撤退时,王兰香已经怀孕了。

一个多月以后,岳玲娟才到了勉县。翻过秦岭,他们一行几十个人就迷路了。山高坡陡,山路坎坷不平。他们眼看着驮行李的骡子和人从高山上跌入了深谷。骡子掉下深沟时发出的惊恐、尖厉的叫声在山谷中久久地回荡,好像人的灵魂从深不见底的深沟飘了上来。岳玲娟闭上了眼睛,不敢向深沟中看半眼。人跌下去的惨叫声针扎一样刺激着她——生命的消失在一瞬间。在深山里游转了三天,连一口吃的也找不到,只能在山里摘野果子吃。晚上,还没有走到有人家的地方,找不到睡觉的地方,他们只好摸黑在崎岖不平的山路上行走,一不小心,就会跌进深沟。下坡时,岳玲娟不敢走,只能蹲下去,一步半步地向下蹭,等走出秦岭大山时,岳玲娟已经是蓬头垢面,衣不蔽体了。到了远房的姑姑家,岳玲娟睡了一天一夜才缓过了神。

一个月过后,岳玲娟收到了黄生辉给她寄来的一封信。黄生辉在信中说,她走后,他病了,是一个叫王兰香的护士照顾他。说他在医院里的生活很枯燥,也很孤单,他身体不好,需要人照顾,他打算将王兰香娶为二房,也好陪伴他,他希望岳玲娟能够接纳王兰香,作为妹妹对待。他说,王兰香善良,会体贴人,是一个很不错的姑娘,十九岁了。岳玲娟读完信,感到十分吃惊,岳玲娟又读了一遍。这就是黄生辉的笔迹——对他的字,她太熟悉了,不是有人恶作剧。她意识到这是真的以后,眼泪唰地下来了。她攥着信来回走动,如囚在笼子里的一只鸟儿。她将头抵在土墙上,双手在墙上拍打,双肩在抽泣中颤抖。天哪,这是咋回事?当初,她和黄生辉爱得多么深多么真,黄生辉说变就变了,夫妻之间的情感竟然如此脆弱。什么爱呀情呀的,在肉欲面前脆弱得不堪一击。假的!所谓的爱情是假的,爱情只是一种理想,永远搁置在不可企及的地方,只有肉体之欢是实在的。岳玲娟给黄生辉发了一份电报,电报的内容很简单:我对你不好吗?我没有她漂亮吗?你不爱我了吗?你为什么要娶姨太太?黄生辉接着发来了电报:你很爱我,我知道。我娶姨太太不是嫌弃你。我在这里需要人照顾和陪伴。你是通情达理的,我才给你说清楚,我相信,你会容纳她的,她确实是个好姑娘,将来也会照顾你的。岳玲娟一看,黄生辉已铁了心,她无话可说,因为她不愿意离开黄生辉,不愿意和黄生辉离婚,所以,她才十分痛苦。她对黄生辉的爱情是坚贞不渝的;在她的心目中,黄生辉无可挑剔,他是一个伟岸的男子汉,他是一个技艺高超的医生,在同僚们中间,他享有很高的声誉。他为人大方,豪爽,性格开朗,天塌下来,他都是那么乐观。只要她和他在一起,他与她夜夜温存——他是那么能干,她常常舒服得大呼小叫,她觉得,他是天底下最会伺候女人的男人。因为她爱他,不能没有他,她才难以接受黄生辉纳妾——当然,在他那医院,纳妾的医生、院长,不是他一个,这不是石破天惊的事。但是,她觉得,他们爱得这么深,黄生辉怎么会睡别的女人呢？看来,天下男人都好色,黄生辉也不会例外。她哭了一个夜晚,第二天去邮局又发了一封电报:知道了。既是黄生辉迫使她接受他的纳妾,也是她宁愿接受黄生辉纳妾——她爱他,爱到了自己都不理解自己为什么容忍他的过错的地步。是她不愿意离婚,她想过,如果她和黄生辉离了婚,她将更痛苦——因为,她砍不断对黄生辉的爱,她也不可能爱上其他的男人。她的精神上的苦难是她对一个负心的男人的爱造成的。在汉中,在闲暇的日子里,岳玲娟给黄生辉写了好多封信,她怕丢失,一封也没有发出去。在一封信中,她写道:"辉,亲爱的,我天天想你,夜夜想你。有一天晚上,我梦见你变成了一块石头,我大哭不止,叫着你的名字,醒来时才发觉我确实抱着一块石头睡着了,那是行走在大山中的时候。"岳玲娟把那些信拿出来放在铜脸盆中去烧,她的一颗爱心变成纸灰之后,她的心里痛得厉害——烧了几封,她无法再烧了。她将纸灰和没有烧掉的信打包一起寄给了黄生辉。黄生辉接到信后,又发来了一封电报:我爱你。爱心不变。

  一年后,陆军五院的官兵宣布投降了。眉坞县解放了。黄生辉在眉坞县县城买了一院庄基,他到眉坞县人民医院担任了外科主任,他发电报,叫岳玲娟回到眉坞县来。

第十八章

罗天龙走进袁圆的房间里的时候,袁圆依旧趴在炕上哭泣。罗天龙说:"你今晚上一个人睡吧。"袁圆一听,起身扑过来,抱住了罗天龙,她啜泣道:"我不叫你走,你咋忍心就这么把我推出去?"罗天龙说:"我是咬碎牙向肚子里咽,你不知道吗?过几天,你就成为李春绪的婆娘了,你迟早要走,听话,你就是出了罗家的门,也是罗家的人。"袁圆一听,罗天龙已铁了心叫她出走,她把罗天龙越抱越紧了,她说:"不,我不叫你走。"罗天龙说:"袁圆,我知道我对不起你。这事不怪你,全是我的错。你肯定是害怕和李春绪在一起过不上好日子,你就没想一想,你和我在一起,能有好日子过吗?春绪的人品你知道,他不会亏待你的。再说,他现在是贫农,能保护你,你和他在一起,给他生个娃娃,你们会把日子过好的。"罗天龙掰开了袁圆的手,他坐在了炕边上。袁圆再一次扑过去,头枕在罗天龙的腿上,一双泪眼看着罗天龙:"我是嫌弃李春绪吗?我是担心过不上好日子吗?我离开你,怎么活呀?我就是不缺吃不缺穿有啥意思呢?离开你,我好害怕呀,我害怕没有你,你知道吗?我不出嫁,为了啥?你不明白吗?你是装糊涂还是真糊涂?"袁圆不停地啜泣,双肩抽动着，胸脯起伏着。罗天龙一句话不说，泪水顺着枯瘦的脸庞流下来，滴在袁圆的泪脸上："女子，你哭吧，把一腔的苦水都倒出来。我再爱你，也没有办法呀！"悔恨、无奈、内疚、伤心，各种情感一齐喷涌而出，罗天龙抱住袁圆，失声大哭。

马桂花也没有睡，她并不是等待罗天龙。她以为罗天龙在袁圆的房间里，她知道罗天龙和袁圆在一起的夜晚并不多。眼看袁圆要走了，罗天龙心里肯定会很难受，她也希望罗天龙最后这几个晚上能睡在袁圆的炕上。

半夜里，马桂花被一阵奇奇怪怪的声音惊醒了，那声音仿佛是什么动物在鸣叫又仿佛发自人的口腔。她爬起来，披上衣服，拉开房门一看，原来是罗天龙，罗天龙搬来了躺椅，躺椅就支在窗户前头的房檐台阶上。罗天龙躺在躺椅上，被子也没有盖。看起来，躺椅上好像搁了一个粮食口袋。马桂花轻轻地推了推罗天龙，罗天龙睡得很死，马桂花不忍心打扰，抱来一床被子给罗天龙盖在了身上。每年的麦子收割到打麦场上，要人去看场，罗天龙不叫长工去看。每天晚上，罗天龙就是这样睡在麦场里——他在露天地里睡惯了。也许是他和新收获的粮食在一起，有一种无法言说的喜悦。马桂花还以为，罗天龙肯定会在袁圆房间里度过最后几个难分难舍的夜晚的，她哪里知道，他却没在袁圆的房间里睡——长痛不如短痛。罗天龙已痛下狠心——一刀砍断他和袁圆的情感。而袁圆以为，罗天龙去了马桂花的房间。

其实，罗天龙是在装作睡得很死，马桂花推他的时候，他醒来了。他没有吭声，是因为他不想去马桂花的房间里睡，他更不能和袁圆睡在一起——他要断然割舍，这种割舍，仿佛在他的身上割肉，他必须心肠硬起来。不是说他老了，不再儿女情长，即使他年轻，他也不会和袁圆同床共眠的，这样做，就害了袁圆。当他从袁圆的房间里走出来时，袁圆哭得更厉害了。袁圆死死地抱住他，把他的一只手拉住，往她的衣襟中塞进去，叫他的手捂在她的奶头上，捂在她的心口——他能感觉到袁圆的心脏的跳动。他和袁圆在一起生活了十几年,于这一夜似乎才明白:袁圆不只是感恩,她为他付出的是一片真情——这种情感的真挚、真诚和纯粹简直像他每天起来就面对的太阳一样。他嘴唇抖动,说不出话来了。袁圆跪下来,抱住他的腿,求他:"给我吧,就今晚上一次。"他把袁圆扶起来,双手捧起她的脸庞,在她的脸蛋上亲了又亲——他老泪纵横了。他说:"女子,就是到了阴曹地府,我也是你的干爹。下一辈子,咱俩做夫妻吧。"袁圆啜泣道:"你为啥要折磨我?"罗天龙说:"女子,不是我折磨你,我一旦做了有违人伦的事,死了会下油锅的。"袁圆说:"你只想到你,就不想我有多么难受吗?"罗天龙说:"干爹对不起你。我救了你的命,我也害苦了你。"罗天龙要给袁圆下跪,被袁圆扶住了。两个人默默地抱在一起,默默地流了一会儿眼泪。罗天龙第一次主动地把手从袁圆的衣襟下伸进去在她光滑的奶头上捏弄着,袁圆把她的舌头伸进了罗天龙的嘴里……当罗天龙意识到,他已走到了悬崖边的时候,断然推开了袁圆,断然和她分开了。他之所以不和马桂花睡在一起,是想给马桂花一个假象——知道他和袁圆在一起,这样,马桂花就心安了——他一生一世总是为别人着想。马桂花也希望他能和袁圆有鱼水之欢——真是难为了她的一片善心、一片苦心。罗天龙眼睁睁地看着秋夜,月光映地,夜凉如水,他心神难宁,辗转反侧。一直到天亮,他才合了几眼。

在以后的几天里,罗天龙把牛圈里的门扇卸下来在牛圈里堆放麦草的地方给自己支了一张床。他不和马桂花睡,也不和袁圆睡。直到袁圆被李春绪接走那天晚上,他才回到了马桂花的房间。

半夜时分,罗天龙和马桂花被一阵敲门声惊醒了。罗天龙点上了灯,下了炕,开了门,他一看,是李春绪和袁圆,赶紧把两个人让进了房间。

"咋回事?你俩咋还没有睡?"罗天龙问。

"叫袁圆今晚上和你睡在一起。"李春绪说。

"不行,不行,你们两个成夫妻了,咋还能和我睡?你这不是叫我做伤天害理的事吗?"

"掌柜的,我李春绪还没有求过你啥事,就算我求你了。"

李春绪扑通一声,跪倒在罗天龙跟前了。

李春绪和袁圆的第一夜没有像其他新婚夫妻一样品尝人生的甜蜜。袁圆走进李春绪房间里的时候并没有陌生感,两个人毕竟在一个锅里吃了好多年的饭,在一个院子里共同生活了好多年。袁圆刚被罗天龙领回锣村那几年,李春绪把袁圆当小妹妹看待。袁圆也很喜欢李春绪这个大哥——两个人之间有难以说清的情感。李春绪虽然有点内疚,觉得他是夺了罗天龙之妻,但是面对依然很端庄漂亮的袁圆,几十年没有品尝女人的李春绪不能不动心。两个人默默地坐了一会儿,李春绪说了声:"袁圆,睡吧。"袁圆坐在炕沿上,眼里噙着泪花。她内心激荡得很厉害:她的情感依旧在罗天龙那里,肉体却在李春绪的房间里。现在她怎么做都对不住罗天龙或者李春绪。李春绪宽衣解带,钻进了被窝。李春绪再一次催促袁圆睡觉。袁圆当然明白李春绪是怎么想的——他已迫不及待了。袁圆擦干了眼泪,脱了衣服,睡在了李春绪身边。袁圆前思后想,她把自己给了李春绪,是她的错,不给李春绪也是她的错。既然都是错,咋样都行。当李春绪抹下了袁圆的裤子,手掌在她光滑的身上摸了摸,翻身要趴上袁圆身体的时候,袁圆突然说:"李哥,我害怕。"李春绪说:"害怕啥?"袁圆说:"我从来没有那个过,今晚是第一次。"李春绪吃惊不小:"你这些年和掌柜的没有、没有×过×?"李春绪的粗话出了口。袁圆说:"没有,一次也没有。""真的?""我哄你干啥?不信?你上来试试。"李春绪一听,翻身而起,他给袁圆说:"你快穿衣服,起来。"袁圆莫名其妙,躺着没有动。李春绪已经穿上了衣服,袁圆依旧躺在被窝里。李春绪说:"穿呀,还磨蹭啥呢?""你不是急着要我吗?咋不要了?为啥?"袁圆还是莫名其妙,她莫名其妙地穿上衣服,莫名其妙地下了炕。李春绪拉着袁圆的手腕,从偏门走进了正院,敲开了罗天龙的院门。

李春绪给罗天龙跪下了,罗天龙要扶李春绪起来,李春绪不起来,李春绪说:"你不答应我,我不起来。"

罗天龙说:"答应你啥?"

李春绪说:"叫她睡在你的房间里,三天以后,我再来接。"

罗天龙说:"你这是干啥呀?你的女人,咋能睡在我的房间里?"

李春绪一急,就直说了:"你连一次也没有睡她,我不能动她一根指头,你睡了她,我才能动她,不然,我也不会睡她的。"

马桂花一听,大吃一惊,她直接问袁圆:"你们这么多年了,没有同过房?"

袁圆说:"没有。"

马桂花说:"你有病,得是,袁圆?"

袁圆哭了:"怪我,都怪我。"

罗天龙说:"不怪袁圆。过去的事了,不说了。你们快回去睡觉。"

李春绪说:"你不答应,我不回去。"

罗天龙说:"好,我答应。"

李春绪起来了。

罗天龙说了一河滩话,他给李春绪说:"只要你对袁圆好,也就是对我好,只要你们日子过得好,我的心里就踏实了。"罗天龙说,"我把话挑明了,袁圆做了你的婆娘,她就是你的人,我再动她,就是伤天害理,也不地道了。把第一次留给你,这是天命。袁圆是我的干女儿,我不能和她那样。你们快走吧。"李春绪说:"掌柜的,你这不是把我架在火上烤吗?你咋能叫我做小人?我这样做就太不向况(地道)了。"罗天龙说:"不要那样想。这是世事。我们要跟着共产党的领导走,快回去吧。"

李春绪还不走,他非要把袁圆的初夜交给罗天龙不可,他觉得,只有这样,他才心安理得,他才算个仁义之人,他才是个男子汉。不然,他会内疚一辈子的。罗天龙一看是这样,把袁圆叫进她昔日的房间说了几句什么。袁圆出来之后,硬是把李春绪拽走了。

段志贤大义灭亲举报亲弟弟的举动使古城村人惊愕而害怕。

段志贤把工作组的组长范钊和民兵连的两个民兵领着上了他家西厦房的木板楼。两个民兵从木板楼上提下来了一挺轻机枪、三把手枪以及几百发子弹。段志贤告诉范钊,这是他的弟弟段志松私藏的武器弹药。段志贤立了一大功。无疑,段志松是要因此而招祸的。这三年来,段志贤挣扎地过日子,他把家里的地卖得只剩下了五亩多,一家四口人,每年打的粮食不够糊口。土地改革,他是古城村的第一个受益者。

段志贤举报弟弟,一是为了洗清自己——武器毕竟在自己的家里,一旦被人发觉后搜出来,他就说不清了。二是因为他和弟弟结下了怨。

段志贤的日子实在过不下去了,就到秦岭山中去找段志松,他跋山涉水地在山中找了一个月,总算找到了段志松。段志贤给弟弟诉苦,说他的日子有多么艰难。段志松一听,段志贤把父亲留下的家产挥霍光了,十分气愤,那份家产中起码有自己的一半。段志贤连他那一份也卖掉抽了大烟。现在,还跑来向他要钱。段志松把段志贤臭骂了一顿不说,还叫他手下的人用鞭子把哥哥打了一顿,临走时,只给了他五块大洋作为路费。

回到家,段志贤当着妹妹段志梅和自己婆娘的面把段志松骂了一通,诅咒了一通,发誓不再认这个亲弟弟。

一年以后,眉坞县解放了。段志贤听说弟弟在共产党中任了职,心想,弟弟一定会接济自己的。一天夜晚,弟弟回来了,弟弟把一挺机枪、三把手枪和一些子弹留在家中,吩咐他看管好,临走时,只留给他十块大洋。他童年时,弟弟打他好多次,他并不记恨弟弟。他觉得,那时候,兄弟之情并未割断。现在,他对弟弟恨之入骨,弟弟对他没有丝毫手足之情,将他视为仇人。他想,既然你不情,我就不义了。在他看来,弟弟留在家中的枪弹是埋在他身边的地雷,一旦引爆,他必将粉身碎骨,他想了又想,决定将枪弹交给上级组织。

范钊得到了这些枪支弹药之后,立即交到了眉坞县县委县政府。眉坞县县委县政府将段志松私藏枪支弹药的事向西水专署汇报了。段志松即刻被停职。扶眉战役结束后,西水市随之解放,段志松在西水军分区三营一连担任副连长。段志松被送到了眉坞县,由眉坞县县委县政府处理。

第十九章

田河田听到父亲被关押到眉坞县县城里的看守所以后,即刻去找县委书记常荣光。虽然,田河田没有在党政机关担任什么职务,但他在西府工委做副书记的时候,常荣光是扶阳县委组织部的部长,直接受田河田领导,田河田是他的"老领导"。于是,他就来找常荣光。田河田只是给常荣光说:"田方伯是家父,被关押在县城监狱。他究竟犯了什么罪,希望常书记能过问一下。家父六十多岁了,我只担心他受不了牢狱之苦。如果他真的犯了罪,谁也不能替他说情。如果够不上关监狱,盼望他早日出狱。"常荣光说:"老领导放心,我马上过问这件事。"

田河田走后,常荣光派人将范钊叫到了眉坞县县城,询问田方伯被关押之事。范钊将田方伯撕红榜的事给县委书记说了一遍。常荣光说:"老汉撕红榜固然不对,也不至于把他关押起来。"范钊说:"他的行为够得上反革命了,不关押不足以打击反革命的嚣张气焰。"常荣光说:"范钊同志,你的革命警惕性很高,这很好。不过,搞工作嘛,不能把事情简单化,更不要随便给人戴帽子。县委决定,立即释放田方伯,进行批评教育。"范钊说:"这恐怕……"他欲言又止了。常荣光说:"恐怕有人说我做法不妥,还是恐怕你的面子搁不住?"范钊说:"不是,不是这样的。我坚决按县委的指示办。"

当县看守所的看守人员把田方伯释放以后,田方伯坐在监狱里的麦草铺上不走,他破口大骂范钊,他非要范钊给他说法不可:为啥要轻而易举地把他关进来,又平白无故地释放他。监狱里的监狱长只好给县公安局汇报,县公安局只能汇报给常荣光,常荣光派人找来了田河田。在田河田看来,现在搞运动,是非常时期,在这个非常时期,常荣光能给他面子,释放父亲,他十分感激。而父亲的不识时务,使他觉得既为难又生气。

田河田来到了眉坞县看守所。狱警打开铁门,田河田一看,父亲坐在麦草铺上,他的背身看起来依旧那么固执。田河田叫了一声爹,田方伯回过头来看了儿子一眼,一句话没说。田河田说:"爹,咱回去吧!"田方伯说:"就叫我这么回去?"田河田笑了:"你要坐车,我在街道上去叫。"田方伯说:"我要的是说法。"田河田说:"得是要叫常书记来给你道歉?"田方伯说:"我不怪人家县太爷,那个姓范的得说一句话。"田河田说:"叫人家说啥话?"田方伯说:"总得有一个谁对谁错吧?"田河田说:"你当族长时,不是样样事都做对了,也有做错事的时候,你说是不是?"这一句话,似乎触到了田方伯的痛处。他不吭声了。田河田真想给父亲说,不要说范钊关你了,这事搁在我身上,我也会派人把你送进监狱的。你就不想想,你是什么身份?你是什么人?在田河田看来,父亲还在糊里糊涂地做人,对变化了的新时代认识不清。田河田到县看守所把田方伯接回了家。

李春绪和袁圆一起来到了县城。他们是去看望罗天龙的。他们不知道罗天龙被关押在啥地方。他们到了县政府,县政府院子里有几个背盒子枪的。他们敲开一个门去问,罗天龙被关押在啥地方,坐在办公室里的人说不知道。连续问了几个人都说不知道。后来,李春绪在院子里再一次问一个背盒子枪的年轻人。年轻人问李春绪是啥成分。李春绪说是贫农。年轻人又问："要找的罗天龙是你的啥人？"李春绪本来想说，是我家掌柜的。袁圆把李春绪用手一拨，抢着说："是我的干爹。"年轻人说："要找人犯，就去公安局找，县政府院子不看管犯人。"李春绪问年轻人："公安局在啥地方？"年轻人说："在县城东关。"

李春绪和袁圆寻找到东关，走进了公安局。值班室一个背枪的问他们干啥。他们说来看望罗天龙。背枪的问李春绪，罗天龙是干啥的。李春绪说，被工作组组长卫义民抓到县城里来了，听说关在公安局。背枪的这才明白，他们是来探监的。背枪的说，今天不是探视的日子。李春绪问道："哪天可以看望？"背枪的说："后天上午。来的时候要带村农会的证明。"李春绪和袁圆一听，只好回去了。

过了两天，李春绪和袁圆拿上锣村农会开的证明来县看守所见罗天龙。袁圆一看见罗天龙就哭了。罗天龙毕竟六十一岁了，他的身体再好，肚量再大，也受不了牢狱之苦。他瘦削了许多，眼窝深陷下去，两颊也塌陷了，脸色苍白，头发蓬乱。李春绪一看，房子只有一间屋大，前檐上开了一个很小的窗子，窗口开得很高，房间里的光线极其有限。罗天龙靠前檐的砖墙而坐。罗天龙暂时被关在这里。刚送进来时，罗天龙呼吸着沉闷的空气，胸口又憋又闷，实在难以忍耐。天还没有黑尽，黑暗就来到了房间。年轻时，外出给人家干活，他常常走夜路，习惯了的黑暗是自然的、顺畅的，不比牢狱中这硬邦邦的黑暗使他窒息。他想逃脱这黑暗，却毫无办法。几天以后，他突然明白了——绝不是习惯了——他将永远属于这黑暗，那扇透进光亮的门已经给他关上了，他没有害怕，显得坦然而麻木。

只说了几句话，背枪的年轻人就说："时间到了。"李春绪和袁圆临走时，罗天龙给袁圆说："你回去给桂花和儿子说，我死后把我埋在罗家的坟地里。三年过后，给我立个碑子。"袁圆一听，哭了："我们想办法救你出去。"罗天龙惨淡地笑了一声："你们回去吧。你们谁也救不了我。只要你们不再遭罪，就算老天开了善眼了。"袁圆一听，抱住罗天龙，大哭不止。

回去的路上，袁圆一句话也不说，只是不时地抹眼泪。她故意绕道从常兴镇回锣村的那条路上——她要在那条路上重走一回。罗天龙把她抱上木轱辘大车的情景，历历在目。那时候，饥饿并没有削减她的意识，她不知道，面临她的将是一户什么样的人家，她的面前是深渊还是坦途。坐在车厢里，她半眼也不看罗天龙，连眼泪也没有了，她只是觉得迷惘、孤单、害怕。使她万万没有想到的是，罗天龙待她比亲生女儿还亲，她感动得浑身发颤，偷偷地哭泣。她没有什么可报答她这个干爹。给罗天龙做女人是她十五六岁就坚定了的想法，一辈子不改变。随着岁月的推移，她觉得，她的情感中不只有报恩，她深深地牢牢地爱上了这个可以做父亲的男人了，人世上再也没有像罗天龙这样令她动心、崇拜、爱慕的男人了。可是，在一个早晨，她蓄谋已久的打算变成了一场空——她于无奈中做了李春绪的婆娘。她最爱的人如今在受难，当年他救了她，给了她第二次生命，而她却不能救他，况且，是她把他推向灾难之中的，一想到这里，袁圆就泪水直涌。

抬起泪眼，袁圆看着眼前的这条乡村土路。白花花的路无情而僵硬。一轮木轱辘大车在太阳光下慢悠悠地向前滚动，蜷缩在车厢里的袁圆心如死灰——她绝望的心情和十四岁那年从这条路上去锣村时一模一样，甚至更沉重了。

李春绪知道袁圆很悲痛，他说什么也得不到袁圆的原谅，他也不希望袁圆原谅他。他知道，罗天龙的受苦受难和他脱不了干系。他不只是内疚，他痛恨自己当初为什么要把袁圆娶进门。如果袁圆不做他的婆娘，也许，罗天龙还不会遭此大难。这几天来，他每天都要承受良心的谴责。

县委书记常荣光脸色铁青，段志松就坐在他的对面。房间里的气氛肃穆而凝重。段志松一根接一根地抽烟。

常荣光说:"段志松同志,我再问你一遍,你为啥要私藏枪支弹药?"

"我说过几遍了,啥也不为,只是爱玩枪。"

"有人反映,说你想再去鹦鸽山打游击,说你嫌共产党管束严,不给你大烟抽。"

"放屁!"段志松站起来,把烟蒂朝脚地狠狠地一摔,"我有二心,我能在葫芦峪打伏击?我有二心,能在扶眉战役中把头提在手里和胡宗南的部队打?我有二心,我就跟国民党跑到台湾去了。"

"你私藏枪弹是违法的事,知道吗?你现在认个错,还来得及。"

"我没有啥错可认,要杀要剐随你们便。"

"念起你为革命做了些工作,还有些贡献,党组织和同志们想挽救你,才三番五次找你谈话,你的态度咋这么蛮横?"

"不要给我来这一套,我听腻了。我参加共产党的时候,你在啥地方?你恐怕还是个衔着鼻涕的碎娃娃,你以为你是县委书记就可以教训我?一句话,我没有错,我说过多少遍了,我藏枪支不是为了杀人,不是为了造反,只不过是喜爱它。咋处理我,你们看着办。"

段志松的话伤了常荣光的自尊。常荣光被段志松顶得无话可说,他走到了段志松跟前去,狠狠地盯了他几眼,随之喊了一声:"通讯员!"

站在门外边的两个别短枪的年轻人进来了。

"把他带下去。"

段志松跟着两个年轻人走出了房间。

常荣光确实是想挽救段志松,不想叫他死在枪口下。这些日子来,不断有人告段志松,告他杀人放火,告他贩大烟。清湫村的一个老头子,因为儿子被段志松枪杀之后精神受了刺激,他一进县委大院就叫骂:"土匪!段志松是土匪头儿!"常荣光已经知道了事情的真相——老汉的儿子吆着骡子要去南山砍柴,走到了半路上碰见了段志松手下的三个人溜达。那三个人要老汉的儿子把骡子借给他们用一用。小伙子坚决不给,段志松手下的人去抢,老汉的儿子便抡起砍柴的砍刀去砍那三个人,他的刀还没有抡下去,就被段志松手下的一个年轻人一枪打倒在地上了。小伙子的母亲为失去儿子哭瞎了双眼,父亲变得疯疯癫癫的。常荣光叫人把老汉劝走,老汉不走,他说,不枪毙段志松,共产党就不是真正的共产党。老汉甚至揭了段五魁的老底,他说,段五魁活着的时候就是大瞎夙、害人精;他说段五魁年轻时就吃喝嫖赌,这样的瞎夙能养出好儿子来吗?老汉从中午骂到了下午。常荣光出面,才把老汉劝走了。

常荣光翻了一下卷宗,已经给段志松落实的人命案有四宗,被段志松打死或烧死的这四个人虽然都是地主、绅士,可他没有权力随便杀人。段志松打劫烟霞村的时候,放火烧了地主刘福善十二间房屋,刘福善被火烧死了。段志松在秦岭山中打游击的时候,已经到了山穷水尽、弹尽粮绝的地步。他派人出去打探,有一个叫黑三娃的人领着十一个拉杆子的在柞水县一带活动。他找到黑三娃,黑三娃一听,他的队伍是劫富济贫的就收留了他,他在黑三娃那里休养生息了三个月。有一天午饭,他用酒把十一个人灌醉后,收缴了他们的枪支,占领了他们的地盘。他的做法完全是土匪式的,十分卑劣。

常荣光不再找段志松谈话了。他召开了县委会议,决定正式逮捕段志松,至于怎么处理,等把段志松的恶行一一落实后再决断。"镇压反革命"运动开始后,段志松是眉坞县第一个被镇压的对象。

田方伯手里托着河鼓的儿子田永平走出了古城村,他站在渭河的河堤上,面朝南,眼望着辽阔的河滩地,木然不动,目光冷峻,心里波浪起伏。他一点儿也想不通,为啥一夜之间,他就回到了三十年前,回到了他当初创业的起点——那时候,他只有五亩三分地。他们兄弟四人,他是老大,分家时,每人分了五亩三分地。老二抽大烟卖光地不说,老婆娃娃也卖了,最后得了老鼠疮死了;老三跟着拉杆子的刘义海进了南山,不知死在了那里,尸首也没了踪影;老四被派了壮丁,跟着国民党的队伍走了以后杳无音信。只有他靠一双手起早贪黑地创家立业,一分一厘地买地置家当,最终将五亩三分地变成了三百多亩,牛马骡子拴了两槽。在古城村,他有三院庄基。他用汗水拾回了自己的尊严——他成为田家的族长,眉坞县的绅士。种地交税纳粮,租地交租子,自古以来,这是天经地义的,咋能说是剥削?使他弄不明白的是,段志贤那样的败家子,败光了段五魁的家产,反而成了贫农,成了农会的头儿,三榜定案,给他的头上安上了地主反革命分子,开了他的几场斗争会。他知道,工作组和段志贤想杀杀他的威风,想把他打倒在地,再踩上一脚。他站在台子上依然高昂着头颅,挺着胸脯——像当族长时给庄稼人说话一样,一副凛然的样子。他没有强收过任何一个农民一升一斗租子。三四月里,青黄不接,村里人去他那里借粮,张宗奇打开粮库,需要几斗,吩咐借粮的人自己去装。第二年,来还粮食,他不称不量,还多少算多少;还不上,就不要了。田方伯他也是从穷日子过来的,对于穷人的处境他能体谅。当然,对于那些懒汉二流子,吃喝嫖赌抽致穷的人,田方伯很鄙视,从不给他们好脸色看。作为地地道道的庄稼人,谁不想发家致富?谁不想叫儿孙们过上好日子?他创业几十年,到头来的是一场空。他太悲怆了。

田方伯叫齐云仙不要起来做饭,全家人饿了一天。他要叫全家人记住这一天是啥日子,尽管,小孙子饿得又哭又喊,但他狠狠心,也没叫娃娃吃。也许,娃娃们受罪的日子还在后头,这都是他成家立业铸下的错,后人跟着遭罪。第二天,他们一家依旧没有吃一口面食,他叫齐云仙和黄秋叶去渭河堤岸上撅了些野草——牛羊吃的草,在锅里煮了煮,每人吃了一顿又苦又涩的野草。

田方伯黯淡的心情漫上了脸庞,他脸色阴沉。不远处,靠着河堤的那一块地是民国十六年（1927年）和古城人争滩后分给他的，田方伯记得清清楚楚，为争夺那一块地，田家的堂兄把老命也丢了——那一块地是用血染的，是用汗水浸泡过的。这个过程，他本来想给孙子说一说，他一看，孙子还太小，只有四五岁，说给孙子听，孙子未必能记住，未必能弄清楚事情的来龙去脉。算了，不说了。田方伯凝视着那一大片土地，眼泪在眼眶里打转——你不只是为失去了土地而难过，你太冤枉了——这一生的努力等于白费了，白忙活了几十年。你不止一次地回顾自己的一生，你不止一次地问自己：这一生，你到底弄了个啥活吗？唉！用文绉绉的话说，你的一生是失败的一生，岂止是失败？是惨败！

这时候，一个人朝河堤走来了。那个人走近了，他才看清了，来人是张宗奇。张宗奇跟了他几十年。几十年来，张宗奇忠心耿耿，田家的家业里，少不了张宗奇付出的智慧和劳动。他并没有亏待张宗奇。张宗奇用他开的工钱在老家盖了一院庄基，买了十三亩地。他花了二十石麦子给张宗奇在眉坞县聘了一个媳妇。媳妇生孩子前回到了张宗奇的老家。

张宗奇上了河堤，给田方伯说："掌柜的，我今天就回渭南了，来找你告别，齐大嫂说你托着永生出了门。"田方伯说："现在就走？"张宗奇说："就走。"田方伯说："走，回去，我送送你！"张宗奇扶着田方伯下了河堤。田方伯说："宗奇，你跟了我几十年，你看，我现在想送你几块银圆，也拿不出来了。"张宗奇说："掌柜的，咱们之间，还说这个干啥？世事变了，你要想得开。共产党的领导下，咱就要跟共产党走。你也看到，国民党这些年太瞎了，县政府乡政府里都是一伙瞎贼，国民党自己把自己弄完了。你要顺应时势呀。你不要再作践自己，我农闲时来看望你。"田方伯说："你放心，共产党叫我咋办，我就咋办。我知道，共产党好，共产党是为大家谋福利的。我就是想不通。"张宗奇说："你就不想一想，你要那么多土地干啥呀？"田方伯说："也是，地多累多，我被地累了大半辈子，没有那么多地，我就轻松了。"张宗奇突然跪在了田方伯跟前,说:"掌柜的,我也没有给你留啥,就让我给你叩三个头吧。"张宗奇给田方伯叩了三个头。田方伯把张宗奇扶起来时已经老泪纵横了。

第二十章

段志松被关进监狱之后,他才意识到,这一次,他肯定栽了。他想起,他曾经送过眉坞县第一任县委书记马宏德一支手枪,也许,那支枪是他送给共产党结束他的性命的枪。他现在后悔都来不及了。他对自己说:"你才三十六岁,不该这么早就结束自己的生命,从你偷救灾款的那天起,就注定你的命运该是这样。因为,你就不是一个安分守己的庄稼人,你明里给国民党干事,暗里是共产党的人——这种阴阳角色你没有扮演好,你既做好事又做坏事——你以为做坏事也是做好事。你谁也对得起,你最对不起的就是罗锣,有罗锣的疼爱你死也心甘了,当时,你还想,中华人民共和国成立后,你和罗锣回到古城去,两个人种二三十亩地,养两头牛,叫罗锣给你们生一儿一女,全家人过上安安稳稳的太平日子——你想得太好了。人算不如天算。惋惜的是,罗锣二十二岁——不,还差十多天才过二十二岁的生日——就把生命撂在了枪林弹雨中,罗锣在扶眉战役中流尽了最后一滴血,至今,也没人给个说法。而你自己身陷囹圄,生死不知。唉!堂堂男子汉,不怨天不怨地,自己做过的事情自己决不后悔!你从最坏处想,假如你被共产党惩罚了,你要叫哥哥把你埋在父母跟前,二十年过后,又是一个小伙子。"段志松托人给段志贤捎去了话,想见段志贤一面。

当弟弟捎来话要见他时,段志贤一口回绝了,他给来人说,他没有段志松这个弟弟。在这个关键时刻,段志贤生怕段志松牵连了自己,在段志贤的心目中,段志松是土匪,是人民政府的敌人。

段志松一听段志贤不认他,便破口大骂:"狗东西!六亲不认的狗东西!等老子出去,非把你撕成碎片不可!"段志松就不知道,从段志贤交出他私藏的枪支弹药那天起,段志贤就不再把他当作弟弟看待了。他还以为,哥哥是出于无奈才交出他的枪支弹药的;他还以为,手足之情是一刀砍不断的——就是作为土匪,段志松的豪爽义气是有的,在他的队伍中,最看重的就是情义,就是义气,他真没有想到,哥哥如此绝情。段志松更没有想到,他的妹妹段志梅来看望他。他已经多年没有见到妹妹了。段志梅叫了他一声哥哥后,他竟然没有认出来他面前的这个女人就是他的亲妹妹。三十岁的段志梅神情冷漠,一脸苦相,眼神恍惚。在段志松的心目中,妹妹还是个小娃娃,储存在他的记忆里的是他领着妹妹上树捋榆钱吃,在河堤上捉蚂蚱,在渭河里玩水的情景,是妹妹跌坐在涝池里的脏水污泥中满身污脏的样子,是妹妹躲在渭河滩上的芦苇地里一天不出来害得他到处寻找时愤怒的样子。有一年,渭河里发了水,他和妹妹一起去捞鱼,妹妹一不小心滑到了河里,是他奋不顾身地扑入水中将妹妹捞上来的。他离开古城村逃进秦岭时,妹妹才十一岁。那时候妹妹一旦犯了"牛"脾气,就坐在街道上一哭就是一晌午,她一边哭,一边用双脚在地上蹬,以致把鞋蹬掉,把脚后跟蹬得流血。她的牛脾气是从小养成的。段志松从段志梅的眉眼里看得出妹妹的日子过得并不遂心,他问道:"你的娃娃多大了?没有带到县城来?"段志梅苦笑一声:"哪达来的娃娃?"段志梅告诉段志松,她没有成家,段志松一听,骂道:"志贤这个狗东西!连这个心也不操?"段志梅说:"不怪哥哥。"段志松说:"他是老大,长兄为父,爹没了,这些事他就要管。"段志梅说:"二哥,不说这些了,听我一句话,你给政府认个罪,叫政府把你放了,回家过日子。"段志松苦笑一声:"你想得太好了。现在,没有人说我曾经把头提在手里卖命的事了,只记着我做了多少瞎事,我没有指望了,也不指望活下去。我死活就这一条命。你今日个来得正好,我只托付你一件事,我死后,你把我埋在咱爹和娘旁边。"段志松本来还要给妹妹嘱咐,叫妹妹把罗锣的尸首从塬上的罗局镇迁来和他葬在一起。他想了想,没有开这个口,不光在妹妹的心目中,在古城人看来,罗锣没有经过明媒正娶,就不能进祖坟。算了吧,他们在阴曹地府去相见吧。段志梅看着段志松,睁大眼睛看着他,一句话也不说。段志松说:"没有钱买棺材,得是?挖个坑,裹一张席一埋,就算了。"段志梅说:"我真不知道你这些年在外头是咋混的。你既然想死,还坐在这里干啥?还不如一头碰死去。"段志梅也不知道二哥做了多少瞎事,害死了多少人,她只是觉得眼前头的哥哥像一摊烂泥一样,不像个男子汉,好像魂魄已散了。段志梅抱怨毕,觉得不妥,安慰了段志松几句,段志松显得很烦躁,不愿再听,段志梅再也没看段志松一眼,起身走了。

一把石匠用的一拃多长的小钢钎送到了段志松的手中,这把钢钎是段志松拉杆子打游击时的一个弟兄买通了看守,夹缠在衣服鞋袜中送进监狱的。段志松把那把小钢钎攥在手中仿佛紧攥着自己的生命,他当然明白弟兄们给他送钢钎的用意。他放风的时候仔细看了看,监狱的把守十分松懈,西南角的围墙上只有一个岗楼,岗楼上也只有一个背枪的哨兵。他知道,门口也只有两个人把守。只要他把门弄开,监狱里的人就可以一拥而出,出了门向南跑,就是田地。正是中秋时节,一旦钻进高粱地或者谷子地,就很难找到了。段志松和土匪头子汤瀚如商量了一下,准备越狱。1927年的眉坞县农协会主任汤瀚如沦落为一个土匪头子之后被人民政府捉住了。段志松把关在一起的二十四个犯人召集在一块儿,给他们吩咐,天一黑,就越狱,谁不走,就打死谁。二十四个人,人人都要表态。袁圆和李春绪探望过后的第二天,罗天龙被挪进了大监狱。坐在角落里的罗天龙犯难了。他知道,他如果不走,段志松他们肯定会对他下手的:段志松当年抢劫他的情景他记忆犹新——段志松是狠毒的。如果他跟着跑,政府会给他罪加一等的。他仍然怀着侥幸的心理,等待他的案子弄清后释放了他。好汉不吃眼前亏。眼前该怎么办?罗天龙左右为难。段志松已经对罗天龙很熟了,他知道,罗天龙是自己的岳父。可是,在监狱里他不敢,也不能认这个岳父,一旦认了罗天龙,罗天龙也许当即会气死——罗锣怎么会给父亲的仇人,当年抢劫他的土匪做了媳妇?段志松不敢也不能告诉罗天龙,罗锣已经死在了扶眉战役中,死在了塬上的罗局镇。于是,他很客气地问道:"罗叔,你是想回去,还是想坐在这里?"罗天龙说:"我听小侄儿的。"段志松说:"你年龄大了,跑不动,就跟在后边走。"罗天龙说:"我听小侄儿的。"罗天龙只能对段志松百依百顺。这时候,一个留着络腮胡子的中年人站起来了,他是第五村的一个农民,他是因为告发了村农会主任而被关进监狱的。中年人说:"我没有犯法,共产党不会把我咋样的。你们这样做,只会罪上加罪。"段志松说:"你想去告发,得是?"中年人说:"你们这是胡闹,是造共产党的反!我告发不告发不关你们的事。"段志松给汤瀚如摆了个眼,汤瀚如抓起那个钢钎,走到中年人跟前,盖头打下去,中年人被打倒在地上,头上的血汩汩而流,他的腿还在蹬动,汤瀚如走过去,把被子蒙在他的头上,坐了上去,一会儿,中年人不动弹了。

  1951年9月5日傍晚,眉坞县监狱里的二十三个犯人冲出了监狱。监狱的门是用钢钎撬开的。守在门口的一个年轻人一看这二十三个蜂拥而出的犯人一时惊呆了,还没等他明白过来是怎么回来,就被几个犯人扑倒在地了,他手中的长枪被段志松夺走了。段志松没有开枪。跟在后面的罗天龙原本不想走,可是,断后的段志松不停地吆喝:"快!快!"他不敢怠慢,跟在后面小跑着。等人犯冲到大门口时,站岗的两个年轻人还没有接到还击的命令,一个岗哨手中的枪已被汤瀚如夺走。等县中队里的十几个人赶来时,这二十三个人犯已冲出了大门,四散而逃了。走在最后面的段志松一面跑一面开枪还击,段志松发觉枪里的子弹打光之后才开始拼命地逃跑。

当段志松已经跑出距离县城三里地的时候,腿上中了一枪扑倒在地上了,他爬起来,拄着枪,没走多远,被追上来的县中队的战士擒住了。

几天以后,二十三个人犯,除汤瀚如等三个土匪逃走以外,其他人都被逮住了,重新送回了监狱。

罗天龙走在最后边,他走出监狱门之后,不知道走到那儿去是出路,他干脆不跑了。蹲在地上,用手抱住了头。他第一个被捉住了。

在被押往刑场的路上,罗天龙抬起眼张望着田野,田地里播种的小麦已经绿油油的,显示着旺盛的生命力。秋日的蓝天辽阔而高远,阳光轻柔、光滑,空气凉爽甜润——人世间是美好的。要不了一个时辰,他就要和这小麦这土地这美好的人世间分手了,他将和收获后的田地一起歇下了。他走了,田地里依旧生长小麦,一茬一茬要收割;人也是这样,一茬一茬在死去在成长——谁也不会栽在人世上的。他劳累了一生,给别人盖了多少房屋,做了多少家具多少棺材,置买了多少土地,创造了多少业绩,他心里是清楚的。他做梦也想不到,自己会是这样的死法。从段志松策划暴动越狱的那一刻起,他就像医生给病人下结论一样,他能预感到:预后不良。如果当时他不跟着跑,他将被段志松他们打死;跟着跑,他知道是犯了大法。不要说是共产党,就是历朝每代,对越狱犯是不能轻饶的。他能给政府说,他并不愿意跟着段志松跑?这话是说不过去的——他毕竟跟着跑出来了。他的头上自然多了一顶帽子——反革命越狱暴动犯。本来,你还奢望,蹲一年半载,事情弄清楚之后,你会被放出来的。看来,你命该如此。你断送在段家父子俩手中了。先是买了段五魁的土地,被段志松差点要了命。这一次,又因为段志松越狱暴动,你在劫难逃。你到死也不知道,你的女儿罗锣给段志松做了婆娘,跟着段志松死在了枪林弹雨中。罗天龙想,这都是土地惹的祸,他责备自己:要那么多土地干啥呀?你为什么非要买段五魁的土地?你被土地累倒了,你被土地打倒了。到了这个时候了,你依旧牵挂着袁圆,牵挂着马桂花和两个儿子。袁圆上次来探监,给你说,她已经有啥(怀孕)了。三十五岁的袁圆能不能生娃娃?肯定能,农村里,四五十岁的女人照样生娃娃。可是,袁圆年龄偏大不说,况且是头生,会不会出啥麻烦呢——唉!死到临头了,还想这些干啥呀?大宝有木匠手艺,靠这手艺,是能活下去的。二宝是你和马桂花的亲生儿子,母子俩相依为命,也不会有大的困难。二宝不聋不哑,不傻不痴,身体又好,只要勤劳,他们母子是可以活下去的。罗天龙这么一想,也就坦然了。只是,他再也不能和这香喷喷的小麦这香喷喷的土地为伴了,再也看不见蓝天白云了,再也听不见袁圆叫他干爹了,再也不能和妻子共享天伦之乐了,再也不能和他的木匠家具他的农具打交道了,再也不能享受积累财富和劳作的快乐了,再也不能经历世事了。罗天龙看了看走在前面的那些被五花大绑的犯人,眼眶里潮湿了,眼泪无声地顺着枯瘪的脸颊向下流——不是他懦弱,不是他害怕,他心里难受得要命,感到一种无法说清的刺疼、慌乱、酸痛、悔恨、冤屈、留恋……不!只有三个字可以说清:我想活!

在刑场的不远处,前来收尸的二十家的家属和二十口棺材一字排开。黑色的棺材像一团黑云一样结在一块,压在黄土地上。在罗天龙的棺材旁边,穿着白鞋头上顶着白纱的袁圆依旧在啜泣,她从锣村一直哭到了县城东关,挺着大肚子的袁圆,双手扶在棺材上,双肩抽动着,李春绪劝了她一路,她止不住哭声,止不住泪水。马桂花说:"哭?你还哭?不是你,他能招这么大的祸吗?这下好了,赶你心里来了,得是?"李春绪说:"当家的,你少说两句吧,她心里难受着哩。"袁圆得到罗天龙要被枪毙的消息后,即刻晕倒在地了。当不测像噩梦一般果真降临的时候,袁圆的侥幸——罗天龙有朝一日回到锣村来——彻底破灭了,她不愿意接受、不得不接受这残酷的事实——罗天龙将被枪毙——人死去大概就像她此刻一样痛苦。都怪你,如果不是你,他能受那么大的罪吗?他能丢了性命吗?她的自责,没有任何用处,即使她自杀了,也搭救不了罗天龙。马桂花的话触到了她的痛处:罗天龙给她捡回来了一条命——不然,她不是饿死,就是病死。他不仅是个好养父,更是个正人君子,是令锣村人尊敬的绅士。都因为她,罗天龙才背上了罪名——虽然,她已给工作组说得很明白——不要说罗天龙强奸她,就是她给罗天龙做二房时,罗天龙也没有动过她一次,那时候,罗天龙和她明铺暗盖天经地义。她的话,不要说工作组不会相信,办案的人不会相信,连李春绪也不相信——当李春绪第一晚上要同房时,才相信了她依旧是个姐姐(处女)身子。说罗天龙强奸贫农的女人,太冤枉他了,这冤案的根子在你身上。为此,你把心都快痛烂了,都没有想到,结果会是这样。你几次割腕、上吊都被李春绪救下了——李春绪说,你这样走了,更对不起罗天龙,只有你好好活着,罗天龙的灵魂才能安宁。李春绪的话固然没有错,她怎么能够安然地活着?

当看热闹的人们朝二十个死囚犯拥去的时候,这些死囚犯的家属守在棺材前放声大哭——要不了多大一会儿就要执行枪决了。

给段志松收尸的是段志梅和田方伯。要枪毙段志松的消息是县公安局告诉段志贤的。公安局里的人先找到段志贤,给段志贤通报了段志松被判死刑的消息。段志贤说:"我不管,你去给我妹妹说。"段志梅一听哥哥要被枪决,好像看见屋外飘雪一样——天阴了许久就要下雨,就这么平淡。令她犯愁的是,她手头确实没有给哥哥买棺材的钱,可是,她不能买一张芦席把哥哥裹了。当年的哥哥算是富家少爷,活了半生半世,走的时候无论如何都要装一口棺材的。她想来想去,她在古城村能张开口借钱的人只有田方伯了。段志梅走进已显出颓败之相的田家大院,她给田方伯跪下叩了头,田方伯赶紧将她扶起来了。她将哥哥要被枪毙,无钱买棺材收尸的事给田方伯说了一遍,田方伯说:"女子,不要说借了。田伯再难,给小侄儿买棺材老衣的钱还是有的。伯明天和你一块儿去。你买几毛钱的纸钱就行了。"

断了一条腿的段志松是被人用独轮车推着到刑场的。一出监狱,段志松就破口大骂,用难听的话骂常荣光,骂人民政府。被段志松抢劫过的那些昔日的财东的家属老远向段志松抛土块儿,抛小石子儿,一个地主的二姨太哭喊着:"枪毙他!枪毙他!"

田方伯手拄着一根木棍,向人群走去了,他一边向里挤,一边说:"小伙子,让一让。"田方伯终于挤进了人群。他抬眼去注视坐在独轮车上的段志松,他能感觉到,段志松向他送来了一瞥——显然,段志松已认出了他。他是眼看着段志松长大的,段志松第一次跟着古城人去抢滩时才十几岁,是一个勇敢无畏的少年,他的小腿上挨了锣村人一刀,他扯下白布衫上的一只袖子在小腿上一裹,继续和锣村人打斗。在他的记忆里,段志松是个"费客",是个"刺条",并不是瞎屎一个。三岁看老——田方伯虽然不知道段志松后来的为人处世,但他觉得,段志松的人品比段志贤好得多。哪怕为了一寸土地,段志松曾经跟着古城村人出生入死,段志松从小勇敢、顽强,对此,田方伯很赏识。田方伯只知道段志松偷了赈灾款进山拉起了杆子;他不知道段志松参加了共产党又沦为土匪的所作所为。田方伯听说段志松要被枪毙后,几天几夜睡不着。他去找常荣光,没有找见;他去找大儿子河田,河田给他说,他没有办法,他救不了段志松。他又去找段志贤,被段志贤奚落了几句,挖苦了几句。他走进段家的坟地,在段五魁的坟前默默地坐了半晌——即使段五魁活着也可能搭救不了儿子。独轮车走过去了,围观的人们跟着拥向了前边,田方伯站在远处,双手拄着木棍眼睁睁地看着,坐在独轮车上的段志松好像一件烂家具。秋风卷着枯枝败叶在田野上滚动。天黯淡无色。田方伯想抬起一只手给段志松打个招呼,胳膊还没有抬起来,突然,心脏一阵紧缩,心痛如刀割,额头上汗珠滚滚,他眼前头一发黑,扑倒在地上了,手中的木棍撂在了一边,双手下意识地去抓生硬而冷漠的土地。他的手指头在冰凉的土地上抠出了明晰的印记,好像将一枚印章盖在了板着面孔的土地上。他还是没有抓住土地,仿佛被土地推倒了。

看热闹的人如同昏黄的渭水拥向了刑场。

枪响了。

十九只瓜皮帽子花蝴蝶似的飞上天空又散乱地飘落下来。二十条步枪吐出的青烟久久不肯消散,枪声在田野上的回声仿佛在人们的头顶炸响。死囚犯们惊恐不安的眼神以及凄惨、失神或麻木的面孔留在了前排看客的脑海中。这时候,人们才发现段志松依旧坐在独轮车上——他没有死。第一枪打来的时候,他的头颅向左一偏,没有打中,第二枪打来了,他的头颅向右一偏,又没有打中,一连打了五枪,都没有打中——段志松对子弹有一种天生的敏感——子弹飞来之时他恰如其分地躲过去了。他的后脑上似乎有第三只眼,能看清飞来的子弹将击中他的哪一个部位。看热闹的人一阵阵地喊叫"噢号""好汉"。行刑的战士愤怒了——已经换了三个人,浪费了六发子弹。段志松端坐如初。一个战士扛着一架轻机枪跑来了。这个身材高大的战士,端起轻机枪,扣动了扳机——一梭子子弹打出去,段志松从独轮车上栽下去了。

失去兴趣的人四散而去。有的垂头丧气,有的神情不安。看热闹的气氛不再热烈,显得凝重而伤感。

田河鼓抱住浑身渐渐冰凉的父亲失声痛哭。田河鼓没有料到,父亲会在这一刻倒下去,对这突如其来、意想不到的打击,他难以承受。

李春绪焦灼不安地在院子里走动着。袁圆快要生孩子了。这是罗天龙被枪毙后的第三天。李春绪五十岁得子,既高兴又不安;高兴的是他将有后代了,他对得起列祖列宗不说,到了风烛残年,将会有人赡养他;不安的是,袁圆三十五岁生娃,而且是头胎,接生婆已经告诉她,可能有麻达(问题)。袁圆从傍晚就开始肚子痛,阵痛持续到了天明。李春绪踏着曙光敲开了接生婆家的门。接生婆走进了李春绪的院子,进了屋,她一看,袁圆蜷缩在炕上,她叫袁圆平躺下,脱了裤子。接生婆净了净手,在袁圆的肚皮上摸了摸,两根手指头伸进了袁圆的下身探了探,阴道口早已张开,她洗净了手,给袁圆说:"快了,在吃早饭前后。"这时候,马桂花来了。接生婆给马桂花说:"你去给她炖两个鸡蛋,叫她吃一些。"马桂花把接生婆拉出屋外,问她:"没有多大麻达吧?"接生婆说:"是立生,有点难。对了,你在土地爷前面去烧两炷香。"马桂花说:"知道了。你接了半辈子生,我知道,你会有办法的。"

按照接生婆的吩咐,马桂花在李春绪家的土地堂跟前点上了两炷香,口中念念有词:"土地爷保佑袁圆生个胖娃娃。土地爷保佑母子平安。娘娘婆保佑母子平安。"她很虔诚地叩了三个头,起身去给袁圆做鸡蛋。

马桂花把鸡蛋端进屋,袁圆不吃,袁圆说她吃不下,心里难受。袁圆还没有从罗天龙之死的悲伤中解脱出来。接生婆说:"娃呀,吃点饭就有了力气;生娃娃没力气不行,生娃娃是要鼓大劲的。"马桂花说:"我生二宝前,吃了一大碗干面,不吃不行。"袁圆爬起来,硬撑着吃了两个鸡蛋。

农村人吃早饭的时节,袁圆大声呻吟。李春绪先是在院子里走圈子,当袁圆开始痛叫的时候,李春绪紧紧抱住院子里的一棵中国槐。袁圆喊一声,李春绪用头在树上碰一下,直至他碰得头破血流,还在碰。由于用力过猛,碰的次数太多,李春绪昏倒在地,趴在了那棵中国槐跟前。在婴儿的啼哭声中,李春绪苏醒了。他爬起来三步并作两步,走到房门跟前,想进去看看,袁圆生下的是儿还是女。房门从里面关着。他听不见袁圆的呻吟,似乎连袁圆的一丝气息也没有了。这个院子真静,这个世界太静了,好像死去了。他用手在门上拍打。接生婆在里面说:"还没有完,你不要进来。"李春绪在门外问:"母子都平安吗?"马桂花说:"平安着哩。"李春绪还不放心,他觉得,时间好像一条赖着不走的死狗,好像他推不动的磨棍。他用手指头在土墙上一下一下地抠动着，仿佛要把时间的面目抠痛抠醒。

房间里弥漫着沉重的血腥味儿。马桂花抱着婴儿在走动。她一点儿也帮不上接生婆的忙，接生婆把能用的方法都用上了，还是止不住袁圆的血。接生婆也慌了神。袁圆已经脸色苍白，气息微弱了。马桂花说："恐怕这样不行，把她向常兴镇抬。"接生婆说："我担心，走在半路上……"马桂花说："那就叫春绪去叫黄大夫来，黄生辉大夫在横渠镇医院坐班。"接生婆说："只能把死马当作活马医了。"

马桂花把娃娃给接生婆，拉开了门，一股带着苦味的血腥之气向屋外逸散。李春绪进了房子扑到了袁圆跟前一看，袁圆闭着双眼，脸色如白纸，他叫了一声袁圆，袁圆睁开眼，看了看他，嘴角咧了咧，想给他一张笑脸，可是，由于气息太弱，她未能说一句话。马桂花说："快去借一头骡子，到横渠镇请黄生辉大夫来。"李春绪拉住了袁圆的一只手，依然在袁圆袁圆地叫着。接生婆说："你不想救你媳妇的命吗？快去。"李春绪一听到"命"这个字，仿佛被人捅了一刀，跳了起来，跑出了房门，跑上了街道。

黄生辉骑着骡子赶到锣村，他走进了李春绪的房间，摸了摸袁圆的脉搏，给袁圆打了一支肌肉针。走到院子里，他给李春绪说："给她穿老衣吧，人没救了。"

李春绪走进房间，他站在炕跟前，看了几眼躺在炕上的袁圆。他跪下去，把从袁圆的下身取出来的一堆血衣紧紧地抱在了怀里，头埋进血衣，身子抽动着。李春绪放下血衣，没有去擦脸庞上的眼泪，他走出房间，走到刚进院门的土地堂跟前，长长地吸了一口气，似乎用了五十年的全部力气向土地堂撞去了，土地堂轰然倒在了地上，成了一堆碎土坯，李春绪被撞昏了，长长地和坍塌的土地爷躺在一起。